Première édition novembre 2021
Dépôt légal novembre 2021
© Cherry Publishing
71-75 Shelton Street, Covent Garden, Londres, UK.

ISBN 9781801161893

La Rebelle des Highlands
Le Clan MacLeod - 2

AVA KRÓL

Cherry Publishing

Pour recevoir gratuitement *Là-Haut Dansent les Étoiles*, la romance entre gloire et descente aux enfers phénomène de Pauline Perrier, et toutes nos parutions, inscrivez-vous à notre Newsletter !

https://mailchi.mp/cherry-publishing/newsletter

Retrouvez-nous sur Instagram :

https://www.instagram.com/ava_krol_ana_scott/

https://www.instagram.com/cherrypublishing/

1

Craig MacLeod toisa son frère aîné, Alexander, installé de l'autre côté d'une table de travail où il avait l'habitude de s'occuper des comptes du domaine.

— Tu ne peux pas m'obliger à l'épouser ! fulmina-t-il.

Non seulement il était encore au fond de son lit à s'autoriser un repos bien mérité lorsque son frère l'avait fait mander, mais en sus, il lui prenait de nouveau le crâne avec cette histoire de mariage avec Annabelle Stuart, la fille cadette du roi Jacques Ier, alors qu'ils en avaient parlé tous les jours depuis son retour et qu'il pensait le sujet clos ! Manifestement, Alexander avait pris sa décision, et elle n'était pas celle qu'il attendait. Encore moins celle qu'il souhaitait.

— Je ne peux pas t'y obliger, soupira Alexander, mais tu le feras, Craig. Pour l'intérêt du clan et des Highlands. Cette alliance avec le roi est une aubaine.

Ce n'était pas son avis...

— Foutaises ! se rebella Craig dans une ultime tentative d'échapper à l'inéluctable. Nous sommes puissants, même le roi ne peut rien contre nous ! Pour ma part, je n'ai pas envie de me mettre sous son joug et je pense que tu ne le devrais pas non plus. Les rois sont versatiles et les alliances éphémères.

— As-tu déjà oublié qu'il nous a sauvés ?

— Comment le pourrais-je, c'est moi qui l'ai convaincu de nous venir en aide !

Ce jour-là, ils avaient échappé de peu à l'extermination totale[1].

Pourtant, tout avait plutôt bien commencé et le destin, pour une fois, leur avait été favorable quelques mois plus tôt, en leur apportant sur un plateau la nièce et unique héritière de leur ennemi juré : Georg MacDonald, le laird du clan voisin qui leur avait déclaré la guerre

---

[1] Voir le tome 1 : *L'Insoumise des Highlands*

sept ans auparavant. À l'époque, ils n'avaient dû leur survie qu'à la bravoure d'Alexander – surnommé depuis ce jour « le loup de HelenHall » – qui avait mené ses troupes à la bataille et blessé MacDonald, l'obligeant à fuir. Mais leur père était mort durant les combats, dans les bras d'Alexander, et leur domaine avait subi de lourds dommages. Depuis, ils ne pensaient qu'à se venger, et attendaient le moment propice.

Ce revers de fortune en la personne d'Élisabeth fut effectivement un sacré coup du sort !

MacDonald voulant la marier de force à Dougal Campbell, un fou furieux sanguinaire, Élisabeth avait fui en pleine nuit, aidée en cela par sa fidèle nourrice, emmenant leur jeune frère, Ewen, qui venait d'être fait prisonnier et qu'elle sauva ainsi de la potence. Quand Alexander la reconnut, il eut dans l'idée de demander une rançon exorbitante. Mais lorsqu'il apprit ce que MacDonald voulait faire d'elle, il souhaita l'épouser pour la mettre sous sa protection, ce que Lizzie, arrivée à la même conclusion, accepta. Alors, ce fut à nouveau la guerre, car Campbell et MacDonald vinrent la revendiquer jusque sous leurs murs. Alexander fait prisonnier, il ne dut sa survie qu'à l'intervention de sa femme, venue se rendre. Puis lui-même était arrivé avec les troupes royales. En vérité, il n'avait eu aucun mal à convaincre le roi, Campbell n'ayant jamais caché ses désirs d'usurper le trône après avoir conquis les Highlands dans leur totalité.

— Et je t'en remercie de tout cœur. Sans toi, je serais mort à l'heure qu'il est et ma femme entre les mains de ce fou de Campbell. Bon Dieu, quand j'y pense, j'en ai encore des sueurs froides.

Alexander ayant perdu sa première femme en couches ainsi que son premier-né, il était dévasté à l'idée de perdre à nouveau ce qu'il avait de plus cher au monde, car Élisabeth attendait un enfant au moment des faits.

— Tout va bien, aujourd'hui, Alex. Tu as une femme merveilleuse qui t'a donné un héritier, vous vous aimez et notre clan est prospère. Nous n'avons besoin de personne.

Son frère était heureux. Le mariage d'intérêt était rapidement devenu un mariage d'amour, car il était tombé éperdument amoureux de Lizzie, et elle de lui. Leur bonheur lui faisait parfois envie, mais lui-même aimait trop sa liberté pour se laisser enfermer dans un mariage. Encore moins avec une princesse qui ne lui inspirait qu'indifférence, voire une légère révulsion.

Alexander l'observa longuement avant de répondre :

— Les Highlands sont instables, tu le sais comme moi, et nous ne sommes pas à l'abri d'une nouvelle attaque. Nous faisons des envieux, mon frère. Avec la protection du roi, nous ne craindrons plus jamais rien, et je crois, non... je pense... qu'il vaut mieux l'avoir de notre côté que contre nous.

— Je n'ai aucune confiance en le roi, et Campbell est mort ! Plus personne ne viendra nous chercher querelle !

C'était encore lui-même qui s'en était chargé !

Alexander était rentré chez eux après avoir sauvé sa femme des griffes de Campbell, et après qu'il devint par son mariage le détenteur légitime des terres MacDonald, le vieux Georg ayant été occis par son soi-disant allié qui ne lorgnait en vérité que son vaste domaine. Il était de son devoir de protéger ses gens, de sécuriser les domaines et d'être présent pour sa femme et son enfant à naître. C'était donc lui qui était allé se battre contre Campbell qui leur avait échappé, cette nuit-là. Cette crapule s'étant cette fois-ci allié à Jean II MacDonald (encore un !), un chef de clan qui se faisait appeler *Seigneur des îles*, tellement sa puissance lui était montée à la tête.

Craig était alors parti au combat avec les troupes royales pour venger sa famille et les libérer de cette ordure qui voulait s'en prendre encore à eux. Il était venu à bout de Campbell sur le champ de bataille, en plus de se distinguer par de hauts faits d'armes et de commandement. À tel point que le roi ne tarissait plus d'éloges à son égard. Ce que Craig avait pris pour une lubie la première fois qu'il en avait entendu parler était malheureusement devenu un fait : le roi voulait faire d'une pierre deux coups, récompenser son fameux guerrier, et s'allier aux Highlands par un mariage, pour s'assurer qu'elles se tiendraient tranquilles.

Mais ce cher roi Jacques Ier d'Écosse se leurrait !

Les chefs de clans étaient des rebelles, il en avait toujours été ainsi ! Alliances ou pas, les hautes terres resteraient indépendantes et libres.

— Ça aussi, je te le dois, Craig, ajouta son frère. Et tu as ma reconnaissance éternelle.

Alexander avait fait un mariage d'amour, il vivait avec une femme qu'il adorait et qui le lui rendait bien, et… il lui devait une fière chandelle. Il les avait sauvés et il avait sauvé son clan. Aussi, il ne pouvait lui imposer une union qui ne le satisfaisait pas.

— Pour autant, je ne te laisse pas le choix !

Nous y voilà !

— Tu sais où est ta place, Craig, et je sais que je peux compter sur toi. Ne me déçois pas !

Craig ne put s'empêcher d'observer attentivement son frère, s'efforçant de lui cacher son désappointement et sa tristesse. Il ne devait rien attendre de lui, mais cela… il le savait déjà.

Il ferait son devoir, quoi qu'il lui en coûte.

Il quitta son siège, se mit debout.

— Soit ! Je partirai pour Édimbourg dès que possible.

Il n'attendit pas les remerciements de son laird pour faire volte-face, quitter la pièce et sortir de la demeure. Il avait besoin de s'éloigner et de chevaucher pour calmer ses nerfs, ou il risquerait de dire ou faire quelque chose qu'il regretterait amèrement. Parce qu'il tenait à son frère et à son clan plus qu'à lui-même, et plus qu'à son bonheur personnel. Chez les MacLeod, l'honneur et le bien-être du clan passaient avant toute autre considération et même s'il n'était pas prêt à sacrifier sa sacro-sainte liberté pour se marier, il le ferait. C'était ce que tous attendaient de lui, c'était son devoir et il ne décevrait pas son frère. Il n'y avait pas à discuter, il en était ainsi dans les Highlands : le laird ordonnait et tous obéissaient, lui le premier.

Il traversa la cour au pas de charge et sauta sur le dos de sa monture, qu'il fit partir au galop. Au bout de quelques minutes, il ne put empêcher ses pensées de tournoyer encore comme les eaux troublées d'un loch.

Il était en colère.

Non contre son frère, mais contre sa mauvaise fortune d'être né second.

Alexander était son laird, le chef incontesté de son clan, il lui devait respect et obéissance et d'aussi loin qu'il se souvienne, il avait toujours été à ses côtés. Sauf que présentement, c'était de sa vie qu'il s'agissait !

De sa vie tout entière, et de son bonheur...

Mais il était pris en nasse !

En tant que deuxième fils, il ne pouvait réellement décider de sa vie et à moins d'un miracle, il lui faudrait épouser Annabelle Stuart ! Mais il y avait pire que de lier sa vie à une princesse, non ? Le roi lui donnerait certainement un domaine en dot, il posséderait enfin sa propre maison, ses propres terres, ses gens, il s'élèverait dans la société, il deviendrait le gendre du roi d'Écosse... ce n'était quand même pas rien ! Il vivrait peut-être un moment à la cour le temps d'organiser les fiançailles, puis les épousailles. Cela pouvait prendre des semaines, des mois peut-être ! Finalement, après quelques heures de chevauchée solitaire, la perspective de ce mariage ne le révulsait plus autant.

Il arrêta sa monture en haut d'une colline.

Tout à ses pensées tumultueuses, il ne s'était pas rendu compte qu'il avait pénétré sur les terres Kinkaid, et ils n'étaient pas en très bons termes avec Colin Kinkaid, le laird du clan.

Mais qu'importe, la lande était calme, la forêt déserte, il n'avait croisé âme qui vive depuis des lieues, et les eaux transparentes du loch en contrebas l'attiraient irrésistiblement. Il avait bien besoin d'un bon bain ! Sa chevauchée ainsi que ses intenses réflexions lui avaient mis le sang en ébullition. Ensuite, il s'en retournerait sur ses terres, ni vu ni connu. Ils n'étaient pas en guerre avec les Kinkaid, le clan de feu sa belle-sœur, Maddie, la première femme d'Alexander, mais il n'était jamais bon d'être seul sur des terres étrangères.

Il descendit la colline, arrêta son cheval près du loch, passa la jambe par-dessus la selle, et sauta à terre. Il attacha les rênes à une branche, se dirigea vers le bord de l'eau et se dévêtit, en prenant soin de laisser son épée sur son tas de vêtements.

On ne savait jamais !

La paix régnait entre les deux clans et même si Colin Kinkaid n'avait jamais pardonné à Alexander la mort de Maddie en le tenant pour responsable, il n'y avait pas lieu de penser que quelqu'un lui chercherait des noises. Mais les Kinkaid, comme tous les Highlanders, n'aimaient pas les intrus. Il allait se rafraîchir, se détendre dans l'eau un moment, et se dépêcher de rentrer. Avec un peu de chance, son incursion passerait inaperçue. Dans la négative, il était capable de se défendre et de sauver sa peau. L'art de la guerre n'avait plus aucun secret pour lui et il se battait bien. Si son frère était toujours appelé « le loup de HelenHall », du nom de leur demeure ancestrale, lui avait été surnommé « le loup des Highlands » ! Aussi, les Kinkaid n'avaient qu'à bien se tenir !

***

Mary Kinkaid arrêta sa jument et regarda autour d'elle. Elle devait se rendre à l'évidence, elle était perdue.

Que lui était-il passé par la tête, bon sang ?

Pourquoi s'était-elle autant éloignée de la demeure de son oncle ? Pourquoi avait-elle cherché de l'apaisement en lançant sa jument à toute allure lorsque la colère l'avait envahie, comme bien souvent depuis qu'elle avait appris la nouvelle ? La colère n'était pourtant pas bonne conseillère ! Mais comment ne pas s'émouvoir lorsqu'il était question de son avenir ? Et tout ça pour quoi ? Pour aller jouer la dame de compagnie d'une princesse ! Son père le roi n'avait qu'à lui acheter un singe savant pour la divertir, car elle, Mary Kinkaid, n'était pas faite pour vivre à la cour ! Elle aimait trop sa liberté, ainsi que les grands espaces. Dernière d'une fratrie qui comptait trois garçons et ayant bénéficié d'une presque totale liberté d'action, elle n'aimait rien tant que chevaucher et combattre à l'épée. Elle ne connaissait rien à la danse, encore moins comment se comporter à la cour, et elle était bien sûre qu'elle allait détester cela !

De plus, que l'on veuille lui imposer quelque chose la mettait en rage.

Elle regarda alentour et décida de tourner sur la gauche ; elle verrait bien où cela la mènerait. Elle allait certainement finir par rencontrer quelqu'un à qui demander son chemin.

Elle reprit sa promenade, plus calmement, ainsi que le cours de ses pensées.

Elle comprenait la position de ses parents, ils ne pouvaient désobéir à un ordre de leur suzerain, et c'était un honneur pour eux qu'elle fût choisie parmi nombre de jeunes filles des Highlands pour remplir ce rôle de demoiselle de compagnie auprès de la princesse. Et elle était prête à le faire, si ce n'était que pour quelques jours, mais elle ne savait quand elle rentrerait chez elle.

Ou même si elle rentrerait un jour.

Quitter sa famille lui était pénible. Elle adorait ses parents qui, grâce à Dieu, veillaient à son bien-être et ne lui avaient pas imposé une union dont elle ne voulait pas, ce qui faisait qu'à dix-huit ans passés, elle n'était toujours pas mariée. Évidemment, elle savait que tôt ou tard, elle serait obligée de quitter la seule maison qu'elle connaissait et où elle était heureuse pour celle d'un époux – qu'elle aurait choisi. Elle était même prête à diriger un domaine – sa mère l'avait éduquée pour cela –, mais elle n'était pas préparée à cette situation inattendue ni à cette incertitude quant à son avenir.

Et si elle déplaisait à la princesse ?

Si on lui faisait épouser un vieux barbon qui aurait jeté son dévolu sur elle ? Si elle se ridiculisait ? Elle ne connaissait rien de la cour ni de ses us et coutumes, et, n'ayant appris la nouvelle que très récemment, elle n'avait eu que très peu de temps pour se familiariser avec les danses, et elle avait peur de ne pas savoir comment se comporter. Elle priait pour se faire rapidement des amies qui l'aideraient et la guideraient pour que tout se passe bien. Mais elle avait entendu dire que la cour, comme toutes les cours d'Europe, était un vrai nid de vipères et qu'il fallait se méfier de tous, surtout ne faire confiance à personne.

Elle ne savait au juste combien de jeunes filles étaient concernées, et en vérité, elle n'en avait cure. Elle savait seulement que le roi cherchait à s'attirer des sympathies en faisant venir à la cour des filles de clans influents, et les Kinkaid en faisaient partie. Certainement pour qu'ils s'allient au roi et cessent de se comporter en souverains sur leurs terres, mais après tout, il en avait toujours été ainsi depuis que le monde était monde, et les Highlands, les Highlands. Mary avait plutôt l'impression d'être une otage pour que son clan ainsi que les autres se tiennent tranquilles. Si les Highlands se rebellaient contre la souveraineté du roi, que deviendrait-elle ?

Serait-elle alors prisonnière à la cour ? Ou pire ? Sa vie serait-elle en danger ? Sans personne pour la protéger, n'était-elle pas vouée à un sort funeste ? Quand elle réfléchissait aux dangers qu'elle courrait, elle était morte d'inquiétude, mais comment y échapper ? Elle ne pouvait, tout comme sa famille, refuser.

Ils étaient tous pris au piège !

Cela partait d'une bonne intention, mais pouvaient-ils se fier au roi et à ses conseillers ?

N'y avait-il pas là quelques manœuvres secrètes pour asservir les Highlands ?

À cette pensée, tout son corps se rebella. Elle aimait ses terres, les Highlands coulaient dans ses veines et elle n'aurait voulu vivre nulle part ailleurs. Mais voilà, elle était née femme, et en tant que femme, elle n'avait pas véritablement son mot à dire, et c'était bien cela également qui la mettait en rogne ! Elle détestait cette impuissance à décider de son destin. Elle détestait l'idée que d'autres décident pour elle, même s'il s'agissait du roi ! Sa mère avait pleuré lorsqu'ils avaient appris la nouvelle. Elle aussi avait peur de ce qu'il pouvait advenir d'elle à la cour. Jacques Ier avait la réputation d'aimer les jeunes filles, voire les très jeunes filles. Mais Mary avait dix-huit ans, sans doute était-elle déjà trop vieille pour les goûts du roi...

Elle soupira : l'avenir et l'honneur du clan dépendaient d'elle.

Elle allait devoir être vigilante pour ne pas faire honte à sa famille, et peut-être que de l'intérieur, elle pourrait protéger les Highlands, et son clan en particulier, de l'autorité du roi ? Elle essaierait de tout savoir, de tout entendre, elle serait l'espionne des Highlands et s'arrangerait, sous couvert de correspondance avec son père, pour leur faire parvenir des messages si cela venait à mal tourner.

Oui, elle allait faire ça !

Au moins, elle aurait l'impression d'être utile à quelque chose et de se sacrifier pour une noble cause. Sa réclusion – car elle ne pouvait s'empêcher de la considérer comme telle – s'en verrait peut-être adoucie.

Voyant l'eau d'un loch briller entre les arbres, elle s'en approcha.

Elle sortit du bosquet et arriva sur le rivage au moment même où un homme se hissait hors de l'eau, à quelques mètres seulement, dans le plus simple appareil. Nu, comme au premier jour ! Elle en fut si surprise qu'elle en cabra sa monture qui, effrayée également, la désarçonna. Elle poussa un cri et voulut se retenir à l'encolure de la jument, mais rien n'y fit, elle perdit l'équilibre.

Quand sa tête heurta violemment le sol, elle perdit connaissance.

2

Craig n'eut pas le temps de prononcer une parole que la jeune femme était par terre, et le cheval enfui. Certainement une jeune pouliche effrayée par la vue d'un étranger, ou de sa propre monture qui paissait pourtant bien tranquillement au pied de l'arbre où il l'avait attachée.

Il laissa échapper un juron, s'empara de son kilt qu'il enfila tout en courant, et alla s'agenouiller auprès d'elle. Il fut rassuré en voyant sa poitrine se soulever. Elle respirait encore. Il n'aurait pas aimé rendre son corps privé de vie à sa famille, qui qu'elle soit et d'où qu'elle vienne. Il la souleva, et passa sa main derrière sa tête, soulagé également de ne constater aucun écoulement de sang mais une bosse, volumineuse. Pour autant, il avait vu des soldats mourir de coups sur la tête sans qu'il y ait de blessures apparentes. Il repoussa des joues de la demoiselle ses mèches d'un joli roux et contempla plus attentivement son visage pour tenter d'en reconnaître les traits.

Elle avait la peau très blanche, fine, des lèvres charnues, humides, légèrement entrouvertes, comme un appel aux baisers. Craig se reprit. Cette jeune personne était privée de conscience, il ne pouvait décemment pas rêver à ce qu'il ressentirait si ses lèvres caressaient les siennes.

Ce n'était ni le lieu ni le moment !

Mais à vrai dire, avec la guerre qu'il venait de mener contre les ennemis du roi et de sa propre famille, il n'avait pas touché une femme depuis des semaines. Il n'était pas friand des filles à soldats, et son corps avait des besoins qu'il ne pouvait ignorer. Il devait vraiment être en manque d'unions charnelles pour que tenir cette femme évanouie dans ses bras le fasse quasiment souffrir. Faisant fi de son désir aussi subit que déplacé, il tapota les joues de la jeune femme pour qu'elle revienne à elle.

Qui pouvait-elle bien être ?

Elle portait des vêtements simples, mais de bonne facture. Manifestement, ce n'était pas une pauvresse, puisqu'en sus, elle montait une belle bête, avec une belle sellerie, ce que son œil aguerri n'avait pas manqué de remarquer. Il avait également perçu son regard étonné sur lui et sur sa nudité. Un regard surpris mais intéressé, et cet intérêt soudain lui avait donné très chaud. Cela n'avait duré qu'un instant, mais il s'était réjoui de la rencontre. C'était certainement ce qui expliquait qu'il avait été incapable de sortir un fichu mot. L'apparition, auréolée de lumière, l'avait complètement pris au dépourvu. Il en comprenait maintenant les raisons : sa crinière de lionne attirait les rayons du soleil et l'avait un instant ébloui. Il s'en voulut. S'il lui avait parlé, sans doute n'aurait-elle pas été aussi effrayée et ne serait pas tombée.

Il tapota à nouveau ses joues.

— Damoiselle ! Réveillez-vous... damoiselle...

Mais rien n'y fit.

Elle s'était bel et bien assommée et beaucoup plus sérieusement qu'il ne l'avait pensé de prime abord, puisqu'elle ne revenait toujours pas à elle. Il ne tergiversa pas plus avant et la prit dans ses bras avec précaution, pour aller la placer en travers de la selle de son cheval. Là, il enfila sa chemise, son tartan, ceignit ses hanches de son épée, remit ses ghillies[2], et alla se positionner derrière le corps de la jeune femme évanouie. Il la prit ensuite sur ses cuisses pour qu'elle soit plus à son aise, même si, selon lui, vu qu'elle ne s'était pas réveillée au son de sa voix ni en prenant de petites tapes sur les joues, elle ne le ferait pas de sitôt.

Si c'était le cas, il espérait qu'elle comprendrait qu'il n'avait pas le choix de la positionner ainsi, avec dans l'idée d'aller trouver refuge dans une cabane qu'il avait aperçue non loin de là et dans laquelle ils pourraient se mettre à l'abri jusqu'à ce qu'elle revienne

---

[2] Chaussures basses en peaux tannées lacées autour de la cheville

à elle. Il était trop tard et bien trop périlleux de rentrer à HelenHall, même s'il savait que chez lui, elle pourrait bénéficier des soins éclairés de Katel, leur guérisseuse.

Ensuite… eh bien… dès qu'il connaîtrait son nom, il la raccompagnerait chez elle.

En espérant que sa famille ne se serait pas trop inquiétée de son sort et se montrerait compréhensive en la voyant revenir sur le cheval d'un homme qui n'était pas son époux. Il ne voulait pas s'attirer d'ennuis ni qu'elle en eut de son côté.

Mais il n'avait pas le choix !

Il n'allait pas la laisser seule au bord du loch à la merci du premier venu, ou des bêtes sauvages qui ne tarderaient pas à venir se désaltérer à la tombée de la nuit.

Tout en allant au pas, il se prit à ergoter sur la jeune damoiselle. Pas si jeune que cela, à son idée ; sans doute avait-elle dans les vingt ans, peut-être un peu moins, mais certainement plus de quinze. Son corps était femme. Ses courbes, dont il avait senti la fermeté contre son torse, n'étaient pas celles d'une jouvencelle. C'était une femme qu'il avait tenue dans ses bras. Une femme qui avait tout pour rendre fou un homme : de beaux cheveux soyeux, une gorge épanouie, un corps svelte… Sentir son ventre tout contre ses cuisses lui mettait les reins en feu et ses envies charnelles revinrent à la charge pour le torturer.

Ne pouvait-il donc approcher une femme sans avoir envie de la posséder ?

Apparemment pas !

Il aimait les femmes et il n'en avait jamais fait un secret. Il avait un appétit, disons… féroce et ne pas avoir approché le corps d'une femme depuis plusieurs semaines devait lui jouer des tours. Il avait fait la guerre, était rentré depuis peu, et il n'avait fait que dormir. Dormir et dormir encore. Puis son frère l'avait tanné avec cette histoire de mariage avec Annabelle, étouffant dans l'œuf toute velléité de fornication.

Quant à ses envies charnelles, s'il prenait le temps de réfléchir au problème, il n'avait jamais cherché à comprendre pourquoi, ni si tous les hommes étaient comme lui, aussi... prêts à trousser une femme à la moindre occasion. Alexander avait pu se passer de femmes pendant deux ans avant de rencontrer Élisabeth, lui en aurait été incapable. Pour autant, quand il le fallait, il savait se tenir. Il en avait été capable à la cour de Jacques durant les trois courts séjours qu'il y avait effectué, alors même que de nombreuses femmes – mariées de surcroit ! –, lui faisaient les yeux doux. Même si habituellement, le fait que ses conquêtes soient mariées ne l'embêtait pas plus que cela, il avait toujours veillé à rester discret et il ne culbutait jamais deux fois la même femme.

Cela évitait les ennuis, justement, et l'attachement.

De leur part !

Car il y avait ceci d'incroyable : dès qu'il touchait une femme, elle avait la fâcheuse manie de tomber amoureuse de lui.

Sans doute parce qu'il était bon amant...

En somme, comme il n'était pas fou au point de se faire des ennemis chez les courtisans, il s'était tenu tranquille, mais il savait que sa réputation l'avait précédé, d'où les nombreuses propositions dont il avait fait l'objet. À la cour, les femmes aussi s'ennuyaient ferme ! Et il y avait les soupers, les bals, les promenades dans les jardins, la promiscuité, les tournois où il lui avait fallu prendre les couleurs d'une dame, et dont il avait veillé à ne pas sortir vainqueur, car le prix était un baiser.

Oui, il s'était tenu tranquille, il avait fait tout ce qu'il fallait pour ne pas se faire remarquer, il en allait de l'honneur des MacLeod et son frère ne lui aurait pas pardonné un scandale. Lui-même n'aurait pas voulu se compromettre avec une dame... De plus, pour en revenir à ce qui l'intéressait et à ses appétits charnels, il n'avait jamais aimé suffisamment une femme pour vouloir, *ou pouvoir,* se contenter d'une seule.

C'était pour cette raison qu'il n'était pas pressé de se marier.

Certes, il pourrait se divertir dans d'autres bras, mais alors à quoi bon convoler et rendre une épouse malheureuse ?

Il était peut-être débauché, mais il n'en demeurait pas moins sincère.

Chez les MacLeod, lorsque l'on avait trouvé la compagne idéale, on lui restait fidèle ; un serment était un serment ! S'il épousait une femme, c'était pour la rendre heureuse et honorer ses vœux. Il se demanda soudain s'il arriverait un jour à aimer la princesse. En était-il seulement capable ? Lui qui n'avait jamais aimé aucune femme. Désiré, oui, mais pas aimé ; il ne savait pas ce qu'était l'amour, il ne l'avait jamais ressenti. Désir et amour étaient deux choses bien distinctes ! Mais peut-être qu'à force de désirer une femme et de posséder son corps, parvenait-on à l'aimer. Peut-être qu'après avoir possédé Annabelle, nuit après nuit, finirait-il par en être amoureux.

Il ne le savait, et ne pouvait pas le savoir tant qu'ils ne se seraient pas rapprochés. D'esprit, et de corps. Peut-être était-elle de compagnie agréable, après tout. Elle lui avait paru mal embouchée et hostile, elle avait un physique peu avenant, mais peut-être était-elle une grande amoureuse et serait une merveille de douceur et d'accueil au lit. La façon dont se comportait une femme dans l'alcôve n'était pas inscrite sur son visage.

En tout cas, depuis tout à l'heure, il ne pouvait s'empêcher de désirer cette jeune évanouie, parce qu'elle avait un beau visage, un corps attirant, et parce qu'elle restait un mystère. Il se demanda soudain de quelle couleur pouvait bien être son regard, et s'il était doux, ou au contraire défiant, ou bien empli de colère. Il aimait les femmes dociles. À dire vrai, il n'avait jamais eu besoin de batailler pour obtenir leurs faveurs. Son physique et sa réputation parlaient pour lui.

Il réfléchit à sa dernière conquête, et fut surpris de constater qu'il ne se rappelait plus « qui » ni « où ». Il avait trop fait la guerre. Il avait le sentiment d'avoir vieilli en un rien de temps et son corps était encore perclus de douleurs. Il allait devoir se remettre en selle, car aussi douloureux qu'il fût, son corps d'homme n'en restait pas moins demandeur et la faim charnelle aurait bientôt raison de lui et lui ferait certainement faire des bêtises. Il n'était plus très sûr de ne pas presser cette jeune femme de ses assiduités dès qu'elle aurait ouvert un œil, surtout si elle était à son goût, ce dont il était persuadé. Il refusa de penser qu'il allait s'occuper d'elle, et peut-être même, qu'il allait être obligé de dormir contre elle pour la protéger du froid.

Peut-être que s'il l'embrassait, elle se réveillerait... comme dans les contes que leur racontait Térésa, leur nourrice, lorsqu'ils étaient enfants. Contrairement à Alexander et Ewen, il n'aimait pas particulièrement les histoires d'amour, mais plutôt de chevaliers et de faits d'armes. Il n'avait pas l'âme romantique, alors que ses frères l'étaient. Et Ewen encore davantage que leur aîné. Il avait donné son cœur à Katel, mais depuis qu'elle avait rompu tout lien d'amour pour se consacrer à son art de guérisseuse, il s'était juré de ne plus jamais aimer ni posséder une autre femme. Aimer, soit... mais posséder... qu'est-ce qui pouvait bien l'empêcher de trousser d'autres femmes pour le plaisir ? Cela dépassait son entendement. Force était de constater qu'ils avaient beau être frères, ils étaient différents.

Ses frères ne pensaient qu'à l'amour, alors que lui ne voulait pas se marier !

Enfin... jusqu'à ce jour ! Parce qu'il n'avait pas le choix : il lui faudrait épouser la princesse, pour l'honneur, pour ses frères, et pour son clan.

Enfin, il arriva en vue de la cabane, perdue entre les arbres et éloignée du chemin, ce qui lui allait parfaitement. Il espérait qu'elle était abandonnée, mais comme aucune colonne de fumée ne sortait de la cheminée, il le pensait. Dans la négative, il demanderait asile pour lui et sa protégée.

Il arrêta sa monture, en descendit et attacha les rênes à l'arbre le plus proche.

La masure semblait plus délabrée qu'il ne l'avait cru, et les abords en friche. Il laissa la jeune femme sur le cheval, et poussa la porte. Il vérifia qu'il pourrait la fermer de l'intérieur, puis inspecta l'unique pièce, où se trouvait un âtre. Il pourrait y faire un petit feu, car même s'ils étaient en plein mois de juillet, les nuits étaient fraîches en forêt. Il y avait également une table, quatre chaises, une paillasse qu'il espérait dépourvu de vermine, de la vaisselle, mais aucune couverture. C'était sale à faire peur, mais ce n'était que pour une nuit, ils n'allaient pas s'installer. Si tant est que la jeune assommée reprenne connaissance. Sinon, il rentrerait et l'emmènerait avec lui, il n'aurait là non plus pas le choix.

Il étendit sur la couche le plaid aux couleurs de son clan, qu'il avait attaché par le crest[3] sur l'épaule gauche, puis retourna saisir la jeune femme à bras-le-corps pour la transporter à l'intérieur. Elle laissa échapper un petit gémissement, qui mit le feu à son corps et lui fit entrevoir qu'elle était peut-être sur le point de se réveiller. Il la recouvrit du plaid et attendit quelques minutes, tout en détaillant son visage. Ses longs cils ombraient ses joues, et ses cheveux, autour d'elle, s'étalaient pour former un halo de lumière. Elle était vraiment très jolie. Ses lèvres, surtout, d'un très beau rose, appelaient les siennes plus que de raison.

Il tourna les talons pour aller chercher du bois avant de mettre en pratique sa théorie : la réveiller de plusieurs baisers, voire avec

---

[3] Broche aux armoiries du clan servant à retenir le plaid sur une épaule

21

des caresses. Et même davantage. Ce qu'elle lui refuserait, évidemment. S'il en croyait sa vêture et sa jeunesse, elle était de bonne famille et certainement pure. Elle se refuserait à lui, et lui ne lui ferait pas l'affront de lui manquer de respect, au risque de devoir l'épouser ensuite.

Toujours le même dilemme !

Ne pouvait-on pas déflorer une jouvencelle sans forcément l'épouser ?

Il ne l'avait jamais fait – déflorer une fille – et il en aimait l'idée… Il aimait l'idée d'être le premier, de faire découvrir l'amour à une femme, de l'initier au plaisir… cela l'enchanterait, mais il ne voulait pas se marier !

Toujours pas !

Mais il s'y résoudrait…

Il soupira en rêvant du corps de la jeune femme et rejoignit la masure après avoir ramassé suffisamment de bois pour tenir toute la nuit. Quand il y pénétra, la belle endormie n'avait pas bougé et paraissait toujours aussi paisible. Craig espéra que les dommages de la chute ne seraient pas irréparables, auquel cas, que ferait-il d'elle ? Il prit alors la décision de l'emmener au domaine, où Térésa s'occuperait d'elle ; une bouche de plus à nourrir n'était rien pour son frère. Il était maintenant puissant et riche. L'important était de lui trouver un foyer accueillant où elle serait en sécurité. Mais il n'en était pas encore là ! Elle allait se réveiller, lui dire qui elle était, avoir toute sa tête, et tout allait très bien se passer.

Il trouva de l'étoupe et un grattoir près de l'âtre et entreprit de faire prendre les brindilles qu'il avait rapportées. Il aurait peut-être dû aller chercher de l'eau et essayer de braconner, mais il ne pouvait se résoudre à s'éloigner, il avait peur de la laisser seule. Ils auraient donc le corps chaud, mais le ventre vide. Lui-même pourrait survivre plusieurs heures sans manger, et il espérait que sa belle inconnue également.

Lorsque le feu flamba, il alla fermer la clenche de la porte, posa son épée au sol, s'assit sur la paillasse, et regarda la jeune femme dormir.

Il repoussa de nouveau des mèches folles de son visage, caressa sa joue, qu'il découvrit veloutée à souhait. Il regarda sa poitrine se soulever au rythme de sa respiration, qui lui sembla apaisée. Si elle avait de la fièvre, elle respirerait plus vite. Là, ce n'était pas le cas.

Allez... réveille-toi ! Que j'entende le son de ta voix !

Il se força à ne plus la toucher, car cela n'était pas raisonnable. Cela ne faisait que lui donner davantage envie d'elle, et ce n'était pas une bonne idée.

Pas une bonne idée du tout !

Il allait se marier, sacrebleu !

Comme il ne savait pas quoi faire d'autre, il s'allongea sur le côté, à distance raisonnable, et l'observa, encore et encore. Il n'avait jamais autant regardé une femme, surtout une femme avec laquelle il n'avait pas couché. Il la regardait si intensément, épiant chacune de ses réactions en lui parlant doucement pour la réveiller, qu'il était sûr de se souvenir de ses traits harmonieux jusqu'à la fin de ses jours. Il la regarda jusqu'à la tombée de la nuit, où il se laissa glisser doucement dans le sommeil.

***

Mary gémit et porta la main à sa tête. Quand elle chercha à se tourner, le mouvement la fit tellement souffrir qu'elle laissa échapper un autre gémissement. Même un clignement de paupières résonnait dans son crâne.

Que lui était-il arrivé ? Et où était-elle ?

Elle ouvrit les yeux, lentement, en tentant de calmer les battements désordonnés de son cœur, car il lui semblait que… Oui, c'était bien cela, ses sens ne la trompaient pas : elle entendait une respiration près d'elle. Très, très près d'elle. Et il s'agissait de la respiration d'un autre être vivant ! Elle retint au tout dernier moment le cri qu'elle s'apprêtait à pousser et s'obligea au calme. Ce n'était pas une bonne idée de révéler sa présence si cette personne lui voulait du mal. En même temps, si elle lui voulait vraiment du mal, elle serait déjà morte. Ou s'il s'agissait d'un homme, il aurait pu la prendre de force, mais alors elle serait nue, et son corps douloureux. Bon, c'était le cas, mais pas dans ces endroits-là. Au prix d'intenses efforts qui lui firent monter les larmes aux yeux tant sa tête lui faisait mal, elle tourna le col et, surprise, observa l'homme couché à ses côtés. Car il s'agissait bien d'un homme ! Et elle le reconnut sur-le-champ. C'était l'homme du loch ! Celui à cause duquel elle était tombée de cheval. Tout ça parce qu'il lui était apparu nu !

Quelle gageure !

Alors qu'elle avait vu bon nombre de jeunes gens nus – ses frères et les garçons de son clan – lorsqu'ils se baignaient dans le loch près de son foyer. Bon… certes, c'était il y avait longtemps, mais elle savait comment étaient faits les hommes, et ce qu'ils avaient entre les jambes. Elle savait même comment ils s'en servaient ! Les jeunes femmes de son âge, autour d'elles, ne parlaient que de cela, de ce que faisaient les hommes et les femmes depuis la nuit des temps, et certaines de ses connaissances étaient même déjà mariées. Elle savait ce qu'il se passait durant la nuit de noces, et ce qu'il en résultait ; sa cousine était morte en couches. Et à l'époque, elle en avait été malheureuse, car elle aimait énormément Maddie. Elle était gentille, lumineuse, dévouée et elles n'avaient que peu d'écart d'âge. Tout le clan avait pleuré sa mort et son oncle Colin n'avait plus jamais été le même. Maddie était sa fille unique. Il avait eu d'autres enfants, mais aucun n'avait survécu. Il aurait voulu la marier à un puissant chef de clan, mais Maddie était amoureuse d'Alexander MacLeod, et elle avait juré de se jeter du haut de la tour s'il lui interdisait de l'épouser. Et ceci, même si les MacLeod avaient quasiment tout perdu lors du raid des MacDonald venus leur prendre leurs terres.

En vérité, elle était l'une des rares jeunes filles du domaine à être encore pure à bientôt dix-neuf ans. Elle se félicitait que ses parents veuillent lui trouver un époux à sa convenance plutôt que la marier au premier venu. En cela, elle était consciente qu'ils agissaient différemment des autres familles et qu'elle avait beaucoup de chance. Visiblement, ils n'étaient pas pressés de se passer de sa présence et cela lui convenait parfaitement, car elle-même n'était pas pressée de les quitter. Sa solitude et sa liberté lui convenaient parfaitement et comme sa mère était encore de ce monde, elle régentait la maison et elle-même ne croulait pas sous les tâches, même si elle mettait régulièrement la main à la pâte lorsqu'il le fallait. Ses deux frères aînés, James, que tous appelaient Jamie, et Bobby, s'étaient mariés plusieurs années auparavant, et étaient pères de deux enfants chacun, tandis que son troisième frère, Tomas, avait convolé seulement quelques mois plus tôt. Tous vivaient dans une grande demeure à quelques lieues de là, qui avait tout d'un fort. Elle s'entendait très bien avec ses trois belles-sœurs, et Stella, la femme de son plus jeune frère, était devenue une véritable amie.

Elle allait lui manquer.

Tous allaient lui manquer.

Mais si elle voulait être honnête, elle était tout de même impatiente d'appartenir à un homme. Un homme bon, loyal et juste. Un homme qui ferait accélérer son cœur et bouillir son sang. Elle rêvait de l'amour charnel et d'être conquise. Ce qu'elle s'était toujours bien gardée de révéler à quiconque, même à sa belle-sœur. Et encore moins à ses frères qui veillaient sur elle comme une maman poule sur ses œufs. Alors, si elle avait accepté de partir pour Édimbourg, c'était également pour eux, pour qu'ils en retirent des bienfaits.

Tout en regardant l'homme couché près d'elle, elle soupira.

Elle avait été surprise, elle avait eu peur aussi, mais ce qui la troublait le plus, c'était qu'avant de tomber, elle s'était fait la réflexion qu'il était le plus bel homme qu'elle n'eût jamais vu. Sa nudité avait quelque chose d'incroyablement attirant. Il était parfait. Grand, brun, les cheveux légèrement bouclés, un corps musclé, un ventre plat, des cuisses puissantes. Elle n'avait pas eu le temps de le détailler plus avant, car sa tête avait violemment heurté le sol et elle s'était évanouie.

Elle quitta l'homme des yeux pour scruter autour d'elle et constater qu'ils se trouvaient dans une cabane, dans laquelle régnait une relative pénombre uniquement troublée par un petit feu dans l'âtre. Il faisait chaud et elle se sentait… bien. Elle n'avait pas peur. Elle ne savait pas qui était cet homme, mais son for intérieur lui soufflait qu'elle n'avait rien à craindre de lui. Il avait pris soin d'elle, il l'avait portée à l'abri, couverte… il était resté pour veiller sur elle.

Elle reporta son attention sur lui et se tourna, sans faire de bruit, là encore au prix de violentes douleurs, qui s'estompèrent pourtant dès qu'elle se tint de nouveau immobile.

Son cœur accéléra.

Qu'il était beau !

Une légère barbe ombrait ses joues, la pilosité qui lui apparaissait par le col ouvert de la chemise attirait ses doigts. Presque irrésistiblement. Si elle avait vu des garçons de son clan nus, elle n'avait jamais touché un homme, et se demandait ce que cela ferait de sentir sa peau sous ses doigts. Elle était à quelques centimètres de lui et sa chaleur arrivait jusqu'à elle. Sa chaleur, son souffle, son odeur. Son souffle était chaud, son odeur agréable. Ses cheveux lui revenaient sur le front et malgré la faible lumière de l'âtre, à force de l'observer, elle crut soudain reconnaître les traits de son visage. Mais la rencontre remontait à quatre ans, et elle ne pouvait en être sûre. C'était au mariage de sa cousine Maddie, et il se pourrait bien que cet homme soit le frère du marié, Craig. Du haut de ses quatorze ans, elle l'avait trouvé très beau. Ses yeux, surtout, identiques à ceux de ses frères, étaient remarquables, d'un beau vert, profonds, bordés de longs cils bruns. Lui, l'avait à peine regardée, pour aller conter fleurette à des filles plus âgées, qu'il était certainement allé ensuite culbuter dans le foin. Elle avait entendu sa tante parler de lui en des termes peu élogieux ; il avait en effet la réputation d'être un vrai débauché. Au contraire d'Alexander qui était sérieux, amoureux de Maddie depuis longtemps et n'avait d'yeux que pour elle.

Se pourrait-il que ce soit véritablement lui ? Craig MacLeod ? Elle en était persuadée, et il n'y aurait rien d'étonnant à cela puisque les terres MacLeod touchaient celles de son oncle. À sa souvenance, cinq ans les séparaient...

Il soupira dans son sommeil, se mit sur le dos, et se rapprocha d'elle.

Mary aurait pu se reculer, mais elle n'en avait aucune envie. Pour la première fois de sa vie, elle se sentait attirée par un homme. Irrésistiblement attirée, alors même qu'elle ne savait presque rien de lui. Mais qu'importe. C'était certainement mieux ainsi. Au moins, tant qu'ils ne se parleraient pas, elle pourrait toujours imaginer qu'il avait changé et était devenu un homme bien. Peut-être même était-il marié, mais elle en doutait... si c'était le cas, il ne serait pas là ! Près d'elle. Dans ce lit de fortune. Elle regarda la main, abandonnée sur le torse. Une main belle, fine, aux longs doigts. Elle l'imagina sur elle, à la caresser. Son corps s'enflamma et une douce chaleur se répandit dans son bas-ventre, à sa grande surprise. Ainsi, c'était donc cela, le désir pour un homme ? Elle ne l'avait jamais ressenti, mais elle ne pouvait nier que c'était doux, chaud et... intense. Très agréable, en vérité. Elle leva sa propre main et s'enhardit à caresser la sienne du bout des doigts, puis elle la glissa sur le poignet, sur la chemise, et enfin sur la peau. Il gémit et elle retint son souffle, de peur de l'avoir réveillé. Mais non, il dormait calmement, et soudain, un sourire étira ses lèvres. Un sourire qu'elle ne saurait comprendre, mais qui alluma à nouveau un brasier entre ses cuisses.

Elle se remit sur le dos, le cœur en alerte, et porta les mains à sa poitrine.

Elle désirait cet homme et contre toute raison, elle aurait voulu lui demander de lui faire l'amour, elle aurait voulu lui faire don de sa virginité pour découvrir la passion dans ses bras avant qu'un autre ne lui ravisse son innocence. Mais alors, elle serait déshonorée, et sa famille avec elle. Les femmes ne pouvaient pas disposer de leur corps, il en était ainsi. Mais le corps avait ses espoirs, ses envies, et il ne mentait jamais.

Pour autant, elle avait beau le désirer comme jamais elle n'avait désiré un homme, si Craig MacLeod était resté le même, elle ne pouvait pas lui faire confiance une seule seconde et devait se tenir à distance. Sans doute ferait-elle mieux de ne pas se rendormir pour partir dès le lever du soleil. Mais plusieurs longues minutes plus tard, ses paupières frémirent. Elle ne put lutter contre la douce torpeur qui la gagnait et alors que la chaleur de l'âtre et du corps de Craig MacLeod avaient raison de ses dernières forces, elle glissa de nouveau dans le sommeil.

3

Craig se réveilla en entendant un soupir et en sentant un corps se mouvoir contre lui. Pendant la nuit, sans qu'il ne s'en rendît compte, il avait passé un bras autour de la belle inconnue, s'était calé dans son dos, et les fesses de la jeune femme appuyaient désormais contre son bas-ventre de façon très plaisante.

Son désir enfla.

Que ne donnerait-il pas pour l'assouvir, ici, maintenant...

Il s'imagina remonter sa robe, la caresser et s'immiscer entre ses cuisses. Chaudes. Accueillantes. Ou mieux : la retourner sur le dos, peser de tout son poids sur elle, et entrer dans sa moiteur. Jusqu'à la garde. Pour ensuite aller et venir en elle et lui arracher des cris de jouissance.

Son sang s'échauffa.

Le rêve était tellement réel que, sa verge devenue dure et douloureuse, il dut retenir un gémissement.

Que lui arrivait-il ?

Il était un homme d'action, un guerrier, il n'avait jamais *imaginé* posséder une femme, il n'en avait même jamais eu l'idée, et jamais il n'aurait pensé que son corps et son esprit lui joueraient un tel tour, car son plaisir était prêt à exploser juste en s'imaginant entre les cuisses de la belle endormie.

Comment cela était-il donc possible ?

Par quelle supercherie ?

Il devait se reprendre, et vite !

Il leva son bras, s'écarta doucement et roula sur le dos. Il devrait retourner au loch pour faire redescendre sa fièvre charnelle dans l'eau glacée, mais comme la veille, il ne pouvait se résoudre à laisser la jeune femme seule.

Il sauta du lit, puis entreprit de ranimer le feu.

Il fallait qu'il s'occupe ou il allait devenir fou, ses désirs ayant raison de sa raison, justement. La frustration ne lui valait rien, il le savait, mais… il se devait de respecter cette femme.

Il se l'était promis !

Avisant une hache – qu'il n'avait pas vue la veille – près de l'âtre, il sortit pour aller couper quelques branches supplémentaires. C'était inutile, il restait persuadé qu'ils allaient quitter la masure dans les heures qui venaient, mais il lui fallait, d'une façon ou d'une autre, calmer les élancements de ses reins.

***

Mary ouvrit de nouveau les yeux, pour se rendre compte qu'il faisait jour et qu'elle était seule sur la couche.

Fort heureusement !

Elle ne savait ce qu'elle ressentirait en croisant le regard de Craig, et mieux valait que ce fût ailleurs que dans un lit.

Des bruits lui parvinrent du dehors.

Si elle avait ourdi le dessein de partir au lever du jour, force était de constater qu'il était trop tard. Elle ne pouvait décemment pas dérober le cheval de Craig et s'échapper comme une voleuse ! Sans même un remerciement ! Non, elle ne pouvait se comporter de la sorte, elle devait au moins le remercier d'avoir pris soin d'elle. Mais après tout, c'était de sa faute si elle était tombée ! Et elle le lui ferait savoir ! En revoyant en pensée son corps nu et diablement attirant, ses joues prirent feu. Son désir pour cet homme se tapissait toujours quelque part en elle, et visiblement, il suffisait de peu pour en ranimer la flamme. Mieux valait qu'il ne la trouve pas au lit quand il reviendrait. Elle se glissa hors de la couche, en colère contre elle-même, mais ravie de constater que son mal de tête s'était envolé. Elle plia le plaid, le posa sur la table, sortit de la masure dont la porte était ouverte et fut incapable de faire un pas de plus.

Craig se tenait là, à quelques mètres, face au soleil naissant, le dos luisant de sueur. Décidément, cet homme aimait se mettre nu, mais fort heureusement encore, il avait cette fois-ci gardé son kilt. Pour autant, Mary ne put détacher son regard de sa peau brillante, de ses muscles bandés sous l'effort... elle aurait pu rester des heures à l'admirer.

Un sourire lui échappa.

Pourquoi avoir coupé tant de bois ?

Comptait-il rester ici ?

Elle prit une grande respiration, prête à l'interrompre pour lui demander de la raccompagner à la demeure de son oncle, car tout comme la veille, elle serait bien incapable d'en retrouver le chemin. Il la laisserait à distance, et elle finirait à pied. Ainsi, elle serait la seule à essuyer le courroux de ses parents, et plus certainement, celui de Colin Kinkaid, le chef de leur clan. Elle ne voulait pas qu'on les voie ensemble et que Craig ait des ennuis à cause d'elle. Elle leur cacherait la vérité, ou plutôt ne leur dirait qu'une demi-vérité : qu'elle s'était perdue, était tombée et restée inconsciente toute la nuit. Elle ne pouvait avouer à sa famille qu'elle l'avait passée dans une cabane avec un inconnu ! Surtout si cet inconnu n'en était pas réellement un, qu'il s'appelait Craig MacLeod et avait la réputation d'être un débauché notoire.

Elle faillit rebrousser chemin en le voyant lâcher la hache et se passer les mains dans les cheveux, mais quelque chose l'en empêcha. Quelque chose proche de la fascination. Quelque chose qui faisait accélérer son cœur comme jamais auparavant. L'air lui manqua quand il se retourna, et que leurs yeux se rencontrèrent. Il ne sembla pas surpris, c'était autre chose qui avait traversé son regard. Quelque chose qu'elle était bien en peine de définir.

Elle se redressa et s'écarta de la porte sur laquelle elle s'était appuyée pour se repaître de la vue du corps du Highlander soumis à un effort intense. Il était hors de question qu'il devine l'effet qu'il lui faisait. Mais quand, sans cesser de l'observer ardemment, il s'empara du seau rempli d'eau à ses pieds pour le déverser sur sa tête, lisser ses cheveux en arrière et ensuite avancer vers elle, un léger sourire aux lèvres, elle fut proche de l'évanouissement. Elle ne put que le regarder de la même façon, et plus il avançait, plus elle sentait son cœur défaillir.

Sa chute, sans doute…

Elle pria pour ne pas perdre conscience à nouveau. Mais elle n'était pas une faible femme, que diable ! Craig avait un corps magnifique, des yeux qui ne l'étaient pas moins, mais ce n'était pas une raison suffisante pour se pâmer ! Pourquoi son corps réagissait-il ainsi, à la fin ?

Elle se reprit quand il ne fut plus qu'à un mètre d'elle.

— Ma dame…

Sa voix, rauque, était aussi belle que le reste de sa personne.

Elle déglutit difficilement avant de répondre :

— Messire…

— Comment vous sentez-vous ?

Elle avait toujours envie de lui faire tâter de son courroux pour s'être retrouvée dans cette situation par sa faute, mais son sourire, son incroyable regard et la douceur qui y régnait, l'en empêchèrent.

— Bien, je crois…

— Vous n'avez rien de cassé ? demanda-t-il encore d'une voix doucereuse.

Se moquait-il d'elle ou était-ce sa façon de s'adresser aux femmes, comme si… comme s'il badinait dans une alcôve et voulait la coucher dans son lit.

Elle le toisa.

— Rien ! Et je ne serais pas tombée de ma monture si vous…

Il la dévisagea encore plus intensément et elle s'interrompit.

— Oui ? Si ? se moqua-t-il, un sourire goguenard étirant davantage ses lèvres.

Le rustre !

Décidément, il était digne de sa réputation.

Elle ne recula pas quand il s'approcha davantage et posa la main sur l'encadrement de la porte, près de son visage. Ses effluves assaillirent ses sens, et loin de la rebuter, ils ravivèrent son désir... et sa colère, l'unique moyen qu'elle avait trouvé pour se protéger de la trop grande attirance qu'il exerçait sur elle.

— Si vous aviez été plus prudent ! assena-t-elle.

— Ah ! Parce que selon vous c'est ma faute si vous êtes tombée ?

— Bien sûr ! Ce n'est pas la mienne !

— Croyez-vous ?

Qu'il se moque, elle n'en avait cure !

Il se pencha davantage, presque à la toucher.

Leurs yeux se happèrent.

— Peut-être êtes-vous tombée pour la simple et bonne raison que je vous attire et que vous avez envie de moi, souffla-t-il à son oreille. Peut-être parce que vous n'avez jamais rencontré un homme tel que moi...

Elle ouvrit grand les yeux de surprise.

— Un homme d'une telle arrogance, c'est un fait certain ! siffla-t-elle. Maintenant, si vous voulez bien m'excuser...

Elle se glissa entre son corps et la porte, et s'éloigna.

Elle n'avait pas fait deux pas qu'elle sentit une main sur son poignet.

— Attendez !

Elle se retourna, plongea de nouveau dans ses magnifiques yeux verts, ce dont elle aurait dû s'abstenir. Son souffle devint ardu en percevant l'intérêt qui y régnait. Visiblement, qu'elle se rebelle n'était pas pour lui déplaire, bien au contraire, elle avait la nette impression qu'il allait se jeter sur ses lèvres. Mais elle savait qui il était et de quoi il était capable. Il était hors de question qu'il l'embrasse.

De nouveau, la colère l'envahit.

— Ne croyez-vous pas que vous en avez suffisamment fait ?

Il haussa un sourcil, surpris.

— Je ne comprends pas…

— Eh bien, moi, je me comprends. Laissez-moi partir.

Il relâcha son poignet, qu'il tenait toujours entre ses doigts. Lentement. Comme à regret. Et ce fut comme une caresse sur sa peau.

— Vous n'avez rien à craindre de moi, damoiselle, je vous le promets. Je ne vous veux aucun mal.

Ce n'était pas son sentiment, pour un tas de raisons, la première étant qu'il était de toute évidence digne de sa réputation de coureur de jupons et de débauché.

— Je vais vous ramener chez vous ! ajouta-t-il face à son silence, comme un fait entendu.

Il mit la main sur son cœur et s'inclina avec cérémonie. Mais toujours avec ce petit sourire aux lèvres.

S'était-il véritablement mis en tête de la séduire ?

— Pardonnez-moi, j'aurais dû commencer par là. Je me présente, Craig MacLeod. Pour vous servir, ma dame.

— Je sais parfaitement qui vous êtes, Craig MacLeod, le toisa-t-elle, satisfaite de voir la surprise envahir ses traits. Nous nous sommes déjà rencontrés.

Cette fois-ci, il fronça les sourcils.

— Si c'était le cas, je vous assure que je m'en souviendrais. Je n'oublie jamais une jolie femme quand j'en croise une.

— Peut-être parce que vous ne les regardez pas assez attentivement ! répondit-elle aussi sec. Ou peut-être parce que vous n'êtes pas réellement intéressé par leur visage, mais par une autre partie de leur anatomie !

Contre toute attente, il éclata de rire.

— Bon Dieu, mais d'où sortez-vous donc ?

Elle ne put s'empêcher de lui répondre d'un sourire, et effectua une petite révérence.

— Mary Kinkaid ! Je suis la cousine de Maddie. Nous nous sommes vus au mariage. Comment va votre frère ? J'ai appris qu'il était remarié, ajouta-t-elle en se redressant.

Mieux valait parler de la famille que de s'enferrer dans un échange plus intime.

— Il va bien. Sa femme et son fils également. Mais je...

— J'avais quinze ans à l'époque, le coupa-t-elle. Vous ne vous souvenez sûrement pas de moi, continua-t-elle, comme se parlant à elle-même. J'étais trop jeune pour susciter votre intérêt !

Sans doute allait-elle trop loin, mais elle avait trois frères et nullement l'habitude de peser ses mots. De plus, le prendre à son propre piège faisait naître en elle une certaine jubilation.

— Êtes-vous toujours aussi directe ?

— Oui, pourquoi ? C'est un problème ?

— Certainement ! Je comprends mieux pourquoi vous n'êtes pas encore mariée !

Touchée !

— Qui vous dit que je ne le suis pas ?

— Je le sais, c'est tout ! Je sais reconnaître une vierge quand j'en vois une !

Elle en eut le souffle coupé.

Cet homme était vraiment un mufle, mais plutôt que de s'en formaliser, elle prit le parti de s'en moquer. Les prétendants ne manquaient pas, elle n'avait aucun problème avec les hommes, c'était juste que... aucun n'avait réellement suscité son intérêt. En tout cas, pas suffisamment pour avoir envie de lier sa vie à la sienne. Peut-être, effectivement, son caractère avait-il quelque chose à voir avec cela, mais elle ne s'était jamais véritablement posé la question.

— Bien, messire, ce n'est pas que je m'ennuie, ironisa-t-elle, mais j'aimerais rentrer chez mon oncle. Alors si votre invitation de m'escorter tient toujours, je l'accepte. Mais j'exige que nous partions sur-le-champ !

Il l'observa de nouveau intensément, puis s'inclina, le sourire aux lèvres.

Décidément, il avait l'air de réellement s'amuser.

— Vos désirs sont des ordres, ma dame. Attendez-moi, je n'en ai que pour quelques secondes.

Il se dirigea vers sa chemise qu'il avait roulée en boule sur une pierre, la remit dans son kilt, puis il ramassa les morceaux de bois, la hache, et entra dans la maison. Ne le voyant pas ressortir, Mary se dirigea vers le cheval et le détacha. Elle se hissa sur la selle, et rien qu'à l'idée de sentir Craig dans son dos, ses émois revinrent au galop. Elle manqua éclater de rire lorsqu'après être ressorti de la masure, revêtu de son plaid, son épée battant son côté gauche à chacune de ses grandes enjambées, il marqua un temps d'arrêt en ne la voyant pas où il l'avait laissée.

— Messire...

Il tourna la tête, et elle crut entrevoir une lueur de soulagement traverser son regard.

Se faisait-il réellement du souci pour elle à l'idée de la savoir seule dans la forêt ? Certainement ! Peut-être, sous ses allures de grand séducteur sûr de lui et au-delà de ce qu'il inspirait aux femmes, cachait-il une âme de chevalier ? Peut-être pouvait-elle faire fi de son arrogance pour voir l'homme, au-delà de la réputation ? Mais...

les actes faisaient d'une personne ce qu'elle était. Alors mieux valait ne pas lui faire confiance et se méfier de lui ! Peut-être ainsi oublierait-elle la trop grande attirance qu'elle ressentait pour lui et oublierait-elle que son corps la trahissait dès qu'il posait les yeux sur elle.

Comme maintenant !

Elle se rendit compte qu'elle était certainement en train de le dévorer du regard lorsqu'il lui fit un clin d'œil, avant de poser son pied sur l'étrier et de se hisser derrière elle. Un clin d'œil ? Sérieusement ? Cet homme était vraiment impossible !

Mais quand elle sentit son corps se coller contre le sien sur la selle – heureusement assez grande pour qu'ils soient assis confortablement –, cuisses contre cuisses, puis ses bras de part et d'autre de sa taille lorsqu'il s'empara des rênes, elle eut de nouveau du mal à respirer. Il était trop près, bien trop près pour sa tranquillité. Elle s'efforça d'oublier les remous que provoquait Craig dans son corps et engagea la conversation :

— Que faisiez-vous sur nos terres ? N'aviez-vous pas peur de déclencher un incident ?

Elle le sentit sourire.

— Je ne suis pas facilement impressionnable, Mary.

C'était la première fois qu'il prononçait son prénom et cela lui retourna l'estomac.

Voici bien encore autre chose...

— Non, bien sûr, un homme tel que vous ne connaît pas la peur, ironisa-t-elle. Mais vous vous trouviez quand même bien à l'intérieur des terres de mon oncle, non ?

Elle n'allait pas jusqu'à penser qu'il espionnait pour le compte de son clan, mais après tout, pourquoi pas ?

— Pas tant que cela, c'est vous qui vous êtes trop éloignée de la maison ! décréta-t-il.

Ah... peut-être !

— Que faisiez-vous vous-même si loin ? s'enquit-il, après quelques secondes de silence.

Ils allaient au pas, ce qui leur permettait de discuter. Étonnamment, et même si Craig tourmentait son corps de femme, elle n'était pas pressée de se séparer de lui. Il le faudrait bien, pourtant. Mais à l'idée de ne plus jamais le revoir, quelque chose se fissura dans sa poitrine.

— Je me suis perdue, avoua-t-elle.

— Vous m'en voyez ravi, ainsi nous avons pu faire connaissance ! souffla-t-il soudain à son oreille.

Et pour ce faire, il s'était plaqué davantage contre elle.

Elle en eut une nouvelle fois le souffle coupé.

Elle n'avait jamais chevauché ainsi devant un homme. C'était très... déstabilisant. De plus, son entrejambe appuyait contre le pommeau de la selle, lui procurant une délicieuse friction à chaque pas du cheval. Une friction qu'elle connaissait bien puisqu'elle avait déjà pris un certain plaisir à se cambrer sur sa selle, pour appuyer juste ce qu'il fallait, là où il le fallait.

Une bouffée de chaleur l'envahit tout entière pour ensuite se loger entre ses cuisses, et il lui sembla que Craig partageait son émoi.

Elle ferma furtivement les yeux en sentant son souffle sur sa nuque.

Qu'il lui serait doux de se tourner pour l'embrasser...

Elle chassa aussitôt ses pensées impures de son esprit et se redressa.

Elle ne devait pas penser à un homme de cette façon, ce n'était pas convenable. Sauf que subitement, elle n'avait plus aucune envie d'être convenable, mais au contraire, d'écouter son désir qui ne cessait de la tourmenter, quelle que soit la force qu'elle mettait à l'ignorer.

Ses envies la reprirent.

L'embrasserait-il si elle le lui demandait ? Si elle lui disait qu'elle était curieuse de savoir ce que cela faisait, d'embrasser un homme, accepterait-il ? Ne devait-elle pas oser tant qu'elle le pouvait encore ? Pendant qu'ils étaient seuls, au fond des bois ? Il lui plaisait tellement qu'elle avait peur qu'aucun homme ne lui plaise jamais autant. N'était-ce pas là l'occasion, ne sachant pas si l'on allait la marier à un homme qu'elle ne désirerait pas ? Son corps s'était éveillé au contact de Craig MacLeod, et elle avait tellement envie de lui qu'elle avait le sentiment d'avoir mal partout.

Sans plus prononcer le moindre mot, il resserra ses cuisses contre les siennes, comme s'il cherchait lui-même un apaisement à son contact. Elle mourait d'envie de se laisser aller contre lui, mais elle eut peur, soudain, de ne plus rien pouvoir maîtriser si elle le faisait. Elle aurait même souhaité qu'il prenne les devants et pose sa main sur sa peau, tout en le redoutant. Elle était indécise, et elle n'avait jamais été dans un tel état. Elle savait juste qu'elle avait envie qu'il la touche, là, pour apaiser ses tensions devenues presque insupportables.

— Vous savez que vous m'avez fait peur, ma dame, reprit-il, de sa belle voix rauque. Vous ne repreniez pas connaissance.

Il s'était visiblement repris, alors que son propre souffle peinait à revenir à la normale. Avec un peu de chance, il ne se serait pas rendu compte de son trouble et ne tenterait rien de son côté. Il n'avait fait que se montrer serviable et prévenant, voilà tout.

Elle ne sut dans l'instant si elle en était soulagée ou déçue.

Mais c'était mieux ainsi…

— Tout va bien, maintenant, souffla-t-elle. Ne pouvez-vous aller plus vite, je suis pressée de rentrer, ajouta-t-elle plus froidement.

Elle était surtout pressée que son calvaire cessât.

— Si fait, comme je vous l'ai dit, ma dame, vos désirs sont des ordres ! susurra-t-il à son oreille.

Il passa un bras autour de sa taille pour la serrer davantage contre lui avant de talonner la monture, qui aussitôt partit au galop.

Ils chevauchèrent ainsi pendant ce qui lui sembla des heures.

Elle se tint du mieux qu'elle put, mais au bout d'un moment, ses mains autour du pommeau lui firent mal et ses bras se mirent à trembler, même si elle avait fini, ne pouvant faire autrement, par se laisser aller contre Craig. Elle se sentait faible. Les conséquences de sa chute, sans doute, car depuis qu'ils avaient entamé ce train d'enfer, elle ne pensait plus à son désir, mais seulement à se maintenir en selle.

Sentant que ses forces commençaient à décliner, et certainement conscient de l'effort que cela lui demandait, Craig ralentit, puis remit le cheval au pas, lui permettant ainsi de souffler.

— Merci, je n'en pouvais plus. Ma chute, sans doute.

— Sans doute, répéta-t-il.

Il ôta son bras d'autour de sa taille et comme précédemment, elle se sentit un peu perdue.

— Êtes-vous déjà allé à la cour, messire ?

Ils devaient discuter comme deux bons amis, cela l'avait auparavant aidée à se changer les idées.

— Oui, pourquoi ?

— Je vais devenir l'une des demoiselles de compagnie de la princesse Annabelle. C'est pour cette raison que nous sommes de passage chez mon oncle. La connaissez-vous ?

Elle le sentit se raidir.

— De vue, seulement ! répondit-il sèchement.

— Vous a-t-elle paru avenante ?

— Certainement !

C'était tout ?

Elle se décala et prit appui sur le pommeau de la selle pour se tourner et scruter son visage. Qu'est-ce qui l'ennuyait à ce point ? Pourquoi, soudainement, lui semblait-il si distant ?

— Vous pourriez peut-être m'en dire davantage sur elle si vous l'avez déjà rencontrée ? Est-elle si terrible que ça ? demanda-t-elle encore face à son silence.

— Je vous laisse vous faire votre propre opinion sur le sujet, ma dame, je ne voudrais pas vous influencer.

Qu'il pouvait être obtus, parfois...

— Vous ne m'influencerez pas, Craig. Je vous le demande comme un service.

— Alors si j'ai un conseil à vous donner, Mary, refusez !

Pardon ?

— Je ne peux pas, soupira-t-elle en se repositionnant de face, perturbée par sa réaction. J'y ferai certainement un bon mariage.

— Les bons mariages peuvent se faire dans les Highlands, pas besoin d'aller à la cour pour ça ! répliqua-t-il vertement.

Pourquoi semblait-il soudain en colère, bon sang !

Décidément, cet homme la déroutait de plus en plus. À tel point qu'elle pensa avoir rêvé leur incroyable intimité d'avant la révélation de sa propre identité.

— Certainement ! répondit-elle sur le même ton, reprenant son mot. Mais comme aucun prétendant ne me convient, je suppose que mon destin n'est pas de trouver un bon parti ici, voilà tout !

Elle se tourna à demi pour l'observer, surprise de lui découvrir les traits durs et les mâchoires serrées.

— Quelque chose ne va pas, messire MacLeod ?

— Tout va très bien. Nous arrivons en vue de la demeure de votre oncle.

Elle se retourna aussitôt, ignorant sa réaction. Après tout, qu'il fasse la tête, ce n'était pas son problème. Elle vit effectivement le fort de son oncle, perché sur une colline.

— Oh... alors, arrêtez-vous là, je vais continuer à pied. Je ne voudrais pas que vous ayez des ennuis par ma faute, je sais que mon oncle ne vous porte pas dans son cœur.

— Trop tard !

Diantre !

Il avait raison, une troupe venait de sortir du château. Les gardes du chemin de ronde les avaient certainement repérés, ou peut-être se lançaient-ils à sa recherche...

— Échappez-vous, je les retiendrai, assura-t-elle vivement, en voulant sauter à bas du cheval.

Il la retint et continua d'avancer.

— Je n'ai rien à me reprocher, Mary. Si je pars, ils croiront à une fuite, et comme ils ont très certainement reconnu mes couleurs, cela pourrait mettre le feu aux poudres. Ce que je ne voudrais pour rien au monde.

— Je suis désolée, ne put-elle s'empêcher de dire.

— Ne le soyez pas, ce n'est en rien votre faute. Vous n'avez pas fait exprès de tomber de cheval.

— C'est vrai !

— Je sais que je suis irrésistible !

Elle comprit qu'il souriait, même si elle ne pouvait le voir.

— C'est vrai... souffla-t-elle tout bas.

Elle pouvait maintenant le lui avouer, elle ne le reverrait plus jamais.

Il se raidit, et son souffle vint de nouveau caresser sa nuque, la faisant frissonner.

Soudain, elle souhaita ardemment qu'il posât ses lèvres sur sa peau, mais évidemment, il n'en fit rien.

— J'aurais tellement voulu qu'il en fût autrement…

Qu'entendait-il par-là ?

Elle n'eut pas le temps de le lui demander, la troupe venait à leur rencontre, et elle reconnut son oncle et son père en tête.

Craig sauta à bas du cheval qu'il tint ensuite par la bride, et elle l'imita.

Ils attendirent que les cavaliers en fissent autant.

Mary sentit son cœur se soulever en croisant le regard de son oncle. En tant que chef de clan, et même si son père était présent, c'était lui qui allait mener les discussions ; ils étaient ici chez lui. Son expression peu amène lui laissait augurer le pire.

— Mon oncle, je vais tout vous expliquer, tenta-t-elle.

Colin Kinkaid leva la main pour l'empêcher de s'exprimer plus avant.

— Ce n'est pas vous que je veux entendre, damoiselle, mais lui !

— Il n'a rien à se reprocher, tout est ma faute, insista-t-elle pourtant, ignorant le regard furibond de son oncle. Je suis tombée de cheval !

Tout laird qu'il était, il n'avait aucune autorité sur elle, elle allait partir à la cour, alors…

— Paix ! MacLeod ? tonna-t-il. Que faites-vous sur mes terres ?

— Je me suis perdu !

Mary mit sa main sur sa bouche pour retenir un rire nerveux, ce qui lui valut encore un regard furieux de la part de son oncle. Quant à son père qui se tenait en retrait de son frère, il se contenta de froncer les sourcils. Son père ressemblait énormément à son frère aîné, comme lui, il était brun, les yeux sombres et des traits fins, mais beaucoup plus tempéré, Dieu merci, elle essuierait une réprimande, tout au plus. Il était visiblement soulagé qu'elle soit saine et sauve, c'était sans doute tout ce qui lui importait. Il n'en était pas de même pour son oncle Colin, en revanche, qui semblait terriblement en colère. À tel point qu'elle eut peur pour Craig.

— Ne vous moquez pas de moi !

Craig mit sa main sur la garde de son épée.

— Mettriez-vous en doute ma parole ?

Les deux hommes se jaugèrent et son oncle prit un air mauvais.

— Il est vrai que maintenant, vous savez vous battre, MacLeod ! Vos hauts faits d'armes me sont revenus aux oreilles.

Il marqua un temps d'arrêt.

— Pour autant, je n'ai aucune confiance en vous, tout comme je n'ai jamais eu confiance en votre frère.

Craig la regarda intensément, puis reporta son attention sur son oncle.

— Je suis bien conscient que je ne devrais pas me trouver devant votre porte, qui plus est avec votre nièce, aussi, je me plierai à votre sentence.

Était-il devenu fou ?

Ne savait-il pas de quoi Colin Kinkaid était capable ? Il haïssait les MacLeod, tout le monde savait ça !

Mary voulut aussitôt prendre sa défense, mais se retint à temps : elle ne ferait qu'envenimer la situation.

Son oncle plissa les paupières.

— Je sais de source sûre que vous vous apprêtez à épouser la princesse Annabelle et comme ma nièce ici présente doit se rendre à la cour, vous l'accompagnerez, et la protégerez. S'il devait lui arriver quelque chose, vous m'en répondrez de votre vie.

Mary eut l'impression que ses jambes se dérobaient sous elle.

Craig allait épouser la princesse ? Pourquoi ne lui en avait-il pas parlé ? Et que signifiait cette nouvelle lubie de son oncle ?

L'horreur de la situation lui sauta aux yeux : il les liait l'un à l'autre. Et si quelque chose tournait mal, Craig y perdrait la vie. Ou alors, ce serait la guerre entre leurs deux clans.

À croire que son oncle n'attendait qu'un prétexte pour cela.

Et qu'elle fût ce prétexte l'emplissait de remords.

4

Craig observa Mary. Il lui somma par un regard dur de ne pas intervenir, cela ne ferait que renforcer la rancœur de Colin à son égard. Bien que le fourbe n'ait pas besoin d'être beaucoup poussé pour s'en prendre à lui ! Et à travers lui, au clan MacLeod, et à son frère en particulier.

Il lui témoignerait le respect dû à son âge, à défaut de l'apprécier, mais il ne voulait en aucun cas lui fournir de plus amples prétextes pour leur chercher querelle. Alors s'il voulait qu'il soit le chaperon de Mary à la cour, eh bien, il remplirait ce rôle, quoi qu'il lui en coûte.

— J'accepte ! Qu'elle aille chercher ses affaires ! ordonna-t-il, ignorant sciemment Mary.

Il devait oublier qu'il avait désiré cette femme, et vite !

Il n'en avait pas le droit, il avait accepté d'en épouser une autre.

— Ai-je été assez clair, MacLeod ? insista Colin.

— Très clair ! Je la protégerai. Je n'ai qu'une parole.

Colin répondit d'un signe de tête et donna l'ordre de remonter en selle.

Tandis que Mary se détournait, une expression indéfinissable sur les traits, son père vint lui serrer la main.

— Je vous sais gré de prendre soin de ma fille, messire. Vous avez toute ma gratitude.

— Il ne lui arrivera rien, je veillerai sur elle comme sur la prunelle de mes yeux.

Et quand il serait marié, comment diable allait-il s'y prendre ?

D'autant que le roi ne se gênait pas pour attirer des jeunettes dans son lit. À cette pensée, il ne put s'empêcher de serrer les poings. Il allait devoir expliquer à Mary de quoi il retournait, pour le roi, ainsi que pour d'autres courtisans aux mœurs plus que douteuses. Mais… chaque chose en son temps. Pour le moment, ils se rendraient ensemble à Édimbourg, et il se demanda soudain comment il allait résister à cette nouvelle promiscuité.

Le père de Mary le remercia encore chaleureusement, puis s'en alla enfourcher sa monture. Il tendit le bras à Mary et la hissa devant lui. La petite troupe remonta la lande, le laissant seul avec ses pensées.

***

Malgré sa colère quant à ce nouveau coup du sort, Mary eut tôt fait de rassembler ses affaires, qui étaient maigres et tenaient dans un petit coffre. Les serviteurs de son oncle l'attachèrent sur sa jument, rentrée bien sagement sans elle. Sa mère la serra tout contre son cœur, en larmes. Elle n'avait cessé de pleurer depuis qu'elle était revenue au château, et Mary s'en voulut qu'elle ait tant de peine, même si ce n'était pas de son fait ; son oncle avait parlé, et en tant que chef de leur clan, tous lui devaient obéissance. Elle prit pourtant le temps de lui narrer sa mésaventure, lui assurant que Craig MacLeod, malgré sa réputation sulfureuse, s'était bien comporté avec elle. Elle lui promit que tout se passerait bien et lui fit jurer de ne pas se soucier d'elle. Puis elle embrassa ses parents une dernière fois, accepta la pièce d'or que son père lui mit dans la main, la glissa dans la poche de sa robe, et monta en selle.

Elle se retourna pour un ultime adieu avant de franchir la porte monumentale de l'enceinte de la forteresse, se demandant quand elle les reverrait. Deux gardes de son oncle l'accompagnèrent jusqu'à Craig MacLeod, à qui ils la confièrent pour ensuite s'en retourner, n'ayant pas été autorisée à emmener quelqu'un à la cour. En même temps, elle était habituée à se débrouiller seule, ses parents n'étaient pas assez fortunés pour qu'elle possède sa propre servante. Ses robes étaient simples et se nouaient sur le devant, elle n'avait besoin de personne pour l'aider à les enfiler. Et comme Craig répondrait de sa vie sur sa sauvegarde, son oncle n'avait visiblement pas jugé bon de la faire accompagner par ses gardes.

Aussitôt qu'elle l'eut rejoint, Craig MacLeod se mit au galop, l'obligeant à en faire de même.

Elle ne put même pas se retourner une dernière fois pour regarder la demeure des Kinkaid. Et si elle comptait lui demander des explications, elle en fut empêchée, ils chevauchaient trop vite pour pouvoir parler.

Sans doute le feraient-ils plus tard... et même s'il refusait, elle le forcerait à s'expliquer. Il semblait têtu, mais elle l'était également...

Ils chevauchèrent à bride abattue toute la journée, jusqu'à ce que Craig ralentisse l'allure lorsqu'ils débouchèrent dans une clairière. Ils étaient allés tellement vite qu'elle ne s'était pas rendu compte des paysages qui, pour autant, ne lui semblaient pas différents de ce qu'elle avait toujours connu. Au loin se découpaient de hauts murs d'enceinte, qu'ils franchirent dès que les portes s'ouvrirent devant eux.

Craig mit enfin sa monture au pas, et Mary, soulagée, l'imita.

Elle se porta à sa hauteur.

— Je suis vraiment désolée de vous imposer ma présence, réitéra-t-elle, parce qu'il fallait qu'elle lui dise le fond de sa pensée. Et de... de la façon dont mon oncle vous a traité.

— Ce n'est rien, damoiselle. Ce n'est pas votre faute.

— Je sais, vous me l'avez déjà dit, mais... je peux vous poser une question ?

— Pas maintenant ! intima-t-il, en sautant à bas de sa monture.

Il lança ses rênes à un membre de son clan faisant office de palefrenier, accouru aussitôt à lui.

— Occupe-toi du coffre de dame Kinkaid, ordonna-t-il d'une voix tranchante tandis qu'elle se laissait glisser du cheval. Vous, suivez-moi ! termina-t-il, s'adressant à elle d'un ton brusque.

Le voyant sur le point de s'éloigner sans plus d'égards, elle le retint par le bras.

— Pourquoi êtes-vous en colère contre moi puisque vous ne cessez de répéter que ce n'est pas ma faute. Que me reprochez-vous, à la fin ?

Elle avait l'impression que toutes les personnes présentes dans la cour les observaient, mais elle n'en avait cure.

— Je ne suis pas en colère !

— Si, vous l'êtes, et je veux savoir pourquoi ?

— Craig... enfin ! les interrompit un homme en franchissant la porte de la demeure seigneuriale, suivi de près par une très belle jeune femme qui tenait dans ses bras un bambin. Nous nous demandions où tu étais passé.

Mary reconnut Alexander.

— C'est une longue histoire, répondit Craig, avant de lui rendre son accolade. Laisse-moi te présenter Mary Kinkaid, la cousine de Maddie.

Alexander lui tendit la main, semblant soudain sur la retenue. Certainement d'avoir entendu le prénom de sa première épouse, morte en couches, et dont il était éperdument amoureux. Pour autant, il avait l'air rayonnant. Tout comme son épouse, restée un peu en retrait.

— Bienvenue chez nous, Mary. Je vous présente mon épouse, Élisabeth. Et notre petit garçon, Malcolm.

— Lizzie, si vous voulez bien, renchérit Élisabeth en s'avançant.

— Avec plaisir... Lizzie, répondit Mary. Bonjour, toi, dit-elle tout sourire en caressant la joue du petit.

Elle adorait les enfants, et en général, ils le lui rendaient bien.

Du moins, ceux de ses frères.

— Venez vous restaurer, les invita Lizzie. Ensuite, je vous montrerai votre chambre, à moins que vous souhaitiez vous y rendre dès à présent pour vous reposer ?

Elle se tourna vers Craig.

— Faites comme bon vous semble ! répondit-il sèchement, ce qui lui valut un coup d'œil étonné de la part de son frère.

— Je me reposerais volontiers, concéda-t-elle en reportant son attention sur Élisabeth.

Elle avait surtout besoin de réfléchir.

— Je vous ferai monter une collation, puis préparer un bain, décréta Lizzie, en plaçant Malcolm sur sa hanche.

Ignorant ostensiblement Craig, Mary la suivit à l'intérieur, et fut agréablement surprise par la magnificence des lieux, qu'un extérieur décrépit ne laissait absolument pas augurer. Elle avait un peu suivi l'histoire. Les Highlands étaient vastes, mais tout finissait par se savoir, et son oncle avait fulminé, à l'époque – elle s'en souvenait – , lorsqu'Alexander avait épousé Élisabeth MacDonald, et davantage encore lorsqu'il avait hérité des terres, faisant de lui l'un des plus puissants chefs de clan, voire *le* plus puissant. Peut-être pas le plus riche, mais peu s'en fallait. Colin aurait bien voulu que les choses tournent mal pour son ancien beau-fils, et Mary ne comprenait pas cette animosité : Maddie était morte en couches, ce n'était pas la faute de son époux. De plus, il avait attendu deux ans avant de reprendre femme, ce que bon nombre d'hommes n'auraient pas fait.

Mary avait toujours trouvé les frères MacLeod très beaux, et malgré sa mauvaise réputation, elle ne pouvait s'empêcher de trouver Craig attirant. Il ne lui restait plus qu'à l'oublier, et à oublier qu'elle l'avait désiré. Il était promis à une autre ! Mais comment faire si elle était obligée de le côtoyer constamment ?

Elle ne cessa de penser à lui en suivant Lizzie à travers la demeure jusqu'à la chambre qu'elle lui attribua. Puis encore pendant la collation qu'elle lui fit monter et qu'elle prit seule, à sa grande satisfaction, et davantage pendant le bain, dans lequel elle se prélassa.

Elle n'était pas pressée de se retrouver à nouveau en face de Craig, et encore moins seule avec lui.

5

Craig s'installa en face de son frère à la table où les hommes prenaient leurs repas, en espérant que la présence de Mary chez eux n'avait pas ravivé de douloureux souvenirs. Mais après tout, cela n'était pas de son fait si elle se trouvait en ces murs, mais bel et bien celui de Kinkaid !

Kinkaid, qui n'attendait qu'un prétexte pour leur chercher querelle !

S'il avait su que la situation prendrait une telle tournure et que ce vieux fourbe lui imposerait la présence de sa nièce, il l'aurait laissée assommée au sol et serait rentré chez lui ! Surtout que depuis qu'il avait fait sa connaissance, elle ne cessait de hanter ses pensées, et ce, quelle que soit la force qu'il mettait à l'en chasser. Il avait même l'impression que son esprit le trahissait, pour la toute première fois de sa vie, et plus il se forçait à ne pas penser à elle, moins il réussissait.

Il le faudra bien, pourtant...

Chienne de vie...

— Tu m'expliques ! dit soudain Alexander après qu'une servante leur eut apporté un pichet d'ale et des gobelets, qu'elle remplit avant de s'en retourner.

Craig revint à la réalité.

Par où commencer ?

Lui-même était un peu perdu face à la tournure surprenante des évènements. Il détestait l'idée d'être la source de problèmes. N'avait-il pas toujours tout fait pour que tout aille pour le mieux ? N'avait-il pas accepté d'épouser la princesse alors qu'il n'avait aucune envie de perdre sa liberté et qu'elle ne lui inspirait que dégoût ?

Il prit le temps de boire une gorgée, et soupira :

— Je n'y suis pour rien !

Alexander but à son tour, tandis qu'il finissait son gobelet et se reservait.

L'ale, fraîche, le désaltéra, à défaut de le détendre.

— Que fait cette fille chez nous ?

— Elle est tombée de cheval devant moi et s'est assommée. Je l'ai emmenée dans une cabane que j'avais repérée, nous y avons passé la nuit, et...

— L'as-tu culbutée ? l'interrompit Alexander.

Craig se redressa, piqué au vif.

— Non ! Bien sûr que non ! Pour qui me prends-tu ?

— J'ai vu comment tu la regardes, insista Alexander.

— Certes, je ne dis pas que l'idée ne m'a pas effleuré l'esprit, mais ça, c'était avant de savoir qui elle est ! Bon Dieu, Alex, c'est une Kinkaid !

Il avait effectivement failli s'étouffer de surprise lorsqu'elle lui avait révélé son nom. En même temps, quoi de plus prévisible, puisqu'il était sur leurs terres. S'il s'était agi d'une paysanne, il ne se serait pas posé tant de questions et aurait tenté sa chance pour quelques minutes de plaisir, qu'elle lui aurait volontiers concédées, il en était persuadé. Aucune femme ne se refusait jamais à lui et il se targuait de bien les connaître, il en avait possédé tellement... mais il avait eu la présence d'esprit de ne pas coucher avec celle-ci. Heureusement ! Sinon, il aurait été dans de beaux draps. Bien qu'avec son caractère bien trempé, il était quasiment certain qu'elle ne se serait pas laissé tenter si facilement, même si elle l'avait désiré. Au moins autant qu'il l'avait lui-même désirée, et la désirait encore.

Bon sang, il s'était juré de la sortir de son esprit et voilà qu'il pensait de nouveau à elle !

Il fallait que cela cesse, ou il courrait à la catastrophe. Le désir n'avait pas lieu d'être entre eux.

— Où l'as-tu rencontrée, exactement ?

— Sur les terres Kinkaid. J'ai dépassé la frontière sans même m'en rendre compte. J'avais chaud, j'ai eu envie de me baigner. Je sais ce que tu vas me dire, ajouta-t-il en levant la main avant qu'Alexander ne le sermonne. Je n'aurais pas dû m'aventurer chez eux, mais... j'avais besoin de m'éloigner.

Alexander le regarda, avec ce qui lui sembla de la peine au fond des yeux.

— Je suis désolé, Craig. Pour tout ce que tu dois supporter au nom du clan.

— Tu n'as pas à l'être, mon frère. Je sais où est ma place. Je ne faillirai pas, je t'en donne ma parole. Je vais protéger Mary Kinkaid comme me l'a demandé son oncle, je veillerai à ce que rien ne lui arrive, et j'épouserai la princesse.

Quoi qu'il m'en coûte...

— Il ne doit rien se passer entre vous, Craig, ou ce sera la guerre. Colin n'attend que ça !

Craig finit son gobelet d'un trait, et se resservit.

Peut-être que l'alcool réussirait à lui faire oublier qu'une femme qu'il avait désirée comme un fou dès qu'il avait posé les yeux sur elle se reposait dans l'une des chambres de cette demeure, au-dessus de sa tête, et que bientôt, elle serait sous sa protection, tout en lui restant interdite.

Il but encore d'un trait.

— Je sais, mon frère. Il ne se passera rien !

— Elle est jolie... ajouta Alexander pensivement, après quelques secondes de silence.

Bon sang, voulait-il le torturer, lui aussi ?

Comme si son propre esprit ne suffisait pas !

Ou ne pouvait-il s'empêcher de penser à Maddie ? Dont Mary avait certains traits, notamment la couleur des yeux, d'un bleu aussi flamboyant que pouvait l'être sa crinière de rousse.

Ne voulant pas ajouter à la souffrance de son frère, qu'il voyait encore tapie au fond de ses prunelles, et qui sans doute ne le quitterait jamais tout à fait – même s'il était aujourd'hui très heureux auprès de sa femme et de son fils –, il se retint de dire qu'effectivement, lui aussi la trouvait jolie. Aussi jolie que Maddie, sinon plus. Aussi jolie, et aussi gracieuse. Mais en meilleure santé, et pleine de vitalité. Feu sa belle-sœur était de constitution fragile, ce qui n'était pas le cas de Mary, qui paraissait fougueuse et… passionnée. Tout au long de leur chevauchée qui les ramenait à la forteresse Kinkaid, il n'avait cessé de penser à cette fougue qu'il avait entraperçue dans son regard, à leurs échanges verbaux enflammés, à son intérêt non feint pour sa nudité et pour son torse nu quand il coupait du bois. Elle avait rougi, mais ne pouvait visiblement se défendre d'être curieuse, comme pouvait l'être toute vierge pressée de connaître l'amour dans les bras d'un homme. Il se vit soudain l'embrasser à perdre haleine, la soumettre aux délices du plaisir, et savoir que cela n'arriverait jamais à moins d'un miracle lui mit le corps à la torture.

Oui, il fallait qu'il garde ses distances, il n'avait pas le choix…

— Certes, mon frère, répondit-il dans un soupir. La plus jolie fille qu'il m'ait été donné de rencontrer, mais n'aie crainte, comme je te l'ai promis, je saurai me tenir.

— Je sais, Craig. Je sais que je peux te faire confiance. Je sais également que tu ne me décevras pas.

La confiance d'Alexander l'émut, car il était bien incapable de la ressentir.

En cet instant, il se sentit plus seul qu'il ne l'avait jamais été.

Il était et resterait pour toujours l'éternel second. Il était celui qui devait obéir aux ordres et qui ne pouvait décider de sa vie ni de la personne qu'il était en droit d'aimer. Pour la toute première fois, il le regrettait et se sentait perdu.

55

6

Mary se leva plus tôt que prévu, dès les premières lueurs de l'aube. Elle n'avait que peu dormi, et n'avait cessé de se retourner sur sa couche, l'inconnu et l'incertitude des jours à venir l'empêchant de trouver le sommeil.

Elle fit ses ablutions, se soulagea dans le petit cabinet d'aisances attenant à sa chambre, s'habilla rapidement, et après un détour aux cuisines où Térésa, l'intendante, lui donna un petit pain chaud, elle confia son maigre bagage aux bons soins de l'un des palefreniers chargé de préparer les montures et rejoignit le chemin de ronde.

Elle voulait voir les terres de ses ancêtres une dernière fois, avant de s'en éloigner. Elle contempla le loch des MacLeod en contrebas à sa gauche, dont les eaux scintillaient dans la faible rougie du lever de soleil, puis face à elle. Elle ne pouvait voir les terres de ses parents, elles étaient trop éloignées, mais elle savait dans quelle direction regarder.

Une sombre angoisse lui étreignit le cœur.

Elle était sur le point de quitter tout ce qu'elle avait toujours connu, et elle avait peur. Même si Craig veillerait sur elle.

Surtout si Craig veillait sur elle !

Cet homme la déroutait totalement, et la veille, le souper avait été un véritable calvaire, malgré la prévenance de Lizzie et la présence du bébé qui gazouillait dans son petit lit à bascule entre elles deux. Alexander était resté aimable, bien que distant, ce qu'elle comprenait : elle ressemblait à Maddie, elle le savait, et sans doute lui rappelait-elle son épouse disparue. Quant à Craig, elle sentait qu'il l'épiait constamment quand elle ne faisait pas attention à lui, et quand elle cherchait son regard, il lui échappait. Mais parfois, leurs yeux se croisaient et ceux de Craig se voilaient, si fugacement qu'elle pensait après coup avoir rêvé la lueur enfiévrée qui y régnait.

Le reste du temps, il paraissait en colère.

Pourquoi ?

Ne se rendait-il pas à la cour pour épouser une princesse ? N'en était-il pas ravi ? Ce mariage scellerait certainement une alliance avec les Highlands, et c'était une bonne chose pour les MacLeod d'avoir le roi comme allié. Mieux qu'un allié, même, un parent ! Certes, il leur faudrait faire allégeance, et si jamais le roi avait besoin de troupes pour remettre un autre clan dans le droit chemin, les MacLeod n'auraient pas d'autre choix que de le suivre, et alors… ils entreraient en guerre contre des alliés d'hier, ou des connaissances.

Était-ce cela que ne supportait pas Alexander, qui lui avait semblé tout compte fait assez taciturne, ainsi que son *cerbère* ?

C'est ainsi qu'elle avait surnommé Craig en son for intérieur, comme le gardien des Enfers. Parce qu'avec son visage renfrogné et son humeur détestable, il en avait l'allure, même si elle ne savait pas encore au juste comment il se comporterait avec elle, mais son attitude laissait présager le pire. Pour le chasser de ses pensées, elle fit le vœu, de nouveau, d'accomplir la tâche qu'elle s'était donnée : espionner pour le compte des Kinkaid. Ainsi, elle n'aurait pas la sensation de sacrifier sa liberté en vain, mais d'être investie d'une sorte de… mission.

Peut-être l'éloignement en serait-il plus tolérable ?

Et peut-être qu'elle rencontrerait un homme charmant, bien élevé, pas comme ce… ce rustre de Craig MacLeod qui osait se baigner nu dans des eaux qui ne lui appartenaient pas.

Quelle outrecuidance !

Pour qui se prenait-il, à la fin ?

Sentant un regard peser sur elle, elle baissa les yeux vers la cour intérieure, et rencontra ceux de Craig. Son cœur fit un bond dans sa poitrine. Cette fois-ci, il ne se détourna pas. Il lui adressa même un petit salut ironique en portant les doigts à son front, avant de se mettre en selle. Il ordonna que l'on ouvre les portes de la forteresse et se retourna vers elle.

— Ne vous pressez surtout pas, damoiselle, lança-t-il, la voix tranchante. Ce n'est pas comme si nous devions chevaucher une semaine entière !

Mary ne se donna pas la peine de répondre et, après quelques secondes pendant lesquelles ils s'affrontèrent du regard, elle se décolla du muret, et descendit les marches menant à la cour intérieure. Lizzie accourut pour la serrer une dernière fois dans ses bras, alors qu'Alexander discourait avec son frère.

— Il jappe, mais ne mord pas, lui dit Lizzie à l'oreille.

Mary retint un rire, tandis que la jeune femme reprenait un peu de distance.

— Mon beau-frère est un homme bien, n'en doutez jamais, ajouta-t-elle. Vous serez en sécurité avec lui à la cour. Je suis persuadée qu'il veillera sur vous comme il veillerait sur un membre de notre famille. Ce que vous êtes un peu, finalement.

Craig MacLeod, un homme bien ?

Mary n'en doutait pas.

Non, ce qu'elle redoutait, c'était que malgré sa piètre renommée et son comportement envers elle, elle continuerait d'être irrésistiblement attirée par lui.

— Merci, Lizzie, et merci pour votre accueil, répondit Mary en lui saisissant les mains. Je me doute bien que ce n'était pas aisé, pour Alexander et vous, de me tolérer sous votre toit et je suis désolée si j'ai fait ressurgir de douloureux souvenirs.

— Ne vous souciez pas de cela, Mary. Nous avons beaucoup parlé de Maddie, et ce, dès le début de notre union. Je sais qu'elle et leur petit garçon posséderont toujours une partie de son cœur. C'est normal et je l'accepte, ils s'aimaient et étaient heureux ensemble. À tel point que je pensais qu'Alexander ne m'aimerait jamais, mais c'est arrivé.

— Votre époux est un homme bon, ma dame. Et vous avez beaucoup de chance.

— J'aime à le croire.

Lizzie se retourna pour regarder les deux frères MacLeod, qui eux-mêmes les observaient. Mary eut l'étrange sensation qu'ils parlaient d'elle. Si c'était le cas, elle demanderait à Craig de l'éclairer. Sur cela, et sur bien d'autres choses. Elle espérait qu'il accepte de répondre à toutes ses interrogations avant d'arriver à la cour, qu'elle sache à quoi s'en tenir, sur lui, ainsi que sur la façon de se comporter auprès de la princesse.

Mary n'avait pas lâché la main de l'épouse du laird, qu'elle serra.

— Vous formez un couple si merveilleux, Lizzie, et je vous envie. J'espère un jour rencontrer un homme de la valeur du vôtre.

Elle se rendit compte alors que Craig, du haut de sa monture, la dévisageait à nouveau, tout en parlant avec son frère, ce qui la conforta dans son idée qu'ils parlaient d'elle. Il fronça les sourcils. Elle ne pouvait entendre ce que les frères se disaient et elle aurait donné beaucoup pour le savoir. Mais au visage fermé de Craig, elle comprit que la partie serait ardue. Elle en voulut à son oncle de lui imposer une telle situation. Comme si s'éloigner de sa famille n'était pas suffisamment difficile, il avait fallu qu'il en rajoute en lui imposant un tel homme comme cerbère ! Et dans quel but, finalement ? Pour une revanche personnelle ? Parce qu'il voyait en Alexander MacLeod le meurtrier de Maddie ? Alors qu'il n'était en rien responsable ! Maddie était morte en couches, comme beaucoup de femmes, hélas ! Elle allait donner la vie, donner vie à l'enfant qu'elle attendait de l'homme qu'elle aimait de tout son cœur. Un homme qu'elle avait choisi d'épouser. Contre l'avis paternel, certes, et c'était certainement cela que Colin avait le plus de mal à accepter et ne pardonnait pas. Même si sa cousine avait eu un destin funeste, Mary espérait vivre ce bonheur qu'elle avait connu. Elle espérait, comme elle et comme elle l'avait dit à Lizzie, rencontrer un homme bon, un homme qui l'aimerait autant qu'elle l'aimait, et attendre un enfant de lui. Pour elle, il n'y avait pas de sort plus enviable. Ni meilleure destinée pour une femme. Qu'elle puisse mourir en couches ne lui effleurait même pas l'esprit. Elle était robuste ! Contrairement à sa cousine. La mort se casserait les dents sur elle !

— Et vous le rencontrerez, j'en suis persuadée, entendit-elle Lizzie proférer, alors qu'elle était perdue dans ses pensées.

— Damoiselle ? la rappela soudain à l'ordre Craig, visiblement à bout de patience.

Mary se redressa.

Il n'allait quand même pas passer son temps à lui donner des ordres ? Si personne n'avait jamais appris la patience à cet homme, elle s'en ferait une joie.

Elle lui décocha un sourire qui lui fit lever un sourcil.

Il faisait encore la tête, mais après tout, elle était habituée à sa mauvaise humeur et avait décidé de ne pas s'en soucier.

Elle prit le temps d'embrasser Lizzie une dernière fois, puis se dirigea vers les deux hommes.

Elle s'inclina devant le laird.

— Merci, messire, pour votre accueil. Que Dieu vous garde...

— Que Dieu vous garde aussi, Mary. Bonne chance à la cour.

Elle aurait effectivement besoin de toute la chance du monde pour que les choses se passent bien.

— Merci, messire, dit-elle à nouveau, avant de se détourner et de rejoindre sa monture.

Elle posa le bout de sa botte sur les mains croisées du palefrenier, se mit en selle, et aussitôt, avant même qu'elle soit assise correctement, Craig donna l'ordre du départ. Elle poussa sa jument à lui emboîter le pas, et n'eut pas d'autre choix que de se mettre au galop, dès les portes franchies.

Après quelques minutes, Mary se fit la réflexion que s'ils devaient avoir ce train d'enfer pendant une semaine, elle aurait beaucoup de mal à le suivre, même si elle était bonne cavalière. Puis assez rapidement, elle fut incapable de penser à autre chose qu'à se maintenir en selle, ses yeux rivés sur le dos de Craig. Pas une seule seconde il ne s'était retourné pour voir si elle suivait. Visiblement, il s'en moquait ! Peut-être même espérait-il qu'elle tombe et se rompe le cou ! Ainsi, il serait débarrassé de son fardeau. Non, elle ne pouvait lui prêter de telles pensées, Craig n'était pas comme cela, et il avait donné sa parole. Alors pourquoi, bon sang ? Pourquoi était-il si dur avec elle ? Sa présence le révulsait-il à ce point ?

Cette idée l'attrista.

En tout cas, si elle avait espéré questionner Craig, elle ne le put.

La journée passa sans qu'ils échangent un seul mot, même quand ils firent de courtes haltes pour se sustenter, laisser reposer les montures, ou soulager des besoins naturels. Craig s'adressait uniquement à leurs deux gardes, faisant fi de sa présence, sauf pour lui donner les morceaux de pain et de viande séchée auxquels elle avait droit, à la mi-journée. Il garda un visage si clos que Mary n'eut aucune envie de discourir avec lui.

Les heures défilèrent et elle perdit la notion du temps.

Quand enfin, la fin du jour se profila, Craig ralentit le pas de sa monture. Il les fit descendre près d'un petit loch, puis donna des directives pour que les gardes s'occupent d'installer leur campement.

Mary le regarda sauter à bas de son cheval, et elle-même en aurait fait autant si elle n'était pas persuadée que ses jambes refuseraient de la porter. Elle était éreintée, et elle s'en voulut de ne pas avoir suffisamment dormi la nuit précédente. Si elle avait su... Elle aurait également pu demander à Craig de ralentir, mais s'en était abstenue. Par fierté. Elle ne voulait pas être un poids pour lui. Cette petite phrase n'avait cessé de tourner en boucle dans sa tête durant tout le jour, et plus les heures défilaient, plus sa résolution s'affermissait. Et si Craig ne voulait pas lui parler, s'il voulait faire comme si elle n'existait pas, alors elle en ferait tout autant.

— Vous pouvez descendre de votre monture, maintenant, damoiselle ! gronda une voix près d'elle. À moins que vous ne désiriez dormir sur son dos.

Elle sursauta et baissa les yeux.

— À dire vrai, je préfère sa compagnie à la vôtre !

Craig se mit à rire.

Et ce son fit vibrer quelque chose en elle. Quelque chose qui envenima sa colère et son ressentiment à son égard.

— Qu'ai-je dit de si drôle, je vous prie ?

— Vous avez peur de ne pas être capable de marcher, c'est ça ?

— La faute à qui ? Je n'ai pas votre endurance. Vous auriez pu...

Elle s'interrompit en sentant ses yeux s'inonder de larmes.

Maudite fatigue !

Tout son corps frémit quand Craig posa sa main sur la sienne et desserra ses doigts des rênes. Ses mots lui parvinrent alors qu'elle se perdait dans son regard vert.

— Je vais vous porter. Vous pourrez ensuite délasser votre musculature dans le loch.

Sa voix était si douce. Elle ne l'en émut que davantage. Elle cligna plusieurs fois des paupières pour chasser ses larmes, hocha la tête en signe d'assentiment, et mit les mains sur ses épaules tandis qu'il posait les siennes sur sa taille. Il la maintint fermement lorsqu'elle se laissa glisser vers lui, mais à peine eut-elle les pieds au sol qu'elle poussa un faible cri et vacilla, obligeant Craig à la tenir plus fermement encore.

Leurs yeux se rencontrèrent, et Mary eut la sensation que le temps arrêtait sa course.

Plus rien d'autre n'existait que lui. Lui, et ses mains autour de sa taille. Lui, et la chaleur de son corps contre le sien. Lui, et ce regard si intense qu'elle se surprit à vibrer tout entière. De nouveau, cette étrange chaleur naquit entre ses cuisses, tout au creux de sa féminité. Elle se reprit et recula vivement avant qu'elle ne la consume complètement, mais ses jambes lâchèrent et elle s'affaissa.

Elle entendit Craig jurer entre ses dents avant qu'il ne la prenne dans ses bras pour aller la déposer délicatement sur une couverture près du feu. Elle aurait voulu le retenir, soudain terrifiée par les ombres mouvantes autour d'eux, pour qu'il la protège et pour se réveiller à ses côtés comme le matin précédent, mais elle était tellement fatiguée qu'il lui était ardu de maintenir ses paupières ouvertes.

Elle soupira d'aise lorsque Craig mit une couverture sur elle, mais quand elle voulut attirer l'étoffe contre elle pour plus de chaleur, ses doigts rencontrèrent par mégarde ceux de Craig.

— Dormez en paix, souffla-t-il, en retirant doucement sa main.

Si doucement que ce fut délicieux.

Elle ferma les yeux et se laissa glisser dans le sommeil, se sentant en sécurité.

***

Craig retint sa main avant de se laisser aller à caresser la joue de Mary. Au lieu de cela, il s'assit à ses côtés après avoir étendu lui-même une couverture au sol tandis que les gardes s'occupaient d'installer leur propre campement quelques mètres plus loin. Il fouilla dans sa sacoche et en sortit un quignon de pain, une tranche de viande séchée, et un oignon. Le lendemain, il leur faudrait braconner ; ses gardes s'en chargeraient, comme ils se chargeraient de faire le guet pendant la nuit. Ils étaient encore sur les terres MacLeod, il pourrait dormir tranquille.

Il contempla Mary endormie.

Elle était courageuse, il devait le reconnaître. Elle n'avait émis aucune plainte d'aucune sorte alors même qu'il leur imposait un train d'enfer, sans réelle nécessité. S'il devait être honnête avec lui-même, il n'était pas pressé de rejoindre le château d'Holyrood, à Édimbourg, où l'attendait un destin peu enviable. Et s'il devait être encore plus honnête avec lui-même, son attitude n'était due qu'à cette frustration, dans ses veines, qui le grillait comme du feu. Comme s'il pouvait d'une quelconque manière échapper à la présence de Mary derrière lui. Rien, visiblement, n'était en mesure de la chasser de sa tête. Pas même chevaucher comme un forcené. Il n'avait cessé de penser à elle. Il la revoyait étendue près de lui dans la cabane, il songeait à ce qu'il avait ressenti, et ressentait encore.

Que lui arrivait-il ?

Pourquoi la contempler faisait-il à ce point accélérer son cœur ?

Davantage lorsqu'elle laissa échapper un léger soupir. Son membre se raidit. Là, tout de suite, il donnerait beaucoup pour avoir le droit de s'allonger auprès d'elle. Pour sentir son corps chaud, ses fesses blotties tout contre son entrejambe.

Tudieu ! De telles pensées ne le mèneraient à rien si ce n'est le torturer plus avant.

Mary ne lui était pas destinée, elle n'était pas pour lui !

Il allait épouser la princesse ! Et si jamais il la poursuivait de ses assiduités et la déshonorait, il y aurait la guerre avec les Kinkaid. En outre, jamais le vieux Colin ne tolèrerait une nouvelle alliance avec eux si le roi, par miracle, le libérait de ses engagements.

Non, le mieux, c'était de ne plus penser à Mary !

Craig se frotta le visage avec force pour chasser de son esprit tout ce qu'il aimerait lui faire en l'observant couchée là, à seulement quelques centimètres de lui. Tout ce que son corps d'homme réclamait. La diète charnelle qu'il s'était imposée par obligation ces dernières semaines lui jouait-elle encore des tours que la simple promiscuité avec cette jouvencelle suffise à lui mettre le feu aux reins ?

Il s'allongea et regarda le ciel, renonçant à empoigner son membre toujours tendu de désir.

Elle n'est pas pour toi...

Les yeux perdus dans l'immensité au-dessus de lui, il se répéta cette phrase pour tenter de s'en persuader, sans y parvenir. Ses paupières, pourtant, devinrent lourdes et il ne fut bientôt plus capable de penser.

En entendant le bruit d'un corps tombant dans l'eau, suivi d'un cri, il se retrouva piqué debout, la main sur la garde de son épée. Quand il découvrit que la couverture à ses côtés était vide et qu'une forme se débattait dans l'eau du loch en contrebas, son sang ne fit qu'un tour.

Mary était en train de se noyer !

Il lâcha son arme, courut au loch sans même ôter ses vêtements et se rua sur la forme blanche qu'il devinait allongée sur la surface dans la faible lueur de l'aube. Son cœur accéléra à la pensée qu'elle soit déjà morte et accéléra encore lorsqu'il la saisit sous les aisselles pour l'attirer à lui, s'attendant à sentir son corps inanimé. Un juron lui échappa en l'entendant crier de surprise en s'accrochant à ses épaules, puis éclater de rire.

Cette fille était folle !

Il la repoussa sans ménagement, mais la vue de ses seins au travers de la chemise de corps trempée qui lui collait à la peau lui coupa le souffle. Le désir, au creux de ses reins, réapparut, presque douloureusement.

— Ne pourriez-vous cesser de vous mettre en danger comme cela tout le temps ! attaqua-t-il en la toisant durement, avant de lui tourner le dos.

Avant surtout de se jeter sur ses lèvres luisantes aussi tentantes qu'un fruit mûr.

Il bénit la faible lueur de l'aube qui dissimulait son entrejambe roide, du moins tant que Mary ne se retrouverait pas face à lui. Ou contre lui. Alors, il ne serait plus en mesure de se montrer raisonnable et il souhaita vivement que cela ne se produise pas.

— Je ne serai pas toujours là pour vous sauver ! ajouta-t-il en sortant de l'eau, laissant exploser sa colère.

— Je ne vous le demande pas, MacLeod ! entendit-il dans son dos.

Il se retourna d'un bloc.

— Alors, la prochaine fois, je vous laisse vous noyer !

Son rire le prit au dépourvu.

— Je ne me noyais pas, messire, je me prélassais !

Il se baissa pour saisir la robe au sol, et la lui lança.

— La face dans l'eau ? Cela m'étonnerait beaucoup ! Vous feriez mieux de me remercier au lieu d'inventer n'importe quoi ! Et habillez-vous, que diable !

Mary plaqua sa robe contre elle et se redressa.

— Je sais nager ! Et je n'ai aucunement besoin que vous me sauviez, je peux parfaitement me débrouiller seule ! D'ailleurs, à l'avenir, dispensez-vous de telles initiatives, cela nous évitera des ennuis, à vous comme à moi, ajouta-t-elle, furieuse.

Craig la dévisagea.

— Êtes-vous réellement en train de me reprocher de vous avoir sauvée l'autre jour, dans cette forêt ? Aurais-je dû vous laisser à la merci de bêtes sauvages ou de n'importe quelle bande de brigands ?

— Non, ce n'est pas ce que j'ai dit, mais...

— Je vous ai entendue crier, l'interrompit-il, perdant patience.

— Seulement parce que l'eau était froide !

— Vous auriez dû vous retourner lorsque vous m'avez entendu !

— Je ne vous ai pas entendu ! Je me prélassais, vous dis-je ! s'écria-t-elle, visiblement excédée, en s'avançant pour mettre son nez sous le sien et le défier.

Son odeur l'enveloppa et il sentit ses reins s'enflammer davantage.

D'autant plus qu'ainsi dressée comme une petite chatte en colère, sa robe à bout de bras, la chemise plaquée contre son corps qui n'en révélait que mieux les attraits – comme si elle était nue –, il la trouva hautement désirable. Il ne put s'empêcher d'entrapercevoir les hanches étroites, le ventre plat ainsi que le triangle du haut de ses cuisses, la toison rousse...

Il reprit possession de son regard, où une sombre colère flambait.

Manifestement, elle n'avait rien perdu de son observation.

— Je vous interdis de me reluquer de la sorte ! siffla-t-elle entre ses dents.

Il s'avança jusqu'à presque la toucher, et siffla à son tour :

— Cela n'a pas vraiment l'air de vous déplaire, si j'en crois vos tétons dressés !

— Ils sont dressés uniquement parce que j'ai froid !

— Et moi je sais que ce n'est pas l'unique raison ! railla-t-il.

Il saisit son poignet au vol avant que la main de la jeune femme claque sur sa joue.

— Je vous déteste ! gronda-t-elle.

Les yeux dans les yeux, le souffle court, ils s'affrontèrent.

— Ça tombe bien, je vous déteste aussi ! Maintenant, habillez-vous, nous partons ! lâcha-t-il avant de la libérer brusquement et de lui tourner le dos.

Il se dirigea vers les gardes avec dans l'idée de les réveiller à coups de pied bien sentis pour avoir laissé Mary se baigner sans surveillance, mais il remarqua que non seulement ils étaient bel et bien éveillés, mais qu'en sus, ils s'étaient visiblement réjouis du spectacle, un sourire goguenard flottant sur leurs lèvres.

— Un problème ?

— Non, maître, répondirent-ils en chœur, en se mettant d'un bond sur leurs pieds.

— J'aime mieux ça ! En selle !

— Ma chemise est trempée, intervint Mary qu'il fut surpris de découvrir juste derrière lui. Ne puis-je la faire sécher un moment au coin du feu avant que nous partions ?

— Il fallait y penser avant d'aller vous ébrouer dans l'eau ! lança-t-il en passant devant elle, sans lui accorder un regard.

Elle lui emboîta de nouveau le pas, tout en s'habillant ; il l'entendit à son souffle.

— Je pensais en avoir le temps ! C'est vous-même qui m'avez dit, hier, que l'eau du loch me ferait du bien. Et cessez donc de marcher comme si vous aviez le diable à vos trousses !

C'était un peu ça, effectivement...

— Vous pourriez au moins vous arrêter et me regarder lorsque je vous parle ! s'offusqua-t-elle.

Il se retourna si brusquement que Mary vint buter contre lui, l'obligeant à tendre le bras pour l'empêcher de tomber en arrière.

Bon Dieu, ne comprenait-elle pas ce qu'elle lui faisait subir ?

Dans quel état le mettait le simple fait de la contempler ?

Si seulement elle n'était pas si belle, si lumineuse, si attirante...

Il la relâcha vivement.

— Alors, ne me parlez plus ! Mieux encore, ne vous approchez plus de moi !

Il vit ses magnifiques yeux frémir.

— Vous n'êtes qu'un rustre, Craig MacLeod ! Et vous sentez si mauvais que rester loin de vous me paraît chose bien aisée !

Ce fut à son tour d'écarquiller les yeux de surprise et il la suivit un moment du regard alors qu'elle se dirigeait vers son coffre. Elle en sortit un châle, le jeta sur ses épaules et le croisa sur le devant, le faisant ensuite tenir par une ceinture de cuir souple, qui aussitôt mit en valeur sa poitrine. Il ne put en détourner le regard.

Bon Dieu...

Il avait bien fait de lui demander de s'éloigner de lui, car lui-même n'était plus très sûr de pouvoir se tenir éloigné d'elle, ou même de le vouloir. Ce qui envenima davantage sa colère.

Ils ne se parlèrent pas ni ne s'approchèrent du reste de la semaine.

Il ralentit pourtant la cadence pour la ménager et ménager leurs montures ou il irait au-devant de problèmes si Mary se blessait, ou si l'un de leurs chevaux rendait l'âme. Il lui faudrait alors prendre la jeune femme devant lui, ce qu'il ne voulait pour rien au monde, c'était déjà suffisamment compliqué de la sentir dans son dos, et à seulement un mètre durant la nuit. Cela lui mettait les nerfs à vif. Aussi, dès qu'ils s'arrêtaient pour installer leur campement, il partait chasser, laissant Mary à la surveillance des gardes. Il avait besoin de s'isoler, et de pousser son corps à bout pour oublier ces désirs qui le tenaillaient, pour éviter de penser que peut-être, elle était en train de se baigner dans le loch. Il revoyait en pensée la chemise trempée collée à son corps, ses formes attirantes, ses cheveux mouillés encadrant son si joli visage. Il avait beau se torturer l'esprit et le corps, Mary s'invitait constamment dans sa tête, il rêvait même d'elle. Il devait pourtant reconnaître qu'elle obtempérait parfaitement à son injonction et restait à distance. Et à chaque fois que leurs regards se croisaient, elle soutenait le sien et le toisait. De sa vie, jamais il n'avait rencontré une si jeune femme avec un si puissant caractère, et il n'était pas loin de l'admirer. À dire vrai, tout l'attirait chez elle, en plus de son extrême beauté : sa fougue, sa vivacité, sa vitalité, même sa combattivité mettait le feu à ses entrailles.

Elle n'est pas pour toi...

Au fil des heures passées avec elle, même à distance, cette petite phrase finissait par perdre de sa puissance, et c'est avec un soulagement certain qu'il vit Holyrood se profiler au loin lorsqu'ils atteignirent Édimbourg. Une nuit de plus et il aurait probablement succombé à ses envies, car il n'en pouvait plus, ses reins étaient en feu et son désir permanent. Ce qu'il avait de plus en plus de mal à ignorer, même si sa colère augmentait en conséquence.

Il n'arrêta pas la petite troupe et continua la chevauchée jusqu'au palais royal. Plus vite ils arriveraient et plus vite il serait débarrassé de Mary ! Il ne savait pas à qui il devait la confier, et s'en serait désintéressé s'il n'était lié à elle par la parole donnée.

Ils pénétrèrent dans la cour et rejoignirent les écuries où Craig confia leurs montures aux bons soins des palefreniers. Comme à son habitude, il n'aida pas Mary à descendre de sa jument, mais s'en voulut en remarquant ses traits tirés, ses yeux cernés et fatigués. Était-ce la fatigue du voyage ou éprouvait-elle, elle aussi, des difficultés à trouver le repos ? Il ignora ce que le fait déclenchait dans son esprit, et somma ses gardes de s'occuper de leurs bagages.

Il devait voir le roi !

Et il devait se renseigner pour savoir où conduire Mary. Il supposait que la venue de la jeune femme était prévue, et que quelqu'un l'en débarrasserait. Sans doute devait-elle rejoindre les demoiselles de compagnie de la princesse, et lui la chambre qu'on lui attribuerait en tant que son futur époux. Il s'imagina aussitôt une chambre immense, un lit tendu de brocart et d'or, des tapisseries onéreuses aux murs et devant les ouvertures, des tapis épais... et en conçut un certain agacement. Il n'était pas fait pour le luxe, il ne l'avait jamais désiré et il se demanda s'il allait supporter cet endroit, ainsi que tout le reste. L'idée même de n'être qu'un jouet entre les mains du roi le révulsait.

— Attendez-moi là ! ordonna-t-il à Mary, avant de monter l'escalier menant à la tour carrée qui servait d'entrée au palais, et où il savait trouver le bureau de l'intendant principal.

À droite de la tour se tenait un grand corps de logis où se situaient la salle de bal, ainsi que les chambres des courtisans, sur plusieurs étages, les appartements royaux se trouvant ici même, dans cette tour carrée. L'appartement de la reine au premier, ceux du roi au-dessus. Dans les combles étaient logés les nombreux domestiques. D'autres bâtiments, plus loin, hébergeaient les cuisines, ainsi que d'autres membres du personnel s'occupant de l'intendance.

L'intendant, le voyant entrer, se dirigea vers lui, et s'inclina.

— Messire MacLeod, c'est un plaisir de vous revoir. Sa Majesté vous attendait de pied ferme.

Craig s'obligea à faire bonne figure et lui adressa même un sourire de convenance.

— Vous m'en voyez ravi, mon brave. Je suis accompagné de damoiselle Mary Kinkaid, qui doit figurer dorénavant parmi les demoiselles de compagnie de la princesse Annabelle. Savez-vous à qui je dois la confier ?

— Sa Majesté a expressément insisté pour la voir avant toute chose, messire.

Comme il n'y avait pas à ergoter sur un ordre du roi, Craig se dispensa d'en demander les raisons.

— Alors, où puis-je trouver Sa Majesté ?

— Sur la lice, messire. Sa Majesté a organisé un grand tournoi en l'honneur de la princesse. Il doit se dérouler sur plusieurs jours.

Et sans doute le soir même y aurait-il un bal... où peut-être le roi avait décidé d'annoncer leurs fiançailles. Le cœur de Craig manqua plusieurs battements. Cette fois, il y était ! Il ne pouvait reculer, même s'il le désirait de toute son âme. Et bientôt, dans quelques minutes précisément, il se retrouverait devant sa future femme. Il espérait que son accueil serait plus chaleureux que les précédents.

Craig prit congé et retrouva Mary au bas des marches, devant laquelle il passa après lui avoir ordonné de le suivre. Il s'arrêta en sentant sa main autour de son bras. Il se retourna, s'apprêtant à la vilipender d'une remarque acerbe pour oser le toucher, mais l'inquiétude qu'il lut dans son regard l'en empêcha. Elle était effrayée, éreintée, et visiblement, elle luttait pour rester debout. Il s'en voulut aussitôt. Elle n'y était pour rien, pas plus que lui...

— Nous allons nous présenter au roi, annonça-t-il, radouci, en réponse à sa question muette. Il a organisé un tournoi en l'honneur de la princesse et il veut nous voir.

Elle acquiesça, sans un mot, et lui emboîta le pas lorsqu'il prit le chemin des abords droits du château. Visiblement, elle n'avait pas plus envie que lui de faire la conversation, mais il n'avait pas besoin de tourner la tête pour savoir qu'elle devait certainement observer partout, car c'était ce que lui-même avait fait lors de sa première visite.

Il ne savait pas à quoi ressemblait la résidence des parents de Mary, mais il était bien sûr que même si les Kinkaid étaient aisés, rien ne l'avait préparée à contempler de tels bâtiments, ni une telle cohue. Car plus ils avançaient en direction de la lice, plus il y avait foule, comme bien souvent au palais. Le roi aimait la fête, et n'aimait rien tant que s'entourer de jolies femmes et de courtisans. Tous les prétextes étaient bons pour festoyer. Quant à la reine, Jeanne Beaufort, elle était la nièce du roi d'Angleterre Henri IV – son père Jean Beaufort en étant le demi-frère – et donc, de ce fait, anglaise. Craig avait appris que n'étant pas d'un caractère enjoué, elle n'assistait que très rarement aux réjouissances et passait son temps recluse dans ses appartements, aussi loin que possible de son époux, à qui pourtant elle avait donné huit enfants. Certainement parce qu'il ne cessait de lui exhiber sous le nez ses nombreuses maîtresses. Il était le roi ! Il avait tous les droits et elle, seulement celui de se taire ! Craig n'approuvait pas cette façon de faire. Chez les MacLeod, lorsque l'on prenait femme, on lui était fidèle. C'était également pour cela qu'il n'était pas pressé de convoler, il n'avait aucune envie d'être fidèle. Il aimait trop les femmes et se demandait s'il arriverait un jour à ne se satisfaire que d'une seule.

Bientôt, ils se retrouvèrent devant la lice, où des chevaliers concouraient, armés de lances.

À gauche se trouvaient les bancs où s'entassaient les dames, à droite, des dais où se pressaient les concurrents, aidés de leurs écuyers. Sous le premier était installé un buffet avec des rafraîchissements et des mets divers et variés.

Ce fut dans cette direction que Craig entraîna Mary, après avoir aperçu le roi, en armure, son heaume sous le bras, en conversation avec Somerset, un parent de la reine qu'il connaissait de vue. Tout en avançant, il ignora les yeux braqués sur eux, se redressa et ralentit le pas pour se trouver aux côtés de Mary. Il voulait la protéger de sa présence, et peut-être par là même, empêcher les vipères de se moquer de son apparence. Car c'était ce qu'elles feraient. Mary allait, par sa beauté et ses origines, susciter bien des animosités. Il souhaita ardemment qu'elle trouverait sa place et ne se ferait pas trop d'ennemies, à défaut de se faire des amies.

— Ah, voyez donc qui va là ! s'écria le roi lorsqu'ils furent près de lui. Ce très cher MacLeod !

Craig examina le roi. Jacques Ier avait un embonpoint certain, que ne pouvait camoufler totalement l'armure, les cheveux noirs partagés en deux au-dessus d'un visage rougeaud témoignant de ses excès en tout genre. Lorsque ses yeux dévièrent sur le visage de Somerset, il détesta sur-le-champ le regard de convoitise dont il enveloppait Mary. Comme s'il la voyait déjà dans sa couche.

Il n'en laissa rien paraître – ce n'était pas le moment de faire preuve d'inimitié – et s'inclina cérémonieusement devant Jacques Ier, roi des Écossais.

— Majesté, je vous présente Mary Kinkaid, nommée demoiselle de compagnie de la princesse.

Point n'était besoin de prononcer son prénom, Annabelle était la dernière et seule fille du roi encore célibataire. Craig n'avait pas encore tourné les yeux vers les bancs des dames, n'étant pas pressé de croiser son regard.

— Comme je venais à la cour, sa famille me l'a confiée, ajouta-t-il. Pour s'épargner le déplacement.

— Voilà une surprenante confiance ! s'écria Somerset. Damoiselle, bienvenue à la cour.

Craig se raidit.

Ce bellâtre se croyait-il donc chez lui ?

Il se tourna à demi et observa Mary exécuter une révérence sans défaut.

— Majesté… salua-t-elle d'une voix douce, ignorant Somerset qui se rembrunit. Ma famille et moi-même sommes honorées. Ce sera un plaisir de tenir compagnie à la princesse.

— Un plaisir que j'espère partagé, damoiselle.

— Mais avec la princesse, comment savoir ! ajouta encore Somerset.

Mary fronça les sourcils, mais s'abstint de tout commentaire.

Si Craig était soucieux quant à son comportement et son avenir à la cour, il se raisonna : Mary semblait posséder du discernement. Manifestement, elle savait déjà à quoi s'en tenir concernant Somerset, et ne donnerait pas sa confiance facilement.

— Certes ! renchérit le roi, s'esclaffant, à la grande surprise de Craig. La pauvre a hérité du caractère ombrageux de sa mère. Vous aurez fort à faire, MacLeod ! Mais je gage qu'avec vos hauts faits d'armes, vous saurez venir à bout d'une jouvencelle rebelle !

— Je ferai de mon mieux, Majesté, répondit Craig en souriant comme si la chose était drôle.

Il s'efforça de paraître détendu, alors qu'il n'avait qu'une envie, passer son épée au travers du corps de Somerset qui ne cessait de reluquer Mary, et embrocher le roi par la même occasion pour se libérer de son joug.

Le roi Jacques posa la main sur son épaule.

— Je n'en doute pas une seconde. Vous serez mon beau-fils préféré, s'esclaffa-t-il encore. En même temps, vous serez le seul ici présent.

Était-ce à dire qu'il ne reverrait plus jamais sa famille et les Highlands ?

À cette pensée, son cœur se serra. Mais encore une fois, il avait donné son accord. Le fait ne l'emplit pas moins de tristesse.

— Sire, maintenant que j'ai fait la connaissance de cette jeune personne, j'ai trouvé mon gage : un baiser ! s'écria soudain Somerset. Un baiser de cette charmante jouvencelle.

Craig sentit Mary se raidir.

— Je vous reconnais bien là, mon ami ! s'esclaffa le roi en lâchant l'épaule de Craig. Accordé ! Damoiselle, allez donc rejoindre ces dames.

Le regard de biche apeurée que lui renvoya Mary ainsi que sa propre fureur à l'idée que Somerset l'embrasse, obligèrent Craig à réagir.

— Permettez que je concoure, Sire ! s'entendit-il s'écrier.

— Enfin, MacLeod, se moqua Somerset avec un rictus qui lui donna l'envie de le frapper. Vous êtes promis à la princesse !

— Mais pas encore marié, que je sache ! renchérit-il. Majesté ?

— Faites comme bon vous semble, MacLeod ! Ce ne sont pas les femmes qui nous empêcheront de faire selon notre bon plaisir. Les princesses aussi bien que les reines.

Visiblement, il prêchait pour sa propre paroisse.

— Vous avez ma bénédiction, MacLeod ! Allez vous préparer !

— Vous devez me prêter un cheval, Sire. Le mien est éreinté du voyage.

Le roi s'esclaffa à nouveau.

— Décidément, je ne peux rien refuser à mon futur gendre !

Il lui désigna le dais suivant où paissaient quelques montures.

— Servez-vous ! Vous pourrez également revêtir l'une de mes armures si vous le voulez.

— Merci, Sire, mais je décline l'offre. Je ne me bats jamais autrement qu'en kilt.

— Toujours aussi fier d'exhiber cet accoutrement ridicule des Highlands ! se moqua Somerset.

Craig posa la main sur la garde de son épée et s'avança, menaçant.

— C'est moi que vous traitez de ridicule, Somerset ?

Le roi tendit aussitôt le bras entre les deux hommes.

— Allons, allons, messieurs, gardez votre colère pour le combat, le spectacle n'en sera que plus réjouissant.

Craig serra les poings.

Il allait faire mordre la poussière à cet importun !

— Venez, damoiselle, je vous conduis à la princesse, déclara le roi en présentant son bras à Mary, qu'elle accepta en l'en remerciant.

Après quelques pas, elle se retourna pour regarder Craig.

Leurs regards se happèrent et dans le sien, il lut une détermination identique à la sienne. Mary avait compris l'enjeu et était prête à livrer bataille, tout comme lui. Une bataille pour leur honneur à tous les deux. Une bataille pour l'honneur des Highlands.

Craig fut pris de l'envie irrépressible de la rassurer en lui disant que lui vivant, jamais Somerset ne la toucherait, mais il n'en fit rien. Il ne fallait jamais dévoiler son jeu devant l'ennemi, sous peine de lui donner les moyens de vous vaincre. Elle esquissa un léger sourire, semblant confiante. Peut-être plus qu'elle ne l'était en réalité, mais qu'importe. Ils feraient front. Ensemble. Craig ne pensait pas que la réalité les rattraperait aussi vite, mais visiblement, le destin venait de leur prouver une fois encore qu'il maintenait leurs vies entre ses griffes acérées.

— Je savoure déjà le goût de ses lèvres, entendit Craig près de lui.

Il ne tourna pas la tête et continua de suivre Mary du regard, qui s'éloignait au bras du roi.

— Dans vos rêves, Somerset.

— C'est vous qui rêvez si vous pensez me battre, MacLeod !

Cette fois-ci, Craig le dévisagea sans cacher son dégoût.

— Moi vivant, jamais vous ne la toucherez ! gronda-t-il entre ses dents.

— Alors, apprêtez-vous à mourir, ricana Somerset avant de s'éloigner en direction de son cheval, qu'un écuyer tenait par la bride.

Craig eut un rictus.

Ce scélérat obtiendrait la raclée qu'il méritait.

Quelques minutes plus tard, du haut de l'un des destriers du roi, il repéra Mary parmi les dames de la cour, pourtant nombreuses et qui, visiblement en quête de spectacle et de sensations fortes, avaient quitté les bancs pour se tenir debout sur le côté de la lice. Mary se trouvait un peu à l'écart et sa chevelure flamboyait au soleil. Comme il l'avait pressenti, il se rendit compte que nulle ne lui arrivait à la cheville, sa silhouette voluptueuse, bien qu'élancée, éclipsait toutes les autres.

Elle le regardait, les mains serrées sur la poitrine.

Se faisait-elle du souci pour lui ? Aurait-elle peur lorsqu'il se battrait pour elle ? Et lui, n'était-ce pas présomptueux de sa part de ne pas se protéger ? Il avait renoncé à l'armure, mais sans doute aurait-il dû mettre un heaume… Somerset était un noble, il savait surement se battre.

Il lui fit un signe de tête, auquel elle répondit discrètement, semblant serrer ses mains encore plus fortement l'une contre l'autre.

À l'annonce du héraut, il prit la direction de la lice, et entra sur la piste ensablée, s'apprêtant à se battre pour l'honneur de Mary et à rencontrer sa destinée.

7

Les mains serrées sur son cœur, Mary ne quittait pas des yeux les deux hommes, ignorant la princesse qui se tenait non loin d'elle, entourée de tout un tas de jeunes femmes. Tout du long des barrières ainsi que sur les bancs s'agglutinaient par petits groupes des femmes plus âgées, d'où s'échappaient de vives discussions.

On se serait cru dans une volière !

Jamais Mary n'avait vu autant de belles toilettes ni de couleurs si chatoyantes. À côté d'elles, elle avait piètre allure, mais c'était le dernier de ses soucis. Là, tout de suite, ce n'était pas à la princesse qu'elle pensait, ni à l'indifférence et la froideur de son accueil, et encore moins à toutes ces femmes, mais à Craig.

Craig pour lequel son cœur et son corps vibraient.

Il était si beau, si fier, si impétueux, mais si… imprudent !

Pourquoi ne s'était-il pas protégé davantage !?

Cet homme était fou ! S'il était mortellement blessé, elle n'y survivrait pas. C'était de sa faute s'il en était arrivé là. De sa faute à elle ! Il se battait pour son honneur, et pour que ce sale Anglais ne mette pas la main sur elle. Car c'était bien ce qu'il était, un sale Anglais ! Somerset était un nom anglais, même si elle ignorait d'où était originaire celui-ci. Ce qu'elle savait en revanche, c'était que d'où elle venait, on détestait les Anglais. Encore plus que l'on détestait le roi, que l'on jugeait trop proche des parents de sa femme. Comme il avait été pendant dix-huit ans prisonnier à la cour d'Angleterre, beaucoup de Highlanders pensaient qu'il était bien plus anglais qu'écossais, et qu'un jour, il vendrait son pays à l'ennemie de toujours. Mary n'avait que faire de politique. Ce qui lui importait, c'était le devenir des Highlands, et de cet homme, Craig MacLeod, qui s'apprêtait à livrer bataille.

Son cœur se serra en entendant l'une des demoiselles de compagnie de la princesse se moquer de sa tenue, et Annabelle rire.

Elle n'écouta pas la réponse de cette dernière, car Craig s'était élancé. Elle eut l'impression que sa respiration s'envolait au rythme des pas du cheval. En plus, ce n'était pas le sien, mais l'un de ceux du roi. Craig ne le connaissait pas, il ne connaissait pas ses réactions, et peut-être que cela le desservirait. S'il se cabrait et le jetait à bas ? Craig était bon cavalier, elle avait pu s'en rendre compte durant leur voyage, mais qu'en était-il lors d'un tournoi ?

Quel imprudent !

Pas d'armure, pas de protection de tête, rien pour tenir sa lance contre son corps, une monture inconnue... Plus la distance entre les deux hommes s'amenuisait, et plus Mary se sentait malade de peur.

S'il était blessé et mourait, que deviendrait-elle ?

Car malgré tout ce qu'elle pouvait se raconter comme histoires, elle était bienheureuse qu'il fût ici avec elle. Dans cet endroit inconnu. Cet endroit où aucune de ces femmes ne lui avait adressé un regard avenant ni même un sourire. Au contraire, elle avait l'impression que toutes la regardaient avec animosité. Plusieurs exhibaient des ventres rebondis... peut-être avaient-elles connu la couche du roi et voyaient en elle une nouvelle rivale ?

Ce n'était pas seulement de sa protection qu'elle avait besoin, mais de lui. De lui tout entier. De sa présence, de ses regards sur elle. Car même si pendant une semaine, il avait mis un point d'honneur à l'ignorer, elle avait senti qu'il l'observait. Et souvent, leurs yeux se croisaient, comme attirés, pour rapidement se détourner. Alors, son cœur s'envolait et elle ne vivait plus que pour ces moments, quand ils se retrouvaient au coin du feu et qu'elle percevait son regard brûlant sur elle.

Quand les deux cavaliers furent sur le point de se croiser, tout son corps vibra et elle serra si fort ses mains l'une contre l'autre qu'elle se fit mal. Mais ce n'était rien à côté de ce que lui imposait son cœur, prêt à rendre l'âme.

Mon Dieu, faites que...

La prière mourut sur ses lèvres lorsque la lance de Craig buta contre le torse armuré de Somerset, l'envoyant à bas de sa monture.

Bien fait pour cet arrogant qui se croyait tout permis !

La façon dont il l'avait regardée l'avait ulcérée. Elle s'était sentie comme une vulgaire marchandise, ou un morceau de chair prêt à être dégusté.

— Votre promis a gagné, princesse ! s'écria l'une des jeunes femmes près d'elle.

— J'ai vu, Éléonore ! Inutile de me crier dans les oreilles.

— Comme vous avez de la chance, princesse, dit encore une autre. J'avoue que ce guerrier me plaît infiniment, finalement ! Il est si valeureux, si viril !

Les autres pouffèrent.

Mary écouta les femmes s'extasier sur les traits parfaits de Craig, sur sa haute stature, ses cuisses dévoilées par le kilt relevé, tout en continuant de l'observer. Il était descendu de cheval pour aider Somerset à se relever. Au regard que lui retourna ce dernier, Mary comprit que Craig venait de se faire un ennemi.

Jamais Somerset ne lui pardonnerait de lui avoir fait un tel affront !

Quant à ses voisines, elles riaient comme des bécasses et se comportaient ni plus ni moins que comme des chattes en chaleur. Toute cette agitation la révulsait, et que l'on parle de Craig comme d'un étalon la rendait... tout bonnement nauséeuse. Visiblement, ici aussi, sa réputation n'était plus à faire. Elle comprit pourtant que si beaucoup rêvaient de partager sa couche, aucune n'avait encore eu ce privilège.

Elle prit alors la décision de ne pas lui donner son gage !

Il était hors de question de le laisser l'embrasser devant la princesse. Même si elle ne semblait pas plus entichée que cela de

81

Craig. Mary en eut pour preuve son visage impassible lorsqu'il vint les rejoindre, accompagné du roi, tandis que Somerset regagnait le palais, soutenu par deux de ses serviteurs.

Bien fait pour lui ! pensa-t-elle à nouveau.

— Monsieur, vous pouvez embrasser votre lot ! s'écria le roi en la désignant de la main.

Mary se redressa, retenant une remarque.

Elle n'était pas un trophée que l'on pouvait remettre au plus méritant sans même lui demander son avis, que diable ! Personne ne pouvait lui imposer d'embrasser qui que ce soit, pas même le roi, et ce, même si l'homme qu'elle devait embrasser était Craig MacLeod !

D'un léger mouvement de menton, elle enjoignit à Craig de n'en rien faire, alors que les femmes autour d'elle gloussaient, visiblement impatientes d'assister au dénouement. Elle ne savait rien de ces rituels, ni comment se comporter, le mieux était certainement de s'en remettre à Craig, qui lui, connaissait la cour. Mais elle ne pouvait s'empêcher d'être soucieuse. Peut-être s'agissait-il d'un piège pour mettre à mal la fidélité de Craig envers le roi et envers la princesse ?

— Vous n'êtes pas obligé, messire, souffla-t-elle d'une voix moins assurée qu'elle l'aurait souhaité.

— Cela ne se fait pas de ne pas prendre son dû ! clama Annabelle d'une voix railleuse. Embrassez-la donc, messire !

Les autres pouffèrent.

Mary était perdue, une fois de plus.

De quoi ou de qui la princesse se gaussait-elle ?

Mary lui jeta un coup d'œil et surprit son expression narquoise.

Se pourrait-il qu'elle n'ait véritablement aucun sentiment pour Craig ? Se pourrait-il qu'elle ne veuille pas l'épouser ? Son cœur se délesta d'un grand poids. Ce dont elle se reprocha. Même si les deux protagonistes ne le souhaitaient pas, ils se marieraient si telle était la volonté royale.

Craig fit un pas dans sa direction, sans tenir compte de la princesse. Ni de personne d'autre, d'ailleurs. Il ne semblait voir qu'elle, et bientôt, elle-même fut incapable de voir autre chose que lui. Lui et ses lèvres si tentantes, qui l'attiraient si fort depuis ce moment où ses yeux s'étaient posés sur lui pour la toute première fois.

Et soudain, elles furent sur les siennes.

Elle se sentit fondre et se retint de ne pas se plaquer contre lui pour nouer ses bras autour de son cou. Son cœur tambourinait si fort qu'elle le sentit partout, jusque dans sa gorge, et aussi au creux de son ventre. Là où jamais aucun homme n'avait suscité la moindre envie. Puis ce fut fini, alors qu'elle en voulait encore. Elle aurait voulu que ce baiser qui la bouleversait tant ne s'arrête jamais et dure pour l'éternité.

Des applaudissements fusèrent autour d'eux.

Tout cela n'était finalement pour tous ces gens – aux femmes présentes étaient venus se mêler plusieurs chevaliers ! – qu'un jeu sans importance, et il n'y avait pas lieu de s'en soucier. Elle aurait dû en faire de même sauf que pour elle, ce baiser n'était pas un jeu, mais quelque chose de particulier et de très spécial, car c'était le premier qu'elle donnait.

Lorsqu'elle se perdit dans le regard de Craig, elle découvrit sur son visage une expression étrange. Leur baiser n'avait duré que quelques secondes, mais elle avait le sentiment qu'il y avait un « avant », et maintenant un « après ». Se pouvait-il que la vie bascule en si peu de temps ? Se pouvait-il qu'un baiser change le cours d'une destinée ? Mary n'était pas loin de le penser, car son âme ne cessait de vibrer et ne cesserait de le faire au souvenir de ce baiser.

— Merci, ma dame, murmura Craig à son oreille, tandis que les autres, le roi y compris, s'éloignaient déjà.

Ils n'avaient représenté ni plus ni moins qu'une attraction de quelques minutes et la cour se désintéressait d'eux pour passer à autre chose.

Mary toucha ses lèvres du bout des doigts.

— Vous n'auriez pas dû.

— Vous regrettez ?

— Non, mais… n'avez-vous pas peur que la princesse vous en veuille ?

— Si seulement !

— Comment cela ? Espéreriez-vous ainsi qu'elle refuse de vous épouser ?

— Non seulement je l'espère, mais je le souhaite ardemment !

— Vous vous êtes servi de moi ?

— Vous avez aimé, alors où est le problème ?

Décidément, cet homme avait le pouvoir de tout abîmer.

Il lui avait semblé que lui aussi avait pris plaisir à l'embrasser, mais ce n'était qu'une illusion, vraisemblablement, une vue de son esprit et de ses désirs intimes. Craig était et resterait un débauché !

— Vous êtes décidément quelqu'un de peu fréquentable, Craig MacLeod ! siffla-t-elle entre ses dents, avant de s'éloigner.

Et d'extrêmement dangereux, pensa-t-elle en son for intérieur.

Il lui emboîta le pas et resta à sa hauteur.

— Allons, il ne faut pas le prendre comme ça ! Vous avez aimé, avouez !

Son ton légèrement paternaliste bien que badin lui hérissa le poil.

Pour qui se prenait-il, bon sang de bois !

— Certainement pas ! D'ailleurs, permettez-moi de vous dire que vous embrassez très mal !

— Je ne le pense pas ! s'esclaffa-t-il, semblant nullement vexé. Et je crois… non, je sais, que c'était le premier vrai baiser de toute votre vie.

Mon Dieu… cela se voyait-il si aisément ?

Avait-elle été si mauvaise que cela ?

— N'importe quoi ! répliqua-t-elle. De toute façon, je l'ai déjà oublié !

Il la retint par le bras, la forçant à lui faire face.

Sentir sa peau sur la sienne l'embrasa tout entière.

— Vous pourriez au moins me remercier de vous avoir sauvée une nouvelle fois. Même si vous ne m'avez rien demandé, enfin… pas clairement.

Elle regarda autour d'elle.

Ils étaient seuls. Tous avaient regagné le palais. Elle ne savait pas ce qu'elle devait faire maintenant, ni où se rendre, ni même à qui demander son chemin. Craig était son seul allié. Elle jugea plus prudent de se radoucir.

— Effectivement, je ne vous ai rien demandé, mais je vous remercie, Craig. Du fond du cœur…

Il s'inclina, le sourire aux lèvres.

— Je vous en prie, tout le plaisir était pour moi.

Mary sentit son cœur s'emballer à ces quelques mots.

Décidément, elle ne comprenait rien à cet homme. Il la déroutait totalement ! Se moquait-il encore ou se pourrait-il qu'il ait pris autant de plaisir qu'elle à ce baiser ? Ce merveilleux, mais bien trop court baiser qui n'en finissait plus de résonner dans tout son corps.

— Il faudra vous méfier de Somerset, ajouta-t-elle en reprenant leur marche, masquant autant que faire se pouvait ses émois. Vous vous êtes fait un ennemi aujourd'hui.

— Je sais ! Mais il n'est pas de taille.

— Il pourrait chercher à vous nuire.

— Peut-être... l'avenir nous le dira...

Tout en avançant, Mary réfléchit intensément à la situation.

— Si jamais la princesse ne voulait pas de vous, vous pensez vraiment que le roi renoncerait à vous la faire épouser ? demanda-t-elle soudain.

— Parce que cela vous intéresse ?

— Pas le moins du monde, dissimula-t-elle. Je posais la question comme ça, pour discuter.

Son regard, qu'elle croisa, la désarçonna.

Parfois, elle avait le sentiment qu'il la désirait autant qu'elle le désirait, pour finalement douter l'instant d'après. Mais même si c'était le cas, ce n'était certainement qu'un amusement pour Craig « le débauché ». Il voulait garder sa liberté, il avait été très clair sur ce point. S'il ne souhaitait pas épouser la princesse, ce n'était pas pour se lier à elle. Sans compter qu'ils iraient au-devant de gros ennuis s'ils succombaient à une quelconque attirance. Ce dont Craig, tout comme elle, devait être conscient.

— Pour discuter..., répéta-t-il. Mmm... alors... pour discuter, que pensez-vous de Holyrood ?

— Ma foi, c'est un beau palais, répondit-elle, se mettant au diapason et chassant de son esprit des pensées trop intimes. Vu de l'extérieur. Je vous en dirai davantage plus tard, lorsque j'aurai fait quelques connaissances. Enfin... je l'espère. Car ils ont eu tôt fait de nous abandonner. Je pensais quand même que la princesse se soucierait un peu plus de vous ! ajouta-t-elle, revenant au sujet qui, malgré elle, l'intéressait au plus haut point.

Un rire lui répondit.

— La princesse ne se soucie que d'elle-même. En vérité, je ne crois pas qu'elle m'apprécie, ajouta-t-il, comme se parlant à lui-même. Je doute qu'elle veuille réellement épouser un rustre tel que moi.

Un rustre... elle aussi l'avait traité de rustre.

Elle ne le pensait plus.

Craig était un homme fascinant. Parfois déconcertant, certes, mais... incroyablement attirant. Et elle comprenait ces femmes qui ne cessaient de se pâmer devant lui, espérant un geste de sa part, ou en tout cas, une marque d'intérêt.

Elle regarda ses pieds avant de se mettre à rêver qu'un tel homme puisse lui appartenir. Cela ne se pouvait. Elle devait s'ôter cette pensée de la tête. Pourtant, elle aurait donné tout ce qu'elle possédait pour connaître l'amour dans ses bras. Juste une fois. Une seule et unique fois. Surtout qu'il devait être bon amant, sinon les femmes ne se presseraient pas autant pour obtenir ses faveurs.

Ah... connaître enfin l'amour dans ses bras...

Elle se racla la gorge, demanda :

— Et vous ? N'êtes-vous pas flatté que le roi vous ait choisi pour épouser sa fille ? Ce n'est pas rien, quand même. Vous allez devenir riche, puissant, et...

— Je n'ai que faire de tout cela ! l'interrompit-il, visiblement contrarié. Si l'on m'avait laissé le choix, je ne serais jamais parti des Highlands.

Leurs regards se croisèrent à nouveau.

— Moi non plus, murmura-t-elle, le cœur soudain douloureux, je ne serais jamais partie. Mais nous ne sommes pas maîtres de notre destinée. Vous, pas plus que moi...

Finalement, Craig n'était qu'un pion sur le vaste échiquier royal. Qu'un objet soumis au bon vouloir de leur souverain. Un autre de leurs points communs. Ce qui le lui rendit plus proche encore. Elle qui pensait qu'il s'enorgueillissait d'épouser une princesse alors qu'il ne souhaitait qu'une chose : que ce mariage n'ait jamais lieu. Elle ne lui en voulait plus de s'être servi d'elle. Au contraire.

— C'est un fait, moi pas plus que vous, confirma-t-il, en plongeant au fond de ses yeux. Je ne me suis pas servi de vous, Mary, je vous le jure. Je n'ai pensé qu'à vous…

Elle ne put que plonger dans son merveilleux regard, son cœur battant à tout rompre. Ce cœur que Craig faisait battre d'une indécente manière. Elle ne pouvait plus se voiler la face, et elle n'eut plus qu'une seule envie, goûter de nouveau à ses lèvres. Elle se demanda soudain combien de temps elle réussirait à lutter contre cette attirance qui la dévorait. Surtout qu'elle savait maintenant ce que ses lèvres étaient capables de lui faire ressentir : un véritable bouleversement de tout son être et de toute son âme !

***

Craig se perdit un instant dans les yeux immensément bleus de Mary qui n'étaient pas loin de l'envoûter tout à fait. Et ce baiser… il en ressentait encore les effets au creux de ses reins. Il lui avait donné envie d'elle. Atrocement. Douloureusement.

Elle n'est pas pour toi…

Il se reprit.

Pourquoi diable venait-il de proférer une telle chose ? *Je n'ai pensé qu'à vous…*

Avait-il perdu tout entendement ? Il ne pouvait décemment pas lui laisser croire qu'il regrettait de toute son âme que rien ne fût possible entre eux même si c'était la vérité. Elle n'était pas pour lui ! Il devait arriver à s'en persuader ! Mary ne devait pas continuer à venir s'immiscer dans ses pensées, ce n'était pas raisonnable. Il serait certainement contraint d'épouser la princesse. Une femme qui le méprisait, il l'avait encore vu au regard qu'elle avait posé sur lui tout à l'heure lorsqu'il les avait rejointes avec le roi. Oui, elle le méprisait, le jugeant probablement indigne d'elle. Mais cela ne changerait rien si le roi était toujours résolu à les marier pour asseoir son influence dans les Highlands.

— Vous êtes un homme bien, MacLeod ! dit soudain Mary.

Son cœur s'emballa.

— Vous en doutiez ?

— Disons que votre réputation ne joue pas en votre faveur.

— Et maintenant ?

— Maintenant, je ne sais pas. Mais je peux peut-être vous accorder le bénéfice du doute et vous permettre de faire vos preuves.

Cette fois-ci, son cœur se serra de dépit.

— Ne les ai-je pas déjà faites ? Vous n'avez pas confiance en moi ?

— Je ne vais pas le nier, je n'ai aucune confiance en vous, Craig.

Cet aveu lui fit un mal de chien.

Pour la première fois de sa vie, ce qu'une femme pensait de lui lui importait. Il eut envie de la planter là et de la laisser se débrouiller seule, mais ne put s'y résoudre. On ne savait jamais, quelqu'un pourrait attenter à sa vie...

Ici, tout était possible.

Après tout, le roi n'avait peut-être pas apprécié qu'il embrasse une autre femme que sa fille, et il pourrait vouloir se débarrasser d'elle. Il ne pouvait ignorer cette hypothèse. Il ne le connaissait pas suffisamment pour se targuer de comprendre ce qu'il avait en tête. Et si Somerset réclamait sa tête pour se venger, comment réagirait le roi ? Somerset était de sa famille, alors que lui ne lui était rien, juste le frère d'un chef de clan des Highlands à qui il voulait donner sa fille !

Tudieu... dans quels draps s'était-il encore fourré ?!

Et tout ça pour une femme !

Une femme qu'il s'était mis en tête de protéger, et pas seulement parce que le vieux Kinkaid l'avait exigé. Non, il y avait bien plus que cela : le sort de Mary lui importait. Peut-être même davantage que sa propre destinée, ce qui était nouveau pour lui. Mary, en quelques jours, lui était devenue infiniment précieuse.

— Si vous n'avez que faire de moi, pourquoi mon sort vous intéresse-t-il ? ne put-il s'empêcher de demander, sa voix devenue éraillée malgré lui.

Il ne pourrait pas dire que sa famille ne se souciait pas de lui parce que ce serait faux – son oncle et ses frères l'aimaient –, mais en l'occurrence, Alexander n'avait rien fait pour le soustraire à un mariage dont il ne voulait pas. Bien au contraire, il lui avait demandé de se sacrifier et de sacrifier sa liberté pour le bien-être du clan, tout en sachant pertinemment qu'il ne le souhaitait pas.

— Qui vous dit que je ne me soucie pas de vous, Craig ?

Sa douce voix fit vibrer quelque chose dans son âme.

Quelque chose d'inconnu, mais d'incroyablement bon…

Elle n'est pas pour toi…

— Au contraire, je me soucie de vous. Vous devez veiller sur moi, c'est le moins que je puisse faire, non ?

Ainsi, ce n'était donc que cela : un échange de bons procédés. Ils allaient être alliés dans cette cour qui ne leur était pas ouvertement hostile, mais où il fallait rester sur ses gardes, et rien de plus. Il devrait s'en contenter, comme elle semblait elle-même le faire.

Et advienne que pourra…

8

Quand ils s'avancèrent au niveau de la cour carrée, Mary découvrit que l'intendant général les attendait de pied ferme. Il s'inclina cérémonieusement sitôt qu'ils arrivèrent à sa hauteur.

— Veuillez me suivre, je vous prie. Je suis chargé de vous conduire.

— Où cela, mon brave ? s'enquit Craig, visiblement sur la défensive.

Il semblait soucieux, et cela acheva de faire monter sa propre angoisse qu'elle avait oubliée en devisant avec lui. Le moment de se retrouver face à sa charge de demoiselle de compagnie approchait, et elle ne savait ce que l'on attendrait d'elle exactement. De plus, elle n'était pas pressée de se retrouver devant Annabelle, qui pourrait lui faire payer d'avoir embrassé l'homme qui lui était promis. Elle s'en était visiblement amusée, elle avait même incité Craig à l'embrasser, mais n'était-ce pas là une simple manipulation de sa part ?

Elle avait décidé de se méfier de tous, hormis de Craig, et à la pensée de devoir se séparer de lui, elle sentit son inquiétude monter en flèche.

— À vos appartements, messire, à côté de ceux de la princesse. Quant à vous, damoiselle, je dois vous conduire à dame Margaret d'Argyll, l'intendante de la maison de la princesse, qui doit vous prendre en charge et vous aider à vous installer.

Ainsi, Craig sera proche de la princesse ?

Elle refusa de s'appesantir sur ce que cela déclenchait dans son cœur. Elle devait cesser de penser à lui ! Mais comment faire alors qu'elle avait encore le goût de ses lèvres sur les siennes ?

Elle chassa ces pensées pour se concentrer sur son devenir : où l'installerait-on ? Dans les greniers ? Avec les autres demoiselles de compagnie ?

— Fort bien ! Allons ! répondit Craig, alors qu'elle était en plein désarroi.

Ils suivirent l'intendant dans l'escalier monumental et au premier palier, tournèrent à droite pour ensuite longer un immense corridor avec, de part et d'autre, d'innombrables portes.

Mary ignorait combien de courtisans logeaient à la cour, mais si elle en croyait le nombre de portes, et si c'était ainsi sur les trois étages, beaucoup ! Mais à dire vrai, cela lui importait peu ! Elle ne pensait qu'à Craig, qui marchait un peu en retrait.

À lui et à son baiser !

Lui et son souffle si proche… Ils ne se parlaient pas, se touchaient encore moins, mais Mary avait le sentiment que depuis leur baiser, même s'il avait été donné et consenti pour de mauvaises raisons, un lien ténu les unissait. Non seulement parce qu'il l'avait encore sauvée d'une situation délicate, prouvant qu'il était fermement décidé à veiller sur elle et à écarter toute menace, quelle qu'elle soit, mais aussi parce que pour sa part, ce baiser l'avait remuée des pieds à la tête et ne voulait pas sortir de sa mémoire.

Tout en marchant, elle ressentit de nouveau les émois de son corps au contact des lèvres du Highlander. Elles étaient si chaudes, si douces, ses bras autour d'elle si réconfortants… Elle ne s'était jamais retrouvée dans les bras d'un homme, et malgré tout ce monde autour d'eux, elle avait adoré et n'avait plus qu'une envie : recommencer !

Recommencer pour l'éternité.

Cette première expérience de baiser l'avait bouleversée. Il n'était pas raisonnable de vouloir embrasser Craig une nouvelle fois, mais son corps le désirait tellement qu'il lui était impossible de l'ignorer. Elle allait pourtant s'y efforcer, car se languir de cet homme ne lui apporterait rien de bon ! Elle devait penser à sa charge, à la princesse, et si un bon parti se présentait, à faire un mariage qui ne lui fût point trop désagréable. Épouser un homme bienveillant serait déjà pas mal, car Mary ne s'était jamais nourrie d'illusions, même si elle avait refusé bon nombre de prétendants, attendant l'homme qui ferait battre son cœur un peu plus vite. Les mariages d'amour étaient rares ; elle en avait envie, bien sûr, mais elle savait qu'à moins d'un miracle, cela n'arriverait pas.

Craig faisait battre son cœur de cette manière, mais il n'était pas pour elle !

Rien n'était possible entre eux, alors mieux valait l'oublier.

Elle en était là de ses réflexions lorsque l'intendant s'arrêta devant une porte, qu'il ouvrit.

— Vos appartements, messire.

Craig, sans un mot et le visage tendu, hocha la tête et pénétra dans l'antre, mais avant de refermer la porte, il lui fit un clin d'œil qui réchauffa aussitôt son cœur et son corps.

Oui, Craig était son allié, et peu importe ce qu'il se passerait maintenant, il serait à ses côtés.

Un peu rassérénée, elle suivit l'intendant jusqu'à la prochaine porte contre laquelle il frappa.

Elle s'ouvrit, laissant apparaître une femme d'une bonne quarantaine d'années, lui semblait-il, vêtue de noir et le visage austère.

— Ma dame, voici Mary Kinkaid. Jeune dame, dame Margaret d'Argyll, l'intendante personnelle de la princesse.

Mary plia légèrement les genoux pour une petite révérence, comme sa mère lui avait appris à le faire dès qu'elle avait su qu'elle irait à la cour, tout en prononçant un « ma dame, je suis honorée de faire votre connaissance », mais l'autre la regarda de haut en bas avec une petite moue réprobatrice que Mary détesta sur-le-champ.

— Suivez-moi ! ordonna-t-elle sèchement, avant de lui tourner le dos. Sans même un mot de bienvenue ou… d'encouragement ou…

Mary ne savait au juste à quoi elle s'attendait de l'entourage de la princesse, mais certainement pas à un tel accueil.

La jeune femme se mordit la langue alors que son esprit rebelle ruait en elle : si elle ne convenait pas, l'intendante n'avait qu'à la renvoyer chez elle ! Après tout, elle n'avait aucunement demandé à venir.

Elle la suivit pourtant, faisant montre de docilité, ce qui n'était pas son fort, mais elle ne pouvait s'empêcher d'être curieuse quant à la suite des évènements et elle n'oubliait pas sa mission première : espionner pour le compte des Highlands.

Alors que l'intendant principal refermait la porte des appartements de la princesse derrière elles, dame d'Argyll, que Mary nomma aussitôt son « cerbère numéro deux », en ouvrit une autre, sur leur gauche, et d'un mouvement de la main, la fit entrer.

La pièce était petite, et au centre se trouvait un cuvier, recouvert d'un drap blanc.

Mary se retourna et fit face à l'intendante, les mains jointes bien sagement devant elle. À dire vrai, l'idée de prendre un bain pour se détendre et chasser la poussière du chemin n'était pas pour lui déplaire. Elle soutint le regard de « cerbère numéro deux », et se prêta de bonne grâce à son examen, fermement décidée à ne pas la contrarier.

Elle devait la croire docile…

Margaret d'Argyll se rapprocha d'elle et lui tourna autour.

— Des maladies ?

— Pas que je sache ! rétorqua Mary.

Si elle lui demandait de montrer ses dents et la touchait, Mary se promit de lui mordre le doigt. Elle se redressa, vaguement inquiète.

La préparerait-on pour un autre rôle que celui de demoiselle de compagnie de la princesse ? Certaines des « amies » d'Annabelle avaient le ventre rond. Serait-elle obligée de partager la couche du roi s'il jetait son dévolu sur elle ? Ou d'autres hommes ? La cour ne serait-elle qu'un vaste... lupanar ? Mary eut conscience de se laisser aller à des élucubrations, mais après tout, pourquoi pas ? Tant qu'elle n'en saurait pas davantage, elle se tiendrait sur ses gardes.

— Je suis sûre qu'habillée proprement, vous serez tout à fait présentable, déclara l'intendante en se plaçant devant elle.

Et pour la toute première fois, elle lui sourit.

— Je pense même que savamment coiffée, vous deviendrez époustouflante, ma chère.

Mary effectua une petite révérence, qu'elle prit soin de ne pas montrer trop ironique.

Elle ne devait pas se faire de cette femme une ennemie, ce ne serait pas judicieux.

— Merci, ma dame.

— Je vais vous chercher une robe et j'en profiterai pour vous faire monter de l'eau chaude. Lorsque vous serez prête, je vous conduirai à la princesse.

Une bonne heure plus tard, vêtue d'une robe de bal verte qui, selon l'intendante, mettait sa chevelure en valeur – mais était si décolletée que Mary eut aussitôt l'impression que sa gorge allait en jaillir à chacun de ses mouvements –, elle s'assit devant la coiffeuse de la pièce et se soumit aux bons soins d'une jeune femme qui, armée de brosses, entreprit de dompter sa chevelure. Quand elle se mira dans l'ovale d'étain placé devant elle, elle eut du mal à se reconnaître. Elle était devenue une autre, et cette autre lui plaisait infiniment.

L'intendante lui montra ensuite sa chambre, qu'elle partagerait avec une autre jeune femme, Bessie Beaton, ainsi que sa couche, sur laquelle l'attendait son bagage. La pièce était un peu sombre, et sans fioritures. Des tentures aux murs en apaisaient l'austérité, tout comme les candélabres sur les chevets placés aux côtés de chacun des lits avec au pied, un coffre, dans lequel elle devrait certainement remiser ses affaires. Elle espérait que Bessie serait agréable et se promit aussitôt de s'en faire une amie pour en apprendre davantage sur les us de la cour, et ceux de la princesse en particulier.

— Pourriez-vous m'en dire un peu plus sur ce que l'on attend de moi ? s'enquit-elle alors que l'intendante la faisait sortir de la pièce.

— C'est très simple, vous devrez vous tenir aux côtés de la princesse, et la suivre dans chacune de ses activités. Vous ne pourrez disposer de votre personne que lorsque la princesse ne requiert pas votre présence.

Mary ne put en apprendre davantage, car elles pénétraient dans une pièce, qu'elle découvrit richement meublée, percée de nombreuses ouvertures et si vaste qu'un froid saisissant y régnait malgré un grand feu dans l'âtre. Ce fut dans cette direction que la conduisit l'intendante, précisément à côté de l'âtre, où étaient installées la princesse et sa cour.

Arrivée devant Annabelle, et après que l'intendante l'eut à nouveau présentée comme sa nouvelle demoiselle de compagnie envoyée par le roi, Mary ignora les regards curieux sur sa personne et exécuta une petite révérence. Elle se redressa et plongea ses yeux dans ceux de la princesse, s'efforçant de ne pas paraître impressionnée, bien qu'elle le fût. Encore une fois, elle ne savait comment se comporter. Elle n'avait pu se renseigner et tout était allé tellement vite depuis leur arrivée qu'elle en avait presque le vertige. Il y avait eu ce combat sur la lice, puis ce baiser…

Elle sentit malgré elle ses joues s'empourprer et pria pour que la princesse ne lui tînt pas rigueur du fait, mais… que voulait dire ce regard qu'elle lui rendit ?

Mary eut la sensation que la princesse la jaugeait.

Peut-être pesait-elle le pour et le contre… pour comprendre si elle pouvait lui faire confiance ou non. Pour apprendre de son attitude et savoir ainsi si elle lui serait fidèle ou non. Mais n'était-ce pas là ce que l'on attendait d'elle : une fidélité à toute épreuve ? Elle n'avait pas le choix ! Nul ne pouvait déroger à un ordre royal, sous peine d'y perdre son honneur et parfois même la vie. Mary se devait de faire bonne figure, et qui sait… peut-être deviendraient-elles bonnes amies ? Annabelle n'avait pas l'air si désagréable que cela vue de près. Brune, les traits fins, Mary jugea, bien qu'elle ne connaisse pas encore la reine, qu'elle ressemblait beaucoup à son père, dont elle possédait le nez aquilin, les lèvres fines et les yeux légèrement écartés.

— C'est un grand honneur pour ma famille et moi-même de vous servir, princesse, se décida à dire Mary, se souvenant du discours qu'elle avait mis au point avec sa mère. Et au nom de tous, je vous en remercie.

Annabelle l'observa attentivement sans mot dire, puis ordonna soudain d'une voix forte :

— Laissez-nous !

Le cœur de Mary bondit dans sa poitrine, alors que l'intendante et toutes les jeunes femmes présentes s'envolaient comme une nuée de moineaux dans un bruissement de tissus. Mary les suivit du regard, un peu perdue. Elle croisa celui, peu amène, de l'une d'entre elles, puis reporta son attention sur la princesse, se demandant ce qui ressortirait de ce tête-à-tête. Mary était incapable de le deviner, le visage d'Annabelle restant impassible, jusqu'à ce que la dernière des demoiselles de compagnie franchisse le seuil de la pièce. Alors seulement, Annabelle se décida à reprendre la parole.

— Ainsi donc… vous connaissez messire MacLeod !

Mary chercha aussitôt où était le piège, mais le regard franc de la princesse lui redonna confiance. Elle pouvait se tromper, certes, mais elle n'y lut aucune menace. Peut-être que la princesse ne lui tenait pas rigueur d'avoir embrassé son… « fiancé », finalement.

Des baisers comme celui-ci en guise de récompense étaient visiblement monnaie courante et sans doute était-elle la seule à y attacher de l'importance. Probablement parce qu'il était le premier, et parce que Craig lui plaisait infiniment. Trop. Bien qu'elle s'en défende.

— Nous venons tous deux des Highlands, répondit-elle, ne pouvant s'empêcher d'en ressentir une réelle fierté. Et... nous avons parcouru le chemin ensemble pour arriver jusqu'ici.

Mary tut que son oncle les avait enchaînés l'un à l'autre. Cela ne regardait personne, et certainement pas la future femme de Craig.

— Que pensez-vous de lui ?

Bien qu'elle fût surprise par la question, Mary revit en pensée les yeux verts pétillants d'ironie du Highlander, ses boucles brunes, ses lèvres charnues qui lui avaient donné tant de plaisir pendant un temps trop court et l'avaient bouleversée au-delà des mots, son corps sans le moindre défaut, ses cuisses puissantes, son ventre plat, son...

Ses joues s'empourprèrent, et pour cacher son trouble, Mary se racla la gorge, cherchant ses mots. Des mots qui certainement ne lui rendraient pas justice, car Craig MacLeod était fascinant et demeurait pour elle un mystère.

— C'est un homme bien, princesse, soyez-en persuadée. Et je ne dis pas cela uniquement parce qu'il est originaire des Highlands, mais parce que je le pense.

Oui, Craig était un homme bien.

Il était courageux, valeureux, protecteur, il avait une prestance incroyable. À ses côtés, Mary se sentait en sécurité. Et il était si... attirant, si viril, si... envoûtant. Lorsque ses yeux verts plongeaient dans les siens, Mary se sentait défaillir jusqu'au tréfonds de son être. Et ses lèvres... si douces et si exigeantes en même temps, si... parfaites. Mais il allait épouser la princesse ! Elle ne pouvait soupirer pour un homme qui serait bientôt lié à une autre. Il fallait qu'elle cesse de penser à lui... et vite !

La princesse se leva soudain de son trône, et descendit l'estrade. Elle lui passa devant le nez, lui ordonna de la suivre. Mary lui emboîta le pas et la suivit dans la pièce attenante : une chambre, où là aussi grondait un petit feu. Elles traversèrent la salle jusqu'à un secrétaire, dont Annabelle ouvrit l'un des tiroirs. Elle en extirpa un pli, puis lui fit face et le lui tendit.

— Vous lui remettrez ceci ! ordonna-t-elle encore. Et vous me rendrez compte de sa réponse.

Tout en se saisissant du pli, Mary eut envie de poser des questions, mais s'en abstint.

Cela ne la regardait pas.

Elle ferait ce que la princesse attendait d'elle...

— Quand voulez-vous que je le lui remette ?

— Maintenant ! Vous me retrouverez ensuite dans la salle de bal...

— Ce sera fait, princesse !

Mary fit une petite révérence et s'éclipsa, le cœur en déroute.

La princesse avait-elle conscience des sentiments qui l'animaient ? Était-elle si transparente, finalement ? Qu'allait-elle devenir si elle la soupçonnait de nourrir de tendres attentions envers son « promis » ? Allait-elle se débarrasser d'elle, la pensant sa rivale ? Pourquoi vouloir se servir d'elle comme messager ? Qu'attendait-elle d'elle ? Quel était réellement son but ? Tester sa fidélité ? Les questionnements se bousculaient dans sa tête. Elle devait penser à toutes les éventualités pour s'attendre et se préparer au pire, car elle ne pouvait se permettre d'interroger la princesse. Elles n'étaient pas assez intimes pour cela. Peut-être fallait-il qu'elle commence par là : devenir amie avec Annabelle ! Ainsi, elle serait au courant de tout et pourrait protéger Craig comme lui la protégerait. Elle pourrait également glaner plus aisément des informations sur la politique du roi en ce qui concernait les Highlands.

Oui, elle allait faire cela...

De plus, avoir l'esprit occupé par ses missions lui éviterait de penser au trop beau Highlander.

Son souffle devint malgré tout plus ardu lorsqu'elle se retrouva devant sa porte. Elle frappa, et attendit. Comme rien ne venait, elle frappa encore, un peu plus fort. Toujours aucune réponse... Et comme elle devait impérativement lui remettre la missive, elle se décida à tourner la clenche, et ouvrit la porte. Son cœur battit à tout rompre lorsqu'elle pénétra dans les appartements de Craig, s'apprêtant à le découvrir dans son bain ou... dans le plus simple appareil comme cette fois-là, au bord du loch. C'était il y avait peu, mais Mary avait la sensation qu'une éternité s'était écoulée depuis. Sa vie avait pris une telle direction depuis sa rencontre avec cet irrésistible Highlander. Une surprenante direction ! Elle n'était pas encore très sûre si c'était une bonne chose ou non.

Bah... je verrai bien où tout cela me mène, se dit-elle, décidée de ne pas se torturer plus avant pour ce qu'elle n'avait pas la capacité de changer. Pour le moment, elle ne devait penser qu'à sa « mission » : trouver Craig, et lui remettre le pli de la princesse.

Elle fut soulagée de ne découvrir aucun cuvier rempli d'eau chaude au centre de la pièce, ni personne sur la vaste banquette face à l'âtre, assez vaste pour servir de couche. Elle se revit allongée à côté de Craig et ressentit à nouveau entre ses cuisses la morsure du désir qui l'avait saisie lorsqu'elle l'avait regardé dormir, dans cette cabane, là où tout avait commencé ; là où sa vie avait basculé inexorablement pour prendre une voie inattendue. Ce désir, qu'elle ressentait encore pour lui... là... au creux de son corps de femme.

Un désir qui enserrait son cœur et qu'elle se devait d'ignorer, même s'il lui labourait les chairs. Surtout s'il lui labourait les chairs...

Craig ne sera jamais à toi, autant te faire une raison ! maugréa-t-elle entre ses dents serrées.

C'est alors qu'il lui apparut, sortant de la pièce attenante. Magnifique dans cette tenue de guerrier highlander qui ne le quittait pas et faisait de lui ce qu'il était : un être à part. Là, à l'instant, ses boucles brunes domestiquées, arborant avec fierté les couleurs jaune et vert de son clan, il était d'une beauté renversante. Il se figea, et leurs regards se croisèrent. Au prix d'une volonté dont elle ne se serait pas crue capable, Mary retint l'élan qui la poussait vers lui, dans ses bras et tout contre ses lèvres qu'elle voulait à nouveau sentir sur les siennes.

Craig ne sera jamais à toi..., se répéta-t-elle.

Elle se raidit sous la douleur qui, pour la toute première fois de sa vie, lui poignardait ainsi le cœur, et avança vers lui. Ignorant les élancements qui envahissaient son corps, elle lui tendit le pli de la princesse.

— Pardonnez mon intrusion, messire, annonça-t-elle d'une voix qu'elle espéra assurée et dénuée de toute émotion. Je devais vous remettre ceci de la part de la princesse.

Elle ne s'excusa pas d'être entrée dans ses appartements sans y être invitée. S'excuser ne faisait pas partie de ses traits de caractère.

Craig haussa un sourcil, regarda ce qu'elle tenait entre les mains, puis l'observa longuement avant de daigner ouvrir la bouche :

— Pourquoi vous ?

Sa voix grave fit s'envoler ses battements cardiaques.

— Je n'en ai pas la moindre idée, messire, soupira-t-elle.

— Pensez-vous qu'elle vous en veut ?

Mary se raidit.

Décidément, cet homme ne manquait pas d'air !

— Ce n'est pas moi qui vous ai embrassé ! s'offusqua-t-elle. Je vous avais même expressément fait comprendre de n'en rien faire, mais vous avez décidé de passer outre. Alors si nous avons des ennuis, ce sera votre faute ! Ce baiser était peu de choses, voire insignifiant pour moi ! acheva-t-elle, cherchant à s'en persuader, car à le voir ainsi debout devant elle, si beau qu'il lui était presque douloureux de le regarder, elle ne pouvait s'empêcher de le désirer.

Aussi, le mieux qu'elle pouvait faire, c'était de le tenir éloigné d'elle, même s'il fallait pour cela lui mentir et se montrer désagréable. Il ne devait jamais avoir connaissance des sentiments qu'elle nourrissait envers lui. Sentiments qui les mettraient en danger.

Elle vit son regard se troubler.

— Vous avez raison, ce n'était rien ! assena-t-il à son tour d'une voix aussi froide que l'eau d'un loch d'altitude. Un baiser de rien du tout !

Son cœur se serra.

C'était ce qu'elle voulait, qu'il réponde par l'indifférence à sa propre indifférence feinte, alors pourquoi le ton de sa voix, ses mots, et son attitude soudain aussi rigide que la sienne, lui faisaient-ils si mal ? La douleur ne fit qu'augmenter lorsqu'il rompit le cachet de cire et décacheta le pli. Elle vit ses yeux parcourir les lignes qu'elle apercevait à travers le vélin.

La princesse écrivait-elle des mots d'amour ?

Cette pensée lui déchira les entrailles.

Ignorant son cœur qui lui faisait de plus en plus mal, jusqu'à pratiquement l'empêcher de respirer normalement, et se sentant soudain en danger, elle jeta un regard en arrière. Elle avait laissé la porte ouverte, personne ne l'avait vue entrer dans la chambre de Craig et elle était envoyée par la princesse, mais les apparences pouvaient être trompeuses. Il n'était pas bienséant de se trouver seule avec un homme. Dans sa chambre qui plus est... avec un tel homme... à la réputation plus que sulfureuse. Un homme qui l'avait embrassée quelques heures plus tôt, devant des courtisans. Des courtisans qui pourraient se réjouir de leur faire du mal pour s'amuser. Sa famille l'avait prévenue : la cour pouvait être une nasse d'où l'on ne ressortait pas vivant.

Seigneur...

Cet homme causerait-il sa perte ?

— Elle souhaite une réponse, murmura-t-elle, le cœur en déroute.

Il l'observa encore intensément avant de répondre :

— Dites-lui que c'est entendu !

Mary ne savait ce qui était entendu, mais elle en éprouva une telle détresse qu'elle lui tourna le dos et s'enfuit avant qu'il ne remarque les larmes qui, malgré elle, avaient envahi ses yeux.

***

Craig regarda Mary s'éloigner.

Quand elle lui était apparue, là, au milieu de sa chambre, il avait cru être victime d'une plaisante illusion. Il s'était laissé aller à penser un court instant qu'elle était là pour lui, qu'elle était venue le retrouver et était enfin toute à lui.

Mais cela n'arriverait jamais !

Quand donc allait-il se faire une raison ! Mary n'était pas pour lui ! Elle n'était pas pour lui et ne serait jamais à lui !

Oublie-la ! se répéta-t-il.

Il soupira et relut le message de la princesse.

S'il pouvait l'envoyer au diable, celle-ci ! Mais cela aussi était impossible ! Ses yeux balayèrent une nouvelle fois les quelques mots :

Puisque le roi mon père veut que nous fassions plus ample connaissance, acceptez, messire, d'être mon chevalier servant pour la soirée.

Il broya rageusement le parchemin entre ses doigts, et le balança dans l'âtre. Il regarda les flammes le consumer et se perdit à nouveau dans ses pensées. Son cœur était finalement comme ce morceau de parchemin : il se *consumait* de désir pour Mary. Son cœur et son corps étaient inlassablement léchés par les flammes de la tentation, et finiraient comme ce vélin : réduits à l'état de cendres.

Pourquoi ?

Pourquoi fallait-il qu'elle lui plaise autant ?

Pourquoi sa destinée avait-elle mis cette femme sur sa route, alors qu'il lui était interdit de la posséder ? Pourquoi pensait-il à elle avec autant d'acharnement ? C'était déjà le cas avant, mais depuis qu'il l'avait embrassée, depuis que ses lèvres s'étaient posées sur les siennes, il ne pensait plus qu'à renouveler l'expérience. Il se demanda pour la millième fois ce qu'il devait faire pour qu'elle sorte de ses pensées. Il avait le sentiment que Mary était la seule capable de le combler, la seule à pouvoir le rendre heureux, mais probablement se leurrait-il, car comment savoir ? Comment en être sûr ? C'était impossible tant qu'il ne l'aurait pas possédée !

C'était sans doute là la solution : il lui fallait la faire sienne !

Il lui fallait faire passer l'envie qu'il avait d'elle.

Peut-être qu'alors il arriverait à se la sortir de la tête. Seulement… Mary n'était pas une fille qu'il pouvait trousser à sa guise comme il en avait l'habitude, elle était de bonne famille, et s'il passait outre et arrivait à la conquérir, il y aurait des conséquences qu'il n'était pas prêt à assumer. Ni envers les Kinkaid ni envers sa propre famille. Sans parler du roi ! Ils pourraient perdre tout ce qu'ils avaient, et lui pourrait perdre bien plus encore.

Craig posa ses mains sur le manteau de la cheminée, et laissa tomber sa tête entre ses bras.

Mary n'est pas pour toi...

Qu'attendait-il pour l'oublier, sacrebleu !

Ce n'était pas ses désirs charnels qui devaient guider sa vie et ses actions, mais son honneur et sa raison ! Mais la raison n'avait jamais été son fort, pas plus que la patience.

Il frappa du plat de la main contre la pierre.

Bon sang, ce n'était pas cette partie-là de son anatomie qui devait diriger ses actes, mais sa tête ! Une tête qu'il était en train de perdre ! Il avait de plus en plus le sentiment que ce désir brûlant pour Mary était en train de le rendre fou...

9

Dès que Craig entra dans la salle de bal où il y avait déjà foule, il ne put s'empêcher, tout en se dirigeant vers le trône de la princesse, à gauche et en contrebas de celui de la reine, de rechercher Mary des yeux. Il repéra le couple royal en grande discussion avec des courtisans, près du buffet constitué de tables juponnées de tissus dorés, sur lesquelles étaient dressés des mets divers, ainsi qu'une importante quantité de pichets. Les réceptions du roi étaient toujours fastueuses. Il reporta son attention sur la princesse, comme à son habitude entourée de ses demoiselles de compagnie les plus fidèles. Mary n'était pas parmi elles. Il chercha dans la foule des danseurs sa magnifique robe verte qui lui faisait un port de tête divin et un corps de rêve, mais là encore, avec toute cette foule, il fut incapable de la repérer. Il musela son inquiétude : elle n'était sans doute pas très loin. La princesse avait dû certainement l'envoyer faire une corvée, c'était ce que faisaient les nouvelles arrivées. Il se promit pourtant de la retrouver au plus vite.

N'était-il pas censé veiller sur elle ?

Tous les visages se tournèrent vers lui lorsqu'il arriva près du trône et il se força à faire bonne figure alors qu'il n'avait qu'une envie, partir à la recherche de Mary. Il soupira en maudissant sa méchante destinée qui l'obligeait à se montrer avenant avec la princesse et sa cour. Il n'avait rien contre ces femmes qui entouraient Annabelle, mais à dire vrai, elles l'indifféraient. Ce qui n'était pas leur cas ! Il n'ignorait pas que la plupart rêvaient de partager sa couche. Mais quelques-unes, malgré tout, étaient rebutées par son apparence de guerrier highlander. C'était le cas d'Éléonore Flemming, l'une des favorites d'Annabelle et, s'il en croyait le regard peu amène que cette dernière posa sur lui, toujours le sien également ! Et ce, depuis le jour où il lui avait été présenté.

Visiblement, malgré sa demande de faire plus ample connaissance, elle n'avait aucune envie de se montrer aimable.

Elle le toisa, alors que les deux demoiselles de compagnie les plus proches, dont Éléonore Flemming, plissaient du nez.

— Ne pourriez-vous vous vêtir comme tout le monde, messire MacLeod, plutôt que de vous affubler de cette tenue grotesque ? lança-t-elle, caustique.

Ses compagnes pouffèrent dans leurs mains.

Craig répondit à la pique en écartant les bras et en se fendant d'une petite révérence pleine de gausserie. Il avait bien envie de lui rétorquer d'aller se faire voir, mais se retint. Il ne pouvait décemment pas lui dire le fond de sa pensée, mais si cette femme devenait un jour son épouse, il se ferait fort de lui enseigner le respect.

— Je ne renierai jamais qui je suis, ni d'où je viens, princesse, répondit-il sèchement. Ne vous en déplaise !

Annabelle soupira de dépit.

— Est-ce qu'au moins vous savez danser ? Messire ? insista-t-elle, voyant qu'il ne l'écoutait plus.

Effectivement, Craig ne l'écoutait plus. Il venait de découvrir Mary parmi les danseurs de quadrille. Mary, reprenant la main de… Somerset, qu'elle venait de lâcher pour effectuer un tour sur elle-même en faisant virevolter sa robe. Malgré le charmant spectacle qu'elle lui offrait, malgré ses joues roses et son regard brillant qui attiraient irrésistiblement son regard, ou peut-être à cause de cela, il vit rouge et se retint de ne pas fondre sur eux pour les séparer.

Somerset...

Décidément, cet homme aimait jouer avec sa vie !

S'il n'avait pas compris que Mary était sous sa protection, il le lui rappellerait.

— Messire ?

— Non, princesse, je ne sais pas danser ! daigna-t-il enfin répondre.

Il se déplaça légèrement afin de ne pas quitter des yeux Mary et son cavalier.

Il ne pouvait pas provoquer de scandale, Mary ne faisait rien de plus que danser avec ce bellâtre d'Anglais, mais quelque chose dans son cœur frémit à la pensée qu'il puisse devenir bien plus que cela. Pourquoi le regardait-elle ainsi ? Comme si elle prenait quelque plaisir à danser avec lui. Avait-elle déjà oublié qu'il l'avait revendiquée plus tôt dans la journée, en posant sur elle un regard concupiscent ? Regard dont il continuait de l'envelopper ; son désir pour elle était manifeste.

Pris d'une impulsion subite et après qu'il eut mémorisé les pas, somme toute d'une extrême simplicité en comparaison des danses des Highlands, il tendit la main à la princesse.

— Mais après tout, si l'exercice vous agrée, venez !

La princesse le toisa à nouveau, visiblement surprise.

— Si vous me promettez de ne pas me marcher sur les pieds, effectivement, pourquoi pas ! maugréa-t-elle en plaçant ses doigts dans les siens et en se mettant debout. Puisque mon père l'ordonne. D'ailleurs, il nous regarde, messire, alors faites bonne figure !

Il ne prit pas la peine de lui répondre, il n'en avait cure !

Il était ce qu'il était, un guerrier des Highlands et fier de l'être !

Il entraîna la princesse parmi les autres danseurs, tout en n'ayant d'yeux que pour Mary qui évoluait à quelques mètres de lui, et qui bientôt se retrouverait face à lui. Mary, qui était devenue en quelques jours, et encore davantage ces dernières heures, bien plus importante que tout le reste.

Enfin, elle le vit, et verrouilla ses prunelles aux siennes.

Elle était si belle ainsi, échevelée et les joues rouges, que le souffle lui manqua. Ils dansèrent chacun de leur côté avec leur partenaire respectif, mais souvent, *très souvent,* leurs regards se cherchaient pour se happer l'espace d'un instant, avant de se séparer puis de se chercher à nouveau. En se fondant dans les siens, les immenses yeux bleus de Mary flambaient d'une lueur étrange, à la fois sauvage, indomptable et... incroyablement intense. Une lueur qui lui donnait envie de l'embrasser. Encore. Et qui, heureusement, s'éteignait lorsqu'elle regardait un autre que lui. Et plus il l'observait, plus il avait envie d'elle. Il se demanda si elle aurait cet air-là en l'accueillant en elle. L'évocation fut si plaisante que son membre enfla légèrement sous son kilt et il dut faire appel à toute la maîtrise qu'il avait sur son corps pour ne pas louper des pas. Il respira plus amplement pour que cède le désir qu'il avait pour cette femme, alors qu'il dansait avec celle qui deviendrait bientôt la sienne.

— Finalement, vous ne vous débrouillez pas si mal ! s'écria la princesse lorsqu'elle se rapprocha de lui, après avoir posé sa main sur son poing.

Il hocha la tête en guise de réponse, sans lâcher Mary du regard.

Mary qui, sans conteste, avec son port altier et ses cheveux de feu, attirait toutes les attentions. De tous les hommes présents. Ce dont il se rendit compte avec un certain agacement. Et soudain, il eut envie de la charger sur son épaule et de l'entraîner ailleurs. Un ailleurs où elle serait toute à lui. Un ailleurs où il ne serait pas promis à une autre.

Mary se rapprocha.

Ils effectuèrent quelques tours, puis se retrouvèrent l'un en face de l'autre. Elle rosit de plus belle, puis détourna le regard. Elle avait raison, nul ne devait savoir, nul ne devait comprendre ce qui les liait malgré eux. Car quelque chose les liait, il en était convaincu, son corps ne pouvait mentir, ni le sien. Il le sentait : Mary aussi le désirait. Il le sentait à ses prunelles ardentes sur lui, qu'elle ne pouvait lui cacher. Il le sentait à sa main tremblante tout contre la sienne, il le voyait à son souffle altéré, à sa poitrine qui se soulevait au rythme de sa respiration de plus en plus rapide, à son regard fiévreux.

Ils furent obligés de se tourner le dos, puis de se séparer.

Craig se retrouva de nouveau devant la princesse et se fit violence pour rester impassible, bien que sa vue l'indisposât. Qu'elle était donc disgracieuse ! Pas laide, à proprement parler, mais peu s'en fallait. Si seulement elle était aimable, mais non, elle avait la fâcheuse habitude de toiser tout un chacun avec hauteur et indifférence. Voire avec une certaine cruauté. Qui, à l'instant présent, lui faisait défaut. Il devait pourtant reconnaître qu'elle portait la toilette avec élégance et que sa robe rouge mettait sa peau diaphane en valeur. Les joues légèrement plus colorées qu'à son habitude, il se rendit compte qu'elle se mordillait la lèvre en l'observant intensément.

Tudieu... il fallait qu'il fasse attention, ou bientôt, elle allait finir par le désirer elle aussi.

Comme bon nombre de femmes présentes, dont il sentait l'intérêt.

Son air de guerrier plaisait, il le savait.

Nombreuses étaient celles qui se seraient volontiers encanaillées avec lui.

Le hasard de la musique voulut qu'au moment où Mary se retrouva de nouveau devant lui, le quadrille céda la place à une danse de couple. Craig n'eut pas d'autre choix, tout comme les autres hommes, de s'incliner devant sa partenaire. Puis de se rapprocher. Ils se tournèrent autour, plongés dans le regard l'un de l'autre. Cette danse, Craig ne l'avait jamais pratiquée, elle n'existait pas dans les Highlands, mais il l'avait observée lors de ses précédents séjours à la cour et en avait mémorisé les pas.

Il tendit la main, et Mary posa ses doigts fins sur les siens. Il les serra. Ils tournèrent, ensemble, s'écartèrent l'un de l'autre, puis se rapprochèrent. Pas une seule seconde, il ne lâcha ses yeux, s'y plongeant avec délices. Environnés de la lumière dorée des immenses candélabres, ils brillaient d'un éclat sans pareil. Son cœur s'emballa. Le désir le brûla, sa peau s'enflamma au contact de la sienne. Et à cet instant, il aurait donné tout ce qu'il possédait pour avoir le droit de l'embrasser.

Il ressentit alors son corps souple et voluptueux tout contre le sien, comme lorsqu'il l'avait prise dans ses bras, au bord du loch, quand il croyait qu'elle s'était noyée. Il en avait été si bouleversé qu'il aurait dû comprendre à quel point elle comptait déjà pour lui.

Puis il ressentit la morsure de leur baiser.

Il se laissa envoûter par la magie de l'instant, sans plus tenir compte de ce qui les entourait. Plus rien d'autre n'existait que leurs corps qui s'éloignaient et se rapprochaient. Que leurs regards soudés. Que leurs respirations qui s'envolaient dès qu'ils étaient proches l'un de l'autre. C'était comme une danse nuptiale, comme des préludes de l'amour. Et c'était à la fois frustrant et extrêmement excitant. Jamais Craig n'avait pu imaginer qu'une simple danse pouvait le remuer autant. Jusqu'aux tripes. Jamais il n'avait ressenti une telle émotion, et c'était encore à Mary qu'il le devait. Il se rendit soudain compte, en observant autour de lui, que des regards s'étaient faits curieux. Certaines femmes, au bord de la piste, souriaient sous cape et jasaient derrière leurs mains en les observant et il eut peur que son désir pour Mary ne fût trop évident et lui attirât des ennuis. Aussi se força-t-il à ignorer sa cavalière, tout en laissant son corps se gorger de sa présence et de sa chaleur, mais rapidement, il n'y tint plus. Il avait trop envie d'elle. La patience n'était décidément pas son fort, et malgré tous ses efforts, le désir inonda ses reins. Il ne pouvait plus

111

regarder Mary sans rêver de la posséder, mais il se devait d'être prudent. Il en allait de leur honneur à tous les deux.

Ils continuèrent ainsi de longues minutes, des minutes à la fois délicieuses, et terribles.

Des minutes où il ne put que rêver, et rêver encore... ce qui n'était également pas son fort ! Il était un guerrier, un homme d'action. Un homme qui troussait les femmes, juste pour le plaisir, et quand l'envie et le désir lui en prenaient ! Pourquoi Mary venait-elle perturber cette sereine habitude qui lui allait parfaitement ! Celle de la liberté du plaisir. Il avait toujours veillé, malgré ses appétits, à se tenir éloigné des élans du cœur. Il n'était pas fait pour les sentiments, il le savait. Ou plutôt, ils ne l'avaient jamais intéressé. Il lui sembla que le regard de Mary se faisait de plus en plus interrogatif. Il la dédaignait manifestement et la pauvre devait se demander ce qu'elle avait fait pour mériter sa soudaine indifférence. Mais il ne pouvait agir autrement et en fille intelligente, elle le comprenait certainement elle-même, sans qu'il ait besoin de le lui expliquer. Ils se devaient de rester à distance ou ils finiraient par éveiller les soupçons et alors, Dieu seul savait ce qu'il adviendrait d'eux, surtout que la princesse semblait elle aussi captivée par le couple qu'ils formaient.

Soudain, Annabelle, près d'eux, cessa de danser.

Son cavalier en fit autant, étonné, mais ne dit mot. Annabelle était la princesse, elle faisait ce qu'elle voulait et de qui elle voulait. Tout le temps et avec tout le monde. Aucun courtisan n'avait assez de cran pour attiser son courroux, ou la contredire.

Elle posa la main sur le bras de Craig pour qu'eux aussi s'arrêtent de danser, et s'adressa à lui :

— Allons nous rafraîchir à l'extérieur, messire, il fait une chaleur de four, ici !

— Vos désirs sont des ordres, princesse, lui répondit Craig en s'inclinant cérémonieusement, jouant le jeu que l'on voulait lui faire jouer.

Il n'avait pas le choix...

Il ignora la petite voix dans sa tête qui lui dit aussitôt que l'on avait toujours le choix. Non ! Pas lui ! Et pour plusieurs raisons...

Annabelle fronça les sourcils.

— Peut-être allons-nous finir par nous entendre, finalement !

Faisant fi du regard médusé de Mary sur eux et du ton glacial d'Annabelle, il saisit sa main et embrassa le bout de ses doigts en plongeant ses yeux dans les siens. Autant jouer le tout pour le tout pour qu'elle le croie intéressé par sa personne. S'il voulait au départ se comporter comme le rustre qu'elle pensait qu'il était pour qu'elle se désintéresse de lui, il ne le souhaitait plus. Il avait vu ses regards sur Mary et lui, ainsi que ses froncements de sourcils. Le plus sage était au contraire d'endormir sa méfiance et de détourner ses soupçons de Mary, car comme beaucoup de femmes, il était prêt à parier qu'Annabelle avait un sixième sens pour ces choses : s'il s'intéressait à quelqu'un d'autre, elle le sentirait aussitôt.

— Rien ne pourrait me faire plus plaisir, princesse.

— Fort bien ! Suivez-nous, vous autres ! ajouta-t-elle en faisant un petit signe de la main à ses suivantes qui s'étaient rapprochées, attendant ses ordres.

Il en était toujours ainsi, quoi qu'elle fasse, où qu'elle se rende, Annabelle était toujours accompagnée de ses demoiselles de compagnie. De fait, il n'allait pas s'en plaindre. Il était ainsi sûr de ne jamais se retrouver seul avec elle. Du moins, pas avant la nuit de noces.

Craig tendit le bras à la princesse. Elle se détourna, ainsi que ses suivantes et leurs cavaliers, et avant de lui-même tourner le dos à Mary, il lui adressa un regard pénétrant. Un regard dans lequel il mit tous ses regrets, sans savoir si elle comprendrait. Mais après tout, sans doute valait-il mieux qu'elle ne comprenne pas qu'elle emplissait de plus en plus son cœur et ses pensées.

***

Que voulait dire ce regard ?

Encore une fois, Mary était perdue. L'attitude de Craig la laissait perplexe, mais la seule chose qu'elle pouvait faire, c'était jouer la comédie de l'indifférence, tout comme lui, et suivre le cortège. Ce qu'elle fit. Lentement. Tout en réfléchissant à la situation. Elle devait cesser de se poser des milliers de questions, cela ne servait à rien ! Le mieux était d'oublier Craig et c'était ce qu'elle s'était juré de faire, jusqu'à ce qu'elle danse avec lui. Mon Dieu, son regard brûlant sur elle l'avait bouleversée. Son regard et son corps, si proche. Ses lèvres… à portée des siennes. Elle l'avait désiré de toute son âme. Et il lui avait semblé qu'il répondait à son désir et qu'il avait envie d'elle lui aussi, mais encore une fois, cela ne changeait rien. Ils n'avaient pas le droit d'être ensemble ! Que pouvait-elle donc faire pour s'enfoncer cela dans le crâne une bonne fois pour toutes ? Et lui, pourquoi jouait-il avec elle comme un chat avec une souris ? Pourquoi passait-il son temps à la tenter alors qu'ils n'avaient aucun avenir ensemble, puisqu'il allait épouser la princesse.

Cet homme était en passe de la rendre chèvre !

S'il avait été près d'elle en cet instant, elle lui aurait dit le fond de sa pensée.

Toute à ses déboires, elle ne se rendit pas compte qu'ils étaient entrés dans une allée relativement étroite et sombre, et qu'elle se trouvait à la traîne. Elle sursauta en sentant une main sur son bras. Qu'elle retira vivement !

Somerset...

114

— Je ne vous permets pas, monsieur ! assena-t-elle, en prenant un peu de distance.

Elle n'avait pas pu lui refuser son invitation à danser devant la princesse, et cette dernière avait accepté non sans un regard qui lui avait semblé lourd de sous-entendus, mais elle était bien décidée à ne rien accepter d'autre de sa part. Et encore moins qu'il la touche. Elle n'avait aucune confiance en lui. Il la regardait comme s'il allait la manger toute crue, et toisait Craig comme s'il rêvait de le tuer. Son intuition lui criait que cet homme était dangereux et qu'il fallait se méfier de lui. Pour autant, elle devait se montrer rusée pour ne pas se le mettre à dos. Lui, encore moins qu'un autre, car en tant que cousin de la reine, il était proche du trône et avait visiblement les faveurs du roi. Elle devait faire attention à la moindre de ses paroles, au moindre de ses gestes, et cet exercice commençait à l'épuiser. Pourtant, elle n'était à la cour que depuis quelques heures. Des heures qui lui semblaient déjà une éternité.

Voyant qu'elle se préparait à reprendre sa marche après lui avoir adressé un regard sans équivoque, Somerset referma la main sur son bras.

— Vous n'étiez pas si farouche tout à l'heure !

Elle se raidit.

— Je vous demande pardon ? répliqua-t-elle plus fort, espérant être entendue par les derniers membres du groupe.

Elle ne voulait pas crier au loup tout de suite, mais elle ne put empêcher son cœur de tambouriner un peu plus fort à la pensée que dans quelques secondes, Annabelle et sa suite tourneraient au bout du chemin et les laisseraient seuls dans la demi-obscurité qui, doucement, descendait sur eux.

— Tu sais très bien ce que j'entends par là ! dit-il, en empoignant son autre bras et en se rapprochant dangereusement.

Mary recula sous la menace.

— Je ne vous permets pas de me tutoyer. Et lâchez-moi ou je hurle ! siffla-t-elle entre ses dents tout en cherchant à lui échapper.

Somerset raffermit sa poigne et l'attira à lui.

— Oh que non, ma belle, tu ne tenteras rien ou je dirai que tu m'as retenu ici. Et vu le plaisir que tu prenais à danser avec moi tout à l'heure, je suis sûr que personne ne mettra en doute ma parole. Ce sera *ta* parole contre la mienne, ajouta-t-il.

Hélas, il avait raison, elle avait pris plaisir à danser. Pas avec lui, grands dieux, non, mais elle aimait danser, elle avait toujours aimé ça, depuis qu'elle était petite. Danser, comme chevaucher ou combattre à l'épée pour jouer, lui vidait la tête.

— Ma famille vous tuera si vous me déshonorez ! gronda-t-elle encore en cherchant à lui échapper alors qu'il s'approchait davantage avec visiblement l'envie de l'embrasser.

— Ta famille n'est pas là, alors tu peux ruer tant que tu veux ! rétorqua-t-il, avant de coller sa bouche immonde sur la sienne.

— Sa famille, non, mais moi, si ! rugit soudain une voix près d'eux.

Somerset la relâcha et se retourna de surprise.

Mais avant qu'il n'ait le loisir d'esquiver, Craig lui assena un grand coup de poing en plein visage, l'envoyant s'affaler au sol, d'où il ne se releva pas. Comme elle restait hébétée, le Highlander lui attrapa la main et l'entraîna loin du corps de Somerset, la faisant sortir de cette sorte de torpeur qui l'avait saisie à l'intervention divine de Craig.

— Comment avez-vous su ? Et que va-t-il devenir ? s'enquit-elle en courant à sa suite, sa main dans la sienne.

Elle n'avait pu éviter à sa voix de s'érailler. La peur s'était infiltrée en elle, et elle en ressentait maintenant les effets. Sans Craig, Dieu seul savait ce que Somerset lui aurait fait. Elle avait le sentiment que cet homme n'avait aucune limite et qu'il cachait

116

parfaitement son jeu. Nul en le voyant ne pouvait imaginer qu'il était capable de forcer une femme, et il avait hélas raison, ce serait *sa* parole, *leur parole*, contre la sienne. Elle espéra encore de tout cœur que Craig n'aurait pas de soucis à cause d'elle, mais avec ce genre d'homme prêt à tout pour arriver à ses fins, il fallait s'attendre au pire. Craig, percevant certainement sa détresse, ralentit sa course et lui jeta un rapide coup d'œil.

— Nous le retrouverons au retour ! Vous ne devriez pas vous inquiéter pour lui après ce qu'il a osé vous faire.

— Ce n'est pas pour lui que je m'inquiète, Craig…

Mais pour toi, aurait-elle voulu lui avouer.

— Craig…

Elle tira sur sa main. Surpris, il se retourna. Son regard se fit si ardent que le souffle lui manqua. Puis soudain, il l'attira sans ménagement derrière la haie, et gronda :

— Quand donc allez-vous apprendre à faire attention à vous ? Je ne serai pas toujours là, Mary !

Pardon ?

Elle s'attendait à tout sauf à ça.

Dire qu'elle avait cru l'espace d'un instant qu'il allait se jeter sur ses lèvres. C'était ce que ses yeux dévorants lui avaient laissé entrevoir, mais au lieu de cela, il lui criait dessus.

Elle se redressa de toute sa hauteur, prête à l'affronter une fois de plus.

— J'en ai assez que vous me reprochiez sans cesse de me mettre en danger alors que je ne suis qu'une victime, gronda-t-elle à son tour. Je n'ai pas cherché ce qui vient de se passer, Craig !

— Vous avez dansé avec lui !

Cela sonnait comme une accusation.

— Et alors ? répliqua-t-elle. Ce n'est pas parce que j'accepte une danse que j'en accepte forcément davantage. Et je danserai certainement avec d'autres hommes ! Si je veux trouver un bon parti et me marier, n'est-ce pas ce que je dois faire ?

Elle le vit serrer la mâchoire.

— C'est ce que vous espériez en venant ici ? Trouver un mari ?

Il avait l'air surpris et l'idée semblait lui déplaire, mais elle devait certainement se tromper. Du reste, elle avait déjà évoqué l'idée.

— Bien sûr ! Je ne compte pas finir vieille fille ! Vous allez vous-même vous marier avec la princesse, non ? lui lança-t-elle au visage, se rendant compte que cela la révulsait toujours autant, et la rendait malheureuse. Moi aussi, j'aimerais me marier !

— Pas avec lui, Mary, cet homme est un pourceau.

— Il n'est pas le premier à revendiquer un baiser sans mon consentement, et…

Son regard empli de fureur la dissuada d'achever sa phrase.

— Je vous interdis de me comparer à cet homme ! gronda-t-il.

— Et moi, je vous interdis de vous immiscer ainsi dans ma vie ! riposta-t-elle de la même façon, ignorant sa remarque.

Elle releva le menton.

— J'ai ouï dire que l'Angleterre était un très beau pays. Peut-être que je m'y plairais…

Elle ne savait pourquoi elle débitait de telles fadaises, surtout après ce qu'il venait de se passer. Somerset ne l'intéressait pas le moins du monde, bien au contraire, elle n'était pas loin de le haïr pour ce qu'il avait osé lui faire après l'avoir galamment invitée à danser. Cet homme était un fourbe, mais elle avait envie de provoquer Craig pour le faire sortir de ses gonds. Au moins autant qu'il la faisait sortir des siens.

— Si cela vous ennuie tant de veiller sur moi, enchaîna-t-elle sèchement, voyant qu'il n'avait manifestement aucune envie de lui

118

répondre sur le sujet, je vous démets de vos fonctions ! Mon oncle comprendra.

— C'est impossible et vous le savez, murmura-t-il, la voix rauque.

Et elle ne sut si c'était encore la colère qui vibrait dans sa voix, ou autre chose.

Elle se perdit un instant dans son regard brillant dans la demi-obscurité... Ce regard envoûtant, attirant... *Celui de son sauveur...* Elle avait besoin de lui, quoi qu'elle en dise. Tellement besoin de lui, et pas uniquement parce qu'auprès de lui, elle se sentait en sécurité. Non, cela allait bien au-delà. Mais ça ne changeait rien à la donne ! Au contraire, cela ne faisait que compliquer un peu plus la situation. Une situation à laquelle elle se devait de mettre fin, quel qu'en fût le prix.

— J'écrirai demain à mon oncle. Il comprendra. Je... je vais rejoindre les autres, ajouta-t-elle vivement avant de ne plus être en mesure de s'éloigner.

Mais elle n'avait pas marché trois pas que Craig saisissait de nouveau sa main.

— Ne faites pas ça, Mary, ne lui écrivez pas. Je dois continuer à veiller sur vous.

Ils se regardèrent ardemment, plus ardemment que jamais.

— Pourquoi le feriez-vous, puisque vous me détestez ?

— C'est vraiment ce que vous pensez ? Que je vous déteste ? demanda-t-il, la voix encore plus rauque.

Mary ignora ce que cette voix déclenchait tout au creux de son corps, au sein même de sa féminité, dans cet endroit qu'il avait lui-même rendu vivant.

Il ne t'est pas destiné, arrête de penser à lui !

— En tout cas, votre attitude à mon égard prouve que vous ne me portez pas dans votre cœur, et je vous comprends, je suis un fardeau pour vous. Je suis désolée, Craig, je vous oblige à vous soucier de moi alors que vous devriez vous consacrer à votre future femme, et…

Elle s'interrompit en se rendant compte que Craig n'avait pas lâché sa main. Son cœur s'emballa lorsqu'elle le vit contempler ses lèvres, lui donnant l'irrésistible envie de se jeter sur les siennes pour l'embrasser. Elle avait tellement envie de retrouver le goût de son baiser.

— Je ne vous déteste pas, Mary…

Sa voix n'était plus qu'un murmure.

Elle attendit, son cœur battant à tout rompre.

— J'ai promis…

Ainsi donc, ce n'était que cela, une promesse.

Bien sûr… à quoi s'attendait-elle ?

Il ne faisait et ne ferait que son devoir.

— J'ai donné ma parole à votre oncle de veiller sur vous et j'honorerai cette parole ! reprit-il froidement en lui lâchant la main comme si son contact le révulsait. Vous savez parfaitement ce qu'il adviendrait si je renonçais et qu'il vous arrivait quelque chose ! Mais je ne peux pas vous protéger si vous ne vous protégez pas vous-même !

Encore ces accusations…

— Vous ne renoncez pas puisque c'est moi qui mets fin à cette gageure ! lâcha-t-elle. Je vous l'ai dit, mon oncle comprendra. Surtout si je lui laisse entendre que j'ai trouvé un mari qui prendra soin de moi à votre place.

Elle vit clairement ses mâchoires se contracter de nouveau.

— Ce qui n'est pas le cas !

— Non, mais cela le sera bientôt ! rétorqua-t-elle. Je dois penser à mon avenir, Craig.

Puisque tu ne seras jamais à moi…

— Vous avez raison, soupira-t-il. Je ne peux vous empêcher de faire votre vie.

— Voilà, vous avez tout compris ! Aussi, à l'avenir, je vous défends de vous interposer et d'intervenir dans mes choix !

Et je vous interdis de m'embrasser... plus jamais...

— Alors, promettez-moi de faire un peu plus attention à vous !

— Bien sûr, le serment ! ne pût-elle s'empêcher de lâcher. Il n'y a que cela qui compte, finalement !

Elle fit un pas et colla son nez sous le sien.

— Je vais vous dire une chose, MacLeod, j'ai hâte de trouver l'homme qui partagera ma vie pour être définitivement débarrassée de vous ! Maintenant, si vous voulez bien m'excuser, le devoir m'appelle.

Elle fit volte-face et s'enfuit en courant, ne pouvant pourtant s'empêcher d'être déçue qu'il ne cherche pas à la retenir. Elle devait l'oublier ! Oublier ce qu'il venait de se produire et se dépêcher de rejoindre la petite troupe de la princesse qui, heureusement, avançait lentement.

Elle se mêla aux derniers, sa disparition semblant être passée inaperçue.

En tout cas, personne ne lui fit de remarque. Si certains s'étaient rendu compte du fait, ils n'en dirent rien, à son grand soulagement. Si cela avait été le cas, elle aurait répondu qu'elle était allée soulager un besoin naturel. L'important était que personne ne l'ait vue discuter avec Craig seule à seul.

Plus qu'à espérer que Somerset ne se souvienne de rien et n'ait pas eu le temps de reconnaître Craig en la personne de son agresseur. Décidément, cet homme était autant son sauveur que son tourmenteur.

Son cœur accéléra lorsqu'elle vit sa haute silhouette réapparaître près de la princesse. Elle ne savait comment il s'y était pris, mais il avait réussi à les dépasser et à les rejoindre. C'était évidemment la meilleure chose à faire pour ne pas éveiller de soupçons et ne pas laisser penser qu'ils s'étaient vus et avaient échangé des propos. Encore moins qu'il avait eu une altercation avec Somerset.

Maintenant, elle angoissait à l'idée de faire demi-tour.

Alors qu'un des cavaliers de l'une des suivantes d'Annabelle ralentissait le pas pour se trouver à ses côtés avec l'intention visible d'engager une conversation, son cœur bondit de nouveau lorsqu'elle vit Craig s'emparer de la main de la princesse et porter ses doigts à ses lèvres.

Elle s'obligea à sourire au nouvel arrivant alors que le dard de la jalousie lui aiguillonnait les sens. Si Craig voulait lui montrer qu'elle n'était personne à ses yeux, eh bien, elle en ferait de même. Elle était tellement perturbée par ses pensées intimes que son pied roula sur quelque chose au sol. Elle se serait tordu la cheville si son compagnon n'avait aussitôt refermé ses doigts autour de son bras pour la soutenir. Elle tourna la tête, et l'observa. En vérité, il était plutôt bel homme. Blond, les yeux bleus, un nez fin, une mâchoire affirmée. Ses hauts-de-chausses moulaient avantageusement ses jambes minces, et sa veste, son buste élancé... Il était moins beau que Craig, évidemment ; à ses yeux, aucun homme ne pouvait rivaliser avec le Highlander, mais il était remarquable, et son regard doux. Pas en permanence empli de colère comme celui de Craig ! Vu sa vêture, il était des Lowlands, peut-être un peu plus âgé qu'elle de quelques années, ce qui n'était pas pour lui déplaire.

— Merci, messire...

Le jeune homme lui prit la main et la porta à sa bouche.

— Je vous en prie, gente dame, tout le plaisir était pour moi...

Gente dame...

Un sourire lui échappa alors qu'elle retirait doucement sa main en battant des cils. Décidément, cet homme lui plaisait. Non seulement il avait un visage avenant, mais en plus il était galant. En sentant un regard insistant sur elle et parce qu'elle ne pouvait s'en empêcher, elle tourna la tête vers Craig et croisa son regard. Elle comprit, à son intensité, à ses sourcils froncés, qu'il n'avait rien perdu de la scène. Son cœur bondit dans sa poitrine. Elle le lui rendit puis l'ignora pour reporter son attention sur son compagnon, bien décidée à dédaigner le beau Highlander qui torturait sa chair inlassablement. Il le fallait. Il en allait de sa survie. En tout cas, elle ne pouvait lui permettre de la torturer plus encore, ou elle finirait par perdre son entendement. Alors si cet homme voulait faire plus ample connaissance et lui faire la conversation, elle allait en profiter sans tenir compte de Craig. Et peut-être que cette rencontre déboucherait sur une belle et intéressante relation, voire sur un mariage. Elle se devait de réfléchir à toutes les éventualités, et surtout, tout faire pour se sortir Craig MacLeod de la tête. Même si elle devait pour cela s'arracher le cœur.

— Permettez-moi de me présenter, lui dit le jeune homme en s'inclinant devant elle, la main sur la poitrine. William Boyle. Pour vous servir, damoiselle...

— William Boyle... répondit-elle, en battant furieusement des cils avant de baisser pudiquement les yeux, reprenant ce rôle d'ingénue qu'imposait l'étiquette et qu'elle se devait de jouer.

Elle se rendit compte avec surprise qu'il n'y avait qu'avec Craig qu'elle pouvait se laisser aller et rester elle-même. Lui seul révélait sa vraie nature, sans qu'il s'en offusque. Parce qu'il était des Highlands comme elle, peut-être, parce qu'ils étaient issus du même monde, de la même terre, parce qu'en eux coulait le même amour pour leur contrée d'origine, et parce que... parce que... elle ne le savait au juste, c'était ainsi, elle ne se l'expliquait pas. Et le comprenait encore moins.

10

Bon sang, comme la cour pouvait être ennuyeuse !
Craig n'était pas fait pour cette vie !

Il tournait comme un lion en cage, les chevauchées endiablées et les parties de chasse avec le roi ou ses deux gardes, ses uniques compagnons – il était le seul Highlander présent à la cour ! –, ne suffisaient pas à calmer sa fougue ni ses ardeurs. Si encore il avait pu apaiser ses appétits charnels dans l'un des bordels de la ville, mais même cela lui était interdit ! Il avait un rôle à tenir : celui du futur époux de la princesse. Il ne pouvait s'enivrer jusqu'à plus soif, ni forniquer avec n'importe qui ! Il en allait de son honneur ! De leur honneur à tous ! Et en parfait Highlander, Craig mettait l'honneur au-dessus de toute autre considération.

Le respect de l'honneur et du devoir, voilà ce qui faisait de vous un homme de valeur !

C'était ce que ses parents lui avaient inculqué, et malgré son amour des femmes, il avait passé sa vie à se comporter décemment pour que rien, jamais, ne vienne entacher sa réputation. Ni celle de sa famille. Et pour que ses parents soient fiers de lui. Ils étaient morts, certes, sa mère en mettant leur petite sœur au monde, morte avec elle, et son père de la main de l'oncle d'Élisabeth durant la grande bataille qui les avait opposés aux MacDonald sept ans plus tôt. Mais Craig restait persuadé qu'il se devait de respecter leur mémoire et leurs enseignements, et que d'où ils étaient, ils pouvaient voir ses agissements.

Mais bon Dieu, après un mois passé dans ce château, il avait l'impression de devenir fou !

L'inaction n'était pas son fort et il aurait tout donné pour pouvoir rentrer chez lui. Ses frères lui manquaient, chevaucher sur ses terres lui manquait, partir en expédition pour se rendre compte que tout allait bien et pour être au plus près de leurs gens lui manquait… ainsi que les odeurs, les lochs, se baigner nu dans l'eau glaciale et revigorante... Même les cris et les babillements de son neveu lui manquaient, c'était dire ! La salle commune où ils prenaient leurs repas, la chaleur de l'âtre qu'il avait toujours connu, les bras de Térésa, sa nourrice et aujourd'hui intendante de leur demeure familiale, l'odeur de ses bons petits plats, les veillées, les chants le soir après le repas, la vie de famille... Ici, il avait le sentiment d'être un mort en sursis et d'être plus seul qu'il ne l'avait jamais été de toute sa vie. Il était un guerrier, pas un courtisan ! Il ne le serait jamais ! Les ronds de jambe et les flatteries n'étaient pas pour lui. Ni les dissimulations, quand il avait quelque chose à dire, il le disait !

Il balaya sa chambre du regard et se servit un dernier verre avant de se résoudre à descendre à la salle de bal, où, comme tous les soirs depuis son arrivée, il assistait aux festivités. Ça aussi le mettait sur des charbons ardents. Il avait horreur d'être le centre de l'attention, même si au départ, il devait bien se l'avouer, cela avait flatté sa fierté. Ce n'était plus le cas ! Il subissait ces obligations qui avaient le don de le mettre en rage ! Surtout que... il avait obéi au roi et passé beaucoup de temps avec la princesse. Il avait dansé avec elle, discuté, ils s'étaient promenés à n'en plus finir dans les jardins, ils avaient joué à des jeux de plein-air, écouté des troubadours et autres ménestrels, ainsi que de la poésie et... il s'était ennuyé ferme. Pas un seul instant il n'avait pris plaisir à sa compagnie, bien au contraire, il restait persuadé que leur mariage serait un fiasco total ! Il ne se voyait absolument pas partager sa couche et il appréhendait le moment où le roi officialiserait leurs épousailles, car il n'avait vu aucune issue pour se sortir de ce traquenard. Il n'y en avait pas ! D'autant plus que la princesse paraissait prendre plaisir à sa présence. Tout du moins, elle le tolérait à ses côtés, et parfois même le gratifiait d'un sourire. Sans aucune chaleur, ce qui l'amenait à penser qu'elle n'était pas non plus ravie de leur rapprochement. En somme, pas plus aujourd'hui qu'hier, il ne pouvait empêcher que ce satané mariage ait lieu ! Et ne pas savoir quand le roi annoncerait publiquement leur union lui mettait les nerfs à vif.

Tout en se préparant, il avait pris une décision : il devait s'éloigner de la cour !

Pour un temps et il était plus que temps !

Il en avait assez de faire semblant, il ne pouvait plus supporter cette situation. Peut-être que l'éloignement permettrait à la princesse de réfléchir, et lui, eh bien... il pourrait ainsi faire redescendre le désir qui le tenaillait jour et nuit et oublier Mary. Oublier qu'il la désirait comme un damné. Il avait passé le mois entier à l'éviter, ils n'avaient pas échangé deux mots alors même que la princesse l'avait choisie comme coursier, allez savoir pourquoi, lui mettant davantage encore les nerfs à vif ! Il aurait tant aimé lui parler, échanger avec elle, de tout et de rien, mais elle se contentait de lui transmettre le pli de la princesse qui lui donnait invariablement rendez-vous dans les jardins ou dans son salon, sans presque un regard, et se détournait aussitôt. Cela aussi le rendait fou, car il savait qu'elle avait raison et que c'était le mieux qu'ils avaient à faire.

Elle lui manquait tellement...

Il s'en rendait compte, jour après jour. Mary avait invariablement changé le cours de son existence. Il se rendait compte également que sa présence auprès de lui, lui manquait ; son sourire, même ses accès de colère. Dès qu'ils étaient dans la même pièce, il ne cessait de la regarder, et heureusement pour eux, elle avait décidé de se tenir tranquille et de bien se comporter, ce qui lui avait évité d'intervenir. Apparemment, elle était même devenue intime avec Bessie Beaton, l'une des favorites de la princesse, et souvent, il les voyait discourir toutes les trois. Et rire. Mary possédait un rire frais, envolé, communicatif... la première fois qu'il l'avait entendu, il avait eu le sentiment que son cœur allait imploser. Elle se trouvait dans la salle de bal, assise aux côtés de la princesse, et un bouffon venait de terminer ses pitreries quand il les avait rejointes. Visiblement enchantée du spectacle, elle avait ri pour ensuite applaudir à tout rompre. Elle était si rayonnante que son cœur s'était étreint d'une étrange émotion. Une émotion qu'il ne connaissait pas et qui l'avait laissé aussi perdu qu'un enfant. Ce qu'il savait, c'était qu'à ce moment précis, il aurait aimé fuir avec elle pour être le seul à l'entendre rire. Et pour être celui qui la ferait rire. Se sentant observée, elle avait tourné la tête vers lui, et leurs regards s'étaient croisés l'espace d'un instant. Elle avait rougi et s'était vivement détournée, mais il avait pu apercevoir ses yeux brillants, ses lèvres roses, ses joues enflammées, et c'était le plus beau spectacle qu'il lui ait été donné de voir.

Pourquoi lui faisait-elle autant d'effet ?

Pourquoi pensait-il autant à elle ?

C'était à en devenir fou à lier, il ne savait pourquoi... ou plutôt si, il ne le savait que trop bien. Il restait persuadé que Mary hanterait ses pensées tant qu'il ne l'aurait pas possédée.

Ce qui le rendait fou, également, c'était tous ces hommes qui tournaient sans cesse autour d'elle. Tous sans exception ! Surtout ce Boyle qui, en plus, semblait lui plaire. Quand il les observait danser ensemble, discuter et s'amuser, il voyait rouge et se retenait de ne pas la charger sur son épaule pour l'emmener ailleurs. Dans une cabane au fond des bois où enfin ils seraient seuls et où ils pourraient s'appartenir corps et âme. Il n'avait jamais été dans un tel état de fureur permanente, et plus les jours passaient, plus il était prêt à passer à l'acte. Mais alors, qu'adviendrait-il d'eux ? Ils seraient des fugitifs leur vie durant ? Il ne pouvait pas faire ça à Mary, elle méritait un bon mari et une belle vie. Il devait penser à elle avant de penser à ses propres désirs, mais bon Dieu, c'était de plus en plus dur.

Aussi, il rongeait son frein en silence, sans voir d'issue.

C'était pour toutes ces raisons qu'il devait s'éloigner. Le roi avait certainement un endroit où l'envoyer, peut-être à la frontière avec l'Angleterre...

Penser à ce pays l'amena à réfléchir à propos de Somerset.

Ils avaient eu une violente altercation le lendemain du jour où il lui avait collé son poing en travers de la figure. Somerset l'avait menacé de tout dire au roi, et lui-même l'avait menacé de dévoiler qu'il l'avait vu brutaliser Mary. La cour était peut-être un lieu de dépravation où les hommes couchaient à droite à gauche – à commencer par le roi qui changeait de maîtresse chaque soir en choisissant dans l'entourage de la reine, voire parmi les demoiselles de compagnie d'Annabelle –, il n'en restait pas moins que les femmes étaient consentantes. Peut-être qu'à la cour du roi d'Angleterre, il en était autrement, Craig l'ignorait, mais en tout cas, Somerset avait pâli devant la menace et depuis, il se tenait tranquille. Mais jusqu'à quand ? Craig n'était pas naïf, et il était un guerrier, il percevait le danger. Il le ressentait dans sa chair. Cet homme était devenu son ennemi, et il devait se méfier de lui.

Il avait perçu ses regards sur Mary, emplis de convoitise, et sur lui, haineux. Une haine à l'état brut. Somerset ne lui faisait pas peur, mais il le sentait sur la brèche et prêt à tout. Peut-être même plus que lui. Car l'honneur ne semblait pas faire partie de ses qualités. Il s'était un peu renseigné sur lui et ce qu'il avait appris l'avait conforté dans l'idée qu'il devait le surveiller de près. Il en avait d'ailleurs donné l'ordre à ses gardes, qui devait avoir l'œil sur lui, ainsi que sur Mary. Ils n'étaient pas trop de trois pour veiller sur elle, surtout avec la cour empressée de tous ces mâles en rut rôdant autour d'elle.

Il soupira.

Certes, Mary se tenait tranquille, mais à l'instar de Somerset, jusqu'à quand ?

Quand allait-elle finir par succomber à l'un de ses soupirants ?

Pour le moment, elle ne semblait s'intéresser véritablement à aucun d'eux, sauf peut-être à Boyle. Ils passaient de plus en plus de temps ensemble, et cela aussi le rendait fou.

Il n'avait pas le droit de penser à elle de cette manière, mais il s'était rendu compte que l'on ne domptait pas si aisément les élans de la chair. Cette chair qui ne cessait de le torturer inlassablement. Il avait tellement envie de Mary, tellement envie de la posséder qu'il en était réduit à se satisfaire plusieurs fois par jour pour ne pas devenir enragé et incontrôlable. Ou se résoudre à se contenter de filles à soldats dès qu'il serait parti d'ici ! Cela aussi était une question de survie, il n'en pouvait plus de réfréner ses appétits charnels.

Il finit son gobelet de whisky, lissa ses cheveux bouclés avec ses deux mains, puis sa barbe qu'il avait fait tailler plus tôt dans l'après-midi. Il sortit de ses appartements d'un bon pas, avec dans l'idée d'aller trouver le roi.

Il rejoignit la salle de bal, et gagna le buffet où il se remplit un plein gobelet d'ale. Il buvait chaque soir en se retenant de finir ivre, mais l'alcool ne lui apportait aucun apaisement.

Il avait de plus en plus le sentiment que seul le corps de Mary serait capable de l'apaiser.

En tout cas, c'était ce que sa vue lui fit comprendre lorsqu'après avoir cherché le roi parmi des personnes présentes sans le trouver, ni la reine d'ailleurs – mais il était vrai qu'il était encore tôt –, il la repéra au milieu des demoiselles de compagnie de la princesse. Penchée sur cette dernière, elle semblait partager une conversation avec Bessie, assise de l'autre côté, pendant que des musiciens jouaient un air entraînant. Il préférait la cornemuse, mais le roi, ayant passé le plus clair de son temps en Angleterre, n'aimait visiblement pas cet instrument, alors que lui n'avait connu que cela et l'appréciait. Penser à son clan le rendit soudain triste. Que sa vie était donc morose depuis qu'il avait quitté sa famille ! Finalement, sans la présence de Mary, et même si elle torturait sans relâche son corps d'homme et mettait sa patience à rude épreuve, elle serait d'un ennui mortel. Tout en l'admirant de loin, si belle dans la robe verte qu'il lui avait déjà vue, il se fit la réflexion qu'elle avait bouleversé son existence à un point tel qu'il ne pouvait plus la regarder sans souffrir atrocement.

C'était pour cette raison qu'il lui fallait s'éloigner, ou à un moment ou à un autre, il ferait une bêtise et serait responsable de leur déshonneur. Juste pour quelques minutes de plaisir… c'était inconcevable.

Il ne pouvait faire une telle chose.

Il était persuadé, même s'ils n'en avaient évidemment jamais parlé, que le roi pardonnait les incartades de ses courtisans puisque lui-même n'était pas un homme fidèle, mais il ne pardonnerait jamais à son gendre de tromper sa fille ! En tout cas, le roi se ferait une fausse opinion de lui et il ne pourrait le tolérer. Il était un homme intègre même s'il ne savait pas ce qu'était la fidélité puisqu'il n'avait jamais été sérieusement avec une femme. Celles qui avaient croisé sa route n'étaient que des divertissements et rien d'autre. Il n'avait jamais voulu qu'il en fût autrement. Jamais aucune femme ne lui avait donné envie d'être fidèle ! Il avait toujours pensé qu'il lui en fallait plusieurs pour le contenter. Plusieurs, séparément, ou toutes ensemble ! Il en avait fait l'expérience et il avait adoré la sensation de plusieurs bouches sur lui, mais là, en regardant Mary, en la voyant sourire et acquiescer aux paroles de la princesse, puis se lever, il se fit la réflexion que la seule bouche qu'il voulait goûter désormais était la sienne. Et qu'il était effectivement grand temps de quitter cet endroit. Cette salle de bal, et le château. Maintenant.

Avant que…

Il ne fut plus capable de faire un pas ni de penser à quoi que ce soit d'autre lorsqu'il vit Mary se positionner devant les courtisans assis face à elle comme un parterre. L'orchestre se tut quand la princesse éleva la main. Ce qui ne fut pas le cas des conversations des autres personnes qui discutaient par grappes çà et là, mais Mary, visiblement déterminée, joignit ses mains devant elle et prit une grande inspiration.

Sa voix résonna, et alors, il oublia tout.

Ou plutôt, il fut projeté dans les Highlands, chez lui, sur cette terre qu'il aimait plus que tout. Cette terre qui lui manquait tant et qu'il ressentait au plus profond de sa chair dans les accents rauques de la voix de Mary. Cette voix qui racontait une guerre de clans, des massacres d'innocents, mais aussi la bravoure et l'amour de deux êtres que tout séparait et qui n'avaient pas le droit de s'aimer parce qu'ils appartenaient à ces clans ennemis. Il en eut des frissons sur tout le corps, car ce chant, venu du fond des âges, racontait leur propre histoire. Ils n'appartenaient pas à proprement parler à des clans ennemis, mais pour autant, ils n'étaient pas autorisés à s'aimer.

Cette pensée lui fit si mal que le souffle lui manqua.

Pourtant, il se força à rester. Il ne pouvait de toute façon pas se détourner du magnifique spectacle que donnait Mary qui, les yeux mi-clos, continuait ce chant qui lui remuait les tripes comme jamais personne ne l'avait fait auparavant. Sa voix, sa présence, sa lumière, et ce qu'il ressentait en l'admirant, le bouleversaient au-delà de tout ce qu'il n'avait jamais ressenti dans sa vie. Mary ouvrit les yeux et parcourut du regard l'assistance devant elle en entonnant le refrain, si triste qu'il en eut les larmes aux yeux.

Lui, un guerrier...

Cette fille le touchait au plus profond de son âme, et il en fut le premier surpris.

Les voix s'étaient tues, chacun semblant subjugué autant que lui par cette voix légèrement rauque et pourtant puissante. Cette voix qui remuait quelque chose en lui. Quelque chose qu'il ne connaissait pas, et qu'il ne comprenait pas, ou trop bien…

Il avait déjà entendu des femmes chanter et lui-même ne se débrouillait pas trop mal lorsqu'il lui prenait l'envie de mêler sa voix à celles de ses frères lors des veillées de HelenHall. Mais là, c'était bien d'autre chose qu'il s'agissait. Et s'il ne pensait pas déjà à elle comme un fou et n'était pas attiré irrémédiablement par elle, ce serait le cas à partir de cet instant.

Il ne pouvait détacher ses yeux de son si beau visage habité par les paroles, par l'émotion qui transpirait dans sa voix, par la douleur qu'elle semblait ressentir. Cet amour impossible la torturait visiblement autant que les personnages de la chanson. Soudain, elle le vit, mais il fut incapable de comprendre si elle était heureuse ou non de le compter parmi l'auditoire. Pourtant, il eut, l'espace d'un instant, l'intime conviction qu'elle partageait sa détresse, mais sans doute se faisait-il des illusions. Elle ne pouvait ressentir la même chose que lui ! Quand bien même, tout comme les personnages de la chanson, ils n'avaient pas le droit de s'aimer et en mouraient s'ils se laissaient aller à outrepasser les lois.

Il posa son gobelet et fit volte-face.

Il lui fallait trouver le roi. Au plus vite. Cette situation avait assez duré.

***

Mary regarda la haute silhouette de Craig s'éloigner alors que les applaudissements retentirent tout autour d'elle. Elle avait conquis son auditoire, mais le seul dont elle aurait voulu connaître le sentiment venait de quitter la salle.

Que cet homme pouvait être incompréhensible !

132

Et obtus… et… positivement énervant !

Pourquoi la fuyait-il ?

Avait-il compris ce qu'elle s'évertuait à lui cacher depuis le début ? S'était-il rendu compte qu'elle se languissait de ses lèvres et de son corps, de ses bras autour d'elle ? De lui tout entier, pour connaître enfin l'amour ? Pourquoi la vie, *sa vie,* était-elle si cruelle ? Pourquoi n'était-elle pas autorisée à l'aimer et à être avec lui ? Pourquoi appartenaient-ils à des clans différents ? Pourquoi son oncle, l'homme qui dirigeait son clan et avait tout pouvoir sur chacun d'eux, détestait-il encore à ce point les MacLeod ?

Elle savait pourquoi, mais ne le comprenait pas. Et l'acceptait encore moins. De l'eau avait coulé sous les ponts, Maddie était morte et cette rancœur de son oncle envers Alexander n'avait plus lieu d'être. À moins qu'il y eût autre chose : la jalousie, peut-être ? L'envie ? Les MacLeod étaient devenus le clan le plus puissant des Highlands. Peut-être que depuis qu'il avait appris que Craig allait épouser la princesse, Colin s'en étouffait de jalousie et cherchait un prétexte pour prendre aux MacLeod tout ce qu'ils avaient ? Pour punir Alexander d'avoir été l'acteur de la mort de sa fille unique et seule héritière ? La fortune des Kinkaid irait à son père, puis à ses frères. Colin n'avait plus de descendance ! Pour les Highlanders, la transmission du titre et des terres était chose importante. En même temps, les terres Kinkaid seraient tombées dans l'escarcelle des MacLeod, puisque Maddie en aurait hérité à la mort de Colin. Mais peut-être ce dernier aurait-il imposé que l'un de ses petits-enfants en hérite plutôt qu'Alexander de son vivant.

Elle ne cessa de penser à sa famille et à Craig alors même qu'elle répondait aux compliments des courtisans venus l'entourer après son chant. Elle se laissa entraîner vers le buffet et partagea avec la princesse et les autres jeunes femmes de sa suite quelques gobelets de bière. La boisson fut la bienvenue, mais ne réussit pas à détendre ses muscles noués depuis que Craig avait quitté la salle de bal.

Elle aimerait tellement qu'il sorte de son esprit !

Même si elle s'était évertuée à l'ignorer et à réfréner ses élans ainsi que ceux de son cœur et de sa chair, elle ne cessait de penser à lui. Jour et nuit. Et surtout la nuit. Dans ses rêves, de merveilleux rêves, elle était à lui, corps et âme, et elle le laissait la posséder. Posséder son corps, la faire femme et prendre possession de son âme au passage. Elle savait que cela ne la mènerait nulle part, mis à part la soumettre à une torture de plus en plus insupportable, mais elle ne pouvait contrôler son esprit, encore moins son corps. Ce traître qui vibrait dès qu'elle posait les yeux sur le beau Highlander. Il était si beau – le plus bel homme de la cour –, si séduisant, si viril. Et il était valeureux. Protecteur. Il le lui avait prouvé à maintes reprises. Il semblait ne plus faire attention à elle et lui aussi l'évitait, mais elle restait persuadée qu'il gardait un œil sur elle.

Elle devait penser à son avenir, et à se trouver un mari ! se sermonna-t-elle, *plutôt que de soupirer pour un homme promis à une autre.*

Surtout qu'elle s'était prise d'affection pour la princesse qui, finalement, s'avérait d'une compagnie agréable. Grâce à elle, Mary découvrait un monde dont elle ignorait l'existence. Un monde d'apparence et de désillusions, parfois, mais pas seulement. La cour était aussi un lieu de belles rencontres, un lieu où se côtoyaient les arts, les érudits et les penseurs venus des quatre coins des Lowlands. Et de France. Une contrée qui la fascinait. Elle savait que son royaume et celui de France avaient noué une alliance, l'*Auld Alliance,* contre l'Angleterre. Tout le monde en Écosse le savait. Si l'un des deux était envahi par l'ennemie ancestrale, l'autre devait venir à son secours. Elle avait donc découvert avec ravissement ce pays qu'elle ne connaissait que de nom, par l'entremise de ces poètes et musiciens venus de cette contrée éloignée. Ils étaient si différents d'eux, ils paraissaient tellement plus libres. Elle avait assisté à des représentations de ménestrels qui l'avaient émue. Elle ne comprenait pas la langue, mais les sons étaient universels, et ceux-là l'avaient touchée. Eux aussi célébraient l'amour, les conquêtes, les hauts faits d'armes et de bravoure, comme le chant qu'elle avait choisi lorsque la princesse lui avait demandé de les divertir. Elle avait déjà entonné quelques mélodies des Highlands pour ses « amies » dans l'intimité des appartements d'Annabelle quand elles s'étaient amusées à comparer leurs dons. Mary, et même si sa mère le lui avait appris, n'aimait pas broder, ni coudre, ni… cuisiner, mais elle aimait chanter. En vérité, tout comme danser, elle adorait cela ! Sans se définir sotte, elle n'avait pas la prétention d'être érudite, pas comme Bessie Beaton, en tout cas, qui lisait beaucoup et savait énormément de choses, mais elle apprenait vite. Dans les Highlands, les femmes apprenaient à être de bonnes épouses et de bonnes mères, pour bien élever les enfants et seconder leur futur mari, et évidemment, elles apprenaient à monter à cheval dès leur plus jeune âge. Mais leur enseignement s'arrêtait là. Aussi, Mary ne connaissant rien du monde ni des belles lettres ou des arts, découvrait avec délices les livres, les poèmes, les chants d'autres contrées ainsi que leur histoire. Et dès qu'elle avait un moment, à l'instar de Bessie, elle lisait.

Cette dernière, méfiante au début, lui avait fait l'honneur de devenir son amie.

Les premiers jours qui suivirent son arrivée s'étaient avérés houleux : Bessie redoutait que Mary prenne sa place aux côtés de la princesse ! Mais dès lors qu'elle lui eut juré que ce n'était pas là son intention, les choses s'étaient calmées d'elles-mêmes. Bessie était une jeune femme gracile, brune, avec de grands yeux noirs. Mary la trouvait très belle. Et très bonne. Ce qui n'était pas le cas de toutes ! Bessie lui avait dit de se méfier d'Éléonore Flemming qui, ayant partagé la couche du roi à de nombreuses reprises, le considérait dorénavant comme chasse gardée. Souvent, Mary sentait le regard d'Éléonore sur elle, mais elle l'ignorait. Tant qu'elle ne lui cherchait pas des noises, Mary n'avait aucune raison de se méfier d'elle, mais elle était tout de même résolue à rester vigilante. Comme pour le reste, mieux valait faire attention, et en dire le moins possible. Si Bessie s'était longuement épanchée sur sa vie d'avant et celle depuis son arrivée à la cour – elle aussi se languissait des Highlands, ce qui leur faisait un point commun –, elle-même ne l'avait pas fait. Ce qui logeait dans son cœur devait rester secret ; personne ne devait savoir qu'elle était tombée sous le charme de Craig MacLeod. Jamais ! Malgré elle, et malgré sa réputation sulfureuse de coureur de jupons. Bien qu'ici, visiblement, il semblait se tenir tranquille. Ce qui lui laissait à penser qu'il n'était pas aussi mauvais que cela et savait se contenir quand il le fallait. Plus elle en apprenait sur lui, et plus il montait dans son estime, ce qui, évidemment, n'arrangeait pas ses affaires. Elle aurait préféré mille fois continuer à le détester, mais cela lui était de plus en plus difficile.

D'où l'urgence à se trouver un mari !

En tout cas, de tout faire pour qu'un homme vienne supplanter Craig dans son esprit assoiffé d'amour et de passion. Elle priait tous les soirs pour que Dieu mette sur sa route un homme aussi beau et aussi attirant que le beau Highlander. Mais hélas, depuis un mois qu'ils étaient à la cour, personne n'avait su l'attirer comme l'attirait Craig.

Pourtant, nombreux étaient ceux qui lui faisaient une cour empressée, à commencer par Boyle. Quant à Somerset, elle ne savait ce que Craig lui avait dit ou fait, ou de quoi il l'avait menacé, mais il ne l'approchait plus. C'était une bonne chose, elle détestait son regard de bovin sur elle ! Pour autant, il continuait à la fixer de temps à autre, si ardemment qu'elle en avait des frissons... d'appréhension.

Son corps se rebellait et se raidissait. Cela n'avait rien à voir avec la façon dont il réagissait près de Craig, ou dès lors qu'il lui apparaissait. Car alors, elle avait le sentiment de suffoquer et de ne plus être capable de respirer normalement. Elle avait le sentiment également que son souffle s'était tari depuis qu'il l'évitait. Ou depuis *qu'elle* l'évitait. Elle ne savait, finalement, lequel des deux évitait l'autre. C'était certainement une décision commune, sans s'être concertés. Et c'était mieux ainsi. S'il ne l'avait pas fait, elle en aurait pris la décision, mais quelque part, elle souffrait qu'il l'ait fait.

Mon Dieu, que les relations entre hommes et femmes pouvaient être compliquées ! Surtout lorsque les sentiments s'en mêlaient.

De plus, ils ne s'apprenaient pas dans les livres. Elle regrettait que sa mère ou ses belles-sœurs ne lui aient pas plus expliqué ce qu'il convenait de faire avec les hommes. Mais en vérité, elle avait plutôt le sentiment que c'était eux qui décidaient de tout et que les femmes n'avaient qu'à obéir et se soumettre à leur bon plaisir. Il n'y avait qu'à voir ce qui se passait entre le roi et la reine et il était de notoriété publique que bon nombre de courtisans trompaient allégrement leurs femmes, alors qu'elles n'en avaient pas le droit sans connaître l'opprobre. C'était injuste ! Injuste et injustifié ! Mais peut-être qu'elles trompaient leurs maris en cachette… peut-être même avec Craig, qui faisait envie à toutes les femmes présentes. Il n'était pas un saint, en tout cas, chez eux, il était considéré comme un débauché, aussi Mary doutait qu'il se tienne véritablement tranquille. Il devait avoir des maîtresses secrètes, et cette idée la fit souffrir.

Au diable Craig MacLeod !

Il avait quitté la salle de bal pour aller se perdre elle ne savait où, mais c'était mieux ainsi. Lorsqu'il était dans la même pièce qu'elle, elle n'était presque plus capable de penser. Ses idées s'embrouillaient. Elle se forçait à l'ignorer et à ne pas le regarder ouvertement, mais très souvent, leurs yeux se croisaient. Et elle n'avait plus jamais dansé avec lui ! Même si elle en mourait d'envie. Encore une fois, ce ne serait pas raisonnable. Elle devait oublier jusqu'à son existence.

— Merci de nous avoir fait le cadeau d'une si belle chanson, Mary. Vous avez une voix divine, dit soudain quelqu'un près d'elle que, trop occupée à démêler ses pensées, elle n'avait pas vu approcher.

Elle tourna la tête et détailla William Boyle. Ses yeux bleus étincelaient et il était, comme à son habitude, élégamment vêtu, aujourd'hui d'un pourpoint rouge lié au col par un lacet doré, porté sur une chemise blanche et des hauts-de-chausses noirs. Lors de l'une de leurs nombreuses discussions, il lui avait révélé que sa famille était riche et vivait dans un manoir près de Stirling.

— Merci à vous, messire. Chantez-vous, vous-même ?

— Grands dieux, non ! Je laisse cela à mes sœurs, s'esclaffa-t-il.

Sœurs qu'il avait au nombre de deux, plus jeunes. Cela aussi, il le lui avait dit. William était très fier de sa famille et de leur fortune, qu'il exhibait comme un trophée. Il était vrai qu'il était un peu vaniteux et imbu de lui-même, mais il était également d'une compagnie agréable.

Il lui tendit un gobelet de bière après l'avoir rempli, et s'en servit un. Il prit le temps de boire une gorgée, avant de s'enquérir :

— Je peux vous poser une question ?

— Tout dépend de ce que vous voulez savoir !

— Cela concerne Craig MacLeod ! J'ai entendu dire que vous étiez liée à lui !

Pardon ?

— On vous aura mal renseigné, William ! Il n'y a rien entre messire MacLeod et moi, et je vous rappelle qu'il est promis à la princesse.

— Mais n'êtes-vous pas venus à la cour ensemble ? Je n'étais pas présent, mais quand... pardonnez-moi... quand je me suis renseigné sur vous, on m'a répondu qu'il fallait que j'évite de vous approcher, car vous étiez sous la protection de MacLeod et qu'il n'hésitait pas à sortir les poings pour vous.

Allons bon, si Craig faisait fuir les bons partis potentiels, cela n'allait pas non plus faciliter ses espoirs de trouver un époux.

— Nous sommes un peu parents, et mon oncle, Colin Kinkaid, lui a demandé de m'accompagner à la cour puisqu'il devait également s'y rendre. Rien de plus, je vous assure. Est-ce... est-ce messire MacLeod qui est à l'origine de cette rumeur ?

— Je ne sais au juste, mais je le pense.

Cette fois-ci, il allait l'entendre !

De quel droit la revendiquait-il ainsi ? Alors qu'il avait promis de ne plus intervenir dans sa vie et qu'il allait être uni à une autre ! En parlant de lier sa vie à la princesse, à chaque fois que cette dernière entrait dans cette salle, elle était malade à la pensée que le roi annonce officiellement les fiançailles. Mais jusque-là, rien n'était venu. Qu'attendait-il ? Que la princesse donne son accord ? Après leur première soirée, Annabelle et Craig n'avaient plus jamais cessé de danser ensemble, ils discutaient également beaucoup, mais la princesse ne pouvait s'empêcher de se gausser de sa tenue de Highlander dans son dos. Elle détestait cette vêture qui, disait-elle, lui faisait perdre sa virilité. Ce n'était pas l'avis de Mary. Rien ne pouvait entacher la virilité de Craig, et certainement pas l'habit des Highlands ! Qu'elle avait toujours connu. Chez elle, tous les hommes étaient vêtus de cette façon. Cela lui faisait mal d'entendre la princesse se moquer de Craig, à ses yeux l'homme le plus viril et le plus valeureux qu'elle ait jamais rencontré. Elle ne disait rien, mais son cœur saignait à l'idée qu'il épouse une femme qui ne le connaissait pas, ne le respectait pas, ni ne respectait ce qu'il était au fond de lui-même.

D'ailleurs, où était-elle ?

Pendant qu'elle discutait musique et chants avec quelques courtisans voulant la féliciter, Annabelle avait quitté la pièce et n'était toujours pas revenue. Craig non plus n'avait pas reparu. Elle décida d'aller le trouver pour s'expliquer encore une fois avec lui et mettre les choses au point. Il allait se marier : il était hors de question qu'il l'empêche de se chercher un soupirant et d'en faire autant.

Elle atteignait le haut de l'escalier menant aux appartements du Highlander quand elle entendit des voix. Elle recula vivement et se cacha dans une encoignure. Dos au mur, elle perçut distinctement Craig et... Annabelle !

— Merci, Annabelle, dit Craig. Je vais de ce pas rendre visite au roi. Nous nous retrouvons plus tard ? Au bal ?

— Bien sûr. Rien ne me ferait plus plaisir...

Le cœur de Mary tambourinait contre ses côtes en les entendant.

Ainsi, ils étaient intimes et avaient des rendez-vous secrets.

Pourquoi Craig lui avait-il menti ? Pourquoi dissimuler ce qu'il pensait véritablement de la princesse ?

Elle risqua un regard dans le couloir et le vit penché sur la main d'Annabelle, ses lèvres proches de sa peau, comme il en avait l'habitude. Il souriait, et elle aussi. Elle reprit sa place initiale, plus bouleversée qu'elle ne le devrait. Elle aurait donné beaucoup pour ne pas avoir été témoin de ce moment d'intimité entre Craig et Annabelle. Elle n'en avait pas le droit, certes, ils étaient promis, mais elle ne supportait pas que Craig lui ait menti. Visiblement, il n'avait plus rien contre ce mariage alors qu'il lui avait dit le contraire : ne lui avait-il pas avoué que s'il avait le choix, il ne l'épouserait pas ? Qu'il n'en avait aucune envie ?

À son sourire charmeur, elle comprit qu'il n'en était rien.

140

Manifestement, tout ici n'était que dissimulations et faux-semblants. Que s'était-il passé entre eux ? Ils avaient quitté la salle de bal l'un et l'autre quelques minutes plus tôt. Craig, puis Annabelle... Était-ce pour brouiller les pistes et se retrouver en secret ? Avaient-ils... conclu un accord charnel ? Craig était un débauché ! Et il n'était pas avare de ses baisers. Ne l'avait-il pas embrassée alors que rien ne l'y obligeait, et n'avait-il pas cherché à la séduire avant de savoir qui elle était ? Si elle n'avait pas pris quelque distance avec lui dès le début, elle était persuadée qu'il l'aurait emmenée sur la couche de la cabane, ce matin-là. Il la désirait comme un homme désire une femme, soudainement et sans même la connaître.

Irait-il jusqu'à déshonorer la princesse, au risque d'y perdre la tête ?

Mais au dire de sa belle-sœur, il y avait d'autres moyens de s'amuser avec une femme sans la déflorer et risquer de la mettre grosse...

Une onde de jalousie la terrassa. De jalousie, puis de regrets. Mais aux regrets se mêla bientôt la colère. Quel débauché ! Sa réputation n'était pas usurpée ! Il était peut-être même encore plus indigne de confiance qu'elle le pensait. Et pourtant, avant cela, il était remonté dans son estime et elle était presque prête à lui accorder le bénéfice du doute. Pire, elle avait succombé à son charme. Il l'attirait malgré sa réputation sulfureuse. Elle s'était laissé séduire malgré elle tant elle avait cru qu'il était différent de l'image que l'on faisait de lui, peut-être même différent des autres hommes. Et elle tombait de haut.

Elle se reprit.

Elle était une Kinkaid ! Les Kinkaid ne pleuraient pas sur leur sort, mais allaient de l'avant, sans regarder en arrière ni regretter ce qu'ils ne pouvaient changer. Elle se tassa sur elle-même en entendant des pas. Annabelle passa sans la voir. Perdue dans ses pensées, bouleversée par la scène dont elle venait d'être témoin, pressée d'aller retrouver les autres dans la salle de bal et fermement décidée à profiter de la soirée qui débutait seulement, elle sortit de sa cachette, fit quelques pas et percuta un corps. Elle bondit en arrière en sentant les mains de Craig se refermer sur ses hanches. Malgré sa colère, elle n'avait pu empêcher une vague de chaleur d'envahir son corps au contact de celui de Craig.

— Ne me touchez pas ! siffla-t-elle entre ses dents en l'assassinant du regard.

Craig l'observa, visiblement étonné de sa réaction.

— Alors ne me tombez pas dans les bras ! rétorqua-t-il avec un sourire moqueur.

Un sourire qui lui donna immédiatement envie de le frapper.

Cet homme était d'une outrecuidance qui dépassait l'entendement.

La colère de Mary monta d'un cran lorsque lui revint en mémoire le sourire, outrageusement séducteur, qu'il avait eu pour Annabelle quelques minutes plus tôt.

— Que faites-vous là ? Étiez-vous cachée ? demanda-t-il, son sourire s'élargissant.

Il se moquait d'elle !

Elle était déjà en colère contre lui avant de venir le trouver, et son état empira.

— Oui ! Et je vous ai vus !

Il approcha dangereusement, l'obligeant à reculer.

Bientôt, elle se trouva dos au mur, et n'eut pas d'autre choix que de lever la tête pour le regarder. Les yeux de Craig la dévorèrent, et elle eut, comme bien souvent, la sensation qu'il suffirait d'un rien pour qu'il se jette sur sa bouche. Il posa une main contre le mur, tout près de son visage.

— Que pensez-vous avoir vu, Mary ?

Sa voix n'était qu'un souffle. Un souffle rauque qui la fit frémir tout entière, tout comme la fit frémir son prénom dans sa bouche. Il avait une façon de le prononcer qui lui mettait les sens en ébullition. Elle s'obligea au calme.

— Vous, et la princesse ! répondit-elle sèchement, avant que le souffle ne lui manque.

Il était trop près... bien trop près...

Sa chaleur l'envahit et la maintint prisonnière.

Son cœur palpita, ses chairs intimes vibrèrent d'un désir coupable. D'un désir qui la foudroya et l'empêcha même de respirer. Décidément, elle ne pouvait être proche de Craig sans avoir envie d'être dans ses bras, sans avoir envie de son corps.

Le regard du Highlander se fit plus sérieux.

Il fixa sa bouche, longuement, puis se pencha. Elle frémit de tout son être lorsque son souffle balaya sa peau, tout près de son oreille.

— J'aurais aimé discourir avec vous, mais le roi m'attend. À plus tard, belle Mary…

Elle le regarda s'éloigner, les yeux ronds, son pauvre cœur battant la chamade. Elle avait espéré, l'espace d'un instant, qu'il allait l'embrasser et elle se serait battue comme plâtre de l'avoir désiré de toute son âme. Elle voulait tellement sentir de nouveau ses lèvres sur les siennes. Il lui avait dit *à plus tard...* c'était également ce qu'il avait dit à la princesse. Pensait-il pouvoir s'amuser avec elles deux ? Si c'était là son intention, il tomberait de haut ! Elle ne le laisserait pas se moquer d'elle impunément.

Elle lissa sa robe sur ses cuisses et passa les mains dans ses cheveux pour reprendre une totale maîtrise d'elle-même, puis elle partit d'un bon pas, s'efforçant d'oublier qu'elle venait encore de frémir de désir entre les bras de Craig MacLeod, en appelant ses baisers de tous ses vœux. Ce qui, après coup, la révolta. Sa colère s'envenima. Sa colère et son ressentiment. Pourquoi chercher encore à la séduire en se collant contre elle et en susurrant son prénom ? N'était-il pas promis à Annabelle ? Il avait un peu trop tendance à l'ignorer, selon elle ! Et elle, pourquoi avait-elle encore envie qu'il l'embrasse ? Pourquoi ne pouvait-elle pas s'empêcher de le désirer au-delà de tout alors qu'il allait s'unir à une autre ? C'était à devenir folle !

Ce soir, c'était décidé, elle allait lui dire le fond de sa pensée, l'envoyer paître et se laisser séduire par William qui, visiblement, s'intéressait à elle ! Alors, MacLeod sortirait certainement définitivement de son esprit.

11

Les gardes, postés devant les appartements du roi, ouvrirent la porte à Craig. Il entra et quand il se découvrit seul, il observa le petit salon servant certainement d'antichambre aux quartiers royaux. Les tentures devant les ouvertures étaient splendides, tout comme les tapis et le mobilier cossu. Des candélabres étaient allumés, ainsi qu'un petit feu dans l'âtre, conférant à la pièce une ambiance à la fois intimiste et chaleureuse.

Craig fit les cent pas pour tromper son attente.

Il n'appréciait pas particulièrement que le roi le fasse patienter, mais qu'y pouvait-il ? Son suzerain avait tous les droits. Même celui de l'envoyer à l'autre bout du royaume, ce qu'il se promit de lui demander dès que possible. Il n'avait pas changé d'idée : il devait s'éloigner de Mary et de ses lèvres trop tentantes.

Il se demanda tout de même ce que lui voulait le roi.

Le temps de l'officialisation des fiançailles avait-il sonné ? Ou bien l'avait-il mandé pour une tout autre raison ? Depuis quelque temps, il lui paraissait soucieux. Des ennuis aux frontières avec l'Angleterre, sans doute, l'ennemie de toujours, ou avec les amis français qui souvent réclamaient son aide et celui de ses soldats pour des démêlés avec d'autres contrées. Craig s'intéressait peu à la politique du royaume et encore moins du monde, il avait bien assez à faire avec les querelles au sein des Highlands, mais s'il devait vivre à la cour et faire partie des commandants de l'armée royale, il le faudrait probablement. Cela ne l'enchantait guère et quoi que le roi ait à lui révéler, il redoutait que cela ne lui déplaise.

Tout en étudiant un tableau accroché au mur, une partie de chasse pas trop mal rendue, il repensa à la visite d'Annabelle qui semblait contrariée lorsqu'elle était venue lui dire que son père le mandait. Il avait eu la sensation qu'elle voulait lui dire quelque chose, mais avait manifestement renoncé. Elle avait même fui devant son insistance lorsqu'il avait cherché à connaître le véritable motif de sa présence dans ses quartiers, et s'il avait pensé l'amadouer en jouant la carte de la séduction avec sourires et baisemains, il en avait été pour son argent. Elle était partie sans rien lui révéler, si ce n'est que le roi le demandait, ce dont elle lui avait déjà fait part.

Pourquoi être venue le voir dans ses appartements, alors ?

Pourquoi même être entrée chez lui ?

Décidément, dans les hautes sphères, les gens ne se comportaient pas naturellement, et cet état de fait lui portait sur les nerfs, en plus du reste. Il ne savait jamais véritablement à quoi s'attendre avec eux, tout ici n'était que manigances. Il ne se mêlait de rien, ne participait à aucune intrigue de la cour, mais était-ce la bonne façon de faire, finalement ? Il ne le savait pas. Ce qu'il savait en revanche, c'était qu'il n'avait aucune envie de passer sa vie dans cet endroit, mais hélas, cela aussi ne dépendait pas de lui, mais de son futur beau-père.

Son esprit chercha à se tendre vers Mary et son corps si tentant tout près du sien, mais il repoussa les images trop éloquentes de la magnifique rousse, sous lui, gémissant sous ses coups de boutoir, ainsi que de ses lèvres elles aussi diablement tentantes.

Ces pensées finiraient par causer sa perte !

Il ne pouvait se laisser aller à imaginer une autre femme que la princesse entre ses bras, mais la plupart du temps, il ne pouvait rien empêcher ; son esprit faisait ce qu'il voulait, tout comme son corps qui se révoltait de frustration.

— Mon cher MacLeod, entendit-il derrière lui.

Il se retourna pour regarder le roi.

Dans ses atours d'apparat de couleur bleu nuit, sa couleur de prédilection, ce dernier avait fière allure malgré sa silhouette replète et ses cheveux noir corbeau encadrant un visage disgracieux : le nez était trop long, les lèvres trop fines, les yeux trop petits et écartés et le front trop large. Pourtant, il se dégageait de cet homme une

146

prestance qui forçait le respect, et s'il était passablement laid, Jacques Ier d'Écosse était loin d'être sot et assez bon stratège. Craig avait pu le remarquer lorsqu'ils avaient fait campagne ensemble contre Dougal Campbell. Il s'inclina devant le roi comme le voulait l'étiquette.

— Sire, vous m'avez fait mander. Que puis-je pour vous ?

Le roi Jacques lui désigna les sièges et l'invita à s'asseoir. Ce qu'il fit, ne pouvant s'empêcher de ressentir une légère appréhension. Le moment de vérité était venu, et il n'était pas prêt et sans doute ne le serait-il jamais. Il envisagea, l'espace d'un instant, de s'enfuir. Mais alors sa famille subirait de plein fouet la colère du roi.

— Je vais aller droit au but, MacLeod ! lui assena le roi d'un ton bourru.

Voulant paraître détendu alors qu'il ne l'était pas, Craig posa les avant-bras sur les accoudoirs et croisa les jambes.

— Je vous écoute, Sire.

— Annabelle a renoncé à vous. Elle ne veut pas vous épouser !

— Oh… c'est… je… vous m'en voyez désolé, je…

Le roi Jacques leva la main pour l'interrompre. Une main où brillait une bague à chaque doigt.

— Vous n'y êtes pour rien, mon ami. C'est elle ! Je sais que vous avez fait ce qu'il fallait et que vous vous êtes montré sous votre meilleur jour, mais cela n'a pas suffi. Elle ne veut pas de vous.

Craig retint de justesse un soupir de soulagement, alors que le roi continuait :

— Aucun père ne souhaite le malheur de son enfant, même pour des alliances politiques. J'espère que vous me comprenez.

— Parfaitement, Sire. Ce sont des choses qui arrivent, et…

— Apparemment, elle aime un autre homme, et ma foi, j'ai consenti à sa requête de l'épouser. Sans doute le connaissez-vous : il s'agit de William Boyle.

— Je vois tout à fait qui il est, Sire. La princesse ne pouvait trouver plus galant homme, ils seront parfaitement assortis.

Là encore, il masqua un sourire. Au moins, Boyle allait cesser de tourner autour de Mary. Que voilà donc de bonnes nouvelles. De très bonnes nouvelles ! Son cœur s'allégeait d'un grand poids, il allait pouvoir rentrer chez lui ! Seule ombre au tableau : Mary. Encore et toujours ! Il avait décidé de s'éloigner, mais maintenant qu'il avait la capacité de le faire, il était contrarié de la laisser seule.

— Je le crois. En tout cas, leurs sentiments semblent partagés. Je voulais vous en faire part avant d'officialiser quoi que ce soit.

Craig avait souvent vu Boyle et Annabelle discuter ensemble, mais de là à imaginer qu'ils nouaient de tendres sentiments… Il n'y avait vu que du feu, d'autant que Boyle semblait véritablement s'intéresser à Mary. Certainement pour faire illusion.

— Et je vous en sais gré, Sire. Rien ne vous obligeait à m'en parler. J'apprécie vraiment de ne pas l'avoir appris devant tout le monde.

Il aurait alors été humilié en public et serait devenu la risée de tous. Les courtisans auraient fait leurs choux gras de ce qu'ils auraient considéré comme une disgrâce et même si une partie de lui n'en avait cure, l'autre ne pouvait s'empêcher de penser à sa famille. Sa famille qu'il allait revoir plus tôt que prévu. Il s'imagina enfourcher sa monture pour rejoindre ses terres. Mais sa joie fut encore de courte durée à l'idée qu'il allait laisser Mary derrière lui. Et alors, qui veillerait sur elle ? Il recouvrait sa liberté, certes, mais pas elle. Pourtant, il ne devrait pas se soucier de son sort, il devrait même être satisfait de jouer un mauvais tour à Colin Kinkaid, qui allait devoir faire avec puisqu'il quittait la cour.

— C'était le moins que je puisse faire, mon cher ami. J'apprécie l'homme que vous êtes, et j'aurais aimé qu'il en fût autrement.

Pas moi... pensa aussitôt Craig.

Il se leva, et s'inclina.

— Ce sont les aléas de la vie, Sire. Et comme vous, je ne souhaite que le bonheur de la princesse, même si c'est avec un autre homme.

Il fallait qu'il eût l'air un peu marri, ou le roi pourrait les prendre en grippe, lui et sa famille.

— Sire, si vous n'avez plus besoin de moi, enchaîna-t-il. Permettez-moi de me retirer dans mes appartements.

— Vous n'allez pas rejoindre les autres ?

— Non, Sire.

Le roi se mit debout, et lui serra le bras. Ce geste était si inattendu que Craig en fut attendri. Jamais il n'avait vu le roi avoir un geste d'amitié envers qui que ce soit et il l'apprécia à sa juste valeur.

— J'aurais eu plaisir à vous avoir comme gendre, Craig MacLeod. Pourquoi ne resteriez-vous pas dans mon armée ? Comme capitaine ? Avec une solde conséquente... en dédommagement...

— J'apprécie encore une fois le geste, Sire, mais je me vois dans l'obligation de décliner. Ma famille a besoin de moi. Une personne de plus à la surveillance peut faire la différence.

— Je croyais les Highlands rendues à la paix !

— C'est le cas, Sire, et mon frère Alexander en est le garant, mais vous savez comment sont les chefs de clans, il suffit d'un rien pour mettre le feu aux poudres. Les alliances ne durent jamais très longtemps dans cette partie de l'Écosse.

Lui-même ne serait tranquille qu'en retrouvant la sécurité de son domaine.

— Je compte sur vous pour que la situation perdure. J'ai déjà fort à faire aux frontières avec l'Angleterre pour ne pas avoir en sus à m'occuper de vous.

La réflexion ne lui était pas destinée, pourtant, il la prit pour lui et voulut rassurer le roi.

— Comptez sur moi, Sire. Nous ferons de notre mieux.

Du fait de leur nouvelle situation très influente, le clan MacLeod était garant de la paix sur tout le territoire. De plus, Alexander n'ayant aucune ambition de conquête, cela perdurerait certainement, si tant est que les autres clans demeurent tranquilles et ne s'allient pas contre eux. Craig ne pouvait jurer de l'avenir, mais les augures étaient plutôt favorables à la paix. Du moins, jusqu'à ce que quelque chose vienne perturber ce fragile équilibre, comme bien souvent.

— Je vous souhaite la bonne nuit, Sire, dit encore Craig en s'inclinant devant son roi.

— Bonne nuit à vous aussi, MacLeod, lui répondit le roi.

Craig s'éloigna.

Il s'apprêtait à sortir de la pièce pour rejoindre l'antichambre lorsque la voix de son suzerain l'atteignit :

— J'allais oublier, Somerset m'a demandé Mary Kinkaid en épousailles. Comme vous la connaissez mieux que quiconque, je voulais avoir votre sentiment sur cette union.

Entendre le nom de Mary associé à des mots comme « Somerset » et « épousailles » lui fit l'effet d'un soufflet en plein visage. Il se retourna lentement, tentant de garder son calme devant la nouvelle et de réfléchir aussi vite que lui permettait son esprit malmené par toutes ces nouvelles, la plus importante étant qu'il avait recouvré sa liberté. Ce qu'il ne réalisait pas encore complètement.

— Ne la laissez pas épouser cet homme, Sire, je vous en conjure. Il est indigne de confiance.

— Ceci est une grave accusation, MacLeod.

— J'en ai conscience, Sire. Je sais qu'il vous est apparenté, mais il n'en reste pas moins un être abject et je sais de quoi je parle. Vous devez me croire sur parole, Sire, je l'ai pris sur le fait.

Le roi fronça encore les sourcils.

— Comment cela ?

— Je l'ai surpris en train de forcer Mary, et Dieu seul sait jusqu'où il serait allé si je n'étais pas intervenu. Il semblait prêt à tout pour la faire céder à ses avances.

— Je savais Somerset enflammé, mais je ne pensais pas qu'il serait capable de déshonorer une jeune femme sous mon propre toit. Demain, à l'aube, je le renverrai sur ses terres. Et en ce qui concerne Mary Kinkaid, je gage que d'autres hommes demanderont rapidement sa main. Visiblement, elle fait sensation dans les salons de la princesse par son érudition, son charme et sa répartie.

L'idée qu'un autre homme possède Mary lui parut soudain intolérable. Et avant qu'il prenne le temps de peser ses mots et d'en entrevoir les conséquences, ils sortirent presque malgré lui :

— Donnez-la-moi, Sire ! En compensation… pour le mariage raté avec votre fille…

Cela s'apparentait quasiment à du chantage et jamais personne n'avait dû se risquer à une telle entreprise, mais il avait parlé sous le coup d'une impulsion, ne se rendant pas encore véritablement compte des implications. En vérité, si, il ne les connaissait que trop, mais là, dans l'instant, il n'en avait cure. Il ferait le point plus tard…

— Je suppose que je vous dois bien ça, en effet, MacLeod, consentit le roi qui, visiblement et contre toute attente, avait l'heur de se réjouir de jouer les entremetteurs.

— Je vous promets d'être votre allié, Sire, quelles que soient vos décisions, ajouta Craig pour faire pencher la balance de son côté. Si vous avez besoin de moi, vous n'aurez qu'à demander, je répondrai présent, et ma famille aussi. Si vous acceptez de me donner Mary.

Là encore, il s'avançait, mais Alexander comprendrait.

— Je pourrai compter sur votre clan pour venir grossir mes rangs et me suivre à la guerre si besoin ?

— Oui, Sire, vous avez ma parole ! J'ai pourtant une exigence...

— Dites toujours !

— Laissez-moi annoncer la bonne nouvelle à Mary, ainsi qu'à nos familles lorsque nous serons rentrés chez nous. D'ici là, je vous demande de garder notre union secrète.

— Faites ainsi, MacLeod ! acquiesça le roi, visiblement soulagé que la requête ne soit pas d'un autre ordre et de s'en sortir finalement à si bon compte.

Après tout, la promesse d'épousailles avec la princesse avait tourné court alors qu'il criait déjà à qui voulait l'entendre qu'il était heureux d'avoir le valeureux et si grand capitaine Craig MacLeod comme gendre. Effectivement, il lui devait bien compensation ! En tout cas, c'était ce que Craig devait continuer à lui faire croire. Ce n'était pas très charitable, mais après tout, à la guerre comme à la guerre, la sauvegarde de Mary était à ce prix. Il allait toutefois devoir l'en persuader et vu comme elle était remontée contre lui, la partie était loin d'être gagnée.

Ils tombèrent d'accord pour ne pas perdre de temps : Craig mettrait Mary au courant le soir même et le mariage aurait lieu dans les plus brefs délais. Durant la semaine à venir, très certainement. Jacques se faisait fort de tout organiser dans le plus grand secret. En compensation d'avoir annulé le mariage avec la princesse et pour le remercier de ses hauts faits d'armes qui lui avaient permis de vaincre son ennemi, Campbell, qui briguait son trône et ne rêvait que de le renverser.

Dans quelques jours, Mary deviendrait sa femme.

Il aurait pu s'en réjouir s'il n'avait le sentiment qu'un piège, impitoyable, se refermait inexorablement sur lui.

Sur eux...

Il n'avait pas le droit de l'épouser !

Mais encore une fois, il n'avait pas eu le choix !

De cela aussi, il allait devoir l'en persuader.

12

Craig ne rejoignit donc pas ses appartements, mais la salle de bal. Il devait trouver Mary et lui parler. Il chercha sa chevelure flamboyante dans l'assistance, mais fut incapable de la repérer.

Où était-elle encore passée ?

Cette fille était tellement... surprenante. Cela ajoutait à son charme, il se l'avouait bien sincèrement, en plus de sa fougue, sa vivacité, sa répartie... elle ne s'en laissait pas conter et c'était ce qui lui plaisait en elle. Elle était différente de toutes les autres femmes qui avaient traversé fugacement sa vie. En même temps, il n'avait jamais pris le temps de comprendre si oui ou non elles avaient un intérêt quelconque. Du moins, un autre intérêt qu'écarter les cuisses pour lui.

Avec Mary, c'était différent.

Depuis le début.

Depuis le début, il avait rêvé de la faire sienne, dès que ses yeux s'étaient posés sur elle. Puis, elle lui avait avoué qui elle était et il s'était efforcé de renoncer à elle, sans jamais y parvenir.

Et voici qu'elle allait devenir sa femme, dans un fameux coup du destin comme parfois la vie en avait le secret. Pour autant, s'il se laissait aller à réfléchir plus avant, il s'était mis dans une merde noire, et il allait devoir trouver le moyen d'en sortir. Car dès que Colin Kinkaid apprendrait qu'il avait épousé Mary, ce serait la guerre. Et cela, il ne pouvait le tolérer! Il allait devoir trouver une issue et il ignorait encore laquelle. Mais dans un premier temps, il fallait annoncer la nouvelle à Mary.

Il se dirigea vers la princesse qui, le voyant venir à elle, quitta le cercle de ses amis.

Elle lui tendit la main, dont il embrassa les jointures tout en la gratifiant d'un sourire complice.

— Vous n'êtes pas trop fâché, alors ? murmura-t-elle quand il se fut redressé.

— Fâché, non, princesse, seulement étonné.

— Fadaises ! Vous êtes aussi soulagé que moi que mon père ait accepté de renoncer à cette mésalliance.

— Je ne peux décidément rien vous cacher, princesse, et j'ai bien peur que vous lisiez en moi comme dans un livre ouvert. Mais c'est vous qui...

— Certes ! C'est moi, l'interrompit-elle. Et je devrais être en colère contre vous de donner le sentiment d'être plus soulagé qu'étonné, malgré vos dires. Mais il est vrai que je ne vous ai pas facilité la tâche.

— Je ne vous plaisais pas. Vous avez eu l'honnêteté de le reconnaître et le courage de vous élever contre votre père tant qu'il en était encore temps. Je peux ainsi retrouver ma liberté.

Liberté qui serait de courte durée...

Comment allait-elle le prendre ?

Il se décida à jouer cartes sur table.

— Ainsi, nous pourrons être heureux, l'un et l'autre, séparément. Et de cela, princesse, je vous serai éternellement reconnaissant.

— Comment cela ? Je ne comprends pas...

— Je sais que vous en aimez un autre. Quant à moi, je vais épouser Mary Kinkaid. Je crois bien que vous allez devoir vous séparer d'elle plus tôt que prévu. J'en suis désolé.

Annabelle se mit à rire.

— Je savais bien qu'il se tramait quelque chose entre vous. J'ai vu les œillades que vous vous lanciez quand vous pensiez que personne ne faisait attention à vous.

— C'est pour cette raison que vous l'avez prise comme coursier ? Parce que vous aviez décelé quelque chose entre nous ?

155

— Peut-être… avoua-t-elle. J'avoue que j'aime jouer les entremetteuses. J'ai marié plusieurs de mes demoiselles de compagnie et j'ai un faible pour les histoires d'amour qui finissent bien.

Pour une fin heureuse, ils repasseront, ce qu'il se garda bien de révéler.

— Je dois également vous dire que Somerset voulait l'épouser, avoua-t-il à son tour. Mais votre père a accepté que je l'épouse à sa place.

Annabelle remonta ses mains jointes sur son cœur, visiblement bouleversée.

— Oh… vous avez bien fait ! Somerset est peut-être de la famille de ma mère, mais je le déteste. Il a une façon de nous regarder, moi et mes suivantes, qui me déplaît fortement.

— Vous serez alors ravie d'apprendre que le roi va le renvoyer sur ses terres.

— Bon débarras ! Je ne le regretterai pas ni aucune de mes amies. Mais pour autant, je me dois de vous mettre en garde. J'ai ouï-dire que ceux qui se mettent en travers de son chemin ne vivent pas assez longtemps pour s'en vanter. Mais peut-être que ce ne sont que des rumeurs.

— N'ayez crainte, princesse, je sais me défendre et je pense être au moins aussi coriace que lui, sinon plus. Il ne peut rien contre moi.

Mais il pourrait vouloir s'en prendre à Mary.

Un soupirant éconduit pouvait devenir la pire des menaces. Il croyait l'avoir sauvée d'un destin funeste, ne venait-il pas de lui causer encore plus de torts ? Et si, finalement, se lier à Somerset lui agréait ? C'était un peu ce qu'elle lui avait jeté à la figure lorsqu'il avait envoyé Somerset au tapis ce soir-là, mais sur le moment, il avait pensé qu'elle se jouait de lui. Elle ne pouvait être sincère. Un homme comme Somerset ne pouvait lui plaire, et elle ne pouvait pas avoir réellement envie d'aller vivre en Angleterre. Pas elle ! Pas Mary Kinkaid ! Mary était des Highlands, et dans les Highlands, on détestait les Anglais et tout ce qui s'y rapportait.

Il se força à ne plus penser à cela et continua de sourire.

— C'est parfait, alors ! Je vous accorde ma bénédiction, messire, ajouta Annabelle. Même si je sais que vous n'en avez nullement besoin, celle de mon père suffit.

— Peut-être, mais j'apprécie, aussi je vous dis merci, princesse, et je vous souhaite d'être heureuse.

— Je le serai. Je n'ai aucun doute là-dessus...

Elle tourna la tête et il lui sembla qu'elle fixait quelqu'un. Ce quelqu'un n'étant autre que William Boyle qui, face à eux, les observait de loin tout en discutant avec divers courtisans.

Que la vie était donc singulière et les apparences trompeuses !

Il avait pensé Boyle intéressé par Mary alors qu'il l'était par la princesse et attendait certainement qu'elle soit libre.

Il s'inclina devant Annabelle, le sourire aux lèvres, s'apprêtant à prendre congé, et lui embrassa de nouveau le bout des doigts lorsqu'elle lui tendit la main, lui rendant son sourire. Il s'était trompé sur elle. Annabelle n'était pas la femme imbuvable, mal embouchée et acariâtre qu'elle paraissait. Elle avait fait semblant pour ne pas qu'il s'attache à elle et pour arriver à ses fins qui n'étaient pas de l'épouser, lui, mais Boyle.

Une silhouette à l'orée de la salle de bal attira soudain son regard et il tourna la tête.

Ses yeux croisèrent ceux de Mary, rivés sur eux. Ils se dévisagèrent un instant, puis Mary se détourna et, l'ignorant, prit la direction de la terrasse.

— Excusez-moi, princesse, je dois parler à Mary, mais promettez-moi de garder tout cela secret pour le moment.

— Faites, messire, je n'y manquerai pas, et bonne chance ! lui cria-t-elle lorsqu'il eut pris quelque distance.

Oui, il allait en avoir grand besoin.

Il retrouva Mary les mains appuyées contre le muret de l'immense terrasse faisant suite à la salle de bal. Elle paraissait à bout de souffle. Il s'approcha et, sans plus réfléchir, posa ses paumes sur ses épaules, qu'il serra. Elle frémit entre ses doigts, alors que le contact de sa peau le rendit fou en un instant.

Il se pencha, murmura :

— Mary…

Il avait tellement de choses à lui dire qu'il ne savait par où commencer. Pour la première fois de sa vie, il ne savait comment s'y prendre avec une femme. Peut-être parce que cette femme était devenue spéciale à ses yeux. Malgré lui. Et malgré elle. Elle méritait mieux que lui, et le comprendre soudain lui fit un mal de chien. Il avait certainement commis une erreur, il allait ruiner son existence, mais encore une fois, il avait paré au plus pressé et n'avait pas eu le choix. C'était du moins ce qu'il pensait au moment où il avait demandé au roi de lui accorder la main de Mary.

Elle échappa à son étreinte et se retourna, furieuse.

— Comment osez-vous ? gronda-t-elle. Comment osez-vous me toucher, alors que vous… alors que vous allez épouser la princesse ! J'en ai assez, Craig ! Ne m'approchez plus ! Plus jamais !

Sur ces mots, et après un regard incendiaire, elle s'enfuit dans l'escalier de pierre en direction du parc. S'il ne la rattrapait pas rapidement, elle lui échapperait et il pourrait passer la nuit à la chercher.

Il cria son nom, mais cette petite têtue n'en avait visiblement rien à faire.

Heureusement, la pleine lune et la hauteur de la terrasse lui permirent de voir la direction qu'elle prenait. Il jura entre ses dents.

L'expérience avec Somerset ne lui avait donc pas suffi ! Il avait parfois l'impression que l'Anglais la guettait comme un rapace guettant sa proie, n'attendant qu'un faux pas de sa part pour s'emparer de ce qu'il convoitait.

Il fallait faire vite et ne pas la laisser seule plus longtemps.

Elle était peut-être en danger.

Il l'appela encore puis s'élança à sa suite, son cœur bondissant à tout rompre. Mû par l'urgence de la situation, il courut si vite qu'il l'aperçut enfin, à quelques mètres.

Il cria encore son prénom.

Elle tourna la tête, mais reprit ses pas rapides pour lui échapper.

— Mary ! vociféra-t-il, à bout de patience. J'ai à vous parler ! Et j'ordonne que vous m'écoutiez !

Ils n'allaient pas faire tout le parc au pas de course !

— Mary ! gronda-t-il encore. Je vous jure que si vous ne vous arrêtez pas, je vous donnerai la correction que vous méritez !

Elle s'immobilisa aussitôt et lui fit face, ce qu'il avait espéré en la provoquant.

— Pardon ? Vous pouvez répéter ?

Essoufflée, échevelée, les lèvres humides et les iris flamboyants, elle était magnifique. Si magnifique et si attirante, qu'il eut immédiatement envie de se ruer sur ses lèvres. Au lieu de quoi, il se contenta de la fixer en souriant.

— Alors ? Qu'avez-vous à dire pour votre défense ? demanda-t-elle en tapant du pied. Oh, et puis cessez de me regarder ainsi…

Il fit un pas, sans cesser de sourire.

— Comment, Mary ? Comment est-ce que je vous regarde ?

— N'importe comment ! Je ne suis pas l'une de vos innombrables maîtresses !

Ils se mangèrent du regard, aussi essoufflés l'un que l'autre.

159

Elle était si belle, et dans son regard se lisait un désir si intense, que Craig en eut soudain le souffle coupé. Et sans qu'il ne puisse se retenir, il se jeta sur elle, l'attira à lui d'un bras dans son dos, et prit ses lèvres. Voracement. Furieusement. Passionnément.

Après quelques secondes de stupeur, Mary lui rendit son baiser et glissa ses doigts dans ses cheveux, alors qu'il la serrait contre lui. Il l'embrassa à perdre haleine. Puis quitta ses lèvres pour longer son cou, sa gorge. Sentir sa peau sous ses lèvres le rendit fou. Il avait retenu son envie d'elle depuis tellement longtemps qu'il voulait lui faire l'amour, tout de suite. Ses mains pressèrent ses fesses délicieusement rebondies, puis il remonta l'une d'elles vers son sein, qu'il empauma. Légèrement penchée en arrière, les yeux clos et haletante, Mary se laissait aller à ses baisers et à ses caresses, et il retint son désir de l'emmener à l'abri des regards et de la coucher sur l'herbe. Subitement, il réalisa où ils étaient, qui ils étaient et s'apprêta à rompre leur baiser, lorsque Mary le fit en premier.

Elle se recula, les yeux emplis de colère.

— De quel droit ! Je ne serai jamais un amusement, MacLeod !

Craig sonda son regard.

Elle semblait en colère, certes, mais également si malheureuse à l'idée qu'il se serve d'elle, que son cœur se serra. Il se détesta pour tout le mal qu'il lui avait déjà fait et s'apprêtait à lui faire encore. Il n'aurait pas dû l'embrasser, cela ne faisait que compliquer cette situation déjà inextricable, mais il n'avait pu s'en empêcher, laissant enfin parler son corps et son désir.

— Du droit du futur mari ! répondit-il sèchement.

Mary écarquilla les yeux et ses lèvres s'entrouvrirent, lui donnant encore envie d'en goûter le sel.

Elle cligna plusieurs fois des paupières, semblant dans l'incompréhension la plus totale.

— Pardon ?

— Vous avez très bien entendu, Mary. Le roi voulait vous donner à Somerset. Je me suis proposé à sa place.

Sa bouche forma un joli O.

Il eut soudain le désir d'y glisser la langue, ou une autre partie de son anatomie qui se languissait de son corps, et se languirait encore pendant longtemps. Voyant qu'elle était sidérée par la nouvelle et incapable de prononcer un mot, il enchaîna pour lui donner quelques éclaircissements :

— La princesse ne veut plus m'épouser, c'est ce dont le roi voulait me faire part lorsqu'il m'a convoqué dans ses appartements. J'allais le quitter quand il m'a informé du projet de Somerset de vous épouser. Je sais que vous ne m'avez rien demandé, Mary, mais je ne pouvais vous laisser épouser cet homme !

Elle chancela, la main sur la bouche, les yeux humides, et recula d'un pas, visiblement horrifiée.

— Je sais que je ne suis pas l'homme de vos rêves, mais j'ai voulu vous sauver de cet homme abject.

— Alors que je ne vous avais rien demandé ! Vous l'avez dit vous-même.

— Certes ! Mais ne me dites pas que vous auriez accepté parce que je sais que non !

— Sans doute pas, mais j'aurais aimé avoir mon mot à dire ! répliqua-t-elle en élevant la voix. Ou tout du moins, avoir le loisir d'y réfléchir.

— Vous savez bien que les femmes n'ont pas leur mot à dire dans les affaires de mariage ! Alors, ne faites pas l'enfant, et acceptez de m'épouser, Mary. Pour votre salut.

— Et la princesse ?

— Je vous l'ai dit, elle ne veut pas de moi !

— Et vous ? Vous paraissiez apprécier sa présence, ce me semble. Chaque fois que je vous vois ensemble, vous l'embrassez !

— Seriez-vous jalouse ? ne pût-il s'empêcher de demander.

Là encore, il s'engageait sur un terrain glissant, mais n'y pouvait résister.

— Certainement pas ! Vous prenez vos désirs pour la réalité, MacLeod ! Donc, si je comprends bien, je ne suis ni plus ni moins qu'un lot de consolation ! répliqua-t-elle, s'efforçant visiblement de conserver son calme.

— C'était pour vous sauver, Mary. Je n'ai pas réfléchi.

— Je dois l'annoncer à ma famille, leur demander la permission...

Elle sembla soudain complètement perdue.

Si perdue qu'il se vit obligé de lui prendre le bras pour qu'elle reporte son attention sur lui.

— Nous devons faire sans, ce serait trop dangereux de les mettre au courant. Je m'occupe de tout.

Il ne pouvait pas lui avouer ce qu'il avait en tête ou elle refuserait de l'épouser et serait alors en danger. Il s'en voulut de la tromper, mais nécessité faisait loi. Il se refusa également à s'avouer que c'était uniquement son désir pour elle qui avait parlé, et non la raison. La raison qui aurait voulu qu'il se tienne loin d'elle.

— Alors c'est oui ? Il me faut une réponse maintenant ou Somerset pourrait encore vous nuire.

— Vous me demandez de choisir entre deux plaies et j'espère que vous savez dans quoi vous nous entraînez.

Il savait qu'il éprouverait des difficultés à la convaincre du bien-fondé de sa démarche. Elle perdait sa liberté et devait épouser un homme qu'elle n'avait pas choisi et qui la mettait en porte-à-faux vis-à-vis de son clan, mais il ne s'attendait pas à ce que ses doutes lui fassent aussi mal.

— Choisissez, Mary, la pressa-t-il. Mais choisissez vite !

Alors, elle choisit...

13

Trois jours après, Mary s'apprêtait à épouser Craig, dans l'abbaye de Holyrood attenante au château, et dans la plus stricte intimité pour que le secret de leur union soit bien gardé. Le roi s'était occupé de tout, comme il l'avait promis à Craig. Craig, qu'elle admirait de toute son âme. Il était si beau dans son kilt qui le mettait en valeur. Si beau et si attirant. Et il lui plaisait tant. Dieu qu'il lui plaisait. Elle n'aurait pu rêver plus beau et valeureux mari.

Et pourtant...

Craig se comportait bizarrement ; depuis qu'elle avait accepté de devenir sa femme, il l'ignorait et restait distant.

Ne l'avait-il embrassée que pour la faire céder à sa proposition de mariage ? Regrettait-il d'avoir demandé au roi la permission de l'épouser à la place de Somerset ? S'était-il joué d'elle ? Cet homme la rendait folle, elle ne savait jamais à quoi s'en tenir avec lui.

Ils s'étaient peu vus, Craig ayant passé son temps à la chasse avec le roi. Ils étaient promis, mais elle avait le sentiment d'être insignifiante à ses yeux, et qu'il n'avait pas envie de la voir. De plus, quelque chose dans son regard sur elle la dérangeait. Quelque chose qu'elle ne comprenait pas et qui l'effrayait, en plus de l'attrister. Elle avait l'impression qu'il souffrait. Certes, il perdait sa si chère liberté et mettait en péril l'équilibre et la paix de leurs deux familles, mais s'il s'était proposé de l'épouser, c'était qu'il y avait un minimum réfléchi, non ?

En tout cas, elle l'espérait, ou ils couraient à la catastrophe.

Craig était-il prêt à braver son oncle pour elle ? Serait-il prêt à déclencher une guerre ou avait-il une solution ? Elle-même se jurait qu'elle saurait trouver les mots pour apaiser Colin Kinkaid. Il le fallait, car il était hors de question qu'elle déclenche une guerre ou renonce à Craig. Elle avait si souvent rêvé qu'elle devenait sa femme. Alors, certes, ce n'était pas dans ces conditions, pas parce que la princesse ne voulait plus de lui, mais après qu'il l'avait choisie, elle, après avoir tenu tête au roi, et après lui avoir fait une magnifique déclaration d'amour. Là, on était bien loin du conte de fées dont elle rêvait lorsqu'elle était petite, mais dans quelques minutes, elle n'en serait pas moins dame Mary MacLeod.

Les mains dans celles de son futur époux, Mary s'évertuait à paraître aussi froide et détachée que Craig qui lui faisait face, tout en écoutant d'une oreille distraite le laïus du prêtre. Craig était distant, mais parfois, il l'observait si ardemment qu'elle en était bouleversée, pour la seconde d'après, redevenir un monstre de froideur. Ce qui ne correspondait pas du tout à l'image qu'elle avait de lui. Certes, ils avaient passé leur temps à se chamailler, il semblait souvent torturé et elle avait mis cela sur le compte du mariage forcé avec la princesse, mais il avait aussi frémi dans ses bras et l'avait embrassée comme si sa vie en dépendait. Deux fois ! Deux fois qui resteraient à jamais dans son cœur comme deux moments d'une intense passion partagée. Elle avait perçu son désir, répondant au sien, elle l'avait perçu dans son regard enflammé, dans ses gestes, dans sa posture, dans la dureté de ses baisers. Alors quoi ? Lui en voulait-il de l'avoir repoussé tout ce temps, alors qu'il était promis à une autre ? Lui en voulait-il de ne pas avoir sauté de joie à l'idée de l'épouser ?

Mary était perdue.

Elle ne comprenait plus rien et plus les minutes passaient, plus elle se sentait mal et souffrait de désillusion. Elle avait le sentiment d'avoir été flouée, et d'avoir été mise au pied du mur. Car entre Somerset et lui, évidemment qu'elle préférait se marier avec lui, Somerset étant un pourceau ! Mais pas ainsi ! Pas en ayant le sentiment de ne plus rien maîtriser et de voir sa vie lui échapper. Elle avait été élevée dans le respect des traditions, elle savait qu'elle devait obéissance à son époux, qu'il deviendrait son seigneur et maître, mais elle avait espéré que son destin lui réserverait une autre voie. En résumé, elle avait rêvé d'épouser un homme comme Craig MacLeod, voire Craig MacLeod lui-même, mais maintenant que son rêve devenait réalité, elle était dubitative. Surtout que son futur époux ne semblait toujours pas dans son assiette. Pourtant, lorsqu'il dut répondre au prêtre et accepter de la prendre pour épouse, de la chérir et de l'honorer, il fouilla ses yeux, avant de déclamer d'une voix basse et rauque à souhait que « oui, il le voulait ». Il lui parut sincère, avant de se détourner aussitôt après avoir déposé un chaste baiser sur ses lèvres qui la laissa frustrée, animée d'un vague sentiment de malaise qu'elle eut ensuite beaucoup de mal à ignorer.

Le repas fut un véritable cauchemar.

Craig ne faisait pas attention à elle et éclusait gobelet sur gobelet à tel point qu'elle comprit rapidement qu'il serait ivre avant de pouvoir lui faire quoi que ce soit pour consommer leur union. Souvent, elle eut les larmes aux yeux, mais elle était une Kinkaid, et les Kinkaid ne pleuraient pas en société. Elle attendrait d'être dans sa chambre pour se laisser aller au désespoir. Et si Craig continuait ainsi, elle lui refuserait sa couche. Elle avait également rêvé de sa nuit de noces et rêvé d'appartenir à Craig pour toujours, et là encore, elle déchantait.

Ce fut donc avec un certain soulagement, mais non sans une légère appréhension, qu'elle suivit Craig dans ses appartements après que les quelques convives leur eurent souhaité la bonne nuit, mais sans les rires gras et les paroles graveleuses d'usage. Elle eut souvenir de son frère aîné prenant sa femme dans ses bras sitôt le repas terminé tant il était pressé de l'honorer, et quitter la salle sous les rires amusés de l'assistance. Ils paraissaient si heureux, sa belle-sœur était radieuse. Là, Mary avait le sentiment d'avoir vécu le moment le plus triste de son existence, même si elle s'acharnait à faire bonne figure, tout comme Craig qu'elle sentait pourtant se raidir à chaque fois que quelqu'un venait leur souhaiter un heureux mariage. Elle s'était promis de lui poser des questions sur ce comportement qu'elle ne comprenait pas, mais en était incapable pour le moment. Elle avait trop mal.

Elle contint un mouvement d'humeur en le voyant se retenir au mur pour ne pas s'effondrer. Il était bel et bien ivre et elle se demanda soudain si elle ne pourrait jamais lui pardonner cet affront.

Il ouvrit la porte de ses appartements, et la précéda.

Charmant...

Elle en aurait hurlé de dépit si elle s'était laissé aller à lui dévoiler ses émotions, mais c'était hors de question. Elle devait se montrer forte et ne pas se laisser atteindre. Ne pas *le* laisser l'atteindre.

Elle le suivit à travers l'appartement, sans un mot, après avoir refermé la porte et le découvrit devant une console de sa chambre, où reposaient une corbeille de fruits, un pichet, ainsi que deux gobelets. Elle retint la remarque acerbe qui lui brûlait les lèvres sur son excès d'alcool et, dos à lui, entreprit de se déshabiller. Elle ne savait toujours pas comment se comporter ni ce que Craig attendait exactement d'elle puisqu'il restait muet comme une carpe, mais ce qu'elle savait, c'était qu'il aimait le corps des femmes, et aimait leur faire l'amour. C'était de notoriété publique ! Craig était un débauché, non ? Alors… il ne saurait lui résister si elle employait les grands moyens. Elle sentit son regard sur elle, mais se força à ne pas tourner la tête et continua de l'ignorer comme lui l'ignorait. Au moment où elle allait faire tomber sa robe et se révéler à lui dans sa plus totale nudité, elle le vit avec stupeur arpenter la pièce et sortir en faisant claquer violemment la porte derrière lui. Le bruit résonna comme un glas dans son cœur.

Comment osait-il la traiter ainsi ?

Elle était sa femme !

166

Elle ôta sa robe avec rage, et revêtit sa tenue de nuit, une fine chemise, blanche, que lui avait offerte Bessie, et qui lui descendait jusqu'aux pieds. Bessie, qui était devenue au fil des jours une merveilleuse amie et dont elle aurait eu grand besoin en cet instant même. Durant le repas, elle avait senti son regard sur elle à plusieurs reprises. Un regard triste auquel elle avait répondu d'un sourire. Par fierté ! Mais présentement, Bessie ne pouvait rien pour elle. C'était entre son époux et elle.

Elle noua les cordons de la chemise autour de son cou, se servit un gobelet du liquide contenu dans le pichet qu'elle découvrit être du whisky et but, lentement. L'alcool se répandit en elle, l'apaisant quelques instants, jusqu'à ce que la colère supplante la peine. Comme elle était heureuse hier, et ne le savait pas… elle aurait voulu remonter le temps et ne pas avoir à vivre ça ! Cette… cette humiliation… cette honte face à l'indifférence de son époux.

Qu'avait-elle donc fait pour mériter ça ?

Elle avait beau se torturer l'esprit, elle ne voyait pas.

Elle finit son gobelet et se resservit. La tête lui tourna, et elle hésita entre se coucher, ou aller trouver Craig pour lui dire sa façon de penser. Mais… n'était-ce pas s'abaisser que de lui demander des explications si lui n'en donnait aucune ?

Ayant pris sa décision, et après avoir fait les cent pas, elle se rua sur la porte, et l'ouvrit à la volée.

Le salon était dans la semi-pénombre, seulement éclairé par la faible lumière de l'âtre dans lequel brûlaient quelques buches, et lui sembla désert.

Craig était-il ressorti continuer la fête sans elle ?

Elle eut le cœur brisé à cette pensée, lorsque soudain il lui apparut, se levant de la banquette qui lui tournait le dos. Leurs yeux se croisèrent et ceux de Craig, lentement, errèrent sur son corps, avant de venir reprendre possession de son regard.

— Si vous ne vouliez pas vous marier avec moi, pourquoi l'avoir fait ? attaqua-t-elle en s'efforçant de maîtriser sa voix pour l'empêcher de trembler.

— Ce n'est pas ça, Mary.

Elle fut surprise de lui trouver le ton las, et relativement sobre.

Lui avait-il joué la comédie ?

Pourquoi ?

— Qu'est-ce alors ? Je suis en droit de savoir. Je suis votre femme, vous me devez bien ça, non ?

— Oui, vous êtes ma femme, soupira-t-il. Vous êtes ma femme mais vous savez comme moi que vous ne pouvez l'être véritablement.

— Comment ça ? Je ne comprends pas ! En vérité, j'ai le sentiment d'avoir affaire à un étranger depuis notre mariage.

Elle s'avança, lui saisit le bras.

— Que vous arrive-t-il ? Craig, parlez-moi…

Elle ne voulait pas le supplier, mais elle le fit, laissant de côté sa fierté.

Les yeux de Craig devinrent brûlants et la dévorèrent, mais il restait désespérément taciturne.

— Je ne vous plais pas, c'est ça ? insista-t-elle, complètement perdue. Vous ne me trouvez pas à votre goût ?

— Ce n'est pas ça, Mary, réitéra-t-il.

— Quoi alors ? s'énerva-t-elle. Que se passe-t-il ? Vous regrettez la princesse ? Vous regrettez de m'avoir sauvée ? Je ne vous ai rien demandé, Craig ! s'écria-t-elle, sa voix montant dans les aigus. Alors, pourquoi me le faire payer ?

L'indifférence de Craig lui broyait le cœur.

Elle était malheureuse à en mourir, et perdue. Elle avait peur aussi. Peur de le perdre, ou de l'avoir déjà perdu sans qu'il lui soit possible de faire quoi que ce soit. Son mutisme et ses yeux fiévreux finirent par la rendre tellement à bout de nerfs et de patience qu'elle se jeta sur lui pour lui marteler la poitrine avec ses poings fermés, mais là encore, il n'eut aucune réaction et ne fit rien pour se défendre.

— Oui, je voulais la princesse, avoua-t-il d'une voix monocorde.

Mary finit par éclater en sanglots et se blottit contre son corps, agrippée à ses épaules, se désespérant de sentir ses bras se refermer sur elle, ou d'entendre ses paroles la consoler. Mais rien ne vint. Craig restait de marbre. Elle se sentit si misérable, si seule et si perdue qu'elle sanglota de plus belle.

— Pourquoi ? gémit-elle.

Il se raidit, murmura :

— Je voulais un grand avenir ! Au lieu de cela, je vais rester l'éternel second.

Mary se redressa, piquée au vif.

— Vous n'êtes pas sérieux.

— Je le suis !

— Non, vous mentez, je le sais.

Elle enroula ses bras autour de son cou et se colla à lui.

Son cœur bondit lorsqu'elle le sentit frémir à son contact.

— Vous avez envie de moi, Craig, murmura-t-elle en lui présentant ses lèvres. Je le vois, je le sais, et moi aussi j'ai envie de vous. J'ai eu envie de vous dès le premier instant, et je veux devenir votre femme.

Il glissa ses mains sur sa peau, mais ce fut pour la repousser.

Lentement, mais fermement.

— N'avez-vous pas entendu ce que je vous ai dit ? Je voulais la princesse ! assena-t-il.

Il aurait beau le lui jurer, elle savait qu'il mentait.

Elle le regarda droit dans les yeux.

— Et moi, je suis sûre que non !

169

— Vous devriez retourner dans votre chambre, lâcha-t-il sèchement, en se détournant pour aller se servir un gobelet d'alcool qu'il dégusta, une main posée sur le manteau de la cheminée, semblant soudain ailleurs.

Elle observa son profil, cherchant à comprendre ce qu'il avait en tête.

Perdant patience, elle se dirigea vers lui et lui prit le bras, le forçant à se retourner.

— C'est vraiment ce que vous voulez ? Que l'on vive comme deux étrangers ?

— Oui, c'est ce que je veux ! Maintenant, j'en ai assez, je suis fatigué, allez vous coucher !

— Moi aussi je suis fatiguée, gronda-t-elle. Fatiguée de vous ! Allez au diable, Craig MacLeod ! Si j'avais su, j'aurais épousé Somerset ! Au moins avec lui, je savais à quoi m'en tenir !

Elle le toisa avec toute la colère et le ressentiment dont elle était capable, et regagna sa chambre.

Elle claqua à son tour la porte dans son dos, et courut à son lit, sur lequel elle s'effondra, en larmes. Craig venait en quelques heures de ruiner ses vœux de bonheur et ses rêves d'être heureuse avec un époux comme l'étaient ses belles-sœurs avec ses frères.

Elle était anéantie.

Craig lui avait brisé le cœur en mille morceaux. Elle avait cru en lui et cru en leur rencontre et oui, même s'ils n'avaient pas le droit de s'aimer, elle pensait qu'il arrangerait tout cela parce qu'il était fort, courageux, fougueux et qu'il tenait à elle et la revendiquait pour femme. Il avait tout brisé par sa froideur et sa totale indifférence pour le mal qu'il lui faisait, et pour cela, elle lui en voudrait toute sa vie. Une vie qu'elle allait devoir vivre à ses côtés pour son plus grand malheur.

***

Quand Craig entendit Mary éclater en sanglots, son cœur se fissura et il se fit violence pour ne pas aller la rejoindre et la consoler. Oui, il souffrait. Il passait son temps à souffrir, pour et par cette femme.

Pourquoi ne lui avait-il pas dit la vérité ?

Une vérité qu'il devrait lui révéler tôt ou tard plutôt que de la laisser dans l'ignorance. Pour autant, il ne pouvait s'y résoudre. Pas maintenant. Pas encore... pas avant d'être sûr de pouvoir annuler leur mariage. Et peut-être parce qu'au fond de lui, il espérait qu'une solution s'offre à lui.

Les sanglots redoublèrent.

Elle était malheureuse. Il venait de lui briser le cœur, sciemment, pour qu'elle se détache de lui, brisant son propre cœur au passage. Il le fallait, il n'avait pas le choix. Et son cœur importait peu, c'était pour Mary qu'il souffrait, pour le mal qu'il lui faisait en connaissance de cause, même s'il n'était pas pleinement responsable. Il aurait peut-être dû réfléchir avant de la demander en mariage au roi, mais il était maintenant trop tard. Il devait assumer, et réparer ! Il s'arrangerait pour se tenir loin de Mary et pour, discrètement, prendre rendez-vous avec un homme de loi avant que leur mariage ne vienne aux oreilles de Colin Kinkaid. Il priait chaque seconde pour avoir du temps, mais Kinkaid avait certainement ses indicateurs à la cour, sinon, comment aurait-il été au courant qu'il était promis à la princesse ?

Il se servit plusieurs gobelets de whisky coup sur coup, puis s'effondra sur la banquette où il avait prévu de passer la nuit. Les yeux dans les flammes, il essaya de se détendre pour enfin trouver le sommeil, mais ne le put. Son esprit était obnubilé par Mary. Mary, en chemise de nuit qui ne cachait rien de ses courbes féminines qu'il avait pu admirer dans la lueur de l'âtre. Ses jambes fines, son ventre, ses seins... Puis il ressentit la morsure de sa peau contre la sienne, de son corps contre lui. Mary... belle comme le jour. Si belle que le désir, jamais très loin, le terrassa, lui faisant atrocement mal. Oui, il la désirait toujours, sinon plus. Il ne désirait plus qu'elle. Aucune autre femme ne lui importait plus, et il ne comprenait toujours pas pourquoi ! Il avait décidé de la faire sienne une seule et unique fois pour qu'elle sorte de son esprit, mais dorénavant, même cela lui était interdit. S'il se laissait aller à la posséder pleinement, ils courraient tous à la catastrophe. Pas plus qu'hier, il ne pouvait s'y résoudre. Il ne voulait pas avoir le sang des siens sur les mains. À aucun prix ! Même si c'était celui de son bonheur, qu'importe ! Il était prêt à se sacrifier pour les siens.

Oui, il avait sauvé Mary, mais c'était pour mieux les attirer tous les deux vers l'enfer.

Un enfer qu'ils allaient devoir vivre côte à côte quelque temps avant que leurs chemins ne se séparent pour de bon.

Mais là, dans l'instant, il donnerait tout ce qu'il possédait pour franchir cette porte qui les séparait et pour aller retrouver sa femme. Pour lui faire l'amour puis la tenir contre lui jusqu'à ce qu'elle s'endorme. Pour lui demander pardon et l'aimer. Pour lui donner du plaisir. Tout le plaisir du monde.

Il referma son poing sur son membre dressé et ferma les yeux, s'imaginant faire l'amour à Mary. Il pensa que le plaisir ne viendrait jamais tant elle lui manquait. C'était en elle qu'il voulait être, c'était d'elle qu'il voulait tirer sa jouissance. Pourtant, elle finit par le cueillir par surprise, et il jouit, fort, étouffant ses gémissements dans son poing. Des gémissements bien proches du sanglot.

14

— Vous voilà bien triste, mon amie. Que se passe-t-il ? demanda Bessie en se laissant tomber sur le banc à côté de Mary. Vous avez tout sauf la tête d'une femme heureuse et comblée par sa nuit de noces.

Mary regarda son amie, qu'elle n'avait pas entendue approcher tant elle était perdue dans ses sombres pensées. Craig ne les avait pas quittées depuis son lever, et il en était évidemment la cause. Elle pensait déjà énormément à lui avant, mais maintenant, c'était pire, et encore plus douloureux. Très douloureux. Trop ! Elle ne devrait pas se mettre dans des états pareils pour un homme, sa mère lui avait appris la tempérance, tempérance qu'elle avait oubliée la veille au soir en se jetant au cou de Craig et en lui livrant son cœur. Mais comment faire quand cet homme représentait tout ce qu'elle désirait et qu'elle se mourait d'amour pour lui ? Et sachant que cet amour n'était pas partagé ? Peut-être devrait-elle s'en ouvrir à Bessie pour que le fardeau fût moins lourd à porter ? Peut-être que quelqu'un de l'extérieur l'aiderait à y voir plus clair ? Peut-être y avait-il une explication logique à toute cette douleur ?

C'était pour réfléchir à la question qu'elle avait quitté le groupe occupé à s'adonner au jeu de mail[4], qui leur venait des Français, pour s'isoler sur un banc, prétextant une migraine subite. Tout en restant à portée de voix de la princesse qui batifolait avec Boyle – finalement, c'était lui qu'elle allait épouser ! – et qu'elle devait continuer de servir jusqu'à ce qu'ils rentrent chez eux. Quand ? Elle l'ignorait. Elle aurait voulu le demander à Craig dès son réveil, mais lorsqu'elle était entrée dans la pièce où elle l'avait laissé la veille, celle-ci était vide. Il était parti ! Sans même lui dire un mot !

Quel rustre !

---

[4] Version écossaise du croquet

Certes, il se comportait comme la plupart des hommes qui délaissaient leur épouse sans rien dire de leurs faits et gestes, mais elle avait espéré, au fond de son cœur, que Craig fut différent. Il lui avait semblé différent ! Et elle ne pouvait se résoudre à accepter de s'être trompée à ce point sur son compte ; il y avait certainement une raison à son indifférence. Une raison qu'elle était fermement décidée à découvrir.

— Je vis un véritable enfer, Bessie, soupira-t-elle. Je… je ne suis pas devenue la femme de Craig cette nuit.

Le lui avouer lui fit tellement mal que des larmes emplirent ses yeux alors qu'elle s'était fait la promesse de ne pas en verser davantage.

Elle était une Kinkaid, elle était forte !

Bessie lui prit la main et la serra :

— Oh, Mary… Racontez-moi tout si cela doit vous soulager.

Mary tourna la tête et fixa son amie.

— Il n'a pas voulu de moi, il a dormi sur le sofa.

Cela aussi lui lacéra le cœur.

— Mais pourquoi ? Vous a-t-il donné une raison ?

— Oui, mais elle ne me satisfait pas ! rétorqua Mary, alors que la colère refaisait surface. Il y a autre chose, j'en suis sûre. Quelque chose qu'il ne me dit pas.

Bessie serra à nouveau ses doigts. La compassion que Mary percevait dans les iris de son amie lui réchauffa un peu le cœur. Et dire qu'elle avait eu peur, à son arrivée, que Bessie la déteste. Alors qu'elle était une perle. La jeune femme était incapable de faire du mal à qui que ce soit, et c'était un miracle dans un tel endroit où ne régnaient que duplicité, tromperies et mensonges.

— Avant notre mariage, reprit-elle, comme se parlant à elle-même, il me désirait, je le sais, je le voyais dans ses yeux. Il me désirait tout comme je le désirais, il ne pouvait être près de moi sans avoir envie de m'embrasser, et je sais qu'il souffrait d'en être empêché parce qu'il était promis à la princesse. Contre toute attente, Craig est un homme bien, un homme qui a des valeurs, et... j'aurais préféré qu'il en ait moins.

— Vous auriez été prête à vous déshonorer pour lui ? demanda Bessie, surprise.

On ne badinait pas avec le pucelage des femmes. Une femme devait être pure pour son mari, ou la famille était déshonorée. Mary savait tout cela, mais Craig avait la fâcheuse tendance à lui faire perdre la tête. Alors s'il lui avait proposé de faire l'amour, ou de fuir avec lui pour vivre pleinement leur histoire, elle aurait succombé sans la moindre hésitation.

— Oui, Bessie. Je crois que j'aurais été prête à tout pour lui, répondit Mary dans un souffle.

Elle se redressa.

— Mais la question ne se pose plus puisqu'il me fuit. Il doit bien être le seul homme ici à respecter les femmes ! soupira-t-elle encore.

C'était à devenir folle !

Chez eux, Craig avait la réputation d'être un coureur de jupons.

Elle entendit Bessie pouffer.

— Certes ! Au grand dam de certaines !

Son amie mit ses doigts sur sa bouche.

— Oh, pardon, je... je suis désolée, ce n'est pas ce que je voulais dire...

— Ce n'est rien, ne vous en faites pas, je sais qu'il fait se pâmer n'importe quelle femme, et je ne fais pas exception. Il est vrai aussi que notre situation est compliquée, enchaîna-t-elle, alors que les réflexions tournaient en boucle dans sa tête. Craig m'a épousée pour m'éviter un mariage avec Somerset, pas parce qu'il m'avait choisie, et en plus, il a sacrifié sa liberté pour moi. Mon oncle va être furieux lorsqu'il apprendra que nous nous sommes mariés sans sa permission. Je ne sais pas s'il serait capable de déclarer la guerre aux MacLeod pour cela, mais avec lui, tout est possible.

À chaque fois qu'elle pensait à cette éventualité, son cœur s'oppressait et sa respiration lui faisait mal. Elle ne voulait pas être la cause d'un conflit entre leurs deux clans, elle ne le supporterait pas ! Elle ne pouvait imaginer ses frères livrer combat et peut-être mourir pour elle.

— En tout cas, je suis contente que Somerset soit parti, il ne me manquera pas, ajouta Bessie.

Mary lui avait avoué qu'il l'avait malmenée en voulant l'embrasser de force et qu'il aurait fait certainement bien pire si Craig n'était pas apparu près d'eux comme par enchantement. Bessie avait trouvé cela tellement charmant... Craig avait dû le dire au roi pour que celui-ci le renvoie dans ses terres.

— Je sais ce que tu devrais faire ! décréta soudain Bessie.

Mary tourna à nouveau la tête pour regarder son amie.

— Que me suggères-tu ?

— De le rendre jaloux ! s'enflamma Bessie.

L'excitation dans la voix de son amie lui arracha un faible sourire.

— Il a volé à ton secours encore une fois, ajouta Bessie, et je suis sûre qu'il t'aime, cela se voit. Alors ce soir, tu danses avec d'autres hommes, tu l'ignores, et tu verras bien sa réaction. Qu'en dis-tu ?

— Tu aurais une jolie robe à me prêter ? demanda-t-elle, tout sourire cette fois-ci.

Bessie s'esclaffa et la prit dans ses bras.

— Tu réussiras à conquérir le cœur de ton époux, Mary, j'en suis persuadée, lui dit-elle tout bas.

Mary l'espérait de tout son cœur, elle aussi...

Plusieurs heures plus tard, elle était occupée à discourir avec Bessie près du buffet de la salle de bal lorsque Craig fit son apparition. Elle s'y attendait, mais son cœur effectua quand même un bond dans sa poitrine.

Qu'il était beau !

Le plus bel homme qu'il lui ait été donné de voir et sans conteste le plus bel homme de l'assemblée, alors même qu'il était le seul en kilt, arborant fièrement les couleurs de sa famille.

Leurs regards se rencontrèrent.

Son cœur, cette fois-ci, s'emballa. Elle allait jouer gros, mais elle avait pris sa décision, cette situation ne pouvait plus durer : elle le ferait vaciller ou elle ne s'appelait pas Mary Kinkaid ! Bessie lui en avait donné le conseil, mais elle s'y était résolue bien avant cela. Elle mettrait le temps qu'il faudrait, mais Craig MacLeod serait à elle !

Elle soutint son regard quelques instants, puis se détourna avec dédain pour observer autour d'elle et repérer sa proie. Aucun homme n'était venu l'inviter à danser, Craig devait leur faire peur, mais qu'à cela ne tienne, c'était elle-même qui allait faire sa demande.

— Il arrive, la prévint Bessie.

Avant qu'il ne les atteigne, elle s'éloigna et jeta son dévolu sur un homme avec lequel elle avait déjà dansé : Callum Dumbarton, le fils aîné d'une famille très influente des Lowlands. Blond, de haute stature, plutôt bien de sa personne… et en plus, on ne lui connaissait aucune femme. Aucune attitrée, tout du moins.

Mary se planta devant Callum, et effectua une petite révérence.

— Auriez-vous l'amabilité de m'inviter à danser, messire ? Je m'ennuie !

Elle assortit ses dires d'une petite moue, qui fit pétiller les yeux de Dumbarton. Elle l'intéressait, elle le comprit dans l'instant, et il n'accorda même pas un regard à Craig qui, elle le remarqua, les observait, les sourcils froncés.

Il n'avait qu'à s'étouffer avec sa colère, à défaut de sa jalousie, bien fait pour lui !

Car pour qu'il soit jaloux, il fallait qu'il tienne à elle, ce dont Mary doutait de plus en plus.

Son nouveau compagnon de danse lui tendit la main, apparemment amusé.

— Ce serait un comble de laisser une si belle jeune femme dépérir d'ennui. Je suis honoré d'avoir eu votre préférence, ma dame.

Callum ne pouvait ignorer qu'elle venait tout juste d'épouser Craig, mais visiblement, il s'en moquait. Qu'il eut des problèmes à cause d'elle ne la fit pas renoncer. Après tout, il ne s'agissait que d'une danse, ou de plusieurs, elle ne lui demanderait pas de se battre avec Craig et veillerait à ce que les choses ne lui échappent pas. Elle voulait gagner le cœur de son époux, pas l'éloigner d'elle... Mais encore une fois, elle jouait un jeu dangereux et avec une personne emportée comme l'était le Highlander, elle allait peut-être au-devant d'ennuis, mais elle préférait mille fois sa colère à son indifférence.

Elle laissa donc Callum l'entraîner dans la danse et enchaîna les pas, en s'efforçant de ne pas s'appesantir sur les réactions de Craig dont les yeux, au fil des minutes, devenaient de plus en plus noirs. Mais quand il se détourna pour discourir avec un groupe de femmes venues l'aborder, ce fut à son tour de froncer les sourcils. Surtout que certaines dardaient vers elle des regards qu'elle ne comprenait que trop bien : elle avait cédé sa place et les hyènes flairaient l'occasion de se rapprocher de son homme. Elle avait décidé de le rendre jaloux, mais c'était elle qui finalement se retrouvait à mourir de jalousie lorsqu'elle vit l'une de ses rivales poser une main gantée sur la manche de Craig. Elle se retint pour ne pas aller donner un soufflet à cette gourgandine qui, si elle en croyait son expression, écarterait bien les cuisses pour lui. Ne pouvant contenir sa colère plus longtemps – une colère mêlée de peine –, elle stoppa net sa danse.

— Si nous allions prendre le frais, messire, j'ai un peu chaud.

Sans attendre la réponse de Dumbarton, elle fit volte-face et se dirigea d'un bon pas vers l'une des issues menant à la vaste terrasse surplombant les jardins, s'efforçant de respirer pleinement pour chasser les images qui affluaient dans son esprit : les lèvres de Craig sur celles d'une autre femme. Des images qui la torturèrent. Comment pouvait-on à ce point souffrir pour un homme ? Elle ne pensait pas être faite de ce bois, mais force était de constater qu'elle n'était pas aussi solide qu'elle le croyait.

Ils descendirent les marches et s'engagèrent dans l'allée de petits cailloux blancs.

Callum, à ses côtés, restait silencieux, ce dont elle lui fut reconnaissante. Elle ne voulait pas nourrir de conversation, elle ne voulait que son époux, rien d'autre. Aucun autre homme ne l'intéressait. Il n'y avait que lui. Et elle comprit qu'il n'y aurait plus jamais que lui, aussi longtemps que durerait sa vie. Ce qui la rendit encore plus malheureuse.

— Peut-être pourriez-vous me dire ce qui vous soucie tant, ma dame.

Mary sortit de ses pensées et observa autour d'elle, se rendant compte avec surprise qu'ils avaient parcouru une distance certaine et s'apprêtaient à entrer dans des zones plus sombres. Des zones d'où ils percevraient bientôt des râles et des soupirs. Il ne fallait pas qu'ils les atteignent ou Callum risquait de se faire des idées sur ses intentions, ou son absence de réaction.

Elle sursauta lorsque ce dernier se retrouva devant elle, et prenait ses mains dans les siennes.

— Je ferai tout ce que vous voulez pour vous être agréable, Mary, je…

Elle se raidit aussitôt et il s'interrompit en percevant sa réaction.

— Pardonnez-moi, j'ai pensé que...

— Vous n'avez pas à vous excuser, mon ami, l'interrompit-elle encore. C'est moi qui devrais m'excuser si je vous ai laissé croire qu'il pouvait se passer quelque chose entre nous. Rentrons, je vous prie.

Il acquiesça, et ils firent demi-tour.

Dumbarton était un gentilhomme, et il était différent de Somerset, fort heureusement. Que lui avait-il donc pris de se laisser entraîner ici ? Il leur fallait maintenant regagner la salle de bal rapidement avant que leur absence ne se remarque et paraisse suspecte.

Son cœur manqua un battement lorsqu'elle aperçut une silhouette qu'elle reconnaîtrait entre mille se diriger vers eux. Pour autant, elle se redressa quand il ne fut plus qu'à quelques mètres, alors même qu'une lueur meurtrière flambait dans les yeux de son époux.

— Laissez-nous Dumbarton ! Je dois parler à ma femme !

Dumbarton s'inclina sans un mot et, sans un regard pour Mary, s'en alla. Craig était son époux, il avait tous les droits sur elle et aucun homme, quel qu'il soit, ne se mettrait entre eux.

— Que faites-vous là ? attaqua-t-elle aussitôt. N'avez-vous pas toute une cour qui vous attend ? Ne perdez pas votre temps avec moi, car votre compagnie ne m'est pas agréable, je préfère mille fois celle de Callum.

Elle vit Craig serrer les dents, mais il ne s'en avança pas moins.

— Je sais à quoi vous jouez, Mary.

Elle leva le menton et le défia.

— Croyez-vous ? À quoi je joue selon vous ?

— À un petit jeu dangereux ! gronda-t-il encore, le regard furibond.

— Et alors ? Ce n'est pas comme si vous étiez jaloux, ou comme si j'étais importante à vos yeux, rétorqua-t-elle, la voix vacillante alors qu'elle s'était promis de rester stoïque. Je ne suis pas votre femme, Craig, vous n'avez pas encore gagné ce droit ! Nous ne sommes rien l'un pour l'autre.

Ce n'était pas la vérité, évidemment, mais elle ne pouvait s'empêcher de lui rendre coup pour coup.

— Vous portez mon nom ! ragea-t-il.

— Pour ce que cela m'apporte ! Je vous souhaite une bonne soirée, messire, acheva-t-elle en lui faisant une petite révérence. Faites-en bon usage, parce que ce sera mon cas !

Elle lui laissait entendre qu'elle se laisserait certainement courtiser par un autre homme, ce qui le rendit comme fou.

Il lui prit le bras, l'empêchant de lui échapper.

Leurs yeux se dévorèrent et Mary crut lire dans ceux de Craig une grande détresse, avant qu'elle ne disparaisse, lui laissant un goût de cendre dans la bouche. Elle allait le prier de lui dire ce qui semblait tant le tourmenter lorsqu'il la libéra, le regard à nouveau froid et implacable.

— Je ne voulais pas que ça se passe comme ça entre nous !

Elle croisa les bras sur sa poitrine.

— C'est vous qui avez insisté pour que je vous épouse ! Vous m'avez même embrassée pour me faire plier. Vous vous êtes joué de moi, et maintenant ça !

— Je n'avais pas le choix Mary !

— Le choix de me laisser vivre ma vie, si, bien sûr, et aussi celui de me laisser décider de mon destin ! s'emporta-t-elle. Le choix de ne pas m'enfermer dans un mariage qui visiblement vous déplaît et que pas plus que moi vous ne vouliez ! Vous n'aviez pas le droit, Craig ! Vous... vous n'avez pas le droit de m'imposer de tels tourments.

Elle était proche des sanglots, mais se contint en enfonçant ses ongles dans ses paumes. La souffrance physique n'était rien en comparaison de ce qu'il lui faisait subir depuis la veille. Elle vit ses yeux s'ouvrir démesurément et ciller, mais pour autant, il ne disait rien. Elle reprit, le cœur au bord des lèvres :

— Que vous ai-je fait, à la fin, pour mériter que vous me traitiez avec tant de cruauté, alors que moi... moi, je ne demande qu'à...

Elle s'interrompit à temps avant de lui crier ses sentiments. Elle n'allait pas se mettre à nu devant lui ! Pas alors qu'il restait de marbre comme à son habitude, avec juste un sourcil levé et quelque chose au fond des yeux qu'elle ne comprenait pas, comme... comme une souffrance larvée, comme s'il souffrait au moins autant qu'elle de la situation, ou comme s'il attendait quelque chose de sa part. Quelque chose qu'elle serait bien en peine de lui donner puisqu'elle ignorait de quoi il s'agissait. Elle eut encore envie de bourrer son torse de coups de poing pour déverser sur lui sa colère et le faire réagir, mais au lieu de ça, elle murmura, la gorge serrée :

— Si vous n'avez rien à me dire, je me retire dans nos appartements. Et cette fois-ci, ne me retenez pas, à moins que vous ayez une bonne raison.

Elle cracha presque ces derniers mots avant de s'éloigner alors qu'elle n'avait qu'une envie, se jeter sur ses lèvres pour l'embrasser. Elle avait constamment envie de l'embrasser et c'était certainement là le problème : il lui plaisait trop ! Et il la rendait folle, dans tous les sens du terme, folle de douleur, folle de désir et elle n'avait pas encore trouvé le moyen de se garantir de lui.

— Préparez vos bagages, nous partons demain matin !

Elle ne se retourna pas, mais son cœur bondit contre ses côtes.

Ils allaient finalement rentrer chez eux, et bien plus tôt que prévu. Du moins, bien plus tôt qu'elle ne l'avait espéré, elle qui pensait passer quelques années auprès de la princesse jusqu'à ce qu'elle trouve un époux convenable. Peut-être que loin de la cour, Craig deviendrait enfin celui qu'elle désirait de toute son âme. En tout cas, elle allait tout mettre en œuvre pour le faire succomber et elle se jura d'y parvenir avant d'arriver dans les Highlands.

***

Craig se retint de ne pas courir rejoindre Mary pour la serrer contre lui et lui avouer à quel point lui aussi souffrait de la situation, mais à quoi bon... À quoi bon lui dévoiler ses sentiments alors qu'ils n'avaient aucun avenir ensemble ? Plus vite leur mariage serait annulé et plus vite il se sortirait de ce guêpier où il s'était lui-même embourbé. Au diable sa possessivité ! Il aurait dû trouver une autre solution avec le roi plutôt que de lui demander la main de Mary. Il aurait dû lui dire pour Somerset, évidemment, mais la laisser épouser quelqu'un d'autre puisque lui-même n'en avait pas le droit. Sauf que... sur le moment, il avait été incapable d'accepter ne serait-ce que l'idée qu'elle appartienne à un autre homme.

Voilà où ta fougue et ton irresponsabilité nous mènent ! se sermonna-t-il.

N'aurait-il pas pu réfléchir avant de parler ? Et réfléchir avec autre chose que sa queue ! Cette femme le rendait fou de désir comme aucune avant elle. Peut-être justement parce qu'il ne pouvait toujours pas l'avoir, même si sur le papier, elle était aujourd'hui à lui.

Chienne de vie !

Il était marié à une femme qui le rendait fou et qu'il ne pouvait posséder au risque de plonger sa famille dans une guerre sans merci.

Tandis qu'il reprenait la direction du palais avec dans l'idée de s'enivrer pour oublier ses tourments, il rêva de s'enfuir avec Mary plutôt que de rentrer chez eux. Mais alors... de quoi vivraient-ils ?

183

Mary avait connu une vie facile, il ne pouvait lui en imposer une miséreuse. Il ne pouvait pas non plus abandonner sa famille et partir sans se retourner. Son clan ne comprendrait pas et il ne se le pardonnerait jamais. Il vivrait jusqu'à la fin de ses jours rongé de culpabilité.

Mais peut-être que ce serait la solution : partir pour la France, le pays ami.

La vie semblait plus facile là-bas, même si le pays était à nouveau en conflit ouvert avec l'Angleterre. Un guerrier écossais serait certainement le bienvenu dans les troupes de Charles VII, le roi légitime des Français, qui s'efforçait jusqu'à ce jour de bouter définitivement les Anglais hors de ses frontières. Peut-être que son roi pourrait l'aider à rallier la France et le recommander à son homologue français, mais s'il mourait au combat, que deviendrait Mary ? Si tant est qu'elle accepte de le suivre en pays étranger. Ce qui, dans l'immédiat, était inenvisageable, puisqu'elle le détestait. À raison ! Il n'avait fait que l'humilier alors qu'il ne rêvait que de l'aimer et de la chérir.

Non, décidément, il ne voyait pas d'issue heureuse à leur mariage et le mieux pour eux était d'y renoncer. Mais c'était si difficile. Mary avait tout ce qu'il espérait trouver chez une épouse sans même en avoir conscience. Elle était vive d'esprit, rebelle, enjouée, et si incroyablement belle. Belle à se damner, avec ses cheveux de feu. Elle l'avait littéralement envoûté, il n'y avait pas d'autre mot. Il ne se passait pas une minute sans qu'il pense à elle, l'imaginant dans ses bras. Ou pire, sans qu'il s'imagine plongé jusqu'à la garde dans son corps.

Il fit un crochet par les cuisines pour demander un pichet de vin, et remonta d'un pas lourd à ses appartements. Il allait passer la soirée à boire, puis il s'écroulerait sur le sofa pour y passer la nuit seul comme un pauvre clébard, alors qu'une femme magnifique couchait dans son lit, seule elle aussi. Et plus ses pas le rapprochaient de ses quartiers, plus il dut affermir sa résolution pour ne pas céder à ses désirs d'aller retrouver sa femme pour lui faire l'amour. Il avait tant envie de se perdre en elle. De se perdre, et de ne plus se réveiller. De se perdre, pour mieux se retrouver. Pourquoi avait-il encore ce sentiment qu'elle seule saurait le rendre heureux ?

Quand il voulut ouvrir la porte de ses appartements, il remarqua avec surprise qu'elle était fermée de l'intérieur. Son sang ne fit qu'un tour et aussitôt il pensa au pire : Somerset retenait Mary prisonnière !

Il tambourina de toutes ses forces contre le vantail, alors que la pensée que sa femme puisse être en danger le rongeait de l'intérieur.

— Mary ! Ouvrez-moi !

Il réitéra ses coups et son corps se détendit lorsqu'après quelques minutes, il entendit sa voix de l'autre côté de la porte.

— Qui est-ce ?

Il leva les yeux au ciel.

— C'est moi, Mary !

— Qui ça, moi ?

— Moi, Craig MacLeod, votre époux !

— Vous devez faire erreur, messire, je n'ai pas d'époux ! Du moins, aucun digne de ce nom !

La garce !

Elle allait voir ce qu'elle allait voir dès qu'elle ouvrirait pour le laisser entrer chez lui.

Son sang s'échauffa, ce qui n'était jamais bon signe.

Il savait que ses nerfs, parfois, le rendaient capable du meilleur comme du pire, comme de se jeter tête baissée dans la bataille sans faire attention à sa survie. Jusque-là, il avait eu de la chance et il n'y avait pas laissé sa peau. Il aimait à penser qu'il savait évaluer les risques, mais dans le feu de l'action, comment le savoir véritablement ? Souvent, il ne laissait parler que ses instincts, et présentement, cette petite garce les mettait à rude épreuve en le rabaissant et en insinuant qu'il n'était pas un homme digne de ce nom.

— Mary, gronda-t-il. Ouvrez immédiatement cette porte !

— Ou quoi, mon cher MacLeod ? Qu'allez-vous me faire ?

Sa voix sensuelle mit le feu à son corps.

— Croyez-moi, vous n'avez aucune envie de le savoir.

— Cela, mon cher, c'est à moi d'en décider !

— Alors, ouvrez, que nous en discutions face à face.

— Je ne crois pas, messire. En tout cas pas avant que vous ne vous soyez calmé.

— Mary… menaça-t-il. La patience n'est pas mon fort !

— Tout comme la loyauté envers votre épouse que vous traitez comme quantité négligeable, visiblement.

Il se pinça les ailes du nez, sur le point de perdre patience, et ordonna :

— Ne pourrions-nous parler de tout cela autrement que séparés par une porte ?

— Pourquoi diable vous ouvrirais-je alors que vous ne me parlez jamais de nous ? Vous n'avez qu'à aller dormir avec vos gardes, ils vous seront bien aussi utiles que moi !

Elle n'y allait pas de main morte, la bougresse.

Ce qui enflamma davantage ses reins. Depuis quand la rébellion d'une femme le faisait-il bander ?

— Ouvrez cette porte, Mary, ou je vous jure que je la défonce !

Et soudain, sans qu'il le réalise véritablement, elle fut devant lui, dans cette satanée chemise de nuit qui ne cachait presque rien de ses courbes affriolantes.

Il déposa le pichet de vin au sol avant d'être tenté de le lancer à travers la pièce pour calmer ses nerfs qui ne demandaient qu'à exploser, et entra, furieux.

Il claqua la porte dans son dos.

Son cœur tambourinait dans sa poitrine, prêt à exploser lui aussi, mais sa colère retomba d'un coup en la voyant reculer devant lui, son visage reflétant un mélange de peur et d'excitation. Un savant mélange d'ange et démon.

Elle redressa fièrement le menton, visiblement prête à en découdre et à reprendre leur joute verbale. Elle était si belle ainsi dressée contre lui et prête au combat ! Si lumineuse... la peau blanche de son épaule dénudée l'attira aussitôt tandis qu'elle reculait encore sous le feu de son regard.

Elle l'avait certainement fait exprès, la garce !

Exprès pour le tenter. Exprès pour le pousser à bout. Mais cela aussi lui mit le feu au corps. Un feu que seule une chose pouvait atténuer.

Tout comme lui, elle ne disait mot, visiblement bouleversée par ce qu'elle devait voir dans ses yeux : du désir à l'état brut. Un désir animal qui la poussait vers elle, et que le souffle court, elle semblait partager. Car oui, en cet instant, il la désirait si fort... plus fort que jamais, et comme jamais il n'avait désiré une femme. Jusqu'à en avoir mal dans tout le corps. Jusqu'à en perdre la raison.

Son cœur accéléra encore alors qu'il la dévorait des yeux, prêt à rendre les armes, au mépris de toutes ses bonnes résolutions. Là, tout de suite, il n'avait plus envie de penser, mais de laisser parler ses instincts.

Pourtant, il fallait qu'il sache.

— Qu'alliez-vous dire tout à l'heure quand vous vous êtes interrompue ? Qu'étiez-vous prête à faire pour moi ?

Elle cligna plusieurs fois des paupières, semblant surprise par sa voix rauque et légèrement hachée, ou par la question, et verrouilla ses iris aux siens.

— J'allais dire que j'étais prête à vous aimer, Craig, murmura-t-elle.

Son corps se fit aussi lourd que du plomb.

— Vous m'aimez ? répéta-t-il, atteint en plein cœur.

— Oui, Craig, je vous aime. Je vous ai aimé dès le premier instant, et je crois que je vous aimerai toujours.

Il eut le sentiment que son cœur s'échouait à ses pieds, tant ces paroles le bouleversaient.

Elle l'aimait... lui... le second des fils... l'éternel second... le sans terres... celui condamné à vivre dans l'ombre de son frère aîné, même s'il aimait Alexander de toute son âme...

Elle lui sembla soudain si fragile et si malheureuse qu'il n'eut plus qu'une envie : la prendre dans ses bras pour lui rendre au centuple le bonheur qu'elle lui donnait en se mettant à nu devant lui, elle si fière et si battante.

— Je sais bien que vous avez été contraint à ce mariage et que vous ne m'aimerez jamais, mais...

Elle s'interrompit lorsqu'il se retrouva devant elle.

— Je n'ai pas été contraint, Mary, c'est plutôt vous qui l'étiez, souffla-t-il, plongé au fond de ses prunelles pour chercher des réponses. Qui l'êtes, devrais-je dire. Je pensais... je pensais que je vous faisais horreur... pour ce que j'ai fait. Pour vous avoir sauvée malgré vous.

Il chercha ses mots.

— Je pensais que le mieux pour nous était d'annuler ce mariage le plus rapidement possible. Pour que vous retrouviez votre liberté.

Mary se redressa et recula, comme piquée au vif, et ses yeux s'emplirent de larmes.

— Et vous la vôtre, je suppose !

Il s'en voulut aussitôt de lui faire tant de mal, mais s'ils ne se séparaient pas, il lui en ferait davantage, et cela, il ne pouvait le tolérer. Ils s'étaient mariés pour de mauvaises raisons, il l'avait épousée pour la sauver et il la sauverait en lui rendant sa liberté. Il fallait annuler leur union, ils n'avaient pas le choix, et pour cela, il ne fallait pas la consommer.

— Non, Mary, ce n'est pas cela. C'est pour vous que je le ferai.

— Et si je ne veux pas ?

— Pourquoi ne le voudriez-vous pas ?

— Vous n'avez donc pas entendu ce que je vous ai dit ?

Elle s'approcha de lui, presque timidement, et il eut beaucoup de mal à résister à ses lèvres si tentantes, à ce corps de rêve à portée de main. À la détermination qu'il lisait dans ses yeux.

Oui, elle l'aimait, et le comprendre le bouscula jusqu'à le faire chanceler.

— Je vous aime, Craig MacLeod. Et je veux devenir votre femme, murmura-t-elle, en se reculant légèrement.

Sans cesser de le regarder, elle dénoua totalement le cordon de sa chemise de nuit, qui s'échoua à ses pieds, lui révélant son corps entièrement nu et s'offrant à lui sans plus de retenue. Son souffle devint plus ardu alors qu'il laissa errer son regard sur ses courbes harmonieuses et extrêmement attirantes, et davantage lorsqu'il reprit possession de ses magnifiques iris brûlant d'une fièvre répondant à la sienne.

— Vous êtes sûre de vous ?

Ensuite… il sera trop tard.

— Oui, Craig, je suis sûre. Je suis à vous. Pour toujours.

Son sang s'enflamma. Ses reins devinrent douloureux.

Il la désirait tellement…

Il fit passer son plaid par-dessus sa tête, puis sa chemise.

— Et je suis à vous moi aussi.

Il lui sembla que Mary cessait de respirer.

189

Il eut un sourire lorsque son regard caressa son corps comme il l'avait fait avec elle. Elle se mordit la lèvre et fit un pas pour poser ses mains sur ses épaules et caresser sa peau du bout des doigts, le faisant frémir de la tête aux pieds et avivant son désir. Il se laissa faire, s'obligeant à la retenue alors que la fièvre était sur le point d'exploser en lui. Il n'était pas patient. Jamais en ce qui concernait son désir, et cela faisait trop longtemps qu'il n'avait pas possédé une femme. Les caresses de Mary le mettaient à la torture.

Quand elle releva son visage vers lui, il vit que ses joues étaient rouges, ses yeux lumineux, ses lèvres humides, l'inférieure gonflée d'avoir été mordillée. Il n'y résista pas et glissa une main le long de sa nuque pour la rapprocher de lui et s'emparer de ses lèvres comme un affamé.

Il avait besoin de la sentir autour de lui.

Il dévora ses lèvres, la pressant contre lui, tout contre cette partie de son corps qui la désirait si fort. Elle gémit et ce petit son mit encore plus le feu à ses reins et à sa queue qui se dressait entre eux, tendant le tissu de son kilt, le mettant au supplice. Mais pour rien au monde, il n'aurait voulu qu'il cessât. Non, au contraire, il voulait qu'il dure, et dure encore. Il incrusta ses doigts dans la chair de ses hanches, aspirant son souffle. Même si la raison lui dictait de tout arrêter avant qu'il ne soit trop tard, il en était incapable. Son corps seul décidait. Son corps, et ce désir animal qui grondait en lui et lui vrillait les entrailles.

Sans cesser de l'embrasser, il saisit Mary sous les fesses, l'emporta sur leur lit et se coucha sur elle. Ses gémissements s'intensifièrent. Après quelques secondes, il quitta ses lèvres et plongea dans ses yeux, rassuré d'y percevoir toujours la même passion, la même ferveur, la même impatience.

Ses magnifiques iris vacillèrent lorsqu'il glissa les doigts sur ses chairs brûlantes. *Dieu... elle était trempée.* Elle avait autant envie de s'unir à lui que lui à elle, et cela aussi le rendit fou. Leurs pupilles se dévorèrent et sans un mot, de peur que la réalité ne les rattrape, il glissa les doigts le long de sa fente, la faisant se cambrer et gémir de plus belle. Il se reput de l'expression de son visage consumé par le plaisir. Il allait l'amener tout doucement à l'accepter, avec ses doigts, et ensuite, il lui ferait l'amour.

Il glissa un doigt en elle, la faisant hoqueter.

Alors, et bien qu'il ne l'eût jamais fait de sa vie, habitué qu'il était à prendre son plaisir violemment sans véritablement tenir compte de la femme qu'il avait sous lui, il la rassura d'une voix douce et, les lèvres tout contre les siennes, il s'abreuva à son souffle et la nourrit du sien. Il l'amena lentement vers le plaisir en réfrénant ses ardeurs. Lorsqu'elle fut proche de la jouissance ultime, il longea son corps, posa ses lèvres sur ses chairs intimes et continua son ballet, cette fois-ci en alliant sa bouche à ses doigts, et douceur avec exigence. Les yeux rivés aux siens, ses doigts dans ses boucles brunes qu'elle tirait légèrement, elle ne cessait de l'observer, comme surprise de le découvrir là, entre ses cuisses, et surprise du plaisir qu'il lui donnait. Plusieurs fois, des râles sortirent de sa bouche, enflammant ses reins, mais il voulait se consacrer à elle et à son plaisir, pour l'amener à le désirer de toute son âme et à l'accepter en elle. Pour qu'elle le désire autant qu'il la désirait. Quand elle ondula sous lui, le plaquant contre son entrejambe, il sut qu'elle en voulait encore et le voulait lui... et il était prêt à lui donner le meilleur. Il ignora encore sa queue tendue qui réclamait son dû et l'amena aux portes de la jouissance, mais là encore, il s'arrêta avant de la faire basculer. Il voulait la faire jouir avec son membre, et non avec ses doigts.

Il les retira délicatement d'entre ses chairs incandescentes et se mit debout.

191

Là, il ôta ses bottes et dénoua son kilt, s'offrant à son regard comme elle l'avait fait plus tôt pour lui. Les yeux de Mary s'écarquillèrent, sa poitrine se souleva et elle se mordit à nouveau la lèvre. Elle le voulait en elle. Il le voyait à sa respiration haletante, à ses cuisses qu'elle glissait l'une contre l'autre, au creusement de son ventre, à ses iris, brûlants.

Il regagna lentement le lit, se laissant admirer.

Puis il se coucha de nouveau sur elle, et elle écarta les cuisses pour lui.

— J'irai doucement...

Il ne savait au juste quoi lui dire pour la rassurer. Il n'avait jamais défloré une femme. Elle était la première. Il supposa que la douleur serait terrible, mais qu'elle passerait vite et qu'ensuite viendrait le plaisir. En tout cas, il l'espérait et ferait tout pour.

Mary posa ses mains autour de son visage.

— J'ai confiance en vous, et je sais ce qui m'attend, mes belles-sœurs m'ont raconté leur nuit de noces.

— Alors vous en savez plus que moi, avoua-t-il.

— Vraiment ?

— Oui, Mary, vraiment. Vous êtes la première.

Elle lui sourit.

D'un sourire si doux que son cœur s'envola.

— Je vous veux, Craig MacLeod. Je vous veux de tout mon être. Faites de moi votre femme.

— Je ne demande rien d'autre que de me perdre en vous, murmura-t-il, ému malgré lui, en entrant dans son corps.

Ils se tendirent tous les deux.

Elle, parce qu'il devait certainement lui faire mal, lui, parce que la sentir si chaude et si étroite lui procurait un bien-être et une jouissance inégalés. Peu à peu, il glissa totalement en elle et cela lui coupa quasiment le souffle. De nouveau, il ne put rien arrêter et commença à bouger. Tout doucement, d'abord, pour qu'elle s'habitue à lui, puis, sentant qu'elle s'ouvrait, plus fort. Plus loin. Leurs gémissements se confondirent alors que leurs yeux se possédaient également. Il aimait ce qu'il voyait dans les siens. Il aimait ce qu'il ressentait, il adorait cela même.

— Bon Dieu, Mary…

Il ouvrit les yeux de surprise tant c'était… intense.

Plus que ça ne l'avait jamais été.

Il la pilonna alors plus fiévreusement encore, frappant plus ardemment au fond de son ventre, jusqu'à la faire gémir. Il mêla ses gémissements aux siens, et la posséda avec passion, faisant cogner leur couche contre le mur au risque d'importuner ses voisins mais il s'en fichait comme de sa première chemise. Jamais… jamais l'acte d'amour n'avait été aussi fort ni aussi bon. Peut-être parce qu'il y mettait des sentiments, peut-être parce qu'il était le premier à lui faire découvrir l'amour et que cela les émerveillait tous deux. Peut-être parce qu'ils ne faisaient qu'un, après avoir attendu des jours de pouvoir enfin s'appartenir.

Sa beauté le submergea.

Elle rendait coup pour coup, son bassin accompagnant le sien, et ses gémissements devinrent cris lorsqu'il la fit jouir. Ensuite, arrivant lui-même au point de non-retour, il sortit de son corps, lui tourna le dos et répandit sa semence dans les draps.

15

Quand Craig se retourna, s'attendant à découvrir Mary la mine comblée, il fut surpris de la voir soucieuse.

— Pourquoi ?

Il haussa un sourcil d'incompréhension.

— Je sais comment on conçoit un enfant, Craig.

Décidément, elle savait bien des choses et était loin de l'ingénue que son éducation aurait pu faire d'elle. Elle n'était pas timide ni pudique, elle s'était offerte à lui, lui avait montré son désir et avait répondu à ses assauts avec un plaisir évident.

Dieu qu'il avait aimé lui faire l'amour...

Mais cela n'enleva en rien sa culpabilité. Il n'aurait pas dû succomber, il n'en avait pas le droit.

— Les belles-sœurs ? répondit-il pourtant.

Elle acquiesça d'un petit sourire, puis demanda :

— Vous n'en voulez pas ?

Il se leva et entreprit de se rhabiller sous les yeux légèrement écarquillés de Mary. Il allait encore lui faire du mal, mais c'était un mal nécessaire.

— Craig… murmura-t-elle en se redressant, cachant sa nudité avec le drap.

Encore une fois, elle lui parut si fragile et vulnérable, elle toujours si fière et volontaire, qu'il s'en voulut de l'humilier à nouveau, parce qu'il n'y avait pas d'autre mot pour décrire ce qu'il s'apprêtait à lui imposer. Il devrait la rassurer, mais maintenant que le feu de la passion s'était tari, il s'en voulait de sa faiblesse, et lui en voulait, à elle, de l'avoir tant tenté.

— Si, certainement ! répondit-il froidement en ignorant son regard malheureux et après avoir remis ses bottes, mais pas maintenant.

Voyant qu'il s'apprêtait à lui fausser compagnie, elle lui saisit la main.

— Pourquoi ? réitéra-t-elle, ses magnifiques yeux emplis de détresse levés vers lui.

Des yeux qu'il eut bien du mal à ignorer, car ils lui transpercèrent le cœur.

— Vous savez très bien pourquoi, Mary ! répondit-il durement, alors qu'il était lui aussi désespéré.

Il n'aurait pas dû lui faire l'amour, il n'aurait pas dû succomber. Ce n'était pas digne de lui, mais maintenant, le mal était fait. C'était vers lui qu'il devrait retourner sa colère, il était l'unique responsable, mais elle en serait quand même le réceptacle parce qu'encore une fois, il n'avait pas le choix, elle devait se détourner de lui.

— Ne me dites pas que vous voulez toujours faire annuler notre mariage, Craig, s'enquit-elle douloureusement.

— Nous n'avons pas le choix, Mary.

Ses mots lui firent si mal qu'il en perdit presque le souffle. Il n'avait jamais autant souffert de toute sa vie, et c'était à cause d'une femme. À cause d'une femme et de Colin Kinkaid qui avait mis sa tête et la paix des Highlands dans la balance.

— Nous avons toujours le choix, Craig, répliqua-t-elle calmement, semblant déterminée et confiante, alors que lui ne l'était pas. Nous trouverons une solution. Ensemble.

— Il n'y en a pas ! s'énerva-t-il en lui retirant sa main, ne pouvant lui laisser la moindre lueur d'espoir. Êtes-vous inconsciente ?

Elle se redressa et lui retourna un regard noir.

— Je suis parfaitement consciente, au contraire ! Je savais que vous étiez un débauché, Craig MacLeod, mais pas un lâche. J'ai vraiment été sotte de croire que vous étiez un homme bien.

Son regard devint implacable et glacial.

Tant mieux !

Il fallait qu'elle le déteste. Cela lui éviterait de trop souffrir quand l'heure de la séparation serait venue.

— Ce que nous venons de partager ne représente donc rien pour vous ?

Sa voix se brisa et ses yeux s'emplirent de larmes, qu'elle retint courageusement. Son propre cœur lui fit mal. Un mal presque inhumain, poignant, lancinant. Il lui broyait l'âme. Il ne savait s'il se pardonnerait un jour de lui imposer tant de souffrances, ni si *elle* lui pardonnerait.

— C'était une erreur, finit-il par laisser tomber froidement, verrouillant son cœur alors qu'il souffrait mille morts. Ça ne se reproduira plus.

— Je vous ai dit que je vous aimais...

Elle était si courageuse. Bien davantage que lui qui était incapable de lui dévoiler ses véritables sentiments. Elle avait raison, il était un lâche.

— Cela ne change rien. Je suis désolé.

Son visage ravagé par le chagrin fut la dernière chose qu'il vit lorsqu'il se décida à l'abandonner et à sortir de la chambre. Un visage qu'il emporta avec lui, car il avait planté ses crocs dans sa chair. Il le hanta après qu'il eut refermé la porte doucement, puis quand il traversa le salon pour aller se servir à boire. Il remarqua alors que ses mains tremblaient légèrement, et de rage, il balança son gobelet dans des flammes de l'âtre.

Il aurait tellement voulu que les choses soient différentes.

De toute son âme. Son âme qui, désormais appartenait à Mary. Pour l'éternité. Une éternité qu'il devrait vivre sans elle. Une âme qu'il damnerait s'il n'était pas persuadé de l'entraîner en enfer avec lui.

***

À peine Craig avait-il refermé la porte de la chambre que Mary se jeta sur la couche, en larmes. Des gémissements de souffrance et de frustration se mêlèrent à ses pleurs.

Comment avait-il pu ?

Alors qu'il l'avait rendue si heureuse. Plus heureuse qu'elle ne l'avait jamais été. Heureuse et comblée. Comment pouvait-il la chérir, lui faire découvrir l'amour et le lui faire avec passion, et la seconde d'après, broyer son cœur sans le moindre état d'âme ?

Elle se tourna sur le dos, le souffle court, les larmes dévalant ses joues. Elle avait tellement mal... elle ne pourrait lui pardonner tout ce mal, et pourtant, au fond d'elle, elle savait déjà que malgré tout ce qu'il lui imposait, elle ne cesserait de l'aimer. Il était son époux. Un époux qu'elle voulait conserver à tout prix. Elle savait pourquoi il lui imposait toutes ces souffrances, évidemment, elle n'était pas idiote, elle aurait juste voulu qu'il se batte pour eux, et pour leur amour.

Il y avait certainement une solution !

Qu'ils auraient dû chercher ensemble, plutôt que de fuir leurs responsabilités.

Ils avaient fait l'amour, leur mariage était consommé, mais s'il n'y avait pas d'enfant, la loi des Highlands lui permettait de la répudier et n'importe quel homme de loi de leur terre d'origine, ou à défaut le roi, annulerait leur contrat.

Oui, leur mariage était consommé, et Craig avait pris plaisir à lui faire l'amour. Elle l'avait vu dans son regard, dans sa rage à la posséder et dans la force de sa jouissance. Elle savait ne pas se tromper. Et elle était sûre qu'ils recommenceraient. Qu'il en aurait envie. Il lui suffisait de le faire succomber une nouvelle fois, puis encore une autre, puis encore et encore, pour qu'à la fin, il ne puisse plus se passer d'elle, s'éloigner, ou même renoncer à son amour pour elle. Elle lui ferait comprendre qu'ils ne pouvaient plus vivre l'un sans l'autre parce qu'ils s'aimaient d'un amour véritable. Elle lui ferait regarder en face ses sentiments pour elle, car il en avait, de cela aussi elle était persuadée. Comme elle était persuadée qu'il souffrait lui aussi. Ce qu'il lui imposait, il se l'imposait aussi.

Oui, elle allait lui faire entendre raison, ou elle ne s'appelait plus Mary Kinkaid.

16

Ce fut le bruit d'une porte que l'on referme qui tira brutalement Craig du sommeil. Il se redressa sur l'assise de la banquette où il avait passé une nuit mouvementée – il ne s'était endormi qu'à l'aube –, mit les pieds au sol et se frotta énergiquement le visage pour en chasser les dernières brumes de sommeil.

Il se leva péniblement, s'étira, et se servit un gobelet de whisky pour se remettre les idées en place. Quand il vit la porte de la chambre ouverte, son sang ne fit qu'un tour. Il posa le gobelet sur la console, et se rua dans la pièce. Ce fut pour la découvrir vide. Mary n'était plus là. Le lit était fait, les courtepointes tirées, les oreillers tapés et bien disposés. Comme si elle n'avait jamais dormi là. Il se retint au chambranle.

Non, ce n'était pas possible… elle ne pouvait pas avoir fui, *l'avoir fui,* sans un mot…

Il ne pouvait le croire, pas elle…

Et pourtant, les faits étaient là : la chambre était déserte et il n'y avait plus aucune trace de Mary. Son absence et la pensée qu'elle se soit enfuie loin de lui, lui firent un mal de chien. Cette fois-ci, ce serait uniquement sa faute si elle se mettait en danger. Il s'en voudrait toute sa vie, et pas seulement parce que le vieux Kinkaid lui ferait la peau. Non, ce n'était pas sa promesse de la protéger au péril de sa vie qui le torturait en cet instant, mais bel et bien que sa vie soit menacée et qu'il ne puisse rien faire pour la sauver. Ce n'était pas pour lui qu'il s'inquiétait, mais pour elle. Parce qu'il se souciait d'elle, et parce qu'il avait peur pour elle, tout simplement.

Quel sot il était, bon sang !

Mais peut-être qu'il était encore temps de la rattraper…

Il courut hors de ses appartements, dévala l'escalier de pierre et sortit du bâtiment.

L'aube le cueillit. Une aube comme chaque jour magnifique, auréolée de rose. Les hauts murs d'enceinte de Holyrood ne lui permettaient pas de voir le paysage, mais pour l'avoir contemplé tous les jours depuis un mois, il savait que le soleil levant lui donnait une teinte particulièrement belle.

Il traversa la cour où s'affairaient déjà les domestiques, en courant, puis entra dans les écuries. Il se rendit directement à sa stalle où avaient été installés son cheval, la jument de Mary, ainsi que les montures de ses gardes. Il soupira de soulagement en remarquant que la jument de Mary était toujours là, et réveilla ses gardes pour leur demander s'ils n'avaient pas vu la jeune femme, ou avaient entendu parler d'elle. Comme ils tombaient des nues, il leur ordonna de se préparer au départ, et les laissa.

Il monta sur le chemin de ronde et fouilla la campagne à la recherche de sa silhouette. Elle ne serait pas partie à pied, tout de même, et sans escorte ! Elle n'était pas aussi inconsciente ! Et pour aller où, d'abord ? À Édimbourg, trouver un coche et s'enfuir vers un pays étranger ? Se réfugier auprès de sa famille ? Ce qui était somme toute plus plausible, mais dans ce cas, les Kinkaid seraient bientôt au courant de tout et alors, il fallait se préparer à la guerre. S'il ne la retrouvait pas très vite, il lui faudrait prévenir son frère dans les plus brefs délais.

Il se tourna et observa les jardins.

Peut-être était-elle partie se promener.

Il avait le sentiment de devenir dingue !

Elle pouvait être n'importe où et il se retint de ne pas crier son nom. Il n'avait pas peur de passer pour un fou, mais il se dit surtout que cela ne servirait à rien. Il remonta donc vers ses quartiers et au lieu de rentrer dans ses appartements, il frappa à la porte de ceux de la princesse. Mais personne n'ouvrit. Rien de plus normal, à cette heure, toute la maisonnée d'Annabelle dormait encore. Si l'intendante venait le trouver, il passerait véritablement pour un demeuré à tambouriner contre la porte comme un sauvage, aussi, il se résolut après quelques secondes, la mort dans l'âme, à retourner dans ses appartements.

Il ouvrit la porte d'une poigne furieuse, et s'immobilisa.

Elle était là !

Devant la petite table de l'antichambre, occupée à verser du lait dans des gobelets. Un plateau de victuailles ornait le centre de la table.

Mary avait relevé la tête de surprise à son entrée fracassante et suspendu son geste. Il se prit son sourire éblouissant en pleine face. Un sourire qui le fit frémir.

Il ignora le soulagement qui lui inonda le cœur à la découvrir saine et sauve dans ses appartements.

— Mais bon Dieu, où étiez-vous donc passée ? gronda-t-il en se ruant vers elle, après avoir fait claquer la porte dans son dos pour marquer son mécontentement.

Elle ouvrit de grands yeux et, tout en maintenant le pichet entre eux deux, répondit calmement sans se départir de son sourire :

— Mais... à la cuisine, mon cher et tendre époux. Je voulais trouver de quoi nous sustenter.

— Dans cette tenue ? cracha-t-il.

Sa chemise de nuit ne cachait presque rien de ses courbes féminines, avivant son désir. Un désir mâtiné de fureur à la pensée qu'un autre homme ait pu poser les yeux sur elle et l'avoir également désirée. Elle était si attirante... et soudain, sans crier gare, il ressentit avec une acuité terrifiante le velouté de sa peau sous ses lèvres, la rondeur de son sein dans sa paume, ses chairs brûlantes enserrer son membre.

Que faisait-elle de lui, bon sang ?

Son désir pour elle le perdrait ! Il avait de plus en plus de mal à se contenir, surtout maintenant qu'il savait ce qu'il ressentait en lui faisant l'amour. Un véritablement embrasement de tout son être. Elle était si chaude, si étroite.

S'il pensait encore à la posséder, il ne s'en sortirait jamais !

— Je n'ai croisé presque personne, l'entendit-il lui répondre en reposant le pichet de lait sur la table.

Quand elle reporta son attention sur lui, il remarqua ses yeux rieurs ; elle se gaussait de lui.

Avait-elle décidé de faire illusion ? Ne lui en voulait-elle donc pas pour cette nuit ? Elle le rendait fou. Il s'était attendu à des larmes, des remontrances et des accusations. Au lieu de cela, elle était radieuse et donnait l'impression de la félicité. Comme s'ils étaient un couple uni et parfait. Il avait même eu droit à des sourires et à un accueil chaleureux… c'était à n'y rien comprendre.

Que les femmes étaient donc compliquées.

La sienne en particulier !

— Presque est déjà trop !

— Allons, Craig, cessez d'aboyer et asseyez-vous. Qu'est-ce qui vous ferait plaisir ?

Encore ce sourire mutin et enjôleur qui lui mit le feu aux reins.

Avait-elle conscience de ce qu'elle lui imposait ? Mais à son regard espiègle, il fut tenté de penser que « oui » et de lui rétorquer que c'était elle qu'il désirait. Mais il se contint et s'assit, plus pour cacher son membre roide que par envie de manger.

Elle plaça un tranchoir avec dessus un oignon, de la viande séchée et un morceau de fromage de brebis devant lui et s'assit de l'autre côté de la table. Il ne put s'empêcher de loucher sur ses seins dont il pouvait apercevoir les tétons rosés au travers du tissu. Son désir grimpa en flèche et lui tarauda les reins. Surtout lorsqu'après avoir bu une gorgée de lait, elle passa sa langue sur ses lèvres, lui donnant la furieuse envie de balayer la table d'un revers de main pour l'y allonger et s'enfouir en elle. Il s'astreignit à prendre une attitude détendue et commença à manger. Il tenta même un sourire vaguement crispé tant sa queue le faisait souffrir, auquel elle répondit, les yeux pétillants de malice. À croire qu'elle avait pleinement conscience de ce qui se passait dans son corps.

Qu'avait-elle donc en tête ?

Quoi que ce soit, il devait reconnaître que la voir ainsi face à lui, de bon matin, lui était extrêmement agréable. Là, tout de suite, il aurait donné tout ce qu'il possédait pour pouvoir la contempler chaque matin jusqu'à la fin de ses jours, pour avoir le droit de l'aimer et d'avoir une vie normale à ses côtés. Mais hélas, le destin en avait décidé autrement.

— Je n'ai pas vu vos affaires dans la chambre ce matin, releva-t-il subitement parce que l'idée le turlupinait. Les avez-vous dissimulées pour me faire croire que vous étiez partie ?

— Non ! s'exclama-t-elle. Bien sûr que non ! Pourquoi aurais-je fait une chose pareille ? Je ne suis pas fourbe à ce point et le jour où je vous quitterai, je vous le dirai. Mon dessein n'est pas de vous causer du souci, Craig, mais au contraire de vous être agréable.

Elle saisit sa main.

— Ne pouvons-nous faire en sorte de bien nous entendre pendant les quelques jours que nous allons passer ensemble ? Ensuite... eh bien... nous nous dirons adieu. Comme vous le souhaitez. Parce que c'est toujours ce que vous souhaitez, n'est-ce pas ?

Elle le prit au dépourvu. Et ce qu'il ressentit en la découvrant si désinvolte et résignée également. Pourtant, c'était ce qu'il voulait, non ? Qu'elle se détache de lui. Alors pourquoi avait-il si mal à la pensée de la perdre pour de bon ?

Il retira doucement sa main.

Il ne pouvait pas la laisser le toucher plus que nécessaire, il rencontrait déjà trop de difficultés à ne pas succomber à ses lèvres si roses, à ses yeux brillants et à son magnifique visage qui l'observait ardemment.

— Non, Mary, ce n'est pas ce que je veux, mais c'est ce que nous ferons. Nous n'avons pas le droit de mettre nos familles en danger.

Mary exhala un profond soupir, puis reprit son regard, déterminée.

Que cette fille était donc courageuse !

Plus il la côtoyait, et plus elle forçait son admiration, en plus de mettre son corps en entier sur des charbons ardents. Depuis qu'elle lui était apparue, il avait l'impression que de la lave en fusion coulait dans ses veines.

— Je sais, Craig, mais je ne pense pas que mon oncle pourrait me faire du mal, ajouta-t-elle.

— Colin Kinkaid est capable de tout, vous le savez aussi bien que moi et sa rancœur envers mon frère n'a fait que s'envenimer au fil des années. Il n'a pas levé le petit doigt lorsque nous sommes entrés en guerre contre MacDonald et Campbell, je crois tout bonnement qu'il aurait aimé que nous nous fassions exterminer. Alexander pense qu'il s'était même allié en secret à Campbell pour avoir sa part du gâteau.

Tout comme MacDonald qui n'avait pas hésité à vendre sa nièce à ce sauvage pour en récolter les fruits. La roublardise et l'ambition de certains hommes n'avaient aucune limite.

— Je suis quand même de son sang ! s'exclama-t-elle, comme cherchant à s'en persuader.

— Certaines personnes n'ont que faire de ces considérations. Ils ne voient que leurs intérêts propres. Nous sommes aujourd'hui plus riches et influents que lui. Cela doit le rendre fou.

Il évita son regard et finit son gobelet de lait, l'appétit soudain coupé.

— Nous devrions partir. Je ne serai pas tranquille tant que nous n'aurons pas gagné HelenHall.

— Vous pensez qu'il aurait déjà la capacité de nous nuire ?

— Je pense que votre oncle est capable de tout, Mary. Et capable de nous atteindre n'importe où. J'aimerais autant être déjà chez moi lorsqu'il apprendra la nouvelle de notre union. Terminez de couper votre jeûne, je vous laisse vous préparer.

Chaque minute comptait. Il serait bien resté là pendant des heures à deviser avec elle comme un couple normal, même si c'était pour parler de leur situation désespérée et triste à faire pleurer, mais il devait se montrer raisonnable. Il ignora la petite voix dans sa tête qui lui serinait qu'il était très loin d'être raisonnable. S'il l'était resté, il n'aurait pas couché avec elle !

— Voulez-vous que je m'occupe de vos effets ? demanda Mary de sa belle et mélodieuse voix qui lui provoquait des frissons sur tout le corps.

Il se mit debout, la toisa tout en verrouillant ses sentiments, se montrant inflexible pour qu'elle abandonne tout espoir de changer leur destinée.

— Si vous voulez, mais vous n'êtes pas obligée.

— Ça me fait plaisir. Après tout, je suis encore votre femme...

Oui, elle était encore sa femme.

Elle ne devrait pas trop le lui répéter ou il pourrait s'y habituer malgré lui et vouloir que rien ne change. Et alors, comment l'abandonner et lui dire adieu...

***

Ils chevauchèrent tout le jour à un train d'enfer. Encore pire qu'à l'aller. Et comme à l'aller, Mary s'astreint à soutenir le rythme avec

205

comme seul point de repère le dos de Craig. Ils allaient tellement vite qu'elle n'était pas en mesure de réfléchir, alors qu'elle aurait dû, ne serait-ce que pour remettre de l'ordre dans ses idées et définir un plan d'action pour conquérir, ou *re*conquérir son époux.

Mais elle était si fourbue que les deux premiers soirs, elle s'endormit sitôt ses paupières closes pour s'enfoncer dans un profond sommeil, sans même rien avaler. Elle aurait été incapable de mâcher quoi que ce soit, elle n'en avait plus la vigueur. Et surtout, elle était triste. Plus ils se rapprochaient des terres MacLeod, et plus la fin de son mariage avec Craig, fin inéluctable selon lui, se rapprochait également. Elle ne pouvait le supporter. Il fallait qu'elle trouve une solution. Pourtant, lors des quelques pauses bien méritées que Craig voulait bien leur accorder, lorsqu'elle se perdait dans ses pensées, il lui semblait qu'il la regardait. Il détournait le visage dès qu'elle l'observait à son tour, mais elle remarqua encore cette même souffrance dans ses yeux.

Regrettait-il qu'il n'y ait aucun espoir pour eux deux ?

En était-il malheureux, tout comme elle ?

Avait-il encore envie d'elle comme elle avait envie de lui ?

À en mourir…

N'arrivait-il pas à oublier lui non plus ce qu'ils avaient partagé quand ils avaient fait l'amour ? Avait-il ressenti, lui aussi, cet embrasement de tout le corps, cette fièvre et cette communion incroyable ? Mary n'avait aucune expérience puisque c'était la première fois qu'elle faisait l'amour avec un homme, mais selon les dires de ses belles-sœurs ainsi que d'autres femmes de son clan qui en savaient beaucoup plus sur la question, l'harmonie entre un homme et une femme dans l'intimité n'allait pas de soi. Certains hommes n'avaient que faire du plaisir de leur partenaire en ne pensant qu'au leur. Craig avait été un amant formidable. Il avait été patient, il l'avait fait vibrer de mille manières et amenée lentement au plaisir avant de la posséder véritablement, et elle avait cru son cœur sur le point de s'arrêter à plusieurs reprises tant ce qu'il lui faisait vivre était fort, intense et magnifique. Comme si leurs âmes se reconnaissaient. Comme si elles n'avaient attendu que cet instant pour s'épanouir, prendre réellement leur envol et vivre pleinement. Comme si elles faisaient partie d'un tout.

Oui, Craig était son *tout* !

Il était celui qu'elle avait attendu toute sa vie et celui pour qui elle se réservait.

Quand elle repensait à ses baisers, à ses caresses, ainsi qu'au moment ultime où elle l'avait accueilli en elle, ses chairs intimes se serraient et frissonnaient encore de plaisir. À ce moment-là, elle avait tellement envie de lui qu'elle en aurait pleuré de désespoir. Ce qu'elle lui cachait crânement, en se forçant à rester détachée. Elle lui jouait la comédie. Elle faisait semblant de s'en moquer, mais au fond d'elle, son cœur souffrait mille morts et elle était constamment au bord des larmes. Ce qu'elle lui dissimulait également.

Au troisième jour, elle se sentit un peu moins fatiguée et décida de se montrer enjouée.

Elle voulait profiter de ces instants avec Craig, surtout s'ils devaient être les derniers. Il était si intransigeant et inflexible en ce qui concernait son honneur et ses devoirs envers son clan qu'elle avait peur de ne pas réussir à le ramener à elle. Alors, elle le perdrait et elle en mourrait de chagrin. En tout cas, elle avait décidé qu'elle ne se remarierait point et se retrancherait dans un couvent. À quoi bon vivre dans le monde si elle ne pouvait avoir Craig ? Elle ne voulait aucun autre homme que lui.

Le jour commença à décliner, et bientôt, ils s'arrêteraient pour dresser leur camp.

Elle aperçut le miroitement d'un loch à travers les arbres et repensa à leur première rencontre. Craig était sorti de l'eau devant ses yeux ébahis et jamais elle n'avait contemplé un homme si beau, si bien fait de sa personne. Ce qu'il avait entre les jambes l'avait attirée si fort qu'elle en avait perdu la tête et était tombée de cheval. Quelle honte ! Mais à dire vrai, si elle avait su à ce moment-là que ce qu'il avait entre les jambes lui donnerait tant de bonheur, elle se serait pâmée encore plus et se serait donnée à lui dès son réveil. Elle eut soudain chaud dans tout le corps.

Elle talonna sa monture et avec un « hiiiaaa ! » tonitruant, dépassa Craig et bifurqua un peu plus loin à droite sur la sente qui la conduirait au loch. Un sourire lui échappa lorsqu'elle entendit Craig jurer et l'appeler après avoir ordonné aux gardes de s'arrêter pour dresser le camp. Mais évidemment, elle ne l'écouta pas et poussa sa monture. Après quelques secondes, elle risqua un regard en arrière. Mais quand elle entendit un grand : « attention devant ! », elle se coucha par réflexe sur le dos de sa monture et bien lui en prit, car elle évita de justesse une branche basse qui l'aurait mise à bas de son cheval. Et à cette vitesse, la chute aurait été terrible.

Craig jura une nouvelle fois et lui ordonna de ralentir où elle allait se rompre le cou !

Elle ne l'écouta pas davantage et sitôt arrivée au bord de l'eau, elle se laissa glisser de sa selle. En le sentant derrière elle, mais encore à quelque distance, elle profita de son avantage, courut en abandonnant sa cape, puis se retourna. Tout en le regardant mettre pied à terre, et avisant que leurs deux gardes ne les avaient effectivement pas suivis, elle délaça le cordon de sa robe et fit descendre les manches sur ses bras nus.

Son regard sur elle la fit frémir.

Un regard chargé de colère, mais de bien autre chose encore. Un regard qui mit instantanément le feu à son ventre. Un feu encore plus ardent que celui qui brûlait dans ses veines après cette course endiablée. En vérité, elle se sentait excitée. Excitée et plus vivante que jamais. Et surtout… surtout… elle voulait rendre Craig fou de désir.

Il jura encore entre ses dents lorsqu'elle fit tomber sa robe au sol. Elle affronta son regard tandis que le désir rampait sous sa peau à chaque pas qui le rapprochait d'elle. Il ne dit rien, parler n'était pas son fort, mais son regard lui révélait tout ce qu'elle avait besoin de savoir : il la désirait de toute son âme. Il la désirait comme un fou. Il la désirait, mais à la fièvre évidente de ses iris, il avait aussi une envie furieuse de lui crier dessus.

Elle lui échappa au dernier moment dans un rire de gorge, juste avant que sa main ne se referme sur elle.

— Je compte m'allonger sur l'eau, cria-t-elle en prenant son élan. Alors, n'ayez pas peur, souvenez-vous que je sais nager.

Elle rit encore en songeant à la peur qu'il avait eue de la croire morte, et plongea, imaginant le regard de Craig sur ses fesses et sur son entrecuisse qu'il apercevrait certainement avant que l'eau ne l'engloutisse. Quand elle reprit pied un peu plus loin et se redressa pour ensuite lui faire face, elle constata qu'il n'avait pas bougé. Son souffle et son excitation montèrent d'un cran quand il la dévora des yeux. Elle plongea ses iris dans les siens et éleva les bras pour lisser ses cheveux et les ramener sur une épaule. Elle sentit son regard fiévreux caresser ses seins dont les pointes se dressèrent aussitôt. Elle se laissa admirer… et désirer. Car oui, il la désirait, ses yeux sur elle ne pouvaient mentir. Même s'il s'en défendait, son corps la voulait. Au moins aussi fort et ardemment qu'elle le désirait également, sinon plus, et à son désir se mêlait encore cette sorte de colère qu'elle lui avait toujours connue lorsqu'il était près d'elle. Visiblement, tout comme l'autre soir, le combat faisait rage en lui.

Mary décida de l'ignorer et se laissa glisser sur le dos à la surface de l'eau, les jambes et les bras écartés.

Dieu que c'était bon…

Elle sentait l'eau bourdonner dans ses oreilles, la rendant sourde à tous les autres bruits. Elle n'entendait que son cœur qui battait fort, et qui battit de plus en plus fort à la pensée que Craig puisse la rejoindre. Elle imagina aussitôt son corps chaud contre le sien, son membre tendu contre son ventre, puis *dans* son ventre. Elle voulait tellement le sentir en elle, elle se désespérait tellement de l'avoir à nouveau tout à elle qu'un frisson la parcourut. Son souffle se fit plus court et si elle avait pu, elle se serait caressée, juste là, pour que cesse cette fièvre mordante qui la faisait souffrir. Elle savait se donner du plaisir, cela aussi ses belles-sœurs le lui avaient expliqué, elle savait comment se caresser, comment empoigner ses seins, les faire durcir, et comment se faire jouir avec ses doigts. Elle aurait pu le faire pour soulager ce qui grondait en elle quand l'envie de Craig la faisait souffrir atrocement, mais elle s'y était refusée. Ce n'était pas ses propres doigts qu'elle voulait en elle, mais ceux de Craig. Et encore mieux : son sexe. C'était lui qu'elle désirait.

Lui, tout entier…

Elle émit un petit cri et se redressa lorsqu'elle sentit un corps entre ses cuisses et des mains sur sa taille. Sans lui laisser le temps de réaliser véritablement, Craig la pressa contre lui et chercha ses lèvres. Qu'elle lui offrit dans un soupir. Son baiser lui coupa littéralement le souffle tant il était empli de passion et de fièvre. Il gémit contre sa bouche en la plaquant davantage sur son membre qu'elle sentait épanoui contre son ventre.

— Je te veux, Mary. Maintenant ! gronda-t-il tout contre ses lèvres après avoir rompu leur baiser, essoufflé lui aussi.

Mary s'écarta légèrement et plongea dans ses magnifiques yeux verts gorgés de désir. D'un désir brut, sans fard. Un désir qui lui remua le cœur jusqu'à l'âme.

Elle posa la main sur sa joue, et le contempla avec tout l'amour qu'il lui inspirait.

— Si tu me veux vraiment, Craig, dit-elle à son tour en usant de ce tutoiement qui les rapprocherait. Si tu me fais l'amour ce soir, je ne te laisserai jamais me quitter. Si tu me prends, tu me prends pour toujours, acheva-t-elle, les larmes aux yeux, tant ses sentiments pour lui étaient forts et la bouleversaient au-delà de tout.

Tant elle avait espéré que ce moment arrive enfin…

Pour toute réponse, Craig la souleva sous les fesses avec un grondement rauque, et alla l'allonger sur la rive, sur le sable doux et chaud. Là, il se coucha sur elle, et appuyé sur les coudes, prit possession de son regard, plus sérieux qu'il ne l'avait jamais été.

— Je ne te quitterai pas, Mary, ni demain, ni jamais, souffla-t-il. Je ne peux plus lutter contre le désir que j'ai pour toi, je n'en ai plus la force.

— Viens, alors… je suis à toi, Craig… tu le sais…, haleta-t-elle, son cœur battant la chamade. Pour toujours.

— Oui, pour toujours, murmura-t-il à son tour en introduisant doucement son sexe à l'intérieur du sien, les faisant gémir à l'unisson, tant de volupté que de soulagement.

En le sentant buter tout au fond de son ventre, Mary se cambra de plaisir. Elle voulait plus… bien, bien plus… Elle plaqua ses paumes sur les fesses de Craig pour le serrer contre elle et le forcer à aller encore plus loin, et encore plus fort.

Elle voulait tout de lui…

— Ma femme, gronda-t-il à son oreille en la pilonnant avec fièvre, leurs gémissements se répondant. Ma si merveilleuse femme…

Ma femme…

Entendre ce mot sur ses lèvres acheva de la faire basculer vers la félicité. Il la voulait, pour toujours, et c'était ce qu'elle désirait également le plus au monde : être sa femme. Sa compagne, son amante, la mère de ses enfants. Les va-et-vient enfiévrés et impitoyables de Craig eurent tôt fait de l'amener au bord du gouffre. C'était encore plus fort que la fois précédente, encore plus intense et encore plus magnifique. Craig la fit jouir intensément en quelques coups de reins implacables et avant de jouir à son tour, il sortit de son corps et se répandit sur son ventre, pour ensuite se laisser glisser sur le sable à ses côtés, le souffle haché, le corps parcourut de tremblements comme s'il avait livré une grande bataille. Une bataille contre lui-même et ses valeurs, ça, c'était certain, et Mary le comprenait. Elle comprenait qu'il puisse mettre son clan au-dessus de son bonheur personnel, elle ne l'en aimait que davantage pour cela. Pour autant, elle se sentit triste qu'il refuse encore de répandre sa semence en elle, mais sans doute avait-il raison, leur avenir était trop incertain pour concevoir un enfant. Elle attendrait le temps qu'il faudrait pour cela aussi. Maintenant qu'il avait décidé d'être à elle pour toujours, rien d'autre n'avait d'importance.

Elle se colla à lui, posa sa tête dans le creux de son épaule et lorsqu'il referma son bras sur elle et lui embrassa le haut du crâne, elle sut que cette fois-ci, il ne s'enfuirait pas comme un voleur après avoir obtenu son dû.

17

— Tu ne regrettes rien ? demanda Mary à voix basse en levant le visage vers Craig tout en caressant son ventre, le faisant frissonner.

Il semblait apaisé, mais son silence lui faisait peur.

— Non, Mary, je ne regrette rien, répondit-il de sa belle voix rauque, tout en conservant les paupières baissées.

Elle se redressa sur un coude et tourna autour de son mamelon sans cesser de l'observer, cherchant à comprendre ses réactions.

— Tu ne m'en veux pas ?

Il ouvrit les yeux, la fixa de leur intense lumière verte tandis que sa large main se refermait sur sa nuque pour la caresser.

— Pourquoi t'en voudrais-je ? J'ai passé les nuits dernières à te regarder dormir et à me faire violence pour ne pas te rejoindre sous ta couverture.

— Pourquoi n'es-tu pas venu ?

— J'avais peur. Peur que tu ne veuilles plus de moi après mon comportement inacceptable de ces derniers jours, et peur de… tu sais bien…

Le voir si fragile, si peiné et si manifestement coupable de l'avoir entraînée vers leur déchéance alors même qu'elle était consentante la fit souffrir mille morts.

Ce n'était pas sa faute…

— Tu n'es pas coupable, Craig. Tout ça, c'est encore à cause de Somerset. S'il n'avait pas voulu me prendre pour femme, tu ne te serais pas senti obligé de te sacrifier pour moi.

Il l'attira à lui et prit ses lèvres.

— Je l'ai fait parce que je le voulais et parce que je *te* voulais. Je ne voulais pas qu'un autre homme pose ses sales pattes sur toi, et encore moins cette ordure de Somerset. Je me suis battu pour toi, Mary, pour ton honneur, et je le referais si c'était nécessaire.

— Tu te battrais encore pour moi ?

— N'est-ce pas ce que j'ai promis ?

— Alors, ça veut dire que tu m'aimes un peu ? demanda-t-elle encore, la voix légèrement altérée.

Il la fit basculer sur le dos et se rallongea sur elle.

— Oui, Mary, je t'aime.

Elle eut l'impression que son cœur allait mourir de bonheur. *Qu'elle* allait mourir de bonheur...

— Je t'aime comme un fou, continua-t-il en parsemant son cou de petits baisers, la faisant aussitôt se tendre et haleter. Et j'ai encore envie de toi.

— Alors viens, fais-moi l'amour. Moi aussi, j'ai envie de toi, mais...

Elle bascula la tête en arrière et regarda l'ombre qui descendait de la forêt, soudain soucieuse.

— On ne craint rien, tu es sûr ?

Craig longea son corps en embrassant chaque recoin de sa peau, la faisant frissonner.

— Mes hommes montent la garde. Détends-toi...

— Ils ne sont que deux, Craig !

Il releva la tête.

— Ils ne sont peut-être que deux, mais ils sont valeureux, et ils donneraient leur vie pour nous.

Mary referma ses doigts sur les boucles brunes de son amant qui avait maintenant le visage entre ses cuisses.

— Alors, prions pour qu'il n'en soit rien, murmura-t-elle avant de se tendre lorsque Craig fit entrer sa langue à l'intérieur de son corps, pour finalement n'avoir plus peur du tout.

***

Tout en faisant l'amour à Mary une nouvelle fois, repris par cette frénésie de la posséder et la faire sienne qui ne le quittait plus depuis qu'il avait ravi son corps la première fois, Craig restait sur le qui-vive et ne se laissait pas aller totalement. Il s'était voulu rassurant pour ne pas l'effrayer, mais à la vérité, il n'était pas serein. Ses deux gardes ne seraient évidemment pas de taille face à toute une troupe de Kinkaid si par malheur ils avaient déjà repéré leurs traces. Il avait tenté de mettre toutes les chances de leur côté en ne prenant pas le chemin le plus court et en veillant à sortir des sentiers battus à la nuit tombée pour planter leur campement. Ils n'avaient parlé à personne et n'avaient pas vu grand monde en coupant à travers bois. Avec un peu de chance, justement, ils passeraient inaperçus et rallieraient HelenHall le lendemain, soit en un jour de moins qu'à l'aller.

Il espérait ainsi avoir le temps de se préparer.

Il restait sur la défensive, mais cela ne l'empêcha pas de prendre beaucoup de plaisir, et d'en donner. Dieu comme il aimait la posséder. Il n'avait jamais rien ressenti de tel, et il savait maintenant qu'il n'arriverait plus jamais à se rassasier d'elle. À peine avait-il joui qu'il avait envie de recommencer. Il ne pensait qu'à elle… à chaque seconde de son existence. Et il pensa encore à elle en l'amenant vers le plaisir en prenant son temps. Il venait de jouir, il mettrait du temps. Pourtant, en l'entendant geindre et suffoquer sous ses assauts, en sentant ses ongles lui labourer le dos, puis ses cris de jouissance, le plaisir le prit presque par surprise et il sortit de son corps juste à temps avant de ne plus être capable de s'arrêter et de se libérer au creux de sa tiédeur. Il s'en était fallu de peu cette fois-ci. Il fallait qu'il soit plus vigilant. Il se demanda soudain ce qu'il ressentirait en jouissant à l'intérieur du corps de Mary, puisqu'il ne l'avait jamais fait…

Mais là n'était pas le propos.

Il verrait cela plus tard. Pour le moment, il était hors de question de penser à une quelconque descendance ! Il ne savait même pas de combien de temps il disposait, ce n'était pas pour penser à avoir un enfant, même si l'idée de se laisser aller au plaisir dans le ventre de sa femme le tentait plus que de raison. Et il y avait une autre raison au fait qu'il ne voulait pas lui faire d'enfant ; une raison à laquelle il se refusait également de penser.

Il roula sur le côté, essoufflé, et Mary vint se loger contre lui comme elle aimait à le faire. Il la serra et lui embrassa les cheveux. Elle sentait bon, naturellement bon, et il raffolait déjà de leurs effluves mêlés.

Il soupira.

Il se sentait bien. Très bien, même, malgré les circonstances. Et il comprit avec surprise que pour la première fois de sa vie, il avait obtenu ce qu'il voulait réellement, et qu'il en était heureux et fier. Pour la première fois de sa vie, il avait pensé à lui, rien qu'à lui, et se moquait du reste. Il espérait quand même que son frère lui donnerait sa bénédiction et accepterait de le protéger. Pourquoi ne le ferait-il pas ? Alors que lui l'avait toujours soutenu. C'était même lui qui lui avait donné l'idée d'épouser Élisabeth MacDonald, au risque de déclencher une guerre. Oui, il l'avait soutenu, et il était allé chercher de l'aide auprès du roi pendant que les siens se battaient. Cela avait été ardu de les laisser, mais il les avait sauvés.

Il se sentait bien, mais il fallait qu'ils retournent au campement. Ils étaient restés loin des gardes trop longtemps et la nuit, cette fois-ci, était tombée.

Il se mit debout, sous le regard inquiet de Mary.

— Quelque chose ne va pas ?

Il lui tendit la main et l'aida à se lever à son tour.

Avec ses cheveux de feu épars sur sa généreuse poitrine, son ventre légèrement bombé et ses hanches pleines, elle représentait un appel au vice et le désir le terrassa une nouvelle fois, mais il se contint. Il lui referait l'amour, mais pas tout de suite.

Il l'attira pourtant contre lui, et nicha son nez dans son cou.

— Rien, ma douce, n'aie pas d'inquiétude. Mais nous ferions mieux de nous laver, puis d'aller retrouver nos gardes. Manger, aussi. Tu dois être morte de faim, tu n'as quasiment rien mangé ces derniers jours. Pourquoi ?

— J'étais trop malheureuse.

Il posa ses mains sur ses fesses rebondies et la serra contre lui

— Et maintenant ?

Elle lui présenta ses lèvres.

— Maintenant, je suis heureuse.

Craig l'embrassa. Longuement. Puis, main dans la main, ils descendirent dans l'eau, un peu plus fraîche que précédemment, mais encore délicieusement bonne, et entreprirent de se laver. Ils ne purent s'empêcher de s'éclabousser, de rire et de s'embrasser, comme pour fuir encore une réalité dont ils ne voulaient pas, mais qui les rattraperait bien vite. Ils s'embrassèrent encore en se rhabillant, et encore sur le chemin les menant vers le campement dont ils découvrirent le petit feu à travers les arbres. Une bonne odeur de chair rôtie les atteignit, et sans mot dire, Mary se colla contre lui et posa sa tête sur son épaule.

Il lui enserra la taille.

Ce fut ainsi que les gardes les découvrirent lorsqu'ils relevèrent la tête en entendant du bruit, après s'être saisis de leur épée, qu'ils reposèrent lentement en soupirant.

— Du calme, les gars, ce n'est que nous !

Les gardes se regardèrent avec un air de connivence. Nul, en les voyant, ne pouvait ignorer ce qu'ils venaient de faire, mais après tout, faire l'amour était une chose naturelle, surtout qu'ils étaient mari et femme. De plus, ils avaient l'air ravis pour eux.

— On se demandait quand vous alliez vous décider ! lança l'un d'eux. On n'en pouvait plus de cette tension entre vous !

Les autres étaient-ils toujours plus conscients que nous-mêmes de ce qui se tramait dans notre cœur ? s'interrogea Craig.

Certainement !

Surtout lorsqu'on ne voulait pas reconnaître ses sentiments, comme c'était son cas.

Les gardes le titillèrent encore quelques minutes après qu'ils se furent assis près d'eux au coin du feu et ils finirent même par plaisanter. Mary se contentait d'écouter, son genou appuyé contre le sien, tout en acceptant les morceaux du lapin rôti que les gardes avaient fait cuire et qu'il lui donnait du bout des doigts.

Il lui proposa d'aller dormir sitôt qu'il se rendit compte qu'elle tombait de fatigue et se coucha auprès d'elle pour ensuite la prendre contre lui. Mary se blottit contre son corps, et mit un bras en travers de son torse.

— Tu crois qu'Alexander sera de notre côté ? demanda-t-elle d'une voix douce.

— Il comprendra, j'en suis sûr. Il sait que l'on ne commande pas son cœur. Je l'ai soutenu, il en fera de même.

— Tu as confiance en lui ?

— Plus qu'en moi-même, répondit-il. Mon frère est quelqu'un de bien. Je sais que mon bonheur compte pour lui et qu'il veut me voir heureux.

— Parle-moi d'Ewen… chuchota-t-elle en se calant davantage contre lui.

— Mon petit frère a eu le cœur brisé récemment par Katel, soupira-t-il. Notre guérisseuse. Elle a choisi son art plutôt que lui, et il crie maintenant haut et fort qu'il n'aimera jamais plus. Il parle de s'enrôler dans la garde du roi et de partir pour la frontière anglaise.

— Vous seriez d'accord ?

— Comment l'en empêcher ? Avoir Katel sous les yeux sans aucun espoir qu'elle lui appartienne un jour est une véritable torture.

Je comprends qu'il veuille s'éloigner. Mais il reviendra. Sa maison et sa famille lui manqueront forcément.

— Je comprends. Je sais ce que c'est de soupirer pour quelqu'un qui ne nous appartiendra jamais.

Craig lui embrassa le haut du crâne et la serra encore contre lui.

— Moi aussi, je sais ce que c'est. Je voulais partir, quitter la cour...

Il laissa sa phrase en suspens.

Mary se redressa et l'observa attentivement.

— Tu aurais tout quitté à cause de moi ?

— Pas à cause de toi, Mary, mais *pour* toi... j'ai fini par comprendre que tu avais aussi mal que moi que rien ne soit possible entre nous. Tu l'as même chanté.

— C'est vrai, j'avais mal. Mais nous allons être heureux désormais, n'est-ce pas ?

Craig l'attira à lui et embrassa délicatement ses lèvres.

— Oui, Mary, nous allons être heureux. Tu ferais mieux de dormir maintenant. La journée de demain sera encore éprouvante.

— Tu penses que tout va bien se passer ?

— Je te le promets. Je continuerai de veiller sur toi. Jusqu'à la fin de mes jours.

Elle lui donna un dernier baiser et reprit sa place contre lui.

— Demain, reste en retrait tant que je n'ai pas parlé à mon frère, ajouta-t-il après quelques secondes de silence.

— Tu penses qu'il pourrait être mécontent ?

— Déçu sans doute, mais mécontent, je ne le crois pas.

— Il attendait certainement beaucoup de cette alliance avec le roi.

— Je ne sais pas. Je crois qu'il se refusait surtout à lui déplaire.

— Et toi ? Tu regrettes ?

— Non, ma douce, je ne regrette rien.

— Que se passera-t-il si ton frère s'oppose à notre mariage ? demande-t-elle encore, certainement inquiète que la situation puisse dégénérer.

— Ne t'inquiète pas, tout va bien se passer, je te le promets, réitéra-t-il.

Oui, tout se passera bien...

Il y veillerait.

18

Il leur fallut la journée entière pour gagner HelenHall. Quand Craig aperçut sa demeure en haut d'une butte en sortant de la forêt avec sa petite troupe, une intense émotion l'envahit.

Il était de retour chez lui...

Alors qu'il avait cru ne pas revenir avant des années. Il ne se demandait même pas ce qu'aurait été sa vie auprès de la princesse, cela ne l'intéressait pas, il était marié à une femme qu'il aimait et qui l'aimait en retour. Mary avait su le bousculer dans ses certitudes et le tenter comme aucune autre, et il avait adoré ça. Quand il plongeait dans son corps, il avait le sentiment d'avoir enfin trouvé sa place et d'être entier pour la première fois de son existence. Il comprit que ce qui lui manquait depuis tout ce temps, c'était une femme à aimer et avec qui partager sa vie. Sans doute fallait-il qu'il trouve celle qui lui convenait et qui lui en donnerait l'envie.

Chez lui, auprès de sa famille et avec la femme qu'il aimait à ses côtés, son bonheur était et serait total.

Les gardes, aux aguets sur la muraille, avaient dû les repérer, car les portes de la forteresse s'ouvrirent devant eux. Sitôt dans la cour, Alexander et Élisabeth s'empressèrent de venir les accueillir. Craig tomba dans les bras de son frère, tandis que les femmes s'embrassaient. Il n'était parti que depuis un mois et demi, mais il lui semblait qu'une éternité s'était écoulée depuis ce jour où il avait quitté HelenHall pour la cour. Tout en répondant à l'accolade de son frère, il contempla la forteresse avec émotion. Les travaux de réfection avaient été achevés, la cour était visiblement propre, et tous ceux qu'ils avaient croisés et qui les avaient accueillis avec des mots de bienvenue montraient des mines réjouies. Le travail de la terre était dur, mais les membres du clan avaient l'air heureux. Des couples se formaient, des enfants naissaient, la vie avait repris ses droits et il faisait bon vivre chez les MacLeod. Comme du temps de ses parents. Alexander était un bon laird, il était juste, droit, prenait soin des siens et lui et sa femme faisaient visiblement des merveilles dans la gestion du domaine. Personne ne manquait de rien, ni d'un toit, ni de vivres.

— C'est bon de te revoir, mon frère, lui dit Alexander après s'être écarté.

Il salua ensuite d'un signe de tête Mary qui, après les retrouvailles avec Élisabeth, se tenait un peu en retrait.

— Que nous vaut l'honneur de ta visite ? Annabelle n'est pas avec toi ? s'étonna son frère en haussant un sourcil et en observant attentivement Mary, se demandant certainement ce qu'elle faisait encore avec lui.

— Il faut que je te parle, c'est urgent, répondit-il, laconique.

— Fort bien. Allons dans mon bureau.

Craig lança un regard entendu à Mary, qui le lui rendit. Elle ferait ce qu'ils avaient convenu et ce qu'il attendait d'elle, il avait confiance en elle : elle ne dirait rien tant qu'il n'avait pas annoncé la nouvelle à Alexander.

Craig suivit son frère jusqu'à la pièce où ce dernier travaillait à la direction des domaines. Alexander se dirigea vers une console disposée dans un coin, remplit deux gobelets, lui tendit l'un d'eux, qu'il accepta, et lui désigna l'un des deux fauteuils où ils avaient l'habitude de s'installer pour discourir. Alexander but une gorgée du liquide que contenait le gobelet et que Craig découvrit être du whisky. Un très bon whisky qu'ils fabriquaient eux-mêmes. L'alcool lui brûla la gorge, mais le détendit un peu. Il était fourbu par le rythme sans pitié qu'il avait imposé à sa petite troupe et n'avait plus qu'une envie : aller se coucher et s'endormir dans les bras de Mary, après lui avoir fait l'amour passionnément. Même fatigué, il avait envie d'elle. Mais avant de pouvoir retrouver avec délice la chaleur du corps si accueillant de son épouse, il devait s'expliquer avec son laird.

— La princesse a renoncé à notre mariage et j'ai épousé Mary, annonça-t-il d'une voix assurée en regardant son frère droit dans les yeux, pour qu'il comprenne qu'il ne regrettait en rien sa décision.

— Tu as épousé Mary ? s'étonna aussitôt Alexander en se piquant sur ses pieds de surprise. Bon Dieu, Craig...

Craig leva la main pour l'interrompre.

— Je sais ce que tu vas dire, ne te donne pas cette peine, lui rétorqua-t-il calmement en le regardant tournoyer devant lui, visiblement en proie à une certaine nervosité. J'ai tenté de résister, mon frère. Je te jure qu'au début je ne voulais que coucher avec elle, je l'ai désirée comme un fou dès que mes yeux se sont posés sur elle, je n'y peux rien, j'ai résisté, mais...

Il soupira :

— ... Somerset, le cousin de la reine, a demandé sa main au roi qui m'en a fait part puisque j'étais son protecteur à la cour. J'ai compris que je ne pouvais pas la laisser appartenir à cet homme, ni à aucun autre.

Alexander s'était arrêté et lui faisait face.

— Parce que tu l'aimes ?

— Oui, Alex, je l'aime. Comme je n'ai jamais aimé. Je suis prêt à tout pour elle.

— Même à déclencher une guerre ? s'énerva Alexander.

— J'irai parler à Kinkaid et je tenterai de sauver ce qui peut être sauvé. Somerset est un porc, il comprendra que j'ai voulu éviter à Mary une mésalliance. Bon sang, Alexander, je ne pouvais pas la laisser épouser cet Anglais !

Cette idée le révulsait encore au plus haut point. Il revit les mains de ce scélérat autour des épaules de Mary ce soir-là, dans le parc, la façon dont il la brutalisait. Oui, cet homme était un porc d'Anglais !

Pour autant, il attendait une autre réaction de la part de son frère, même si au fond de lui, il comprenait qu'il pense à sa famille avant de penser à lui.

Il termina son gobelet, se leva et le déposa sur le bureau.

— Je partirai pour les terres Kinkaid dès demain, assena-t-il sèchement en évitant le regard de son frère. Si cela vient à mal tourner, Mary et moi quitterons le domaine. Je ne mettrai pas ta famille en danger, mon frère, tu as suffisamment perdu par le passé.

Il tourna le dos à son laird, le cœur lourd.

Il aurait fait n'importe quoi pour Alexander, il se serait battu pour lui et c'est ce qu'il aurait fait contre les MacDonald s'ils n'avaient décidé ensemble qu'il irait demander secours au roi, mais manifestement, la réciproque n'était pas vraie et cela lui fit un mal de chien. Il aurait pu aller trouver son oncle, Angus, le frère cadet de son père qui vivait sous ce toit et devait déjà être dans sa chambrée, pour obtenir son appui auprès du laird, mais s'en abstint. Il voulait voir Mary.

Il gagna la salle commune, dont l'apparence avait beaucoup changé ces derniers mois. Des meubles cossus avaient été rajoutés, ainsi que de lourdes tapisseries aux murs et de hauts candélabres qui diffusaient une belle lumière dorée. Il faisait chaud. Une chaleur accueillante et apaisante qui agit comme un baume sur son cœur, mais qu'il leur faudrait quitter prochainement, malheureusement. Son regard croisa celui de Mary qui visiblement l'attendait, assise auprès d'Élisabeth sur une banquette placée près de l'âtre. Elle fronça des sourcils, et comprit certainement, à son air fermé, que la rencontre avec Alexander s'était mal passée. Elle-même présentait des traits tirés ; elle était exténuée.

Élisabeth se mit debout lorsqu'il arriva près d'elles.

— Voulez-vous vous sustenter avant d'aller vous reposer ? Mary m'a dit que vous avez chevauché sans presque vous arrêter.

Il se tourna vers sa femme.

— Mary ?

— Comme vous voulez, messire, répondit la jeune femme après s'être mise debout à son tour, jouant son rôle à la perfection.

— Je peux vous faire servir vos repas dans vos chambres, ajouta sa belle-sœur, souriante. J'ai fait préparer une chambre pour Mary à côté de la tienne, Craig.

Son petit air de conspiratrice le fit sourire. Soit elle avait compris qu'il se passait quelque chose entre eux, soit elle espérait que ce fût le cas. Craig se posta aux côtés de Mary, dont il prit la main.

— Nous n'aurons pas besoin de deux chambres séparées, Élisabeth. Mary et moi sommes unis par le mariage.

Il en ressentait encore un tel émoi, une telle fierté… et il avait encore le sentiment de rêver quand il observait sa femme à la dérobée.

Il plongea ses yeux dans les siens tandis qu'Élisabeth battait des mains.

— Oh, mais c'est merveilleux ! s'exclama-t-elle.

Oui, c'était merveilleux, et cette femme délicieuse dont le chaud regard l'enveloppait était à lui. Pour toujours.

— Vous avez raison, ma douce, c'est merveilleux, entendirent-ils depuis l'orée de la pièce.

Il tourna la tête et regarda Alexander venir à eux.

— Bienvenue dans la famille, Mary, dit ce dernier dès qu'il les eut rejoints, en enserrant les épaules de sa femme qui elle aussi le regardait, le visage transformé par l'amour qu'elle lui vouait.

— Tu fais partie de cette famille, Craig, continua-t-il. Quel frère serais-je donc si je ne me souciais pas de ton bonheur ? Tu es le bienvenu à HelenHall, ainsi que ta femme.

Ils se dévisagèrent une petite seconde et il fit un pas vers son frère.

Puis ils tombèrent dans les bras l'un de l'autre.

— C'est le moins que je puisse faire avec tout ce que tu as accompli pour moi ! ironisa Alexander en lui tapant dans le dos.

Craig s'écarta, la gorge serrée.

— Merci, mon frère. Mais je ne voudrais pas...

— Nous verrons cela plus tard ! l'interrompit Alexander. Pour le moment, fêtons la bonne nouvelle comme il se doit.

Il frappa dans ses mains et demanda qu'on leur serve une collation et de quoi, effectivement, célébrer l'évènement.

Ce ne fut que plusieurs heures plus tard que Craig put rejoindre sa chambre, dans laquelle il avait fait monter leurs affaires par ses gardes un peu plus tôt dans la soirée, ses doigts enlacés à ceux de Mary. Mary qui, la tête sur son épaule, son autre main englobant la sienne, se reposait entièrement sur lui. Elle lâcha un petit cri lorsqu'il la prit dans ses bras et s'accrocha à lui. Il poussa la porte de sa chambre, la reposa au sol et captura fiévreusement ses lèvres en pressant son corps si voluptueux contre lui. Il avait envie d'elle. Il avait tout le temps envie d'elle. Dès qu'il la touchait, son désir flambait. Tout en répondant à ses baisers, Mary tira sur sa chemise, visiblement soumise au même désir, à la même fièvre. Il fit passer son plaid par-dessus sa tête, et se mit nu tandis que Mary retirait sa robe. Là, haletants, ils se regardèrent intensément, avant de se jeter l'un sur l'autre. Leurs lèvres se rejoignirent, leurs langues se trouvèrent pour aussitôt entamer un ballet passionné, puis leurs corps se pressèrent l'un contre l'autre.

Craig fit reculer Mary jusqu'au lit où, sans quitter ses lèvres, elle s'allongea.

Il se coucha sur elle, plongea au fond de ses yeux, et fit entrer son sexe en elle. Alors démarra pour eux la plus plaisante et la plus puissante des danses. Une danse où ils se donnaient et se possédaient totalement pour ne faire qu'un. Qu'un seul être, et qu'une seule âme.

Jusqu'à ce que le plaisir les assaille, les laissant exténués, mais heureux et comblés.

***

Blottie contre le corps de son époux, Mary soupira d'aise, laissant son souffle revenir à la normale. Elle ne connaissait rien de mieux ni de meilleur que d'appartenir à cet homme et elle remerciait le Ciel de l'avoir placé sur son chemin. Même si l'aimer et être à lui était une mauvaise idée et certainement une source d'ennuis, elle ne regrettait rien. Elle espérait seulement qu'ils ne le regretteraient pas à l'avenir. Elle priait pour que son oncle se montre raisonnable. Elle ne voulait pas que Craig soit en danger, elle ne le supporterait pas. Elle ne voulait pas le perdre. Elle n'imaginait pas sa vie sans lui. Il était ce qu'elle avait de plus précieux au monde, il était le centre de son univers. Il n'y avait que lui, et il n'y aurait jamais que lui. Aussi longtemps qu'elle vivrait. Il était hors de question qu'elle finisse comme l'héroïne de la chanson, qui avait passé sa vie à pleurer son amour sacrifié.

Elle préférerait se donner la mort plutôt que de vivre sans lui.

Ces dernières pensées la perturbèrent quelques minutes, mais en entendant le cœur de Craig battre doucement, elle finit par se calmer.

— As-tu décidé quand nous rendrons visite à mon oncle ?

Elle sentit Craig se raidir.

— J'irai seul !

Elle se redressa et s'assit au creux de la couche, se couvrant la poitrine avec le drap.

— Tu n'es pas sérieux ?

— Je suis très sérieux, au contraire.

Il lui prit la main.

— Tu resteras ici, et tu m'attendras, insista-t-il.

Elle retira sa main.

227

— Et si je ne veux pas ?

Ses iris se firent implacables.

— Je te l'ordonne, Mary.

Ils s'observèrent ardemment, et Mary s'exhorta au calme alors que l'appréhension faisait accélérer les battements de son cœur.

— Je veux venir avec toi ! insista-t-elle à son tour. C'est mon oncle, ma famille, il m'écoutera, j'en suis persuadée. Je veux défendre notre cause, Craig, tu dois me laisser t'accompagner.

— Je vais y réfléchir, soupira-t-il.

— Tu me le promets ?

— Oui, je te le promets. Reviens t'allonger, ajouta-t-il, en l'attirant à lui.

Elle succomba à son regard de braise, et se rallongea contre lui. Il avait promis, mais elle-même se promettait de faire tout ce qu'il fallait pour sauver la situation.

Ou tout du moins, essayer.

C'était son devoir, et il était hors de question qu'elle attende bien sagement le retour de son époux en se rongeant les sangs de désespoir. Sa décision prise, elle resta éveillée, ne s'autorisant que quelques minutes de sommeil. Et au lever du jour, elle s'habilla silencieusement, sans cesser de regarder en direction du lit vers cet homme qu'elle aimait maintenant de tout son cœur et pour qui elle était prête à tout, même à affronter son oncle.

Surtout à affronter son oncle.

Craig serait en colère, furieux même, sans doute, mais elle n'avait pas le choix, elle devait mettre son plan à exécution et tout tenter pour qu'une guerre soit évitée.

Elle n'avait plus qu'à espérer que son oncle écoute sa prière…

Elle s'enveloppa dans sa cape, rabattit la capuche sur sa tête et sortit de la chambre de Craig, après un dernier regard. Elle descendit l'escalier, ouvrit la porte de la demeure et pénétra dans la cour, qu'elle traversa pour se rendre aux écuries. Elle s'efforçait de paraître détendue et détachée, alors que son cœur battait à tout rompre, mais en vérité, personne ne fit attention à elle. Elle sella sa jument, monta en selle et, devant les portes, demanda qu'on les lui ouvre, arguant qu'elle avait à faire au village pour la journée. Le garde à la surveillance de la porte accéda à sa demande et lui souhaita une bonne journée. Sitôt les portes franchies, elle fit partir sa monture au galop. Il fallait qu'elle aille vite et qu'elle chevauche sans quasiment s'arrêter ou Craig la rattraperait.

Et alors, il la renverrait à HelenHall, ce qu'elle ne voulait sous aucun prétexte.

19

Quand Craig se réveilla, il fut surpris d'avoir dormi autant de temps et de ne pas percevoir le corps de Mary contre lui ni sa chaleur. Il ouvrit les yeux, et toucha la couche à ses côtés. Elle était froide ; Mary avait manifestement déserté son lit depuis longtemps.

Pourquoi ne pas l'avoir réveillé avant de se lever ?

Il aurait volontiers plongé dans son corps pour bien démarrer la journée et oublier qu'il était obligé de se séparer d'elle pour aller s'expliquer avec Colin Kinkaid. Sans certitude aucune d'obtenir sa bénédiction, ni même de rentrer sain et sauf. Il s'attendait à ce que ce soit ardu et à risquer sa liberté, peut-être sa vie.

Mais il n'avait aucune intention d'atermoyer.

Il fallait que ce soit fait, alors il le ferait, quelles qu'en soient les conséquences !

Il s'étira, sauta de la couche et s'habilla à la hâte.

Maintenant qu'il était réveillé, Mary lui manquait. Il avait besoin de la voir et de nicher son nez tout contre sa peau. Il était fou de son odeur. En vérité, il était complètement fou d'elle et avait besoin de la voir à chaque seconde de son existence.

Il pénétra dans la salle commune où il découvrit son frère, sa belle-sœur et son oncle Angus attablés devant des plateaux de victuailles. Une bonne odeur de pain et de viande flottait dans l'air. Les chiens, sous la table, terminaient d'ingurgiter les tranchoirs servant de support aux aliments, notamment au ragout de mouton que les membres du clan avaient l'habitude de manger en début de matinée avant de vaquer à leurs occupations, le ventre plein pour aborder la demi-journée.

Craig alla saluer son oncle, étonné de ne pas voir Mary parmi eux, mais avant qu'il s'enquière de sa femme, son oncle le devança :

— Alors, mon neveu, j'ai ouï dire que tu t'étais fait passer la corde au cou ?

Craig avait toujours trouvé qu'il ressemblait plus à son oncle qu'à son père. Aussi bien physiquement qu'en ce qui concernait les femmes. Angus ne s'était d'ailleurs jamais marié, il aimait trop sa liberté pour s'attacher à une femme – ce qui était également son cas avant de croiser le chemin d'une certaine Mary Kinkaid et de vouloir lier sa vie à la sienne pour l'éternité. Et à presque cinquante ans et malgré une surdité naissante qui lui causait quelques soucis, ses activités en ce qui concernait les femmes n'avaient pas faibli.

— Oui, mon oncle. Pour mon plus grand bonheur. Comme quoi tout arrive !

— Tu as raison de ne pas avoir suivi mes traces. Aujourd'hui, je suis bien seul. Je n'ai personne pour réchauffer ma couche et mes vieux os, et je le regrette. D'ailleurs, pourquoi n'est-elle pas là ? J'aurais aimé faire sa connaissance. Ton frère m'a dit qu'elle était la cousine de Maddie ?

Craig fronça les sourcils.

Si Mary n'était pas là, où était-elle donc ?

— Vous ne l'avez pas vue ? s'étonna-t-il.

Son frère et Élisabeth le regardèrent, visiblement surpris.

— Non, pourquoi ? le questionna Alexander. Elle n'est pas avec toi ?

Craig eut des élancements dans tout le corps tandis qu'un mauvais pressentiment se faisait jour dans son esprit.

Non... elle n'aurait pas fait ça ? Elle n'aurait pas osé ? Pas alors qu'il lui avait ordonné de ne pas s'en mêler. Satanée bonne femme !

Il ne prit pas le temps de répondre et courut aux écuries.

Là, il questionna les gardes et poussa un juron lorsqu'il apprit que Mary avait demandé qu'on lui ouvre les portes au lever du jour pour se rendre au village où elle avait à faire. Mensonge ! Qu'aurait-elle à faire au village ? Elle ne connaissait personne ! Craig se retint de ne pas déverser sa colère, teintée de peur, sur les pauvres gardes qui le regardaient avec appréhension. Pourquoi se seraient-ils méfiés ? Ils n'étaient pas en guerre, Mary pouvait aller et venir à sa guise.

— Elle est partie chez Kinkaid ! maugréa a-t-il, alors que son frère le rejoignait.

Alexander lui emboîta le pas lorsqu'il prit la direction de la stalle de son cheval.

— Je viens avec toi !

Craig s'empara de sa selle et la jeta sur le dos de sa monture.

— Non ! Reste avec ta femme et ton fils. Donne-moi deux jours. Si je ne suis pas rentré d'ici là, envoie-les se retrancher chez les MacDonald et viens me chercher.

— Prends au moins des gardes avec toi, insista encore Alexander après avoir acquiescé à sa précédente requête.

— J'irai plus vite seul. Et on ne sait jamais, Kinkaid pourrait en profiter pour attaquer HelenHall s'il nous croit partis.

De plus, s'il pénétrait les terres Kinkaid accompagné d'une petite troupe, Colin pourrait prendre cela pour de la provocation et décider de représailles. Une petite étincelle de rien du tout suffisait parfois à mettre le feu aux Highlands. Des guerres avaient éclaté pour moins que cela. Non, il voyagerait seul, et vite. Et avec un peu de chance, il rattraperait Mary sur le chemin s'il se dépêchait.

Craig finit de seller son cheval et le prit par la bride.

Alexander lui présenta son bras droit, qu'il saisit, soudant ainsi leurs avant-bras, puis ils s'enlacèrent.

— Bonne chance, mon frère, lui dit Alexander en lui tapant dans le dos. Fais attention à toi, et ramène ta femme. Sa place est ici, avec toi.

Craig sentit ses yeux lui piquer.

Alexander était de son côté, et cela n'avait pas de prix. Avec son frère avec lui, il ne pouvait rien leur arriver ; Alexander serait prêt à tout pour lui et pour Mary, même à soulever des montagnes. C'était cela la famille. Le clan. Craig était fier d'appartenir aux MacLeod. Chez eux, on se soutenait et s'épaulait toujours. Quoi qu'il en coûte.

Craig soutint le regard de son frère.

— J'y compte bien ! S'il se passe quoi que ce soit, je trouverai le moyen de te prévenir, le rassura-t-il, en réponse à l'inquiétude qu'il décelait dans ses yeux, et en lui serrant davantage le bras. Au fait, j'ai promis au roi Jacques que s'il avait besoin de troupes, nous serions à son service. En échange de la main de Mary.

Alexander eut un sourire en prenant un air faussement courroucé.

— C'est seulement maintenant que tu me le dis ?

— J'avais autre chose en tête.

Alexander l'observa attentivement.

— Tu l'aimes vraiment, alors ?

— Oui, Alex, répondit-il, bizarrement ému. Plus que tout. Elle est la femme de ma vie.

Alexander le prit à nouveau contre lui et lui tapa dans le dos.

— Je suis heureux pour toi, Craig.

Craig serra son frère dans ses bras. Lui aussi était heureux. Si seulement l'amour ne faisait pas tant souffrir... et ne rendait pas aussi vulnérable. Il détestait cette sensation de manque tapie au fond de lui, cette peur de perdre la personne qu'il aimait aujourd'hui le plus au monde. Mary lui était devenue si chère qu'il avait le sentiment qu'il lui manquait une partie de son corps depuis qu'il avait appris sa fuite. Il ne lui en voulait pas de lui avoir désobéi. Non, c'était autre chose qui l'habitait. C'était de la peur. Il avait peur pour elle. Il passait son temps à avoir peur pour elle, et peur de la perdre. Ainsi, c'était cela l'amour ? C'était cela tenir à quelqu'un ? Plus qu'à sa propre vie ? C'était tellement fort, et tellement perturbant qu'il éprouvait des difficultés à respirer. Et il savait qu'il ne respirerait pas totalement tant qu'il ne l'aurait pas retrouvée.

— Je ne te retiens pas plus longtemps, lui dit Alexander, le sentant se raidir dans ses bras.

Sur un dernier regard appuyé, Craig prit congé de son frère et quelques minutes plus tard, après être allé rapidement récupérer son épée et son plaid dans sa chambre, qu'il jeta en travers de ses épaules, il sauta sur le dos de sa monture, et la fit partir au galop. Il franchit les portes de HelenHall, avec l'espoir de rattraper Mary au plus vite, en tout cas de la rejoindre chez Kinkaid avant qu'il ne soit trop tard. Car il ne se faisait pas d'illusion : s'il n'était pas là pour protéger Mary, Kinkaid lui ferait payer de s'être mariée sans sa permission. Et alors, Dieu seul savait ce qu'il ferait ou exigerait d'elle.

***

Mary chevaucha aussi vite que possible, sans quasiment s'arrêter. Elle ne savait de combien d'avance elle disposait avant que Craig ne se lance à sa poursuite. Une heure ? Deux ? Surement pas davantage. Elle était bonne cavalière, mais Craig était certainement capable d'aller plus vite qu'elle, aussi, de temps en temps sortait-elle des sentiers battus pour brouiller les pistes. Elle ne voulait pas que son époux la rattrape, elle voulait arranger la situation elle-même et se battre pour son amour pour lui. Il le fallait. Pour qu'il n'ait pas d'ennuis par sa faute.

Le crépuscule tomba peu à peu, allongeant les ombres sur le chemin.

Selon ses calculs, elle ne devait plus se trouver très loin de la demeure de son oncle. Elle espérait arriver avant la nuit noire, elle ne serait pas très à l'aise seule dans la forêt. Elle entendit alors des hululements, qui déclenchèrent de petits picotements sur sa peau.

Quelques mètres plus loin, elle ne fut pas surprise de voir des hommes sortir de derrière les arbres, lui coupant la voie. Elle reconnut les couleurs des Kinkaid, arrêta sa monture et ne fit rien pour empêcher l'un des hommes de s'emparer des rênes pour éviter qu'elle ne leur file entre les doigts. Ce qu'elle ne souhaitait évidemment pas puisqu'elle avait trouvé ce qu'elle cherchait.

Elle soupira discrètement, soulagée de ne pas être tombée sur une bande de brigands, car même si elle était sur les terres de sa famille, elle savait que cela était possible : des bannis se regroupaient et formaient leur propre clan en marge des autres, édictant leurs propres lois et vivant comme des sauvages. Mieux valait ne pas tomber entre leurs mains ! Mary n'avait pas cessé de prier pour cela à chaque seconde de son périple. Elle en avait évalué les risques et était prête à affronter son destin, pour l'amour de Craig, tout en ayant des difficultés à déterminer ce qui était pour elle le plus terrible : se voir ravir par ces bandes rebelles avides de rançons, ou affronter son oncle. Elle ne pouvait nier que sa réaction à l'annonce de la nouvelle de son mariage avec un MacLeod l'inquiétait... s'il n'était pas déjà au courant. Auquel cas, elle se jetait dans la gueule du loup. Ce qu'elle avait également envisagé, mais il était trop tard pour changer d'avis et faire demi-tour. Elle irait jusqu'au bout !

Elle se redressa sur sa selle, affermit sa voix et prononça d'une façon autoritaire :

— Je suis Mary Kinkaid. Menez-moi à mon oncle.

Les hommes échangèrent des regards surpris, se demandant certainement s'ils devaient la croire.

— Je reviens de la cour...

— Pourquoi n'es-tu pas accompagnée de gardes dans ce cas ? l'interpella celui qui tenait ses rênes alors que ses trois comparses se rapprochaient dangereusement. Ne serais-tu pas une espionne MacLeod plutôt ?

Son cœur manqua un battement.

— Pourquoi je serais une espionne ? Et pourquoi les MacLeod n'auraient pas autorisation d'entrer sur notre territoire ? Nous ne sommes pas en guerre que je sache !

— Si tu étais l'une des nôtres, tu serais au courant ! marmonna l'autre, suspicieux.

Un plan germa aussitôt dans son esprit, tandis que son cœur battait la chamade.

Si la situation avait déjà évolué dramatiquement, alors il lui fallait faire vite.

— Menez-moi à mon oncle, s'il vous plaît, supplia-t-elle, changeant son attitude du tout au tout et prenant une voix chevrotante. Je suis venue me mettre sous sa protection.

— Vous êtes réellement Mary Kinkaid ? demanda encore l'autre, la lumière se faisant enfin dans son esprit.

Mary soupira :

— Puisque je viens de vous le dire. J'ai fui mon époux, Craig MacLeod.

Les hommes échangèrent des regards entendus, visiblement ravis de leur trouvaille. Grand bien leur fasse ! Quant à elle, il lui avait fallu changer ses objectifs, mais qu'importe…

— Allez chercher nos montures, vous autres ! ordonna l'homme posté à ses pieds, certainement le chef de la petite troupe de surveillance.

Quand ce fut fait, ils montèrent sur leurs destriers, et les encerclèrent.

Le « chef » sauta à son tour sur le dos de sa monture, qu'il talonna ensuite pour la faire avancer.

— Restez derrière moi ! ordonna-t-il en passant près d'elle, avant de prendre la tête du groupe.

Mary le suivit, ne pouvant s'empêcher d'appréhender la suite des évènements. Avait-elle eu raison de venir trouver Colin ? Était-elle en mesure d'éviter le déclenchement d'une guerre entre leurs deux clans ?

Oui, elle savait bien que oui... elle avait fait ce qu'il fallait !

Elle pria pour que Craig reste prudent et ne se jette pas à corps perdu dans ce qui pourrait se refermer comme un piège sur eux.

Une bonne heure plus tard, ils arrivèrent en vue de Kinkaid Tower, la forteresse de son oncle dont, fait inhabituel, les lourdes portes d'accès étaient fermées. Colin avait mis sa demeure en sécurité...

Le cœur de Mary tambourina un peu plus fort.

Comment allait-elle sortir de ce traquenard ? Pouvait-elle encore éviter la catastrophe qui était sur le point de se produire ? Elle était sûre de pouvoir faire fléchir son oncle. Il ne pouvait lancer tout son clan dans sa vengeance contre Alexander, à moins d'avoir perdu toute once de bon sens ! C'est du moins ce qu'elle pensait avant de réaliser que les Kinkaid étaient déjà sur le pied de guerre comme en témoignaient les portes closes.

Son pauvre cœur accéléra lorsqu'elles s'ouvrirent devant eux.

L'heure de la confrontation avait sonné et elle ne savait à quoi s'attendre. Mais quand son oncle sortit de la demeure, entouré d'autres membres du clan, Mary détesta l'expression de son visage. Il s'arrêta en haut des marches, croisa les bras, et la toisa froidement.

Elle se laissa glisser de sa jument et avança dans sa direction, s'apprêtant à jouer le rôle qu'elle s'était promis.

Elle courut à lui, éplorée, et tomba à genoux.

— Je suis venue à vous, mon cher oncle, sauvez-moi de Craig MacLeod... c'est... c'est un être ignoble... ajouta-t-elle en relevant la tête, en larmes. Il... il a profité de moi et de ma faiblesse, il m'a obligée à l'épouser alors que je ne le souhaitais pas.

Elle attendit, éperdue, qu'il daigne répondre ou faire un geste vers elle, mais voyant que rien ne venait, elle poursuivit :

— Protégez-moi, je vous en supplie.

Son oncle, après l'avoir observée sans qu'aucune émotion ne transparaisse sur son visage, fit un signe de la main, et ses hommes se postèrent autour d'elle.

Elle se redressa.

— Qu'est-ce à dire, mon oncle ?

— J'ai à dire que je m'attendais à votre visite, mais je pensais que vous viendriez avec votre époux !

Il avait presque craché le mot.

— Je reconnais que je suis un peu déçu... mais merci ! Je suppose qu'il ne va plus tarder, et nous allons l'attendre ensemble.

Mary sentit son cœur se révolter et elle eut soudain mal dans tout le corps, tandis que le feu commençait à flamber dans ses veines.

— Nooon, mais... vous ne comprenez pas ! Je veux échapper à ce mariage qui ne me convient pas ! Je veux...

— Je me moque de ce que vous voulez, jeune fille ! Les MacLeod vont venir ici, et c'est tout ce qui compte.

Non... cela ne devait pas se passer comme ça !

— Qu'allez-vous faire ? demanda-t-elle en retenant de vraies larmes cette fois-ci.

Elle ne devait pas se montrer faible devant son oncle, encore moins lui montrer qu'elle avait peur de lui et de ses réactions. Elle n'aimait pas la lueur dans son regard. Une lueur farouche qui ne lui disait rien qui vaille.

— Cela ne vous regarde pas ! Emmenez-la à l'intérieur ! Et si elle résiste, attachez-la !

Pardon ???

Mary se redressa en voyant certains des hommes de son oncle se rapprocher d'elle.

Elle esquiva les mains qui se tendaient pour lui saisir les bras et recula en toisant les hommes avec colère.

— Je vous interdis de me toucher ! gronda-t-elle. Je suis Mary Kinkaid, je suis l'une des vôtres !

Un rire échappa des lèvres de son oncle.

— Il fallait y penser avant de vous lier avec un MacLeod !

— Mais puisque je vous dis qu'il m'a obligée à l'épouser ? Je suis venue à vous dès que j'ai pu tromper sa vigilance et me sauver. Je suis sûre que vous pouvez faire annuler le mariage, je sais que le roi vous estime énormément, et c'est ce que je suis venue vous demander. Faites annuler ce mariage ! Je n'en veux pas !

Elle s'avança vers lui, les mains tendues, jouant le tout pour le tout.

— S'il vous plaît, mon oncle. En souvenir de Maddie. Vous savez comme elle et moi étions proches.

Elle vit son oncle ciller et profita de son manque de réaction.

— Arrêtez cette folie, mon oncle. N'allez pas vous battre pour mon honneur, ce n'est pas la peine. Nous pouvons encore tout arrêter !

— Le mariage n'a pas été consommé ? demanda-t-il, suspicieux.

Elle soutint son regard tout en serrant la besace qu'elle portait tout contre son corps.

— Non, il n'a pas été consommé. Je me suis refusée à lui et il m'a battue. Je le déteste ! Plus que n'importe qui au monde, acheva-t-elle, en baissant pudiquement les yeux.

— Ça ne change rien ! répondit Colin Kinkaid sèchement.

Mary releva la tête, son cœur tambourinant dans sa poitrine comme un cheval au galop.

Tout son corps se raidit lorsque son oncle ordonna de la conduire dans la grande salle. Elle rua contre les mains qui la saisirent, mais bientôt, ses pieds ne touchèrent plus le sol et elle eut beau se débattre comme une acharnée en ne quittant pas Colin des yeux et en criant qu'il la fasse libérer, les hommes ne l'écoutèrent pas, ni même son oncle qui continuait à la toiser, un léger sourire aux lèvres. En vérité, elle avait plutôt l'impression qu'il se réjouissait du spectacle, et se délectait de la faire malmener par ses hommes et de la voir souffrir.

Pourquoi, grands dieux, que lui avait-elle donc fait ?

Elle se retrouva bientôt jetée sur un fauteuil à haut dossier placé devant l'âtre, et se redressa aussitôt, prête à prendre ses jambes à son cou.

Colon pointa vers elle un doigt menaçant.

— Je vous défends de bouger, ou cette fois-ci, il vous en cuira ! vociféra-t-il.

Elle se mit debout lentement malgré l'interdiction, et le défia :

— Je suis la fille de votre frère ! Je suis de votre sang ! Cela compte un peu pour vous, non ? Je suis quand même plus importante à vos yeux que cette maudite vengeance contre Alexander MacLeod, cria-t-elle, perdant patience.

Comme la bêtise et la folie de certains hommes pouvaient la mettre en fureur !

Elle n'avait pas beaucoup vécu, mais elle savait écouter les histoires, en plus de connaître parfaitement celles de son royaume ainsi que celles des clans qui se déchiraient depuis la nuit des temps : les traîtrises, les alliances, les vengeances, justement. Elle savait ce dont certains hommes étaient capables et à l'expression du visage de son oncle, elle comprit qu'il était de ceux-là !

Elle n'aurait pas dû venir...

Ses cheveux se dressèrent sur sa tête lorsqu'il se mit à ricaner.

— Peu me chaut ce que vous pensez ! Vous n'êtes qu'un instrument Mary, le moyen pour moi de me débarrasser des MacLeod une bonne fois pour toutes !

Mary désigna la magnificence de la demeure de son oncle.

— Pourquoi, grands dieux ! Vous avez tout, la richesse, la puissance ! Pourquoi vous en prendre à eux ? C'est encore à cause de Maddie ?

Il la foudroya du regard.

— MacLeod m'a pris ce que j'avais de plus cher alors que je nourrissais d'autres projets pour elle ! cracha-t-il. Il me l'a prise, et elle en est morte ! hurla-t-il.

Mary s'avança et lui saisit les mains pour tenter de le calmer.

— Je sais, mon oncle. Moi aussi, je l'aimais, et j'ai été désespérée en apprenant sa mort, mais Alexander n'y est pour rien. Ce n'est pas sa faute ! énonça-t-elle en captant son regard pour l'en persuader.

Colin lui retira ses mains et gronda :

— Je n'aurai pas de repos tant que les MacLeod seront encore debout.

Avait-il perdu la tête ?

— Mon oncle, soyez raisonnable, je vous en conjure. Vous ne pouvez jeter notre clan dans une guerre qui n'a pas lieu d'être. Que dira le roi ? Y avez-vous pensé ?

— Je me moque de ce que pense ou fera le roi, je suis maître chez moi ! s'énerva-t-il encore. Et je me moque de ce que *vous* pensez ! Votre époux va venir vous chercher et certainement qu'il ne viendra pas seul et amènera avec lui son damné de frère ! Je les attends de pied ferme ! enchaîna-t-il subitement en la regardant comme un aigle guettant sa proie.

Mary se recula.

— Ne comptez pas là-dessus ! riposta-t-elle. Craig ne fera rien pour me récupérer. Il a compris que je me refuserai à lui et le connaissant, il trouvera une autre femme pour satisfaire ses besoins contre nature ! Craig MacLeod est un débauché, comme vous le savez certainement !

— Certes ! Mais cela n'a pas empêché le roi de vous donner à lui ! fit-il remarquer, encore plus suspicieux.

— Je l'ai supplié de n'en rien faire, mais il se devait de le dédommager puisqu'Annabelle n'a finalement pas voulu de lui.

— Pourquoi vous ?

Le cœur de Mary continuait de battre à tout rompre, mais comme Colin avait l'air de s'être un peu calmé, elle reprenait espoir de pouvoir encore le ramener à la raison.

— Je ne sais, mon oncle.

Elle reprit ses mains entre les siennes, le supplia :

— Je vous en prie, renvoyez-moi chez moi, et laissez tomber cette histoire avec les MacLeod. Je vous en supplie... mes frères pourraient mourir, ainsi que mon bien-aimé père, votre frère... je ne supporterais pas d'avoir causé leur perte. Je crois bien que j'en mourrais. S'il vous plaît, mon oncle...

Au moment où elle eut le sentiment qu'il allait fléchir et accepter de la renvoyer chez elle, du bruit se fit entendre dans le corridor. Ils tournèrent la tête et Mary eut un haut-le-cœur lorsqu'elle vit deux membres Kinkaid pénétrer dans la pièce où ils se trouvaient, en soutenant un homme sous les bras, ses pieds traînant au sol, sa tête pendant misérablement. Du sang maculait sa chemise ainsi que le plaid passé en travers de ses épaules, aux couleurs reconnaissables.

Son cœur se serra.

Pourquoi avait-il eu besoin d'afficher son appartenance ?

Elle fut convaincue qu'il s'était laissé prendre, qu'il n'avait pas pu s'empêcher de les provoquer et avait pris des coups.

Elle se redressa tandis que son oncle exultait, ayant comme elle reconnu l'homme :

— Voyez-vous donc qui voilà ! Voyez, ma nièce, qu'il est bel et bien venu vous récupérer. Pour autant, je ne vous attendais pas si tôt, MacLeod, vous avez fait diligence !

Quand Craig releva la tête et rua, reprenant visiblement quelques forces, elle prit son regard empli d'inquiétude de plein fouet et le soutint.

Elle cilla, mais s'obligea à le toiser froidement, puis le désigna de la main.

— Comment pouvez-vous un seul instant imaginer que je sois éprise de cet homme, mon oncle ? Regardez-le ! En vérité, il me fait pitié, acheva-t-elle, ignorant la lueur d'incompréhension qui traversa les yeux de Craig.

Une lueur qui, après quelques instants, se chargea de colère tandis qu'il prononçait son prénom.

— Alors s'il me prenait l'idée de le tuer sous vos yeux, vous n'en auriez cure ?

Mary sentit son cœur sur le point de se décrocher et le souffle lui manqua.

Elle jouait gros, il fallait qu'elle se montre convaincante.

— Faites de lui ce que bon vous semble, je m'en moque !

Colin fit un signe du menton à l'un de ses hommes, qui aussitôt prit son couteau attaché à sa jambe, et en posa la lame effilée contre la gorge de Craig qui se redressa, défiant l'assemblée.

— Vous n'oserez pas, Kinkaid ! gronda-t-il entre ses dents serrées. Mon frère et le roi Jacques viendront me venger et vous perdrez la vie. Mary est à moi. Le roi me l'a donnée, assena-t-il, la voix légèrement éraillée, et le mariage a été consommé.

— Ce n'est pas ce qu'elle dit ! Mary ? l'interrogea son oncle en se tournant vers elle.

Mais Mary ne le regardait plus, occupée qu'elle était à soutenir le regard de Craig.

— Il ment, mon oncle, et il n'a aucune preuve de ce qu'il avance.

— Mary, enfin, qu'est-ce que tu racontes ? demanda Craig, visiblement dans l'incompréhension la plus totale.

243

Mary fit un pas vers lui.

— Vous m'avez forcée à vous épouser ! Si le mariage a bien été consommé comme vous le dites, montrez-nous le drap !

Elle savait qu'il en serait bien incapable. Pour la simple et bonne raison que ce drap, seule preuve de ce qu'il s'était passé entre Craig et elle cette nuit-là, était en sa possession, bien au chaud dans sa besace. Et sans cette preuve, sachant qu'elle détenait également le traité de mariage qu'elle lui avait ravi, il ne pouvait pas la revendiquer.

— Je ne peux pas et tu le sais parfaitement !

Oui, elle le savait, car à peine avait-il joui de son corps qu'il avait quitté son lit, puis sa chambre, la laissant seule et perdue.

— Mon oncle, relâchez-le et renvoyez-le chez lui ! assena-t-elle froidement en ignorant les yeux soudain tristes de Craig, lorsqu'il comprit la portée de ses paroles.

Il savait qu'il ne pouvait effectivement rien prouver et que son sort était scellé.

— Nous n'avons que faire de lui ! ajouta-t-elle. Oublions cette histoire. Je ferai ce que vous voudrez dès que je serai libre. J'épouserai qui vous voulez, s'emballa-t-elle, jouant le tout pour le tout. Nous obtiendrons une plus grande alliance encore que celle que vous aviez prévue pour Maddie. Nous pourrions viser les MacDonald des îles, ou encore les MacIntosh, ou les MacKenzye. Je pourrais apporter fortune et puissance à notre clan, mon oncle, et c'est mon vœu le plus cher. Vous savez que j'en suis capable et que nombre d'hommes seraient prêts à beaucoup vous donner pour m'avoir dans leur couche. Les MacLeod ne valent rien ! Nous pourrions amasser des fortunes.

Colin les observa tour à tour.

Ses yeux inquisiteurs scrutaient la moindre de leurs expressions, la moindre de leurs réactions. Mary ignora Craig, mais elle sentait son regard sur elle. Un regard insistant et pesant. Un regard qui finit par la mettre mal à l'aise, mais elle ne pouvait relâcher sa vigilance maintenant. Elle devait se montrer forte ou ses plans tomberaient à l'eau et tout serait fichu.

— Mary, ne fais pas ça, la supplia soudain Craig d'une voix si triste que son cœur se serra.

Elle plongea ses iris au fond des siens.

— Je ferai ce que bon me semble. Je ne vous appartiens pas !

Il gronda entre ses dents et tira sur ses bras que les Kinkaid maintenaient encore fermement.

— C'est ce que l'on verra ! rua-t-il, tandis que la colère reprenait possession de lui.

Mary se redressa davantage, s'écria à son tour en le bravant :

— C'est tout vu ! Vous n'avez aucun droit sur moi !

— Paix, vous deux ! cria alors Colin. Taisez-vous ! Votre idée est excellente, Mary, continua-t-il d'une voix doucereuse en se tournant vers elle, faisant renaître l'espoir dans son cœur. Et...

Il marqua un temps d'arrêt.

Mary était suspendue à ses lèvres, qui soudain s'étirèrent en un rictus diabolique.

— ... je l'ai eue bien avant vous, puisque je vous ai promise à un homme ! ricana-t-il. Qui, effectivement, est prêt à donner beaucoup pour vous avoir.

Puis soudain, tout alla très vite : Colin appela « Somerset » d'une voix forte. Somerset, qui entra par l'une des petites portes situées sur le côté. Somerset, qui attendait manifestement son heure et qui maintenant se dirigeait vers eux d'un pas lent, le sourire aux lèvres. Un sourire aussi satisfait que celui de Colin. Ses yeux laissaient transparaître une duplicité telle que Mary en frémit. Et elle comprit : Somerset voulait se venger de Craig et se servait de son oncle autant que Colin se servait de lui !

245

Elle recula, les doigts sur les lèvres, tandis que Craig hurlait à pleins poumons qu'il les tuerait tous les deux s'ils osaient la toucher. Il criait et se débattait tellement que les Kinkaid eurent du mal à le contenir.

— Fuis, Mary ! Va-t'en ! explosa-t-il. Ne t'occupe pas de moi, sauve-toi !

Même lorsqu'il était perdu, il pensait à elle avant de penser à sa sécurité.

Elle fit un pas en arrière, mais sentit la présence des hommes derrière elle. Elle s'arrêta, cherchant des yeux une issue, mais hélas, il n'y en avait aucune. Colin l'avait piégée, depuis le début. Et depuis le début, il lui jouait la comédie alors qu'il avait déjà décidé de leur sort.

Qu'elle avait donc été sotte !

Tout cela n'avait servi à rien !

— Faites-le taire ! éructa Colin alors que Craig continuait de ruer de toutes ses forces en vociférant de la laisser tranquille. Et emparez-vous d'elle ! ordonna-t-il.

Mary cria à son tour lorsque les hommes de son clan se jetèrent sur elle, empêchant toute fuite de sa part. Puis elle éclata en sanglots quand elle vit ceux qui maintenaient Craig le jeter au sol et lui donner de violents coups de pied. Elle ne pouvait plus feindre et supplia pour qu'ils l'épargnent, mais elle comprit que cela ne servait à rien. Au contraire, plus elle les suppliait et plus Colin et Somerset se réjouissaient de voir Craig se recroqueviller sur lui-même pour se protéger des coups, qu'il encaissait sans même un gémissement. Mary supposa qu'ils auraient voulu qu'il les implore, mais Craig n'était pas fait de ce bois, elle le savait. Il était fier et jamais il ne supplierait quiconque, même si sa vie en dépendait. Elle craignit, soudain, qu'il ne le tue réellement et elle eut peur pour lui. Une peur atroce qui lui lacéra le cœur et l'âme.

Ils étaient perdus...

Des larmes dévalèrent ses joues lorsque Craig leva les yeux vers elle, au risque de se prendre des coups en plein visage. Il ne cessa de la regarder alors même que les hommes se déchaînaient sur lui. Son corps tressautait à chaque coup de pied dont il ne cherchait même plus à se protéger. Comme s'il acceptait son sort et ne voulait plus lutter. Sans doute pour la sauver, elle. Mais elle ne voulait pas qu'il la sauve. Elle voulait qu'il vive, même si c'était loin d'elle, même si elle devait renoncer à lui pour toujours.

Craig gémit faiblement, mais ne la lâcha pas une seule seconde du regard tout en lui souriant tendrement. Mais petit à petit, elle vit ses paupières frémir. Il était à bout de résistance.

Il ferma totalement les yeux et, soudain, il ne réagit plus.

Il n'était plus qu'une forme désarticulée.

Il toussa, et du sang sortit de son nez et de sa bouche. Mary, au comble de l'horreur, se débattit de toutes ses forces en hurlant son prénom, perdant toute retenue. Elle se débattit et l'appela, encore et encore. Elle hurla encore lorsque sur un ordre de son oncle, les hommes le soulevèrent et emportèrent son corps inanimé. Elle hurla et rua, la rage décuplant ses forces, mais quand elle les vit franchir l'issue de la pièce avec l'homme qu'elle aimait de toute son âme, elle s'effondra, en larmes, et ne réagit pas lorsque Colin et Somerset vinrent se placer devant elle. Ils pouvaient faire ce qu'ils voulaient d'elle, plus rien n'avait d'importance. Mais elle savait une chose : si Craig mourait, elle n'aurait plus aucune raison de vivre. Alors qu'ils savourent bien leur victoire, car elle serait de courte durée. Quoi que son oncle ait promis à Somerset, ce dernier n'en profiterait pas longtemps.

Elle releva la tête et cracha à leurs pieds.

— Je vous maudis, tous les deux ! Vous n'êtes que deux scélérats, deux êtres infâmes, et vous serez punis ! Le roi vous...

Elle ne put en dire davantage, un revers de main de son oncle la fit taire et voir des étoiles.

Elle se redressa pourtant ; Craig les avait bravés, elle en ferait de même.

— Craig est mille fois meilleur que vous ! Vous ne lui arriverez jamais à la cheville ! Et il...

— Taisez-vous ! éructa encore son oncle, sans se départir de son air cruel. Relevez-la, vous autres !

Ses hommes obéirent instantanément et la remirent debout.

— Vous m'obéirez ! s'écria subitement Somerset. Sinon, MacLeod mourra, c'est bien clair ?

Somerset lui caressa la joue, et ce contact la révulsa.

Elle tenta d'y échapper, mais il prit son visage entre ses doigts et la força à le regarder.

— Vous avez la vie de votre amant entre vos mains, ma chère. Vous êtes docile et il vit, vous me résistez et il meurt. C'est aussi simple que ça ! Alors, quel est votre choix ?

Ce fut plus fort qu'elle, elle lui cracha au visage et se redressa, s'apprêtant à subir les conséquences de son geste, mais Somerset se contenta de s'essuyer la joue, avec un sourire goguenard sur les lèvres. Il savait qu'il avait gagné.

— Laissez-lui la vie sauve, gronda-t-elle. Je vous suivrai.

Les deux hommes se sourirent, manifestement satisfaits.

— Mais j'ai une requête !

— Dîtes toujours, ironisa son oncle, après l'avoir contemplée quelques secondes.

— Pas de guerre. Laissez les MacLeod tranquilles ! Oubliez votre vengeance !

Un rire mauvais s'échappa de la gorge de Colin.

— Qui pensez-vous être pour dicter votre loi ? Vous n'êtes qu'une femme, Mary ! Une faible femme ! Et les femmes n'ont pas leur mot à dire dans les affaires des hommes, ni dans les histoires de clans !

Mary se redressa fièrement.

— J'ai envoyé une missive au roi, déclara-t-elle avec toute la détermination et l'assurance dont elle était capable. Sans nouvelles de ma part d'ici une semaine, il enverra des troupes, et il vous anéantira parce qu'il ne peut plus supporter ces guerres de clans qui mettent à mal sa légitimité et son pouvoir. Je serai peut-être morte d'ici là, cher oncle, mais vous, vous serez déclaré traître à la couronne, et vous finirez pendu !

Elle vit que ses paroles faisaient mouche, car son oncle avait blêmi.

— Elle ment, Kinkaid, j'en suis sûr ! proclama Somerset. Ne l'écoutez pas ! Je me fais fort d'attirer le roi de notre côté. Je lui suis apparenté, il m'écoutera !

— Emmenez-la dans une chambre, et enfermez-la ! ordonna son oncle à ses hommes, se rangeant visiblement du côté de son acolyte. Venez, Somerset, nous avons à parler.

— Non ! Non, mon oncle, ne faites pas ça ! Écoutez-moi ou vous le regretterez, supplia-t-elle encore, le cœur à l'agonie.

Elle avait failli…

Elle cria en pure perte. Les deux hommes l'ignorèrent, lui tournèrent le dos, et Mary fut emmenée à l'étage, où ceux qui la maintenaient la poussèrent à l'intérieur d'une chambre dont ils refermèrent la porte. Elle entendit la clé tourner dans la serrure, mais ne put s'empêcher de se jeter contre la porte en appelant à l'aide, ses nerfs sur le point de lâcher.

Elle ne sut au juste pendant combien de temps elle tambourina contre le vantail, mais au bout d'un moment, sa voix s'érailla et elle s'effondra au sol, pour ensuite pleurer toutes les larmes de son corps.

Elle avait tout tenté, et elle avait échoué.

À cause d'elle, tout était perdu.
Elle avait tout perdu…

20

Après une violente crise de larmes, après avoir encore frappé contre la porte pour qu'on la laisse sortir et appelé son oncle pour exiger de voir Craig, Mary fit les cent pas, tout en réfléchissant intensément en cherchant à se réconforter.

Craig vivait encore, elle le sentait dans son cœur, et il continuerait de vivre.

Son oncle et Somerset le lui avaient confirmé. Il était leur moyen de pression sur elle, et peut-être se serviraient-ils d'elle pour le faire faiblir lui aussi, pour l'amener où ils le désiraient, mais… Craig devait avoir un plan ! Il ne pouvait être venu seul sans une idée derrière la tête ! Il avait forcément demandé à son frère ou au roi de venir les libérer si cela venait à mal tourner pour eux.

Donc… il leur fallait gagner du temps !

Elle avait en sa possession le drap prouvant que le mariage avait été consommé, ainsi que le traité signé de la main du roi Jacques qui la donnait à Craig, et qu'elle lui avait effectivement pris le matin même après l'avoir trouvé dans le coffre contenant ses effets personnels où elle était sûre qu'il le remisait. Maintenant, elle avait peur que son oncle ou Somerset mettent la main dessus et les détruisent pour éliminer toutes les preuves de son union avec le Highlander.

Plus de traité, plus de preuves !

Il ne fallait pas que cela arrive.

Mais comment faire ?

Elle observa la pièce. Il n'y avait pas de chandelles allumées, mais la clarté de la lune lui permit de voir comme en plein jour.

Elle ne vit qu'une seule et unique solution.

Elle se dirigea vers la couche et s'agenouilla devant. Là, elle sortit le drap taché de sang ainsi que le pli du roi qu'elle mit à plat sur ses genoux. Elle souleva la couche, glissa les preuves en dessous, puis la relâcha.

Elle s'assit dessus, encore tremblante de rage et de désespoir, mais un peu soulagée d'avoir mis en sureté ce qui la reliait à Craig. Elle s'arrangerait pour venir récupérer ces précieuses preuves quand tout serait fini. Heureusement pour elle, son oncle n'avait pas eu la présence d'esprit de faire fouiller sa besace, ou leur situation aurait été encore plus périlleuse.

Maintenant, elle n'avait plus qu'une idée en tête : sauver Craig.

Lui seul comptait.

Et elle ferait ce que ces deux scélérats attendaient d'elle. Si elle acceptait d'appartenir à Somerset – car elle se doutait que c'était ce qu'il exigerait d'elle –, ils épargneraient Craig, ils le lui avaient promis. Alors c'était exactement ce qu'elle allait faire. Mais elle était bien décidée à lui rendre la vie dure avant de capituler, ou mieux, elle lui fausserait compagnie dès qu'elle le pourrait. Il pensait avoir affaire à une faible femme, il se trompait ; son amour pour Craig la rendait capable de tout et lui donnait tous les courages. Elle était prête à tout pour lui, même à damner son âme, même à tuer. Elle ferait tout ! Tout ce qui était en son pouvoir pour qu'il reste en vie, même si elle devait y laisser la sienne.

Elle ne savait si la menace royale ferait fléchir son oncle.

Elle avait menti, mais cela, Colin Kinkaid l'ignorait.

Elle prit le couteau qu'elle avait également caché au fond de sa besace sous son tas de frusques, et l'accrocha à sa cuisse avec une lanière de cuir. Ainsi, si Somerset voulait abuser d'elle, elle lui plongerait sa lame dans le cœur, ou dans la gorge. Elle saurait faire ! Elle en aurait le courage. Il lui suffirait de se montrer faussement docile et, la croyant prête à lui céder, de le tuer lorsqu'il se rapprocherait d'elle, ivre de désir et incapable de penser à quoi que ce soit d'autre qu'à ses cuisses qu'il s'imaginerait ouvertes pour lui.

Il serait si facile à berner. Elle avait vu comment il la regardait, elle savait qu'il brûlait de désir pour elle. Elle se servirait de ce désir contre lui !

Elle s'allongea et, les yeux au plafond, laissa couler ses larmes.

Craig lui manquait tellement qu'elle avait le sentiment que son corps tout entier lui faisait mal. Un mal inhumain qui lui crevait la poitrine. C'était comme une plaie béante. Oui, elle était prête à tout pour cet homme, même à renoncer à lui pour lui sauver la vie. Elle était convaincue que plus jamais elle ne serait heureuse s'il lui était arraché... elle penserait à lui tous les jours. Et tous les jours, elle regretterait de ne plus être avec lui, de ne plus être à lui. Elle vivrait un véritable enfer loin de lui, car il était celui qu'elle aimait plus que tout au monde.

Les larmes lui brûlèrent la peau, comme autant de traînées de feu. Elle revit le regard de Craig planté dans le sien, un regard chargé de colère, puis de tristesse. De toute la détresse du monde, et elle s'en voulut de lui avoir fait tant de mal en laissant croire qu'elle ne l'aimait pas. Mais il fallait qu'elle dupe son oncle pour lui ôter le moyen de leur faire du mal, pour qu'il n'ait plus de prétexte pour entrer en guerre contre les MacLeod... mais elle avait échoué.

Colin n'avait pas été dupe, contrairement à ce qu'elle avait cru.

Il l'avait laissée aller jusqu'au bout et sans doute était-il en ce moment même en train de s'en gausser avec son nouvel allié aussi détestable et fou que lui.

Craig avait-il compris qu'elle jouait la comédie ?

Certainement, puisqu'ensuite, il l'avait regardée avec tellement d'amour et de tendresse que son cœur s'était fissuré devant tant de chaleur, mais également tant de souffrance. Une souffrance dont elle était l'origine. À moins qu'il n'ait pas compris, et peut-être était-ce pour cela qu'il avait renoncé à résister aux coups ? Ou bien avait-il fait le mort pour que les autres arrêtent de le frapper ? Avec Craig, tout était possible ! Il était un guerrier valeureux, il avait de la ressource, il était fier, et courageux... et rusé aussi, certainement...

Cette pensée lui redonna de l'espoir.

Oui, Craig était courageux, il les sauverait, elle avait confiance en lui et confiance en sa bravoure. Il trouverait une solution et la trouverait, *elle,* où qu'elle soit. De cela elle était persuadée. S'il le désirait, il la retrouverait même si Somerset l'emmenait ailleurs. Elle pria de toute son âme pour qu'il veuille la retrouver et ne l'abandonne pas malgré les tourments qu'elle lui avait fait subir. En outre, elle ne savait toujours pas comment éviter la guerre entre leurs deux clans, et cela aussi la torturait.

Elle se retourna sur sa couche, encore et encore, comme tournaient ses sombres pensées dans sa tête. Craig ne sortait pas une seule seconde de son esprit. Elle ne pensait qu'à lui et pria pour qu'il ne souffre point trop. Elle se remémora ses caresses, la douceur de ses lèvres sur sa peau ; elle ressentit la morsure du désir, puis celle, incroyablement plaisante, de son membre entrant dans son corps, et enfin, son plaisir alors qu'il allait et venait en elle. Un plaisir fulgurant, qui lui avait fait voir des étoiles.

Elle l'aimait tellement...

Et il lui manquait tout autant.

Elle ferma plus fort les yeux et s'exhorta au calme. Elle devrait dormir. Il fallait qu'elle ait toute sa tête et toutes ses forces pour lutter contre leurs ennemis. Car oui, son oncle et Somerset étaient dorénavant ses ennemis, ainsi que ceux de son époux bien-aimé. Elle se replia autour de son ventre qui lui faisait si mal tant le manque de Craig lui fouaillait les entrailles, et serra ses bras autour d'elle, dans un espoir vain de se réconforter. Elle se sentait tellement seule, et tellement perdue alors qu'elle était si pleine de bravoure le matin... les larmes perlèrent de nouveau au bord de ses cils. Quand elles coulèrent, Mary les essuya rageusement d'un revers de main. Elle se devait de rester forte et de continuer à se battre. Pour Craig. Et pour son amour pour lui.

Jamais elle n'aurait imaginé aimer autant un homme.

Mais c'était ainsi. Craig s'était inscrit en elle. Il s'était incrusté dans sa peau en la faisant sienne. Si peu pourtant. Trop peu.

Elle rouvrit brutalement les yeux et sauta de la couche lorsqu'elle entendit des pas dans le couloir. Les mains nouées sur son cœur, qu'elle sentait palpiter sous ses poings, elle attendit, ses yeux s'étant habitués à l'obscurité seulement percée par la clarté lunaire. Son cœur fit un bond dans sa poitrine lorsque la porte s'ouvrit, laissant le passage à… Somerset. Son visage si détestable lui apparut dans le halo de la bougie qu'il tenait dans une main. Il était, comme à son habitude, richement vêtu, et une cape de la même couleur que ses chausses, grise, recouvrait ses épaules.

Il s'était manifestement préparé au voyage.

Le cœur de Mary s'emballa quand elle comprit, à son air décidé, qu'il était venu la chercher pour l'emmener avec lui.

— Préparez vos affaires ! Nous partons !

Mary ne lui fit pas l'honneur de le questionner. Elle n'avait que faire de savoir où il l'emmenait. Elle resterait un mur tant qu'il ne l'obligerait pas à lui parler et avec un peu de chance, peut-être se lasserait-il rapidement de sa compagnie pour finalement renoncer à elle.

Comme elle se l'était promis, elle ne lui faciliterait pas la tâche.

Elle lui tourna le dos, et passa la lanière de sa besace par-dessus sa cape qu'elle n'avait pas ôtée, ne sachant pas ce qu'ils allaient faire d'elle. Elle en resserra les pans tandis qu'un grand frisson la parcourait, et se remit face à Somerset, les mains devant elle, le front baissé, prête à le suivre. Elle ne poserait pas de questions, pour autant, elle se demandait ce que ce traître allait faire d'elle, et si elle reverrait son oncle avant de quitter Kinkaid Tower. Elle se demanda également ce qu'il se passerait dès qu'elle aurait quitté ces lieux.

Qu'allaient-ils faire de Craig ?

Le maintiendraient-ils en vie ?

Elle releva le menton.

— Je veux voir mon époux ! ordonna-t-elle d'une voix tranchante.

Somerset s'approcha d'elle, éleva la bougie et scruta son visage un instant. Une lueur indéfinissable traversa son regard. Une lueur qu'elle ne comprit pas.

— Pourquoi vous mènerais-je à lui ?

— Parce que vous ne pouvez pas être totalement mauvais et parce que si vous ne le faites pas, je m'entaillerai les veines à la première occasion. Et mon oncle vous en voudra de lui avoir ravi le seul moyen qu'il avait de se venger des MacLeod !

Somerset la surprit en éclatant de rire.

— Ma parole ! Vous êtes encore plus intelligente qu'il n'y paraît ! Pourquoi voulez-vous le voir ?

— Pour lui dire adieu ! Pour lui dire que je renonce à lui pour vous suivre.

— Vous me promettez d'être docile ensuite si je vous conduis à lui ?

— Oui, messire, je vous le promets, répondit-elle d'une voix douce pour endormir sa méfiance.

Il fallait qu'il ait confiance en elle et la croie soumise et résignée.

Somerset était anglais. Il n'était pas un guerrier comme les Highlanders, il n'était même pas un chevalier valeureux, Mary avait pu s'en rendre compte lorsqu'il avait combattu Craig sur la lice le jour de leur arrivée à Holyrood. Il était plutôt précieux et la somptuosité de son apparence et son élégance devaient lui importer davantage que ses qualités de bretteur. Ce n'était pas l'intelligence qui l'étouffait, il lui semblait même un peu crétin et peut-être un peu pleutre. En tout cas, il n'avait pas l'air d'être rusé ni fin stratège. Il était juste exigeant, et certainement fourbe et envieux, voire un tantinet cruel. Et certes, sa cruauté représentait à elle seule une véritable menace. Mary supposa qu'il était prêt à beaucoup s'il n'obtenait pas ce qu'il désirait, même à user de sombres subterfuges et de moyens peu chevaleresques justement, comme il venait d'en faire la démonstration en s'alliant avec Colin et en l'enlevant à son époux légitime. Ce qu'elle ne comprenait pas, c'était pourquoi son oncle avait accepté l'argent de cet Anglais. Il devait en avoir pourtant suffisamment... mais peut-être pas, finalement... une guerre coûtait cher et il avait certainement peur de ne pouvoir rivaliser avec les richesses récemment acquises par Alexander depuis son mariage avec Élisabeth MacDonald.

Il avait certainement peur de se faire écraser, faute de moyens !

Oui, c'était surement pour cela qu'il l'avait vendue à ce sale traître de Somerset ! Parce qu'il avait peur des MacLeod et ne se sentait plus de taille à les affronter.

— Suivez-moi ! lui dit Somerset après l'avoir longuement contemplée.

Il lui tourna le dos et elle s'exécuta sans un mot, retenant un sourire.

Il ne serait finalement pas si difficile que cela à convaincre et à duper. Elle avait vu juste, il ne voyait pas plus loin que le bout de son nez.

Quand Somerset fit ouvrir la grille de la cellule où était retenu Craig, dans les bas-fonds de Kinkaid Tower, Mary se fit violence pour ne pas courir jusqu'à la couche où il était étendu, semblant dormir. Le cliquetis des clés ainsi que le grincement de la grille ne l'avaient même pas réveillé. Il était totalement inerte.

Elle avança lentement, en s'imposant une posture détachée.

Elle ne voulait pas faire pitié à Somerset ni lui faire la joie de la voir malheureuse, ou abattue. Elle devait se montrer forte devant lui, et être surtout plus forte que lui, ou bien il la piétinerait. Il ne devait pas se rendre compte de ses faiblesses. Pour autant, il savait que Craig en était une puisqu'il avait décidé de l'utiliser pour arriver à ses fins avec elle et se venger d'eux. Sans doute ne lui avait-il pas pardonné de l'avoir repoussé, ni à Craig de lui avoir mis son poing en travers de la figure. Lui aussi devait ruminer sa vengeance depuis des jours.

Elle s'agenouilla devant la couche où gisait Craig, le cachant à la vue de Somerset.

Sa vision la fit frémir. Une vision d'horreur. Le sang, sur son visage, avait séché, mais il était méconnaissable. Visiblement, les hommes de son oncle avaient continué à le rouer de coups, alors même qu'il était évanoui et ne pouvait se défendre, et s'étaient acharnés sur son visage.

Quelle bande de vermines !

Ces hommes n'étaient pas de vrais hommes ! Ils n'étaient que des couards, et n'étaient pas dignes d'être des Highlanders. De vrais Highlanders ne s'en prenaient pas à d'autres sans défense, même d'un clan rival. De vrais Highlanders avaient le sens de l'honneur. Mais sans doute étaient-ils ainsi parce que leur laird était lui-même un être fourbe, ce dont elle ne s'était pas rendu compte avant qu'il se serve d'elle pour piéger Craig. Son propre père aurait fait un bien meilleur laird que Colin.

Elle repoussa les cheveux de Craig de son front, les doigts tremblants. Ses boucles si soyeuses et si douces au toucher étaient poisseuses de sang. Elle retint un sanglot en contemplant son magnifique visage abîmé, ses paupières gonflées, sa pommette gauche éclatée, ses lèvres fissurées et maculées elles aussi de sang séché, mais ne put empêcher ses larmes de couler silencieusement en effleurant sa peau qu'elle découvrit brûlante. Elle pria aussitôt de toute son âme pour qu'il n'attrape pas une mauvaise fièvre. Elle avait mal pour lui, et aurait voulu prendre une part de sa souffrance. Au lieu de cela, elle l'abandonnait. Elle n'avait pas le choix, mais le résultat était le même et le laisser la crucifiait.

Elle sentait Somerset dans son dos, qui ne devait rien louper du spectacle.

Elle caressa encore du bout des doigts le visage de Craig, ses cheveux, puis elle se pencha vers son oreille et souffla :

— Nous nous retrouverons, mon amour. Je t'aime et je t'appartiens. À toi et à toi seul. Je t'aimerai toujours. Jusqu'à mon dernier souffle.

Elle réprima un sanglot.

Elle ne savait s'il l'entendait, mais elle avait besoin de lui dire qu'elle l'aimait plus que tout, et qu'elle serait à lui pour l'éternité. Elle eut l'impression de voir ses paupières frémir.

— Je ne sais pas où Somerset m'emmène. Peut-être en Angleterre, chez lui, souffla-t-elle encore. Je vais essayer de m'enfuir.

Elle ne savait pas comment, ni si elle réussirait, mais elle essaierait. Jusqu'à son dernier souffle, elle essaierait de fausser compagnie à ce traître d'Anglais.

Elle embrassa ses lèvres doucement en fermant les yeux avec force pour ne pas se laisser envahir par le chagrin. Elle aurait aimé qu'il ouvre les siens et lui dise quelques mots, elle aurait aimé lui dire véritablement adieu, mais c'était sans doute mieux ainsi. Mieux valait ne pas se faire encore plus de mal.

Elle allait se remettre debout lorsqu'il saisit sa main.

— Je... te... retrouverai... murmura-t-il dans un souffle haché. Je... je t'aime... aussi. Plus... que... tout...

Elle vit ses paupières frémir à nouveau quand il tenta de les ouvrir, au risque de réveiller ses blessures, et cela lui transperça le cœur. Ne pouvant plus rien retenir et ignorant Somerset qui l'appelait, Mary se jeta contre Craig, en larmes. Elle l'embrassa partout sur le visage, retournée de l'intérieur, en le suppliant de ne pas se torturer davantage en essayant d'ouvrir les yeux.

Accrochée à sa main, elle lui jura de lui être fidèle et de l'aimer toujours.

Elle résista avec force lorsque Somerset vint passer un bras en travers de son ventre pour l'entraîner sans ménagement loin de Craig. Elle résista encore, rua, mais Somerset la souleva de terre. Ses doigts glissèrent sur ceux de son bien-aimé, puis soudain, elle ne les sentit plus. Somerset les avait séparés. Elle hurla, les mains tendues vers Craig, en pleurant à chaudes larmes. Elle ne pouvait plus museler ses émotions, elle avait trop mal. Elle hurla encore le prénom de son époux lorsqu'elle le vit tenter de se redresser, et lorsqu'il cria à son tour son prénom.

Son cœur se rompit en mille morceaux lorsque, faisant fi de son chagrin, Somerset l'emporta, hurlante, loin de Craig. Sitôt la grille franchie, il la balança entre les bras d'un de ses gardes en lui ordonnant de la faire taire, tandis qu'on verrouillait la cellule derrière eux. Ce que l'homme fit en lui décochant un coup de poing au menton.

Et alors… ce fut le trou noir.

21

Craig grogna quand des mains le secouèrent, et quand une voix lui parvint comme à travers un brouillard. Il entendait qu'on lui parlait, mais il était incapable de réagir. Il avait même du mal à rassembler ses idées, sa tête était sur le point d'éclater et il avait tantôt chaud, tantôt froid. Il claqua des dents, ne pouvant retenir des frissons. Il fouilla sa mémoire, tandis que des bras le soulevèrent.

Il se raidit, en attente de coups qui ne vinrent pas, et il s'autorisa un soupir.

Il reprit son souffle pour tenter de prononcer le seul nom qui lui brûlait les lèvres : celui de sa femme, Mary. Mais de cela aussi il fut incapable. Il se souvenait de peu de choses, mais il se souvenait l'avoir vue dernièrement. Il ressentit ses lèvres sur son visage, il ressentit également ses larmes mouiller sa peau, puis il lui sembla que les paroles qu'elle lui avait murmurées résonnaient à son oreille : Somerset, ce traître, l'emmenait loin de lui et elle était venue lui faire ses adieux.

Il se redressa, et cria :

— Mary !

— Doucement, mon frère, lui dit Alexander en le prenant par les épaules et en le forçant à se recoucher. Calme-toi. Je te ramène chez nous.

Il résista, mais Alexander lui promit de tout lui raconter dès qu'ils arriveraient à HelenHall, et lui intima de se laisser faire. Il se calma et eut vaguement conscience qu'on le recouvrait d'une couverture, qu'on l'attachait à un lit de branchages, et le lit à des chevaux. Puis il entendit son frère donner l'ordre du départ et son lit de fortune glissa sur le sol, maltraitant ses os douloureux. Il souffrait dans son corps, mais ce n'était rien en comparaison de ce qu'il ressentait dans son âme lorsqu'il pensait à Mary. Il avait peur pour elle. Elle n'était pas de taille à lutter contre Somerset. Il fallait qu'il se dépêche... qu'il aille la sauver... elle avait besoin de lui...

Il s'agita, tandis que les questions se bousculaient dans sa tête : où était-elle ? Et Kinkaid ? Alexander les avait-il défaits ? Combien de temps était-il resté inconscient ? Deux jours ? Trois ? Après que Mary lui eut rendu visite, Colin était-il revenu le voir pour le torturer ? Il n'en avait pas souvenance. Sans doute s'était-il plutôt préparé à la guerre, le laissant pourrir dans sa cellule et grelotter de fièvre. Il eut trop chaud tout à coup, et il se sentit si mal que la sueur lui ruissela sur le visage. Il serra les dents. Il devait tenir le coup, pour elle. Pour Mary. Il fallait qu'il se dépêche de reprendre des forces pour aller la sauver. Il eut mal à la pensée d'arriver trop tard. Comment allait-elle faire pour repousser Somerset s'il voulait la posséder ? Il était un homme, elle une femme. Il était plus fort qu'elle.

Son esprit était tellement malmené que son souffle accéléra, son cœur se mit à battre comme un fou, et soudain, il vit des petites lumières scintillantes derrière ses paupières closes, et perdit ce qu'il lui restait de conscience.

Quand il se réveilla, il était sur sa couche, dans sa chambre. Il en reconnaissait l'odeur, mais une autre exhalait de son corps. Il lui sembla que sa fièvre était tombée. Sans doute Katel, leur guérisseuse, avait-elle opéré des miracles en lui faisant ingurgiter les potions de plantes dont elle avait le secret et en recouvrant son corps d'onguents. Cette fille était une bénédiction. Dommage qu'elle n'avait pas voulu se marier avec Ewen, son frère aurait été heureux avec elle. Elle était douce, patiente et jolie... ce qui ne gâchait rien. Jolie... mais moins que Mary...

Il se piqua debout dans son lit.

Mary...

Il tenta d'ouvrir les yeux, et y parvint. Ils n'étaient presque plus gonflés. Il avait encore mal partout, mais c'était grandement supportable. Quelques petites douleurs ne l'avaient jamais arrêté. De plus, il avait faim. Une faim de loup.

Il posa les pieds au sol.

Sa tête lui tourna, mais il tint bon.

Il fallait qu'il voie son frère, et il fallait qu'il se lance à la poursuite de Mary. Il espérait qu'Alexander savait où elle se trouvait.

Peut-être était-elle ici…

Son cœur accéléra à cette pensée.

Il enfila son kilt, rentra sa chemise à l'intérieur, puis mit ses bottes qui reposaient au sol, ignorant la sueur qui lui dégoulina dans le dos. Il retint une grimace en se découvrant encore si faible. Mais qu'importe ! Il allait faire avec.

Il se leva, affirma sa posture, et sortit de sa chambre pour se rendre directement dans la pièce de travail de son frère. Grand bien lui en prit, car la porte était ouverte et quand il s'avança dans l'ouverture, il put constater qu'Alexander était assis à sa table habituelle.

Il ne perdit pas une seconde et entra.

Si cela ne tenait qu'à lui, il aurait déjà couru à la recherche de Mary, mais il ne savait pas par où commencer. Il espérait qu'Alexander, lui, le savait.

Son frère leva la tête, le sourire aux lèvres.

— Assieds-toi, mon frère. Je suis ravi de te voir en si grande forme.

Craig se passa les mains sur le visage, pour en chasser les dernières brumes.

— Je suppose que je le dois à Katel. J'ai dormi combien de temps ?

— Trois jours !

Bon Dieu... autant ?

— Tu sais où se trouve Mary ? demanda-t-il aussitôt.

— Non, hélas !

Craig se piqua debout.

— Alors, qu'est-ce qu'on attend ? Il faut la retrouver !

Alexander lui fit signe de se rasseoir.

— Tu ne veux pas savoir ?

— Si, bien sûr, mais…

— Ses frères sont partis à sa recherche, l'interrompit-il en lui désignant à nouveau le siège où il reprit place. Nous ne pouvons rien faire de plus.

Il ne put s'empêcher de gigoter sur son siège.

— Calme-toi ! Et laisse-moi t'expliquer.

Craig lui fit un geste impatient de la main, l'invitant à continuer.

— Quand j'ai compris que tu ne reviendrais pas, j'ai envoyé une missive au roi où je lui ai tout raconté. Ensuite, je suis allé trouver le père de Mary, qui n'était au courant de rien. Nous sommes tombés d'accord sur le fait que Colin était devenu fou avec cette histoire de vengeance contre moi, et que son comportement était de plus en plus ingérable. Tu imagines bien que le père de Mary n'a pas apprécié qu'il se serve de sa fille pour nous prendre en traître et il s'est rallié à nous. Avec ses fils et quelques hommes à eux, ils nous ont aidés à prendre Kinkaid Tower et à te libérer.

— Et Colin ? frémit-il.

Celui-ci, il aurait bien voulu lui faire la peau lui-même pour lui apprendre à s'en prendre à Mary, et à lui, et pour l'avoir fait rouer de coups par ses sbires.

— Mort !

— Pardon ?

— Tu as bien entendu, mon frère.

— Comment ?

— Colin s'en est pris à son propre frère qu'il a voulu occire, et l'un des frères de Mary, Jamie, lui a passé l'épée au travers du corps.

Craig respira tout de suite un peu mieux, mais continuait à trépigner d'impatience.

— Bien fait pour lui ! Je ne le regretterai pas !

— Et moi non plus ! Le père de Mary a donc pris la place de laird, c'est quelqu'un de tempéré et tout est revenu à la normale.

Pas tout à fait, non...

— Et Mary ?

— Certainement en route pour l'Angleterre.

Craig se piqua à nouveau debout, n'en croyant pas ses oreilles.

— Tu veux dire que tu n'as aucune nouvelle depuis tout ce temps ? Tu ne sais même pas s'ils les ont rattrapés ?

— Pas encore, c'est trop tôt !

— Je suis son mari, c'était à moi d'aller la chercher !

— Tu étais au fond de ton lit, Craig ! J'ai prévenu le roi. Il doit avoir dépêché des émissaires aux frontières.

Sauf que Les Marches, entre Écosse et Angleterre, étaient un territoire immense, et Somerset pouvait passer n'importe où ! Il ignorait où se trouvaient ses terres.

— J'y vais ! Tu ne m'arrêteras pas !

— Je n'en avais pas l'intention. Ton cheval est prêt, il n'attend plus que toi !

Craig se rua vers la sortie, mais au dernier moment, il se retint au chambranle et se retourna.

— Merci, mon frère !

Alexander eut un vague mouvement du poignet.

— Je t'en prie, c'est bien normal ! Bonne chance.

Craig lui répondit d'un signe de tête.

Quelques minutes plus tard, il prenait la direction du sud de l'Écosse avec les deux membres du clan qui avaient fait le voyage vers Holyrood avec lui et Mary. En espérant que c'était la dernière fois qu'il quittait son clan et que bientôt, très bientôt, il retrouverait sa femme. Même s'il ignorait toujours par où commencer et s'il réussirait à retrouver sa trace. Plus qu'à espérer que ses frères les interceptent avant que Somerset ne leur fasse passer la frontière. Il ne se voyait pas entrer en Angleterre comme un voleur, mais s'il le fallait, il le ferait. Somerset et Mary avaient quitté les terres Kinkaid depuis trois jours, mais comme elles étaient un peu plus au nord, ils n'avaient que deux jours de cheval d'avance sur lui. S'il se pressait, il pourrait certainement les rattraper avant la frontière.

Tout en chevauchant le plus rapidement possible, il réfléchit : il était logique que Somerset se rende sur ses terres anglaises. Le roi l'avait banni de la cour après ce qu'il avait infligé à Mary et l'avait choisi, *lui,* pour l'épouser quand il lui en avait fait la demande. Il lui avait promis allégeance en retour. Le roi Jacques était de leur côté. Et Somerset s'était mis hors la loi en lui enlevant Mary sans avoir aucun droit sur elle. Et de cet acte, aussi, il devrait répondre.

***

Cela faisait quatre jours qu'ils avaient quitté Kinkaid Tower, et Mary faisait tout pour ralentir le rythme. Quand elle ne se plaignait pas du ventre, elle gémissait que sa tête lui faisait mal, ou qu'elle avait faim, ou froid, ou… qu'elle était fatiguée, et alors, elle ralentissait sa monture pour aller au pas. Elle avait peur que Somerset perde patience et ne l'assomme pour la mettre en travers de sa selle pour aller plus vite, mais il n'en fit rien, à son grand soulagement. Il se contentait de l'écouter, de répondre au moindre de ses désirs, et il semblait de plus en plus soucieux. En vérité, elle avait l'impression qu'il faisait tout pour lui être agréable, ce qui, elle devait le reconnaître, l'étonnait énormément après ce qu'il s'était passé chez son oncle et la cruauté dont il avait fait preuve à son

266

égard. Elle était perdue, mais elle continuait de lui en faire voir de toutes les couleurs. Elle faisait également tout pour se faire remarquer et dès qu'ils rencontraient ou croisaient des paysans, elle s'extasiait sur leurs plantations, leur posait des questions, et arrivait à leur souffler discrètement son nom et qu'on l'avait ravie à son époux, Craig MacLeod, quand Somerset s'éloignait pour rejoindre sa monture et relâchait sa vigilance. Si jamais Craig passait par là – et forcément, vu qu'il n'y avait qu'un chemin qui traversait l'Écosse du nord au sud – et posait des questions, il entendrait peut-être ainsi parler d'elle. En tout cas, elle l'espérait de tout cœur. Le reste du temps, elle jouait les gourdes, et alors qu'elle avait décidé de rester muette, elle pépiait au contraire à tort et à travers pour énerver son ravisseur, et parfois, à sa grande satisfaction, Somerset levait les yeux au ciel, ou soufflait de lassitude. Alors, Mary retenait un sourire. Elle l'exaspérait, et tout en jouant les bécasses, elle cherchait un moyen de lui fausser compagnie.

Ce matin-là, elle décida de ne pas se lever.

La veille, comme tous les autres soirs, ils s'étaient arrêtés dans une taverne, Somerset refusant de dormir à la belle étoile et ayant les moyens de vivre en seigneur. Et comme tous les soirs, il avait pris deux chambres et lui avait fait porter son repas dans la sienne. Repas qu'elle refusait de partager avec lui. À dire vrai, elle se demandait pourquoi il la voulait tant à ses côtés si c'était pour ne pas essayer de partager sa couche ! Non pas qu'elle s'en plaignait, bien au contraire, mais comme elle attendait un faux pas de sa part pour lui planter sa lame dans le corps et s'enfuir retrouver Craig, elle se rongeait les sangs d'impatience.

Se pourrait-il qu'il n'ait cherché qu'à se venger de Craig parce qu'il l'avait ridiculisé en lui faisant mordre la poussière, mais ne soit pas réellement intéressé par elle ? Se pourrait-il que ce soit son oncle qui l'ait manipulé, lui faisant miroiter Dieu savait quoi ?

Quand le garde ouvrit la porte de sa chambre, il fut surpris de la trouver encore au lit.

— Je suis malade. Allez chercher votre maître, ordonna-t-elle.

Quelques minutes plus tard, Somerset vint la rejoindre, le front barré d'une ligne soucieuse.

Elle remonta ses draps sous son nez et renifla :

— J'ai la fièvre. Laissez-moi ici ! Je vous retarde.

Il ouvrit de grands yeux.

— Mais de quoi donc parlez-vous ?

— Vous m'avez enlevée, Somerset… répondit-elle d'une voix atone après avoir émis une petite toux sèche. Quand le roi l'apprendra, il lancera des émissaires à vos trousses et vous serez pendu. En Écosse, il est interdit de ravir la femme d'autrui. Et nous sommes encore en Écosse si je ne m'abuse.

Il lui sembla que le visage de son ravisseur avait verdi.

— Vous n'êtes pas sérieuse ?

— Vous ne le saviez pas ? s'enquit-elle benoîtement. Je ne connais pas vos lois anglaises, mais ici, c'est ainsi !

Elle fut tentée de se moquer de lui, mais se contint.

Elle ne gagnerait rien à le mettre en colère.

— Il est hors de question que nous restions une minute de plus ici, laissa-t-il tomber après avoir réfléchi quelques secondes. Levez-vous !

Mary porta la main à son front et gémit :

— Je ne crois pas que je pourrai tenir en selle aujourd'hui, je suis trop malade.

Somerset approcha du lit, et elle eut un mouvement de recul lorsqu'il toucha son front.

— C'est ma foi vrai, vous êtes toute chaude et vos yeux sont brillants.

— Peut-être que j'ai attrapé cette maudite maladie qui se transmet comme une traînée de poudre et fait mourir les gens en quelques heures.

Elle se redressa et ouvrit de grands yeux épouvantés.

— Je vais mourir ! se lamenta-t-elle. Et vous aussi ! Parce que vous vous serez trop approché de moi. Mon Dieu, sauvez-nous ! gémit-elle encore, en se signant tout en roulant des yeux, jouant la comédie, ravie de voir Somerset reculer d'effroi.

Le couard...

— Fort bien, je vous laisse, déclara-t-il, en évitant son regard. Je... je vais essayer de vous trouver une charrette dans laquelle vous installer.

Flûte... elle n'avait pas prévu cela...

— Je vais mouriiiir, geignit-elle encore, en se jetant sur son oreiller, les bras en croix. Pitiéééé !

Elle se redressa lorsqu'elle entendit la porte se refermer et repoussa les couvertures avec ses pieds. Il était temps, elle étouffait là-dessous tout habillée. Elle avait mis plusieurs couches de vêtements, ainsi que sa cape, pour faire croire qu'elle avait de la fièvre. Elle ne perdit pas une seconde et retira ses robes pour n'en garder qu'une, puis elle remit la cape. Comme l'un des hommes de Somerset gardait constamment la porte de sa chambre, elle avait décidé de se faufiler par l'ouverture donnant sur la rue. Elle était au premier, elle pourrait sauter, en priant pour ne pas se casser la cheville. Elle passa la lanière de sa besace en travers de son corps, et repoussa la tenture qui obstruait le trou dans le mur. Le froid du matin et l'humidité la saisirent, mais un petit vent de liberté souffla sur sa peau. Elle passa la tête par le trou, et évalua la distance jusqu'au sol.

Cela devrait aller !

Le trou n'était pas large, mais elle était fine, elle passerait. Mais ne sut comment s'y prendre. Il fallait qu'elle sorte les jambes en premier ! Avisant un banc, elle le tira sous l'ouverture, puis, en appui sur les mains, elle sortit une jambe par le trou, puis l'autre. Elle se laissa ensuite glisser lentement, en serrant ses vêtements entre ses jambes, fit pendre sa besace, puis se maintint des deux mains au trou, avant de regarder de tous côtés pour s'assurer que la voie était libre, et se laisser tomber au sol. Elle atterrit sur ses pieds, sans dommage, poussa un soupir de soulagement.

Elle avait réussi...

Mais pour autant, elle n'était pas tirée d'affaire. Quand elle avait réfléchi à ce plan, la veille au soir, elle avait décidé de se rendre dans un relai de chevaux pour trouver une monture et regagner Inverness. De là, elle rallierait HelenHall. Elle avait toujours la pièce d'or que lui avait donnée son père quand elle était partie pour Holyrood, et qu'elle avait cachée dans l'ourlet de la robe qu'elle portait ; cela devrait suffire amplement. Elle rabattit sa capuche sur sa tête pour dissimuler sa chevelure et s'enfuit à travers les rues, priant pour ne pas faire de mauvaises rencontres, mais les gens qu'elle croisait ne faisaient pas attention à elle. Elle demanda son chemin à un chaland, puis reprit son chemin en suivant ses dires. Elle arriva devant une taverne, faisant office de relai.

Elle entra et exigea aussitôt un cheval. Il fallait qu'elle quitte la ville au plus tôt sans se faire remarquer. Si elle pouvait trouver un convoi de voyageurs auquel se mêler, ce serait l'idéal. Sans doute rencontrerait-elle des gens sur le chemin. Elle paya sa monture, prit la monnaie, grimpa sur son dos et s'enfuit en direction des portes de la bourgade, sa capuche toujours sur la tête, se faisant violence pour paraître détachée et ne pas regarder partout autour d'elle. Somerset n'oserait pas la faire rechercher, elle était chez elle, pas lui. Elle crierait à qui voulait l'entendre qu'il l'avait kidnappée. Elle ne pouvait rien prouver, mais sans doute cela suffirait-il pour qu'il prenne peur.

Sitôt les portes franchies, elle talonna sa monture et partit au galop.

22

Mary chevaucha de nombreuses heures sans encombre, seule, mais quand elle rejoignit un groupe de voyageurs à pied, elle descendit de son cheval, le prit par la bride et se mêla à eux comme elle se l'était promis. Là, elle put respirer enfin, et se détendre. Petit à petit, son dos se délassa, et lui fit moins mal. De plus, elle était heureuse de marcher, après avoir passé des heures et des heures à cheval. Elle avait un peu parlé avec la jeune femme près d'elle, Brit, qui s'en allait trouver un travail à Inverness, mais depuis quelques minutes, elles restaient silencieuses, perdues dans leurs pensées respectives. Mary se réjouissait de parcourir le chemin avec elle, ainsi, elle ne serait plus seule. Elle mettrait du temps, mais au moins, se mêlant à d'autres de cette façon, elle avait plus de chances de demeurer saine et sauve. Même si ses frères lui avaient appris à tuer un homme, de face comme de dos, elle n'était pas pressée de passer à l'action… sauf avec Somerset, qu'elle avait rêvé d'occire à chaque minute qu'elle avait passé à son côté.

Quand, au loin, elle repéra des cavaliers venir dans leur direction, puis remarqua le tartan des Kinkaid, elle tira sa capuche sur son visage, se fit toute petite pour se cacher dans l'ombre de son cheval et, comme les autres, elle se retrancha sur le bord du chemin pour leur céder le passage. Ils étaient quatre. Deux devant, et deux, derrière. Quand ils les eurent dépassés, semblant visiblement si pressés qu'ils ne prirent même pas le temps de les saluer, Mary ne put s'empêcher de lever le nez et de regarder dans leur direction. Elle aperçut alors que l'un des hommes de derrière portait les couleurs des MacLeod. Elle se dirigea au centre du chemin, son cœur battant la chamade malgré elle.

Se pourrait-il que…

L'homme était de bonne stature, visiblement bon cavalier, brun, ses boucles volaient au vent. Il avait sa silhouette, son attitude à cheval. N'y tenant plus, elle mit ses mains devant sa bouche et cria le prénom de son époux. Mais sa voix se perdit dans l'air. N'écoutant que son cœur, Mary regrimpa sur le dos de sa monture et la talonna, tout en continuant à appeler Craig. Mais l'homme ne l'entendait pas. Couché sur le col de sa monture, lui et ses comparses filaient comme le vent. Ils poussaient tellement leurs destriers que bientôt, ils seraient hors de portée de sa voix, et de son regard.

Nooonnnn ! Il fallait qu'elle sache !

Elle remonta sur sa monture, la talonna et se coucha sur l'encolure. Elle n'avait plus la force de crier, mais ils allaient bien finir par s'arrêter quelque part, non ? Quand elle comprit qu'ils ne le feraient certainement pas avant de rejoindre la bourgade qu'elle avait quittée, elle se désespéra. C'était bien sa veine. Elle espéra que Somerset était reparti pour regagner ses terres et ne s'était pas lancé à sa poursuite. Si c'était le cas, il croiserait les Kinkaid avant elle. Ainsi que celui qui ressemblait à Craig de dos. Mais si c'était bien Craig, que faisait-il avec des Kinkaid ?

C'était à devenir folle toute cette histoire…

Elle chevaucha ainsi plusieurs heures, en suivant le nuage de poussière que soulevaient les chevaux devant elle. Et quand enfin ils ralentirent, ce fut pour franchir les portes de la petite ville qu'elle avait effectivement quittée quelques heures auparavant.

Elle n'était pas tranquille, s'apprêtant à tout moment à voir débouler devant ses yeux le vil Anglais et ses gardes.

Elle suivit les Kinkaid à distance.

Tant qu'elle n'aurait pas vu leurs visages, elle ne ferait rien. En vérité, elle ne savait qu'en penser. Que faisaient-ils là ? Et pourquoi chevaucher comme s'ils avaient le diable à leurs trousses ? Ils ne pouvaient être à sa recherche, cela n'avait aucun sens. Ils discutèrent quelques secondes puis se séparèrent. Mary suivit celui qui portait les couleurs des MacLeod, à distance raisonnable. Quand il s'engouffra dans une petite ruelle, elle lui emboîta le pas. Il regardait partout, et se penchait parfois pour parler à quelques personnes. Visiblement, il était à la recherche de quelqu'un. Elle se rapprocha encore. Son cœur fit un bond dans sa poitrine lorsqu'un homme déboucha au bout de la ruelle. Surpris de voir un cavalier, l'homme s'arrêta et se tassa dans l'entrée d'une masure, attendant que le MacLeod arrive sur lui. Ce dernier ne l'avait pas vu et avançait au pas. Bientôt, il serait sur lui. Au moment où l'homme sortit de l'ombre, Mary le reconnut.

Somerset...

Elle hurla le prénom de Craig qui, surpris, se retourna sur sa selle. C'était bien lui. Elle lui cria de faire attention, mais trop tard : Somerset avait déjà sauté pour le saisir par son plaid et l'entraînait au sol. Là, il sortit son épée et s'apprêtait à la passer en travers du corps de son époux lorsque Mary fondit sur eux. Elle fit élever les sabots avant de son cheval, qui allèrent heurter Somerset à la poitrine, l'envoyant s'effondrer à terre.

Craig se redressa aussitôt, et se rua sur Somerset. Plutôt que de l'occire comme elle s'y attendait, il lui donna de violents coups de poing en plein visage tout en vociférant : « Ne t'approche plus jamais de ma femme ou je te jure que je te fais pendre haut et court ! »

Le sang gicla et bientôt, la tête de Somerset pendit mollement sur le côté.

Craig le prit alors les bras et le tira contre le mur de la masure, où il l'abandonna.

Alors seulement, il se dirigea vers elle.

Mary sauta à bas de son cheval et s'élança pour se jeter contre sa poitrine.

Quand elle sentit ses bras se refermer sur elle, elle enroula les siens autour de sa taille, et ferma les yeux.

— Ne me refais plus jamais ça ! gronda Craig.

Elle releva la tête, et cilla face à la fureur qui assombrissait encore le regard de son époux. En était-elle la cause, ou était-ce parce qu'il venait de frapper un homme, le laissant quasiment pour mort ?

— Je te le promets, répondit-elle, la voix rauque d'émotion. Pardonne-moi, je... je voulais aider.

Elle les avait mis en danger et s'en voulait de toute son âme ; Craig s'était fait battre à mort à cause d'elle.

Elle toucha son visage du bout des doigts.

— Je ne te désobéirai plus jamais... pardonne-moi, réitéra-t-elle, je devais faire quelque chose, tu comprends ?

— Je sais, mais tu aurais dû me laisser faire ! C'était mon devoir, Mary, ma responsabilité.

Elle se dégagea, et se rebella :

— Moi aussi, j'ai le droit de protéger ma famille ! J'en ai le droit et le devoir également, même si je suis une femme !

Les yeux brillants, Craig prit sa nuque dans sa main et pressa son front contre le sien. Le cœur de Mary frappait à tout va contre ses côtes. Ils n'allaient pas se disputer alors qu'ils venaient juste de se retrouver ? Elle ne voulait pas que Craig soit en colère contre elle. Il fallait qu'il lui pardonne, et comprenne.

— Je suis désolée. Désolée pour tout ce que j'ai fait... exprima-t-elle encore, alors que ses yeux s'emplissaient de larmes.

Et soudain, Craig prit ses lèvres et lui donna un baiser furieux, tandis qu'un gémissement rauque sortait de sa poitrine. Leur baiser se fit plus passionné quand ils se pressèrent l'un contre l'autre.

— J'avais tellement peur de te perdre, si tu savais... murmura-t-il après avoir quitté ses lèvres.

Enfin... enfin, il lui était revenu, il ne lui en voulait plus...

— Comment as-tu fait pour lui échapper ?

Mary jeta un coup d'œil au corps de Somerset, non loin d'eux. Cet homme leur avait fait du mal, il n'avait que ce qu'il méritait. Œil pour œil ! C'était ainsi que cela fonctionnait dans les Highlands, et elle était d'accord avec ça ! Craig ne l'avait pas tué, elle le savait, il lui avait juste donné une correction pour que plus jamais il ne s'en prenne à elle, ou même à un autre membre de sa famille. Elle supposa que Somerset, après ça, rentrerait chez lui la queue entre les jambes et qu'ils n'entendraient plus jamais parler de lui.

Elle posa les doigts sur les lèvres de son époux.

— Plus tard, mon amour. Là, tout de suite, je veux que tu m'embrasses. Et que tu me ramènes à la maison.

Alors… Craig l'embrassa, allumant un brasier dans leurs deux corps qu'une unique chose serait capable d'éteindre. Mais cela aussi devrait attendre qu'ils soient seuls.

Une heure plus tard, Mary chevauchait devant Craig, sur le même cheval après qu'elle ait rendu le sien, et ils gagnèrent le centre de la bourgade, où Craig devait retrouver les autres cavaliers, qui s'avéraient être ses frères. Son cœur bondit lorsqu'elle les aperçut. Elle cria leurs prénoms et ils l'accueillirent parmi eux. Elle versa quelques larmes. Eux aussi avaient voulu la sauver. Ils étaient partis à sa recherche dès que le calme était revenu à Kinkaid Tower et Craig les avait rattrapés sur le chemin.

Elle l'avait échappé belle !

Une fois en Angleterre, Dieu seul savait ce que ce fou aurait fait d'elle. Mieux valait ne pas s'appesantir sur le sujet, cela ne la mènerait à rien. Elle avait retrouvé son époux, et c'était tout ce qui comptait. Après avoir pris quelque repos et s'être tous sustentés dans une taverne où ils lui racontèrent la fin de Colin et l'accession de leur père au titre de laird du clan Kinkaid, ses frères repartirent de leur côté, les laissant seuls.

Craig allait au pas, n'étant visiblement pas pressé de rentrer chez eux, maintenant que tout risque était écarté.

Enfin… elle l'espérait.

276

Elle se serra contre lui, et il referma son bras sur elle, tandis qu'il tenait les rênes avec son autre main.

— Tu penses que Somerset se tiendra tranquille cette fois ?

— Oui, je crois qu'il a compris. S'il revient en Écosse, je le fais pendre.

Elle leva les yeux vers lui.

— Je suis tellement désolée, mon amour, pour tout ce que j'ai dit. J'ai dû te causer tellement de peine.

— Je t'avoue qu'au début, je n'ai su qu'en penser, puis j'ai compris. Et ensuite, je n'ai plus douté de ton amour. C'était rusé... idiot, mais rusé.

— Peut-être, mais ça n'a pas marché ! Et tu t'es fait battre par ma faute !

— J'ai survécu, murmura-t-il de sa belle voix chaude en embrassant ses cheveux. J'aurais subi mille fois pire pour toi, Mary. Je t'aime.

Son cœur se serra.

— Moi aussi, je t'aime, murmura-t-elle à son tour. Mais je m'en veux !

Il lui donna un léger baiser sur les lèvres.

— Oublie ça ! Nous sommes en vie tous les deux et tout est arrangé !

— Tu ne m'en veux plus, alors ? demanda-t-elle avec une petite moue.

— Non, Mary, je ne t'en veux plus. Mais ne fais plus jamais quelque chose d'aussi idiot ! Ou cette fois-ci, je te jure que je te mets la fessée que tu mérites pour m'avoir désobéi.

Mary ravala difficilement sa salive.

— Tu plaisantes ? Même mon père n'a jamais levé la main sur moi.

277

Elle mit ses doigts sur les lèvres de Craig avant qu'il n'ouvre la bouche.

— … et ne dis pas qu'il aurait dû ou je te jure que je descends de ce cheval et tu devras te trouver une autre épouse !

Craig éclata de rire, prit son visage entre ses doigts et l'embrassa furieusement.

— Si, c'est exactement ce que j'allais dire, assena-t-il, tandis que des flammes dansaient dans ses yeux. Tu m'enlèves les mots de la bouche.

Il reprit ses lèvres, murmura :

— Ma furie…

Le cœur se Mary explosa de bonheur.

Elle l'aimait tellement...

— Peut-on repasser par Kinkaid Tower ? J'ai des choses à récupérer.

— Quoi donc, ma douce ?

— Oh, de petites choses sans importance, minauda-t-elle, en se serrant davantage contre lui.

Elle avait tellement eu peur de ne jamais le revoir qu'elle voulait savourer sa chaleur.

— Mais encore ?

— Tu verras ! Nous pourrons en profiter pour rester un peu avec mes parents avant de partir pour HelenHall, qu'en dis-tu ?

— J'en dis que c'est une excellente idée. Ainsi, nous pourrons continuer à faire plus ample connaissance.

Ses yeux pétillaient lorsqu'il les descendit sur elle.

— Parce que tu ne connais pas encore tout de moi ? s'étonna-t-elle.

Elle se surprit à aimer badiner avec lui.

Elle adorait cela, même !

— Non, ma douce, il y a encore des recoins de ton corps que je ne connais pas et qui ne demandent qu'à m'accueillir.

— Lesquels, par exemple ?

— Juste des petits coins, que je me ferai un plaisir de visiter, murmura-t-il tout contre ses lèvres. Je suis persuadé que tu vas aimer, ma douce.

— J'en suis sûre aussi, répondit-elle, rougissant légèrement. Dis ?

— Oui, ma douce ?

Elle ouvrit la bouche, mais quelque chose l'empêcha de lui dire le fond de sa pensée.

— Non, rien.

— Dis-moi, insista-t-il, lui saisissant la taille pour la pincer, la faisant glousser.

Elle ne l'imaginait pas si taquin, et se surprit également à adorer cela. Décidément, Craig l'étonnait, et la découverte de sa personnalité lui plaisait infiniment. Il était vrai qu'ils avaient passé peu de temps ensemble, finalement...

Elle caressa son visage du bout des doigts, qui gardait encore les marques des coups. Ses paupières étaient légèrement gonflées, ses lèvres également, et ses pommettes étaient barrées de quelques estafilades. Le reste était passablement bleuté, mais Craig avait retrouvé toute sa beauté, celle qui l'avait toujours si fort attirée.

Elle plongea au fond de ses yeux.

— Rien. Nous en parlerons plus tard.

Ils venaient de se retrouver, elle ne voulait pas gâcher cette belle harmonie en se montrant trop pressée. Ils avaient le temps...

— Comme tu veux. Que dirais-tu de loger à l'auberge ce soir, puis les soirs suivants ? enchaîna-t-il. Nous pourrions dormir dans un vrai lit douillet plutôt qu'à la belle étoile.

— Cela me ferait très plaisir, mon amour. Mais... en avons-nous les moyens ?

— Oui, ma douce, n'aie crainte. J'ai une bourse bien remplie, mais je ne te cache pas que je suis d'un naturel économe. Surtout que... j'aimerais construire notre propre demeure, plutôt que de vivre chez mon frère.

— Cela aussi me ferait infiniment plaisir, Craig. L'important pour moi est de vivre avec toi.

— Et moi avec toi. Pour toujours...

— Oui, pour toujours...

Ils s'embrassèrent, scellant ainsi leurs vœux de s'appartenir pour l'éternité.

23

Les quelques jours passés sur les chemins, juste tous les deux, puis à Kinkaid Tower, furent certainement les plus heureux qu'ait jamais vécu Mary. Elle était aux anges. Ses parents et ses frères étaient ravis de son union et Craig avait été accueilli comme il se devait.

Son époux était merveilleux.

Il était attentionné, aimant, protecteur, exigeant en amour et un amant passionné... Jamais elle n'aurait pensé qu'un homme comme lui, un guerrier au sang chaud, parfois irascible, pouvait être aussi facile à vivre dans l'intimité. Il passait son temps à la surprendre et à lui voler des baisers. Et depuis que toute menace était écartée, depuis que leurs deux clans avaient retrouvé la paix, tout allait pour le mieux !

Le drap, ainsi que leur acte de mariage, qu'elle avait récupéré à Kinkaid Tower, étaient maintenant bien à l'abri dans le coffre au pied de leur couche. Craig avait froncé les sourcils lorsqu'elle lui avait expliqué qu'elle s'était enfuie avec les preuves pour démontrer à son oncle leur union, puis l'avait embrassée voracement, l'appelant encore sa « petite furie », mais une certaine fierté avait allumé son regard. Ils avaient frôlé la catastrophe : si son oncle s'était emparé des preuves et les avait détruites, ils auraient été dans un sale pétrin, mais finalement, tout s'était bien terminé. Grâce à Dieu ! Craig avait l'air de lui avoir pardonné sa désobéissance, mais la première fois qu'il lui avait fait l'amour après ça, il s'était montré encore plus exigeant et encore plus implacable que d'habitude. Mary avait compris qu'il avait eu peur de la perdre et que c'était ainsi qu'il lui montrait son attachement, en la possédant furieusement et passionnément. Cela ne la dérangeait pas, elle était de taille à supporter ses assauts vigoureux, et même... elle adorait ça ! Elle y prenait un plaisir intense et elle n'imaginait pas les choses autrement.

Faire l'amour avec Craig était une sorte de bataille, dont tous les deux sortaient vainqueurs et infiniment comblés. Ensuite, il la câlinait, lui embrassait les cheveux et la serrait très fort contre lui. Dans ces moments-là, Mary se sentait exactement à sa place, et avait l'impression d'être la personne la plus importante pour lui.

Oui, tout aurait dû être merveilleux et aller pour le mieux, pourtant, elle ne pouvait s'empêcher d'être perturbée. De plus en plus. Plus les jours défilaient et plus, malgré elle, la peine l'envahissait, parce que... Craig ne se libérait toujours pas en elle alors qu'ils étaient mariés depuis plus de trois mois. Et elle ne comprenait pas pourquoi. Il semblait heureux de lui faire l'amour, il semblait aimer cela, il était passionné et lui faisait ressentir des émotions qu'elle pensait ne jamais connaître de sa vie, et ils prenaient beaucoup de plaisir, énormément même, et pourtant... après l'avoir fait jouir, il sortait invariablement de son corps pour déverser sa semence dans un coin de drap.

Elle ne comprenait pas !

Ils étaient mariés, ils étaient heureux ensemble – Craig semblait l'être autant qu'elle –, mais il refusait de lui faire un enfant.

Pourquoi ?

Elle avait peur de le lui demander, peur de ses réponses, aussi, elle se taisait. Mais elle en était parfois si malheureuse que des larmes lui obscurcissaient la vue sans qu'elle ne puisse rien faire pour les en empêcher, parce que refuser de lui faire un enfant était comme la rejeter, *elle*. Comme lui interdire de faire pleinement partie de sa vie. Elle chassait ses larmes avec rage, en colère contre elle-même de se découvrir si faible, mais une certaine mélancolie venait au fil des jours flétrir l'harmonie de leur vie commune.

Sans qu'elle ne puisse rien faire, la douleur était là, quelque part en elle et elle ressentait moult pincements au cœur lorsqu'elle voyait sa belle-sœur s'occuper de son fils, ou quand Alexander le prenait dans ses bras ou jouait avec lui, ou encore, quand le bambin riait aux éclats.

Les enfants apportaient tellement de vie et tellement de fierté et de satisfaction dans un couple. Ils étaient le ciment de l'amour, une part de chacun d'eux, une petite part qui resterait ici-bas lorsqu'eux-mêmes ne seraient plus, et qui perdurerait à travers les âges avec leur descendance. Elle aurait tant aimé contempler sur les traits de Craig ce qu'elle voyait sur ceux de son beau-frère : de la fierté, de l'amour pur, une dévotion sans pareille. Elle se désespérait de voir ce reflet dans les yeux de son époux, et se désespérait davantage qu'il n'en parle même pas.

Il était parfois si secret… elle avait le sentiment qu'il lui cachait quelque chose, sans évidemment savoir quoi. Certes, elle lui avait fait du mal, elle lui avait désobéi et les avait mis en danger, eux, ainsi que leurs deux clans. Elle s'était montrée arrogante et avait pensé qu'à elle seule, elle pouvait changer le cours des évènements, mais elle avait eu tort et s'en voulait toujours. Elle pensait que Craig avait confiance en elle, mais elle n'en était plus très sûre désormais, et elle en souffrait.

Dieu qu'aimer un homme était compliqué !

Aimer une autre personne que soi-même… une personne que l'on ne connaissait pas véritablement… surtout quand cette personne était aussi secrète que son époux.

Elle pourrait s'en ouvrir à Élisabeth, pour lui demander aide et conseils, mais elle n'était pas parvenue à s'y résoudre.

Cet après-midi-là, elle était occupée à bercer Malcolm dans son petit lit à bascules, lorsqu'Angus, l'oncle de son époux qui vivait avec eux à HelenHall, entra dans la salle commune et vint s'asseoir près d'elle.

Il rapprocha son siège du sien, sa surdité l'empêchant d'entendre s'il était trop éloigné.

— Il s'est enfin calmé ? souffla-t-il pour ne pas réveiller Malcolm.

Angus adorait l'enfant, qui le lui rendait bien. Il s'en occupait également beaucoup. En vérité, « le petit maître », comme il était appelé, avait conquis toute la maisonnée, et tout le monde veillait sur lui. Il n'y avait que Craig qui semblait indifférent, ce qui faisait dire à Mary qu'il n'aimait pas les enfants. Et certainement qu'il avait décidé de ne jamais en avoir.

Pourquoi avoir pris femme, alors ?

Pourquoi priver une femme du bonheur d'être mère ?

Elle allait devoir s'en ouvrir à lui, parce que la situation la rendait vraiment malheureuse et cela ne pouvait plus continuer ainsi. Surtout qu'elle avait constamment le bonheur de sa belle-sœur sous les yeux, avec un enfant à choyer et à aimer. Alors qu'elle-même n'en avait pas et n'avait pour le moment aucun espoir d'en avoir.

— Je crois qu'il souffre des dents. Les petits de mes frères aînés sont passés par là, également.

Angus dodelina de la tête.

— Vous semblez soucieuse depuis quelque temps, chère petite. Mon neveu vous en ferait-il voir ?

Elle observa Angus, puis prit une lente inspiration.

— Craig a-t-il… Y a-t-il déjà eu une femme dans sa vie ? Je veux dire une femme qui ait été importante pour lui ?

— Hormis sa mère, vous voulez dire ?

— Sa mère ? répéta-t-elle, incrédule.

Angus se mit à rire doucement.

— Craig a eu énormément de mal à sortir de ses jupons. Remarquez… ma belle-sœur a tout fait pour, elle l'avait constamment dans les bras. Elle n'a jamais cessé de le couver et de le protéger, au grand dam de mon frère qui désespérait d'en faire un homme. Même après la naissance d'Ewen, elle… enfin… je ne devrais pas dire ça, ça ne me regarde pas, mais je crois qu'elle aimait Craig plus que ses deux autres fils. Pour autant, il recherchait sans cesse l'approbation de son père, et se sentait moins digne de son respect qu'Alexander qui était l'aîné. Et pour répondre à votre question, aucune femme n'a compté pour lui.

— Sa mère est morte comment ?

Elle savait pour son père, tué sur le champ de bataille par Georg MacDonald, mais elle ignorait quand et comment avait péri sa mère.

— En couches ! Quelques heures après avoir mis au monde une petite fille qui n'a pas survécu. Mon frère était inconsolable et ne l'a jamais remplacée.

Comme Maddie...

Toutes les femmes savaient que mettre au monde un enfant était risqué, mais la plupart du temps, cela se passait bien. Quand on aimait le père comme elle aimait Craig, avoir un enfant serait le plus beau des cadeaux.

— Je vois... vous avez des nouvelles d'Ewen ? demanda-t-elle encore pour ne pas s'appesantir sur le sort funeste des femmes de la famille. Il a réussi à se faire enrôler dans l'armée du roi ?

Elle avait fait la connaissance du jeune frère de Craig à leur retour de Kinkaid Tower. Grand, brun, il possédait le regard si particulier de ses frères, vert pailleté d'or, et leur ressemblait beaucoup. Mary avait aussitôt décelé en lui une gravité et une certaine tristesse. De la colère aussi. Craig lui en avait déjà expliqué les raisons : Katel, leur guérisseuse, avait choisi son art plutôt que leur amour et avait rompu avec lui. Le pauvre en avait eu le cœur brisé. Il n'était resté qu'une nuit puis était reparti au petit jour pour aller trouver le roi et se mettre à son service. Il voulait se battre. Sans doute pour oublier. Mary espérait qu'il n'allait pas se mettre en danger et qu'ils le reverraient sous peu. Ce serait dur pour la famille s'il lui arrivait quelque chose, car Ewen était aimé de tous. Avant sa rupture amoureuse avec Katel, il était de nature joviale et toujours de bonne humeur, lui avait assuré Craig. Depuis, il traînait une tête de cent pieds de long...

— Il vient justement de nous faire parvenir une missive. Le roi va l'envoyer dans un fort des Marches, à la frontière avec l'Angleterre, où Anglais et Écossais ne cessent de se chercher des noises et de faire des razzias, tantôt d'un côté, tantôt de l'autre.

— J'espère qu'il nous donnera des nouvelles de temps en temps.

— J'espère surtout que ce petit trou du cul en reviendra vivant ! C'est pas Dieu possible de se mettre dans un état pareil pour une donzelle ! Si son père était encore de ce monde, il aurait entendu parler du pays ! Les jeunes, aujourd'hui, ils ont plus de couilles.

— Vous ne devriez pas parler ainsi, Angus, il a toujours des sentiments pour Katel et il souffre, c'est normal qu'il veuille s'éloigner. Moi, je le comprends tout à fait et je trouve au contraire que s'enrôler dans l'armée royale est une belle preuve de courage.

— Espérons que l'exercice l'endurcisse, alors...

Oui, s'il n'y laissait pas sa vie...

Mary allait prier pour qu'il leur revienne sain et sauf.

Ils continuèrent à discourir jusqu'à ce qu'Élisabeth vienne récupérer son fils pour le nourrir et le coucher. Ensuite, elle se joignit à eux, et s'attela à ses travaux d'aiguille. Mary n'aimait pas particulièrement cette activité, mais pour tromper son ennui, elle s'était résolue à demander à Craig de lui acheter une tapisserie qui irait orner l'un des murs de leur chambre : une scène champêtre. Et à dire vrai, quand elle s'y adonnait, en fin de journée, son esprit dérivait, et ce n'était pas désagréable. Mais ce qu'elle aurait voulu, c'était chevaucher tout le jour avec son époux, voir du pays, dormir à la belle étoile à même le sol, se baigner dans les lochs, faire l'amour sous le firmament en ayant l'impression de toucher les cieux lorsque Craig entrait en elle. Ces moments de totale liberté et d'aventure lui manquaient. Passer tout son temps avec Craig lui manquait également, car elle ne le voyait quasiment pas de la journée ! En vérité, depuis qu'elle était rentrée à HelenHall, elle s'ennuyait à mourir. Elle ne savait pas à quoi occuper ses jours et les heures ne défilaient pas assez vite à son goût. Il n'y avait qu'à la tombée du soir qu'elle reprenait vie, lorsque son époux rentrait d'expédition.

D'ailleurs, c'était le moment, la luminosité commençait à décliner.

Elle prit congé d'Élisabeth et d'Angus, et sortit de la forteresse. Elle resserra son châle autour de ses épaules pour se protéger de la fraîcheur, et accéléra le pas. Elle marcha un bon quart d'heure, jusqu'à ce qu'au loin, enfin, apparut un nuage de poussière.

Elle s'arrêta au bord du chemin et attendit.

Elle aimait ces moments qui illuminaient son existence et la sortaient de cette sorte de mélancolie dans laquelle elle s'était abîmée toute la journée.

Tout en observant le chemin ainsi que les cavaliers qu'elle discernait petit à petit, elle se prit à rêver de son époux, de ses lèvres, de la chaleur de son corps contre le sien. Comme tous les jours, il arrêterait sa monture près d'elle, et lui tendrait la main avec un sourire si radieux et si dévorant que son corps vibrerait d'attentes insoutenables. Alors, elle se laisserait élever dans les airs et s'installerait devant lui. De côté. Il l'encadrerait ensuite avec ses bras, et elle se sentirait si bien ainsi blottie contre lui qu'elle ne cesserait de sourire. Davantage lorsqu'il l'embrasserait dans le cou, ou glisserait sa main sur son ventre.

Elle avait de plus en plus l'impression que sa vie ne se résumait qu'à ces délicieux moments et ne vivait rien que pour eux.

Enfin, elle le repéra.

Puis elle put contempler son visage. Il avait relevé ses manches de chemise, il était sale à faire peur, mais Dieu qu'il était beau. À chaque fois qu'il apparaissait devant ses yeux, son cœur faisait un petit bond dans sa poitrine.

Il ralentit l'allure et s'arrêta devant elle tandis que les autres continuaient en direction de HelenHall, les laissant seuls. Il lui tendit la main avec ce sourire irrésistible qu'elle aimait tant et la hissa devant lui. Elle était à peine assise qu'il prit son visage entre ses doigts, le tourna vers lui et lui captura les lèvres goulument. Quand leurs langues se trouvèrent, elle gémit, tout en s'accrochant à ses épaules pour se presser contre lui. Il lui avait tellement manqué.

Sans cesser de l'embrasser, Craig sortit du sentier et s'engagea dans la forêt, puis il arrêta sa monture.

— Viens, gronda-t-il contre ses lèvres.

Elle savait ce qu'il voulait. Ce qu'il réclamait. Et elle était toute prête à le lui donner.

Il la saisit à la taille et la souleva pour lui permettre de s'asseoir sur ses cuisses, face à lui, tout en relevant son kilt. Mary retroussa sa robe, et après quelques caresses qui mirent le feu à son corps, tout doucement, il l'empala sur son membre tendu avec un grondement rauque de contentement. Mary retint son souffle lorsqu'elle le sentit buter tout à l'intérieur de son ventre, bien profondément. Elle aimait tellement l'avoir en elle... Elle gémit lorsqu'il agrippa sa taille et la fit aller et venir sur lui puissamment, concentré, les sourcils froncés, en poussant de petits ahanements de plaisir. Elle plaça une main derrière sur la selle, se cambra pour permettre à Craig de la posséder plus loin, plus fort. Leurs gémissements se répondirent, leurs peaux claquaient l'une contre l'autre à chaque fois que leurs bassins se rapprochaient.

C'était tellement bon que le plaisir la cueillit rapidement.

Elle savait ce qui allait suivre. Elle pourrait l'en empêcher en le serrant plus fort entre ses cuisses pour le retenir prisonnier, mais elle ne voulait pas en arriver à cette extrémité. S'ils faisaient un enfant, ils le feraient à deux, ou pas du tout. Elle eut la gorge serrée lorsque, au sommet de son plaisir, Craig la souleva pour sortir son membre de son corps. Elle se recula pour lui permettre de se libérer sur sa cuisse et regarda la semence de son époux s'écouler sur sa peau, avant qu'il ne l'essuie avec son kilt et recouvre sa nudité. Une fois de plus, elle se sentit rejetée, et en souffrit tellement que des larmes piquèrent ses yeux. Le cœur lourd, elle évita le regard de Craig, mais ce dernier, percevant certainement sa détresse, lui saisit le menton et tourna son visage vers lui pour capturer ses prunelles.

Il fronça les sourcils.

— Tu pleures ?

Elle secoua la tête. Elle avait la gorge si serrée qu'il lui était impossible de parler. Pourquoi maintenant ? Pourquoi avait-elle si mal tout à coup ? Peut-être parce que Craig, à chaque fois qu'il la possédait, touchait un peu plus son âme et que cette fois-ci avait été encore plus passionnée, encore plus intense, encore plus déchirante. Parfois, quand elle pensait à lui, son cœur et son corps lui faisaient mal tellement elle l'aimait.

— Je t'ai fait mal ?

Elle secoua à nouveau la tête sans répondre.

Il fallait qu'elle s'éloigne pour remettre de l'ordre dans ses idées.

— Je vais marcher un peu, réussit-elle à articuler, avant de ramener vivement sa jambe à elle et de se laisser glisser au bas de la monture.

— Attends, Mary !

Elle courut au sentier sans se retourner et marcha d'un pas vif tout en resserrant son châle autour d'elle comme pour se protéger. Elle entendit Craig jurer dans son dos, puis elle perçut les sabots du cheval marteler le sol.

Sans tenir compte de lui, elle continua d'avancer, et plus elle avançait, plus la colère prenait possession de tout son être tandis que ses pensées tourbillonnaient dans sa tête.

— Mais enfin, qu'est-ce que tu as ? insista Craig.

Elle resta sourde face à sa question et au bout d'un moment, n'y tenant plus, elle se mit à courir. Craig jura une nouvelle fois et la talonna, l'obligeant à accélérer sa course. Il jura, la dépassa au galop et sauta de son destrier devant elle.

Il lui saisit le bras lorsqu'elle voulut passer à côté de lui en l'ignorant.

— Lâche-moi, tu me fais mal !

Il relâcha un peu sa prise, sans la libérer pour autant totalement.

— Dis-moi ce que tu as ! Que me reproches-tu à la fin ? Je vois bien que depuis quelques jours, tu n'es plus toi-même.

Elle serra les dents.

Elle avait envie de se confier à lui, mais ne savait comment aborder le sujet, ni comment il réagirait, et cela lui faisait peur. Elle avait peur de se perdre tant son amour pour Craig annihilait toute autre considération, mais à la vérité, elle avait plus peur de le perdre en se montrant trop impatiente.

— Tu n'es pas heureuse avec moi ?

Elle avait de la chance d'avoir un mari comme lui. Beaucoup se seraient moqués de ses états d'âme et n'en auraient que faire qu'elle soit malheureuse, pourvu qu'elle continue d'écarter les cuisses.

— Ce n'est pas ça, je...

— Alors c'est quoi ? insista-t-il.

— Rien ! Je suis fatiguée, voilà tout !

Elle se traita de tous les noms d'oiseaux de ne pas trouver le courage de lui ouvrir son cœur.

Craig fouilla son regard.

— Voilà tout ! Très bien ! Je vais à la rivière. Je te retrouve à table.

Elle se raidit et il la libéra.

— Je n'ai pas faim ! lâcha-t-elle en frottant son bras où les doigts de Craig avaient un peu meurtri sa chair. Je vais directement monter me coucher.

— Comme tu veux ! Mais tu as intérêt à être de meilleure composition lorsque je viendrai te retrouver au lit !

Elle s'enflamma.

— Je ne crois pas que j'aurai envie de te laisser entrer dans ma couche, ce soir, MacLeod !

Craig posa les doigts sur son torse.

— C'est également ma couche, et j'y entrerai quand bon me semble !

Il ne comprenait rien à ce qu'il se passait, Mary le voyait dans ses yeux, mais pour autant, il se laissait lui aussi gagner par la colère. Ils se dévisagèrent et se défièrent, ne voulant, ni l'un ni l'autre, reculer.

— Alors j'aurai le dos tourné !

— Comme tu voudras ! Je sais que tu me reviendras, tu aimes trop mes bras ! Et ma queue en toi ! acheva-t-il avec un sourire torve, avant de lui tourner le dos et de s'éloigner vers sa monture, qu'il enfourcha.

Il fila en direction de HelenHall, la laissant seule avec ses pensées et son désespoir.

24

Qu'est-ce qu'il lui prenait, bon sang ?

Satanée bonne femme !

Il ne la reconnaissait pas. Depuis peu, il avait le sentiment de partager sa vie avec une étrangère, et cela le déroutait totalement. Il ne savait pas quoi faire, ni comment l'inciter à se confier, encore moins comment arranger la situation. Mary lui échappait.

Est-ce que sa famille lui manquait ?

Est-ce que quelque chose lui manquait ?

Si oui, quoi ?

Comment voulait-elle qu'il le sache si elle ne lui disait rien ?

Pourtant, lorsqu'elle lui avait demandé une tapisserie, il s'était fait un plaisir d'aller lui en acheter une auprès du colporteur, avec un ruban vert pour ses cheveux. Elle en avait été si ébahie de plaisir qu'elle lui avait sauté dans les bras pour l'embrasser à perdre haleine. Elle savait qu'il ne demandait qu'à lui faire plaisir, il le lui avait dit, alors pourquoi ?

Que s'était-il passé pour qu'elle soit dans cet état ?

Il ne comprenait pas ! Était-ce de sa faute ? Avait-il été brutal, trop empressé ? Il avait tellement envie d'elle. Il n'avait pensé qu'à ça sur le chemin de retour, et il avait été pressé de la retrouver et de se perdre en elle. Jamais elle ne s'était refusée à lui, et il lui avait semblé qu'elle était aussi impatiente que lui de s'unir.

Alors pourquoi, nom de bleu !

Cette phrase ne cessa de hanter ses pensées lorsqu'il descendit au loch. Il retira sa vêture avec rage, ses bottes, et se mit à l'eau. Et même là, alors que l'eau glaciale le revigorait et chassait la fatigue de la journée en même temps que la poussière des chemins, il n'arrivait toujours pas à comprendre.

Qu'avait-il fait de mal ?

Certes, il devait avouer qu'il ne savait pas faire avec les femmes.

Avant Mary, il les prenait au gré de ses envies, et cela s'arrêtait là. Il n'avait jamais fourni d'efforts pour aucune de ses amantes, mais avec elle, il avait le sentiment de se comporter comme il le fallait.

Il se frotta le corps, sortit de l'eau, et s'ébroua.

Il remit ses vêtements et, saisissant son cheval par la bride, remonta lentement le sentier jusqu'à la demeure. Il confia sa monture à l'un des palefreniers et entra dans HelenHall, puis dans la salle commune. Quand il vit que sa femme n'était pas attablée avec le reste de sa famille, il prit un fruit dans le compotier, leur souhaita un bon repas, puis arguant une fatigue passagère alors même qu'ils le dévisageaient avec circonspection, il s'enfuit dans l'escalier avant de devoir répondre aux regards interrogatifs et froncements de sourcils de son frère.

Il ne voulait pas parler de ses problèmes domestiques avec son frère, lui qui semblait si heureux en ménage. Il ne voulait en parler avec personne. Du moins pas pour le moment. Pas tant qu'il n'aurait pas d'explications acceptables de la part de Mary.

Mais cela allait s'arranger, il ne pouvait en être autrement.

Elle lui expliquerait certainement à un moment ou à un autre ce qui la tracassait, il devait être patient et ne pas la brusquer. Cela irait de soi. Mary disait toujours ce qu'elle pensait, elle ne dissimulait pas, en général, elle n'était ni fausse ni fourbe.

Oui, ça allait s'arranger !

Il se rendait compte qu'il détestait que sa femme lui batte froid, et il détestait ne pas comprendre. Ne pas *la* comprendre. Comment pouvait-elle l'avoir rendu si heureux pour, quelques minutes plus tard, l'éviter ? Il détestait ce qu'elle lui faisait ressentir. Il avait tellement besoin d'elle ; un besoin qui venait du fond de ses tripes. Il ne pouvait plus se passer d'elle. Il était prêt à tout pour elle, il l'avait prouvé, il avait souffert pour elle, et plus il souffrait, plus il s'accrochait à elle et à son bonheur, comme si cet amour lui donnait une force insoupçonnée.

Encore une fois, tout en montant l'escalier menant à sa chambre, il se demanda quelle mouche l'avait piquée. Il ne savait même plus exactement comment cela avait commencé. Il avait joui, fort, s'était libéré sur sa cuisse, et... il lui avait semblé que son regard s'était rempli de larmes à ce moment-là, que son souffle s'était légèrement altéré. Elle avait regardé sa semence s'écouler sur sa peau, paraissant comme... résignée. Peut-être même triste.

Ah... les femmes !

Il entra dans la chambre sans bruit et grimaça en la découvrant couchée sur le côté, et les yeux fermés. Manifestement déjà endormie alors qu'il pensait qu'elle serait éveillée et lui fournirait les raisons de son comportement. Puis, comme tous les soirs, ils auraient fait l'amour jusqu'à épuisement. Il avait besoin de ses bras, de sa chaleur, et de sa féminité serrée autour de son membre. Depuis qu'il avait goûté à ses chairs intimes, il ne pouvait plus penser à autre chose, il la désirait comme un fou. Il espérait qu'elle le laisserait lui faire l'amour ce soir, il était sûr qu'après, elle irait mieux. Rien ne valait une bonne bête à deux dos pour faire redescendre la pression !

Il referma la porte derrière lui, descendit la clenche et fit un pas à l'intérieur de la pièce. Un soupir lui échappa en la contemplant. Elle était si belle ainsi, une main sous l'oreiller de plumes, une autre à plat près de sa joue, sa natte ramenée sur son épaule. Elle n'avait pas dénoué ses cheveux alors qu'elle le faisait toujours. Après le dîner, ils avaient pour habitude de monter se coucher, et elle s'asseyait à la coiffeuse qu'il lui avait offerte dès leur retour de Kinkaid Tower – tandis qu'il se mettait au lit –, et peignait ses longs cheveux de lionne, avant de le rejoindre et de s'allonger sur lui. Il adorait la regarder pendant qu'elle se coiffait, cela lui enflammait les sens et quand ensuite elle venait à lui, après avoir fait tomber sa robe à ses pieds, il bandait déjà comme un taureau.

Ce soir, il n'y aurait pas de moment charnel !

Mary n'avait pas envie de lui ni de lui appartenir, et il en fut désorienté.

Il se déshabilla sans bruit, s'allongea à ses côtés.

Il pourrait s'immiscer entre ses jambes et la prendre de force, mais il ne le ferait pas. Il n'avait jamais forcé une femme ! En général, elles venaient à lui sans problème.

N'y tenant plus, il se colla contre elle, posa un bras en travers de son ventre et embrassa l'épaule laissée découverte par la chemise qu'elle revêtait pour dormir. Sa peau était si douce, si chaude. Tendre, aussi. Il resta ainsi un long moment, ses lèvres contre sa peau, ému malgré lui. Ému plus qu'il ne l'avait été de toute sa vie.

— Je t'aime, murmura-t-il.

Il avait besoin de le lui dire, même si elle ne l'entendait pas.

***

Une larme coula le long de la tempe de Mary en sentant Craig se détacher d'elle. Elle l'entendit soupirer et l'imagina sur le dos, les yeux fixés sur un point invisible au-dessus de lui, tandis que son cœur à elle lui faisait atrocement mal.

Il venait de lui dire qu'il l'aimait.

Alors pourquoi ? S'il l'aimait tant que cela, pourquoi refuser de fonder une famille avec elle ? Pourquoi ne pas vouloir consolider leur amour par la naissance d'un enfant ? Pourquoi lui refuser le bonheur d'être mère ? Cela avait-il à voir avec ce qui était arrivé à sa mère ?

À sa respiration, elle savait qu'il ne dormait pas.

Elle prit une grande inspiration et bascula elle-même sur le dos, puis elle tourna la tête pour observer son profil. Comme elle s'y attendait, il avait les yeux grands ouverts et il scrutait le plafond. Se sentant observé, Craig tourna la tête, s'étonna :

— Tu ne dormais pas ?

— Pourquoi ne veux-tu pas d'enfant ? éluda-t-elle.

Il écarquilla les yeux.

— Pardon ?

Elle fouilla son regard.

— Tu m'as parfaitement comprise, Craig. Pourquoi ?

— Parce que ! C'est comme ça !

Elle ignora la boule qui se formait dans sa gorge face à la dureté de sa voix.

— Tu m'as dit « pas maintenant » quand je t'ai posé la question, tu ne m'as pas dit jamais.

— Pourquoi ? Cela aurait-il fait une différence ? Tu aurais regretté de m'avoir épousé ?

Il savait bien que sa volonté n'avait pas eu grand-chose à voir là-dedans. Ils avaient été pris au piège tous les deux. Ils avaient convenu d'un mariage d'arrangement, et les sentiments s'en étaient mêlés. Avant cela, ils se plaisaient et se désiraient, mais dès lors ils s'aimaient. Cela faisait toute la différence. Et plus elle faisait l'amour avec lui, plus elle s'attachait à lui. Mais elle se demanda soudain si l'amour pouvait suffire lorsque les désirs s'avéraient différents.

— Je ne plaisante pas, Craig. Je... je pensais que maintenant que nous nous sommes avoué nos sentiments, maintenant que nous nous aimons, tu voudrais un enfant de moi, mais visiblement, je me suis trompée. Je veux juste savoir pourquoi, soupira-t-elle après quelques secondes de silence. Pourquoi tu ne veux pas me faire un enfant ?

Mettre des mots sur ce qu'elle ressentait donnait une vérité à ses sentiments et cela lui lacéra le cœur, mais... elle ne pouvait plus se taire. Au regard dur et fermé de Craig, elle sut, avant qu'il ne le dise, qu'il resterait campé sur ses positions sans même peut-être lui fournir d'explications.

Les yeux de Craig fouillèrent les siens et il lui sembla y déceler une grande souffrance, puis il serra les dents et se détourna.

— Je n'en veux pas, c'est tout. Peu importe les raisons.

— Donc il y en a une ?

Voyant qu'il ne répondait toujours pas, elle insista :

— Moi, je veux des enfants, Craig. J'aime les enfants et j'ai toujours voulu fonder ma propre famille. Et ces enfants, je veux les avoir avec toi, acheva-t-elle, la gorge serrée d'une intense émotion. Je ne crois pas que je pourrais être heureuse si tu refusais d'en avoir.

Elle avait mis son cœur à nu et se tut, alors qu'il continuait à battre la chamade.

Ils restèrent un long moment silencieux, et soudain, elle sentit les doigts de Craig sur les siens. Il les porta à sa bouche.

— Oublions ça ! Viens sur moi ! gronda-t-il. J'ai envie de toi.

Pardon ? !

Pensait-il réellement résoudre leurs problèmes et la faire taire en lui faisant l'amour ?

Elle lui reprit sa main.

— Et moi, je n'ai pas envie ! Je ne coucherai pas avec toi tant que tu ne m'auras pas dit pourquoi tu ne veux pas d'enfant et que tu n'auras pas pris en considération mes désirs. Je suis en droit de savoir, Craig ! l'accusa-t-elle.

— Très bien, comme tu voudras !

Elle crut être victime d'un mauvais rêve lorsqu'elle le vit sauter du lit, et se ruer sur ses vêtements. Elle le savait d'une nature emportée, mais pas qu'il se comporterait en parfait égoïste et fuirait leur première vraie dispute.

— Je vais dormir ailleurs ! assena-t-il. Je me lève aux aurores.

— Craig, implora-t-elle en se redressant. Ne pars pas comme ça, nous devons parler.

Il évita son regard et son visage se ferma davantage.

— Je n'ai rien à dire de plus. Bonne nuit !

— Mais…

Elle regarda, impuissante, sa haute silhouette sortir de la pièce, ses vêtements sous le bras, seulement revêtu de sa chemise qui lui descendait à mi-cuisse.

Puis la porte se referma.

Totalement hébétée, elle retint des larmes, car cela lui rappelait le soir où ils avaient fait l'amour la première fois. Là aussi, il avait fui plutôt que de se confier à elle. Craig était si secret, et manifestement, il ne voulait pas avouer ses faiblesses, même à elle. Alors qu'elle était sa femme, bon sang de bois !

Pourquoi réagissait-il ainsi ?

Pourquoi était-ce si difficile pour lui de parler ? Parce que justement, c'était reconnaître ses faiblesses ? Elle n'avait aucunement l'intention de les utiliser contre lui, mais plutôt de le comprendre et le cas échéant, de l'aider à surmonter ses blessures. Si blessures il y avait… À le voir si sûr de lui, si valeureux et parfois si arrogant, elle n'aurait pas imaginé une seule seconde que ce fût le cas. À moins que… son amour pour elle ne soit pas si grand qu'elle le croyait. À moins qu'elle ne soit qu'une passade. Peut-être ne l'aimait-il pas suffisamment pour l'envisager comme la mère de ses enfants ? Il aimait son corps, certes, il aimait lui faire l'amour, mais peut-être qu'il n'avait aucune intention de lui être fidèle ni de la garder auprès de lui indéfiniment.

Elle n'avait posé aucune question sur son passé, mais elle savait que Craig avait eu de nombreuses maîtresses… Avait-il l'intention de voir d'autres femmes ? Il était réputé pour être un débauché, elle doutait qu'un homme infidèle puisse être un jour fidèle et se contenter d'une seule femme, et cette pensée lui fit si mal qu'elle éclata en sanglots en serrant le drap contre son cœur.

Comment pouvait-il la traiter de la sorte ?

C'était à n'y rien comprendre !

Il était capable de venir la revendiquer chez son oncle au péril de sa vie et de la sauver des griffes de Somerset – là encore au péril de sa vie –, mais se confier à elle ou lui expliquer son comportement en ce qui concernait les enfants était manifestement au-dessus de ses forces.

Pourquoi ?

Que cachait-il ?

Ou alors, il était possessif, voilà tout !

Elle lui appartenait, elle était sa femme, sa propriété, mais cela n'allait pas au-delà, il ne ferait pas d'effort pour elle ou pour la rendre heureuse...

Tout finit par se mélanger dans sa tête et elle doutait de pouvoir lui pardonner son indifférence face à sa douleur... ou à son désespoir de ne jamais être mère.

25

Cette fin d'après-midi-là, Craig fut surpris de ne pas trouver Mary au bord du chemin à l'attendre comme tous les autres jours, et il en éprouva aussitôt une grande déception, puis une légère inquiétude.

Lui en voulait-elle encore ?

Certes, il avait fui la discussion la veille au soir, mais… il n'avait pas su quoi faire. Il avait préféré prendre de la distance en attendant que l'orage passe. Mais visiblement, ce n'était pas le cas et Mary était encore fâchée.

Et elle l'avait repoussé, nom de Dieu !

Elle n'avait pas voulu de lui ! Cela l'avait mis dans une telle rage qu'il avait là encore préféré s'en aller que dire ou faire des choses qu'il risquait de regretter ensuite. Mais si elle se refusait encore à lui cette nuit, il se promit de la pousser dans ses retranchements et de la faire changer d'avis.

Mary avait empli ses pensées toute la journée et il s'était fait violence pour ne pas rentrer plus tôt. Il ne lui avait pas dit au revoir au matin, il ne l'avait pas vue avant de partir alors que chaque jour, ils coupaient leur jeûne ensemble avant qu'il ne parte avec d'autres membres du clan compter leur cheptel de moutons pour voir s'il ne leur en manquait pas. Cela avait toujours fait partie de ses attributions, en plus de la surveillance du territoire, mais comme ils étaient en paix, il n'y avait rien à craindre aux frontières.

Il garda la tête du groupe et mit sa monture au galop.

Il avait hâte de gagner HelenHall pour serrer sa femme dans ses bras. Il était sûr qu'il y avait une bonne raison pour qu'elle ne soit pas au bord du chemin. Mais plus il se rapprochait de sa demeure ancestrale, plus il sentait un sombre pressentiment lui aiguillonner le cœur.

Il sauta à bas de sa monture au pied de l'escalier sans même attendre que le palefrenier vienne s'en occuper et entra en trombe dans le corridor. Il se retint de ne pas crier le prénom de sa femme. Il ne voulait à aucun prix ameuter toute la maisonnée, ou il allait devoir s'expliquer sur son comportement. Il fit le tour des pièces. Personne ! Il grimpa quatre à quatre l'escalier menant à l'étage et poussa la porte de sa chambre, mais là encore, personne !

Où étaient-ils donc tous passés ?

Il alla frapper à la porte de la chambre de son oncle, mais gronda lorsqu'il n'obtint aucune réponse. Bizarre... La maison avait l'air déserte, et il en ressentit un vif émoi, comme si... comme si elle avait perdu son âme. Il remarqua à quel point Mary avait trouvé sa place dans cette demeure : elle avait conquis tout le monde par sa bonne humeur, sa vivacité d'esprit, et le soir, quand elle chantait, il pouvait percevoir des larmes dans les yeux de sa belle-sœur, ainsi qu'un sourire sur les lèvres de son frère et de son oncle. Mary savait donner de l'amour autour d'elle. Elle était généreuse, et... il avait remarqué que quand elle jouait avec leur petit neveu, son visage rayonnait.

Il courut en direction du dehors et s'arrêta avant de heurter de plein fouet sa belle-sœur qui entrait, une corbeille à linge sous le bras, et qui poussa un petit cri de surprise.

— Où est Mary ? demanda-t-il sans perdre une seconde alors qu'il aurait dû commencer par s'excuser.

Élisabeth se recula, l'observa attentivement, puis soupira :

— Je ne sais pas ce qu'il se passe entre vous, Craig, et cela ne me regarde en rien, mais...

— Vous avez raison, cela ne vous regarde pas, l'interrompit-il, au mépris de toute bienséance, mais la patience n'était pas son fort. Où est-elle ? réitéra-t-il sèchement.

— Elle est partie, je pensais que vous le saviez, répondit-elle d'une voix douce.

— Comment cela, partie ? Mais partie où ?

Il avait crié, et sa belle-sœur serra son panier contre elle.

Il recula d'un pas, ne voulant pas l'effrayer davantage. Il était emporté, mais pas cruel ni méchant. Et sa belle-sœur n'était en rien responsable de la situation, encore moins de ce qu'il ressentait.

— Chez elle ! Je suis désolée, Craig.

— Vous voulez dire qu'elle... qu'elle m'a quitté ?

Il en avait bégayé d'étonnement.

Puis d'autres émotions le submergèrent : la colère, puis la peur. Toujours la peur. Peur pour elle, peur qu'il lui arrive quelque chose de fâcheux et peur de la perdre. Mais il se reprit, elle était allée auprès de sa famille, elle ne serait pas en danger.

— Je l'ignore. Elle ne s'est pas confiée à moi, mais elle semblait si triste... Que s'est-il passé ? Vous voulez en parler ?

— Non, Élisabeth. Ça ira.

— Irez-vous la rejoindre ?

Il prit le temps de la réflexion.

Une partie de lui voulait courir à Kinkaid Tower pour lui demander des comptes, et une autre, la plus fière, ne voulait pas s'aplatir devant elle.

— Pas pour le moment. Merci en tout cas de m'avoir alerté. On se voit plus tard...

Il sortit, et fila en direction de l'écurie.

Il monta sur son cheval, à cru, et partit au galop, au risque de bousculer quelqu'un sur son passage. Il avait besoin de s'éloigner, de chevaucher, et de réfléchir. Il poussa sa monture au maximum et ce n'est qu'après plusieurs heures d'un galop effréné qu'il ralentit l'allure. Puis il alla au pas. Enfin, il remarqua qu'il avait atteint les terres Kinkaid sans s'en rendre compte, et il se posa la question : aller plus loin, ou rentrer ?

Il tourna les rênes, puis prit le chemin du retour.

Il arriva à HelenHall à la nuit tombée, se guidant à la clarté de la lune, heureusement pleine. Il était fourbu, mais un peu plus calme.

Il s'occupa de son cheval, puis alla se baigner dans le loch pour se rafraîchir et se laver. Tout était serein autour de lui, il n'y avait que dans son cœur que sévissait encore une certaine tourmente. Il flotta sur l'eau, et pensa à Mary, à son corps contre lui, à leur première fois, à ses yeux emplis d'espoir quand elle lui avait demandé des explications. Oui, elle espérait le faire changer d'avis, mais... comment lui expliquer quelque chose qu'il ne comprenait pas lui-même, ou en tout cas qu'il ne s'expliquait pas ? Alexander avait vécu bien pire, il avait été touché de plein fouet, et pourtant, il avait repris femme, et avait fait un enfant.

Qu'est-ce qui n'allait pas chez lui ?

Il n'avait jamais pris le temps de se poser ce genre de questions, il n'en avait jamais éprouvé la nécessité puisque Mary était la première femme avec laquelle il voulait faire un bout de chemin, mais... avait-il envie de plus ?

Il l'ignorait...

Il savait juste que sa femme lui manquait, et qu'il aurait donné beaucoup pour l'avoir à ses côtés, là, maintenant. Pour pouvoir se baigner avec elle, puis l'emporter sur la rive et lui faire l'amour comme ils le faisaient souvent.

Il se secoua, sortit de l'eau, enfila simplement sa chemise et ses bottes, et remonta chez lui d'un pas lourd, nullement pressé de regagner sa demeure dépourvue de la présence de sa femme, ni sa couche. Il se revêtit avant d'emprunter l'escalier menant au chemin de ronde. En général, observer le paysage lui permettait de réfléchir.

***

Mary et ses deux gardes arrivèrent à la tombée du jour à Kinkaid Tower, et la jeune femme courut dans les bras de sa mère sortie

303

l'accueillir, tandis que les autres membres de la famille la regardaient avec étonnement, se demandant certainement ce qu'elle faisait là, seule. Elle s'évertua à faire bonne figure, confia son maigre bagage à une servante accourue elle aussi, envoya les deux membres du clan MacLeod se reposer à l'écurie, embrassa son frère aîné et sa belle-sœur tandis que les enfants se bousculaient, pressés de pouvoir l'étreindre. Puis elle se laissa entraîner dans la grande pièce commune et se dirigea aussitôt près de l'âtre vers lequel elle tendit les mains pour se réchauffer.

Elle était transie.

— Donnez, lui dit gentiment sa mère en posant les mains sur ses épaules, l'invitant à retirer sa lourde cape.

Mary la remercia d'un sourire, puis se perdit à nouveau dans la contemplation des flammes. Sa belle-sœur, après lui avoir serré la main pour l'assurer de son soutien, quitta la pièce avec les enfants pour les laisser discuter en paix. Mary les suivit du regard, puis accepta le gobelet que lui tendait son frère et y trempa les lèvres. Du whisky. C'était tout à fait ce dont elle avait besoin. La chaleur de l'alcool se répandant dans son corps lui fit du bien.

Elle regarda son frère aîné par-dessus son breuvage, attendant qu'il prenne la parole. Jamie avait toujours été très protecteur envers elle et quand elle était petite, elle le suivait comme son ombre. Il était son héros, et il lui était impossible de lui cacher quoi que ce soit. Quand elle commettait une bêtise et que leur père était absent, c'était lui qui venait lui faire la morale, et ses paroles portaient toujours leurs fruits : elle faisait tout ensuite pour ne plus le décevoir. Elle rêvait d'un jour épouser un homme tel que lui, puis Craig était apparu et était devenu son époux. Un époux qui la faisait aujourd'hui souffrir. Elle l'aimait à en mourir, mais leur désaccord en ce qui concernait les enfants était en passe de les séparer, en plus de l'incapacité de son époux à se confier à elle et sa propension à la traiter avec indifférence et à fuir la discussion.

Penser à lui la fit atrocement souffrir, et aux froncements de sourcils de son frère, elle comprit que le temps des explications viendrait plus tôt que prévu. Manifestement, il lui était toujours impossible de lui cacher quoi que ce soit. Il savait que quelque chose n'allait pas et que ce quelque chose avait à voir avec son mariage. En même temps, si ce n'était pas le cas, pourquoi serait-elle venue ? Leur mère, à leurs côtés, ne disait mot, se contentant de boire en silence et de l'observer avec attention, tentant certainement de comprendre sur son visage les motifs de sa venue.

— MacLeod vous a-t-il manqué de respect ? attaqua subitement son aîné.

— Jamie ! le tança aussitôt leur mère.

— Pardon, mère, mais connaissant MacLeod…

— Non, mon frère, l'interrompit Mary, alors qu'une grande lassitude l'envahissait. Craig n'a rien fait de répréhensible.

En tout cas, pas comme il l'entendait.

— J'avais juste besoin de m'éloigner de HelenHall un moment.

En vérité, elle était partie sur un coup de tête, après n'avoir quasiment pas dormi de la nuit. Elle pensait que Craig viendrait la trouver dans leur chambre avant de partir pour la journée entière, mais elle l'avait attendu en vain, et elle lui en avait voulu.

Bon Dieu, comme elle lui en avait voulu et lui en voulait toujours. Elle était en colère, aussi, et cette colère n'avait pas diminué.

Pour l'instant, elle ne voulait pas le voir !

Comme il n'en avait rien à faire d'elle et la traitait de nouveau comme quantité négligeable, elle s'était résolue à rejoindre sa famille et à mettre à profit le temps de la séparation pour réfléchir. Car s'il ne changeait pas d'avis en ce qui concernait les enfants, elle ne savait pas si elle souhaitait continuer de partager sa vie avec lui. Ce serait trop dur, surtout dans une demeure où d'autres enfants naîtraient fatalement.

Elle regarda autour d'elle pour faire cesser la souffrance de l'échec de son mariage.

Sa mère avait achevé les transformations entreprises dès leur investissement des lieux, qu'elle avait découvertes lorsqu'elle leur avait rendu visite avec Craig sur le chemin du retour à HelenHall. Elle avait eu du mal à reconnaître l'intérieur de son oncle, richement meublé, mais un peu austère et d'une tristesse affligeante. Elle avait également appris que sa tante s'était retranchée dans un couvent, où elle pleurait sa fille et son époux disparus. Mary avait beaucoup de peine pour elle, car c'était une femme au grand cœur à la différence de son époux, et elle avait tout perdu. Quant à Colin, il avait décidé de sa fin en devenant un être rongé de jalousie capable de trahir sa propre famille et de la vendre, elle, à un Anglais. S'il n'était pas mort, il aurait continué de leur nuire et Jamie avait eu raison de le tuer, il était devenu dangereux.

— S'il t'a manqué de respect, entendit-elle encore de la part de son aîné qui visiblement n'en démordait pas, je me fais fort de lui demander réparation et de le rappeler à l'ordre.

— Je te remercie, Jamie, mais je suis assez grande pour régler mes problèmes toute seule.

— Il n'empêche, il s'est passé quelque chose et je veux savoir quoi !

— Il suffit, Jamie, intervint leur mère. Laissez votre sœur tranquille. Ne voyez-vous pas qu'elle est épuisée ? Venez mon enfant, allons dans le bureau de votre père, ajouta-t-elle, en la prenant par le coude.

Mary tendit son gobelet à son frère avec un sourire reconnaissant. Elle appréciait qu'il se soucie d'elle et veuille prendre sa défense, mais il devait comprendre que cela n'était pas facile pour elle de se confier, surtout à lui.

Elle suivit sa mère, et l'entendit soupirer dans son dos. Il était lui aussi en colère, contre elle, mais aussi contre Craig. Il voulait la protéger, cela partait d'un bon sentiment, mais Mary refusait que toute la famille soit au courant de ses déboires conjugaux. Elle en éprouvait une certaine gêne, en plus de se sentir coupable, allez savoir pourquoi. Elle n'avait rien fait de mal, évidemment, elle voulait juste connaître un jour le bonheur d'être mère, comme toutes les autres femmes. Il n'y avait aucun mal à cela, c'était dans l'ordre des choses, dans la continuité de la vie. Toutes les femmes, à sa connaissance, voulaient des enfants... Mais elle culpabilisait quand même de ne pas avoir été capable de gérer son époux et d'être responsable de leur mésentente, ce qui était complètement idiot vu qu'il n'avait rien fait pour tenter de la comprendre ou même de la rassurer, et elle lui en voulait pour ça !

Elle lui en voulait de ne pas l'avoir écoutée, de ne pas lui avoir expliqué ses raisons, d'avoir voulu coucher avec elle comme si elle ne se résumait qu'à lui donner du plaisir. Et elle lui en voulait encore plus d'être parti comme il l'avait fait. Il n'avait pas tenu compte d'elle, encore moins de ses désirs, il se moquait de la rendre malheureuse, et cela lui causait énormément de peine, en plus de la mettre en colère.

Qu'était-elle donc pour lui ?

— Alors, que se passe-t-il ? demanda sa mère sitôt qu'elles pénétrèrent dans la pièce de travail du maître des lieux, dans laquelle brûlait également un petit feu.

Sa mère lui prit les mains et les serra dans les siennes.

— Je vous connais, mon enfant, vous n'auriez pas quitté votre époux à moins d'une bonne raison.

— Je ne l'ai pas quitté, mère. Je voulais juste m'éloigner pour réfléchir.

— Vous l'aimez ? demanda sa mère, visiblement peinée.

— Oui, maman, je l'aime. Plus que ma propre vie, mais lui, je n'en suis plus très sûre. Je ne crois pas qu'il soit véritablement attentif à mon bonheur.

— Les hommes sont égoïstes par certains côtés, mais Craig vous aime, cela se voit.

— Peut-être, je ne sais pas...

— Bien sûr que si, insista sa mère. J'ai vu comment il vous regarde. Il est fou de vous. Un conseil, parlez... ne laissez pas la situation s'envenimer ni dégénérer. Allez retrouver votre époux, Mary. Craig n'est pas un homme qu'on laisse seul.

Ces mots la mirent en rage.

— S'il m'est infidèle alors que nous venons juste de nous marier, c'est qu'il ne me mérite pas !

— Dieu, vous êtes aussi têtue que votre père ! fit remarquer sa mère avec un sourire.

— Je ne suis pas têtue, mère, mais j'ai ma fierté. Je ne veux pas d'un homme qui m'aime à moitié, n'en a rien à faire de moi ou de ce que je désire, ou encore qui me trompera à la moindre occasion.

— Je ne disais pas cela pour vous blesser, Mary, mais si je puis vous donner un conseil, c'est de ne justement pas laisser la fierté dicter vos actes. Retournez auprès de Craig.

— Je ne peux pas. Du moins, pas encore !

— Il vous a laissée partir, c'est donc qu'il est compréhensif.

— Il n'est pas au courant, répondit-elle, affermissant sa voix. Nous nous sommes disputés hier soir et il a préféré déserter le lit conjugal plutôt que de me parler.

Elle en eut de nouveau la gorge serrée.

Sa mère l'observa un instant, puis alla leur servir un verre.

— Quel était votre différend ? Si vous voulez bien m'en faire part, évidemment. Mais sachez que je ne vous jugerai pas, Mary, je ne veux que vous apporter mon aide.

Mary soupira, soulagée de pouvoir se confier à sa mère. Après tout, elle était venue dans l'espoir justement de se confier à elle pour qu'elle l'aide à y voir plus clair et peut-être à prendre des décisions.

Ses yeux s'embuèrent, mais elle chassa ses larmes et but une gorgée de whisky.

— Il ne veut pas d'enfant, et il refuse de me dire pourquoi !

Sa mère ouvrit de grands yeux.

— Effectivement, cela demande réflexion. Mais je suis sûre qu'il y a une raison à cela.

— La seule que je vois c'est qu'il ne m'aime pas suffisamment pour fonder une famille avec moi. N'oubliez pas qu'il ne m'a pas choisie, mère. Il s'est senti obligé de m'épouser et peut-être compte-t-il me quitter maintenant qu'il m'a eue. Pour reprendre sa vie de débauché.

— Je ne le crois pas. Il vous aime. Pensez-vous qu'il aurait mis sa vie en danger si cela n'avait pas été le cas ?

— Je ne sais pas, mère. Je ne sais plus, soupira-t-elle, au bord des larmes. J'avoue que je ne comprends pas. Nous nous entendons bien, il me rend heureuse la plupart du temps et je pense que moi aussi je le rends heureux, et j'aimerais croire qu'il m'aime, mais... peut-être qu'une bonne entente ne suffit pas à faire fonctionner un mariage.

Ce qu'elle voulait dire par là, c'était qu'ils s'entendaient à merveille charnellement, et quand ils faisaient l'amour, elle avait le sentiment d'être la plus heureuse des femmes. Mais elle avait aussi l'intime conviction qu'un couple ne se résumait pas à une bonne entente au lit et que la passion ne suffisait pas.

— Je pense qu'il y a une explication logique à cela, Mary, surtout si vous vous entendez aussi bien que vous me le dites. Alors je vous le répète : rentrez à HelenHall, et parlez-lui. Dites-lui ce que vous avez sur le cœur et forcez-le à vous parler.

Oui… si seulement il n'était pas aussi têtu !

— Je vais y réfléchir, mère, je vous le promets, capitula-t-elle pour mettre un terme à cette discussion qui avait achevé de lui mettre le cœur en charpie.

— Allez vous reposer, vous semblez à bout de force. Je vous ferai appeler pour le dîner.

— Je crois que je vais le prendre dans ma chambre, mère.

Elle se sentait incapable d'avoir le bonheur de ses frères étalé sous ses yeux et de subir le babillage des enfants.

— Comme vous voudrez…

Mary finit son gobelet et elles parlèrent du domaine et du père de Mary parti visiter certains des Sept[5], accompagné de ses deux autres fils, et qui ne devait rentrer que plusieurs jours plus tard.

Mais plutôt que d'aller se coucher, Mary alla toquer à la porte de la chambre de son plus jeune frère pour voir sa belle-sœur avec laquelle elle était très liée avant qu'elle ne quitte la famille, étonnée de la savoir en ces murs et de ne pas l'avoir encore vue. Sa mère lui avait dit qu'elle se reposait, tout en détournant le regard.

Quand Stella ouvrit la porte, elle en comprit la raison : elle attendait un bébé et son ventre était déjà bien rond. Mary sentit son cœur s'étreindre, et elle éclata en sanglots.

Trop… c'était trop…

Ce n'est que plusieurs heures plus tard qu'elle regagna la chambre que sa mère lui avait attribuée pour finalement se coucher sans manger. Elle avait perdu l'appétit, sa colère ayant cédé la place à une vaste peine et un immense vide. Craig lui manquait infiniment.

---

[5] Familles affiliées au clan qui parfois portaient d'autres patronymes

Il lui manquait tellement qu'elle avait le sentiment que chaque respiration était douloureuse. Elle avait déjà connu ce sentiment, mais là, c'était pire parce qu'il n'avait pas seulement pris possession de son corps et de son cœur au fil des jours passés ensemble, mais aussi de son âme, et cela, sans possibilité de retour.

Elle mourait d'envie d'aller le retrouver et de se jeter dans ses bras, de lui dire encore et encore qu'elle l'aimait et qu'elle n'aimerait jamais que lui. Que même s'ils avaient un enfant, elle ne l'en aimerait pas moins si c'était là sa peur, mais davantage au contraire, parce qu'il aurait fait d'elle une mère. Elle lui ferait comprendre qu'elle voulait un enfant de lui parce que justement, il était l'homme qu'elle aimait, et pour se sentir entière. Pour... pour garder une partie de lui si jamais il venait à... à quitter ce monde. Elle ne pouvait l'envisager, cela lui brisait le cœur, mais hélas, c'était une réalité : les hommes mouraient à la guerre, les femmes en couches.

Ce fut sur cette dernière pensée qu'elle s'endormit enfin après avoir encore pleuré tout son soûl jusqu'à l'épuisement.

26

— Quel est le problème avec Mary ?

Craig regarda son frère venu le rejoindre sur le chemin de ronde alors qu'il était en pleine contemplation de leur loch, l'humeur maussade. Comme le temps ! Temps qui tournerait à l'orage, il le sentait dans sa chair et dans les douleurs lui venant des multiples blessures subies lors des batailles.

Il soupira.

— J'ai fait le con !

Alexander laissa fuser un petit rire, qui donna aussitôt à Craig l'envie furieuse de lui taper dessus. Comme quand ils étaient enfants. Il avait toujours aimé chercher des noises à son frère, et il se servait de lui pour évacuer cette colère qui, régulièrement, embrasait sa tête. Il avait souvent envié à Alexander sa haute estime de lui-même, et le fait qu'il ne semblait jamais douter de lui… alors que c'était faux, son frère avait des failles et des doutes, comme tout le monde. Seulement, il ne les montrait pas parce qu'il avait été éduqué comme ça !

Il était le favori de leur père, et destiné à devenir laird à la mort de ce dernier, alors que lui-même était le petit protégé de leur mère. Ce qui était devenu au fil des années une source de chamailleries entre eux.

Pour autant, Craig respectait son frère et n'était pas loin de le vénérer. Et il l'aimait… comme il aimait Ewen, mais entre Alexander et lui, c'était encore différent. Il n'était pas seulement son frère, mais aussi son ami. Il avait toujours été de son côté, l'avait soutenu du mieux qu'il l'avait pu et aidé à traverser ses malheurs. Car Alexander avait souffert, et c'était justement parce qu'il avait vu son frère anéanti qu'il était incapable d'imaginer une seule seconde que Mary puisse lui être arrachée de la même façon que Maddie avait été arrachée à son frère. Ou comme leur mère avant elle. Leur mère, morte aussi en couches. Il était prêt à tout pour la garder auprès de lui, même à la priver du bonheur d'être mère… mais alors… il ferait son malheur.

Il en avait tellement une pleine tête qu'il se serait, avec soulagement, arraché les cheveux.

— Craig !

Il grogna quelque chose d'inintelligible.

En vérité, il n'avait pas spécialement envie de parler de ses problèmes de couple.

— Que se passe-t-il ? réitéra son frère.

— Il se passe que je me suis mal comporté avec Mary et qu'elle est repartie chez sa mère !

— Ça, je m'en doutais, je ne vois pas où elle aurait pu se réfugier, hormis à Kinkaid Tower. Non, ce que je veux savoir, c'est pourquoi t'a-t-elle quitté ?

Il eut de nouveau envie de le frapper.

— Occupe-toi de ton cul !

Alexander se mit encore à rire.

— Je vois que mes déboires t'amusent !

— Oui, et toi aussi ! Vous êtes deux ânes bâtés, c'est normal que vous vous enflammiez, le contraire eut été étonnant, et si tu veux mon avis, cela évite l'ennui. Il n'y a rien de pire pour un homme que de s'ennuyer avec sa femme. Mais ce que je me demande, c'est pourquoi tu restes là à te morfondre alors que tu aurais dû aller la chercher par la peau des fesses.

Ce fut à son tour de rire.

— Je vais lui dire que c'est ton idée, je suis persuadé qu'elle appréciera.

— Trêve de plaisanteries, Craig, que fais-tu encore là ?

— Je ne peux pas lui donner ce qu'elle désire… soupira-t-il encore.

313

Il en éprouva une telle détresse qu'il frissonna.

Il aimerait... bon Dieu qu'il aimerait lui donner cet enfant, seulement... il ne le pouvait pas. C'était au-dessus de ses forces. Il ne voulait pas la perdre. Il comprit qu'il la perdrait certainement s'il restait campé sur ses positions, mais qu'y pouvait-il ? Si elle l'aimait, elle comprendrait, non ? Et peut-être renoncerait-elle alors à être mère...

— Que désire-t-elle que tu sois incapable de lui donner ?

Craig lui jeta un coup d'œil, mais voyant que son frère avait lui aussi le regard perdu au loin, il reprit sa position initiale.

— Elle veut un enfant, et moi non !

Voilà, c'était dit !

Cette fois-ci, il sentit le regard pesant de son frère sur lui.

— Et pourquoi non ?

— C'est... difficile à expliquer.

Il savait surtout que son frère allait le prendre pour un fou ou pour un couard, mais en même temps, s'il y avait quelqu'un susceptible de le comprendre, c'était bien lui.

Il était passé par là !

— C'est à cause de moi ? De ce que j'ai enduré ?

Une boule se forma dans sa gorge à cette évocation.

— Je suis désolé si je t'ai donné l'image d'un homme détruit, Craig. Tu as dû me trouver bien faible.

Pardon ?

— Tu n'y es pas du tout, mon frère ! Je ne t'ai jamais trouvé faible, bien au contraire, je me suis toujours demandé comment tu avais fait pour trouver le courage de continuer après avoir perdu ta femme et ton fils. Et pour continuer de veiller sur le clan.

Ils se regardèrent longuement, chacun replongeant dans leurs souvenirs. Les souvenirs qu'ils avaient l'un et l'autre de cette période. De douloureux souvenirs. Ils avaient déjà perdu leur mère,

314

leur sœur nouveau-née, puis leur père, ils avaient subi la guerre contre les MacDonald et certes, la mort était leur lot quotidien, mais le deuil les avait de nouveau frappés et ce fut une sale période. Il avait souffert pour son frère et se sentait impuissant à l'aider à porter son chagrin. Il avait cru qu'il ne s'en relèverait jamais, et pourtant, c'était ce qu'il avait fait.

Courageusement…

Son frère ne lui donnait-il pas là une leçon de vie ?

Mais comment faire confiance à la vie, justement, lorsqu'elle prenait un malin plaisir à vous ravir tout ce que vous aviez, ou aviez construit ? C'était pour cette raison qu'il fallait profiter de chaque seconde.

Il se posait trop de questions, c'était ça son problème !

— Je n'étais pas seul, Craig, et tu ne l'es pas non plus, finit par dire Alexander, la voix éraillée.

Il fouilla son regard, reprit :

— La plupart du temps, les couches se passent bien. Tu n'as rien à craindre, d'autant que nous avons aujourd'hui notre guérisseuse sur place. Cela aurait certainement fait la différence pour Maddie si ça avait été le cas à l'époque.

— Peut-être, mais comment en être sûrs ?

— Ce n'est pas à toi que je vais apprendre que dans la vie, nous ne sommes jamais sûrs de rien. Mais alors quoi, il faudrait s'empêcher de vivre ? Et s'empêcher d'être heureux ? Tu aimes Mary, ou pas ?

— Oui, je l'aime, c'est pour ça que je ne veux pas la perdre. Je crois que j'en mourrais !

— Tu l'aimes, mais tu ne penses qu'à toi alors que tu devrais penser à elle !

— Je sais, soupira-t-il. Je suis arrivé à la même conclusion, mais c'est plus fort que moi.

— Si elle veut un enfant, et que toi tu acceptes l'idée d'en avoir, alors tu lui fais un enfant, et ensuite... eh bien... tu es présent et tu pries pour que tout aille bien. Tu veux en avoir un, un jour, ou pas ?

Il sonda son cœur intimement avant de répondre :

— Je ne sais pas, Alex... honnêtement, je ne sais pas... j'aimerais... bien sûr que j'aimerais avoir des enfants, mais comme je te l'ai dit, je crève de peur.

— Nous avons tous des peurs, Craig, et nous devons nous en accommoder. Mais la plus belle preuve d'amour que tu puisses faire à ta femme, n'est-ce pas justement de faire passer ses désirs avant les tiens ?

— Tu as ans doute raison, soupira-t-il. Je vais réfléchir à la question...

Alex lui frappa l'épaule, lui faisant presque cracher ses poumons, s'écria :

— Voilà comme je t'aime, mon frère !

— Ta confiance m'honore, ne put-il s'empêcher de ricaner.

Le poids sur sa poitrine s'allégea quelque peu ; parler avec son aîné lui avait toujours été salutaire.

Il observa face à lui, cette nature si belle et qu'il aimait tant. Cette nature qui arrivait toujours à calmer la sienne, emportée, parfois malgré lui. Ses pensées se tournèrent vers Mary... en cet instant elle lui manquait tellement qu'il avait le sentiment qu'une partie de son corps lui avait été arrachée. L'idée de la perdre lui faisait mal, un mal dont il ne se relèverait jamais si cela devait se produire. Il ne pouvait s'empêcher de se sentir pris au piège : il pourrait la perdre s'il lui faisait un enfant, et il la perdrait surement s'il ne lui en faisait pas... pour autant, répondit, la voix chargée d'émotion :

— Cela paraît si simple à t'entendre, soupira-t-il encore après quelques secondes de silence pendant lesquelles son regard balaya la campagne au-delà de la muraille, l'automne venait, il avait déjà planté ses griffes dans la terre, comme dans ses os.

Il ne voulait pas le laisser envahir son cœur.

Il voulait continuer à être heureux...

— Ça l'est, crois-moi ! dit à son tour Alexander. En tout cas, ça devrait l'être. Père me disait que les peurs n'étaient que le fruit de notre imagination, et je pense qu'il avait raison. Cesse de réfléchir, et va chercher ta femme !

Il en avait envie... bien sûr qu'il en avait envie !

Il voulait sa femme à ses côtés, mais était-il prêt pour autant à oublier cette peur, omniprésente ? La peur de perdre la personne qu'il aimait aujourd'hui plus que lui-même : sa femme. La peur de vivre ce que son père et son frère avaient vécu avant lui : perdre sa femme et son enfant peut-être, aussi, et se retrouver seul au monde, le cœur brisé... il avait trouvé la personne avec laquelle faire sa vie, il avait une famille, *sa propre famille,* était-il capable de mettre ce bonheur qu'il touchait enfin du bout des doigts en péril ? Là, dans l'instant, il l'ignorait, mais une chose était sûre, il ne pouvait laisser la situation en l'état.

Il serra le bras de son frère lui démontrant par ce geste combien la discussion avait allégé son cœur et permis d'y voir un peu plus clair.

— Tu as raison ! J'y vais !

Maintenant que sa décision était prise, il était mort d'impatience. Il aurait déjà voulu être à Kinkaid Tower pour enlacer sa femme.

Ensuite... eh bien ensuite... il aviserait... l'important était de retrouver Mary et de lui dire qu'il l'aimait...

Il se détourna et courut à l'escalier. Mais il marqua un temps d'arrêt en entendant un rire puis son prénom.

— Pas maintenant, mon frère, il va bientôt faire nuit. Ce ne serait pas raisonnable.

Il se retourna et sourit à Alexander.

— Il faut prendre des risques pour la femme que l'on aime, non ?

Ce n'était pas son aîné qui le contredirait, lui qui avait failli mourir pour la sienne.

Un sourire éclaira soudain le visage de son frère.

— Bien sûr. Va ! Mais prends des gardes avec toi !

Craig acquiesça sans plus un mot et dévala l'escalier.

Il devait faire vite.

Il voulait cueillir sa femme au réveil, s'expliquer avec elle, faire la paix et lui faire l'amour sans s'arrêter pendant des heures...

***

Mary dormit très mal ; Craig s'était invité dans ses rêves, ou plutôt, dans ses cauchemars. Elle avait rêvé qu'elle le perdait, et elle s'était réveillée en pleurs. Cette situation ne pouvait perdurer, elle était trop malheureuse. Craig lui manquait trop, elle avait le sentiment de n'être pas elle-même sans lui. Il était devenu au fil des mois indispensable à son être et même s'il ne lui donnait pas ce qu'elle désirait de toute son âme, elle voulait demeurer sa femme et être avec lui. Sans doute prendrait-elle son parti de ne jamais avoir d'enfants et finirait-elle par oublier ? Après tout, il y aurait toujours autour d'elle des enfants de qui s'occuper...

Elle se leva avant l'aube, déposa le petit mot qu'elle avait écrit sur la grande table de la salle pour ne pas que sa famille s'inquiète de son absence – et sur lequel elle disait juste qu'elle était partie faire une balade –, et après avoir chapardé une pomme en cuisine, elle alla chercher sa jument et sortit dans la cour.

Les gardes lui ouvrirent les portes et le soleil pointait à peine qu'elle s'envolait au grand galop. L'air frais frappa ses joues et amena des larmes dans ses yeux... mais elle adorait ça ! Rien de tel

318

qu'une chevauchée de bon matin pour se revigorer et chasser les brumes de l'esprit.

Elle talonna sa jument pour qu'elle aille plus vite et à chaque pas, elle sentait son cœur s'alléger. Elle se prit même à sourire : elle était jeune, forte, elle avait la vie devant elle, et elle aimait un homme. Un homme extraordinaire qui était son époux. Cela la rendit si heureuse que rien d'autre n'avait d'importance. Sa principale préoccupation était – et resterait – lui ! *Craig MacLeod...* Elle revit son sourire, ses yeux tantôt sombres, tantôt rieurs lorsqu'il partait à l'assaut de ses lèvres, puis de son corps, son désir flambant qui mettait le feu dans ses veines et à toute son âme.

Elle ne pensait qu'à lui, ainsi qu'à tout ce qu'elle lui dirait, puis à tout ce qu'elle lui ferait lorsqu'elle serait à nouveau dans ses bras. Elle commencerait par s'excuser. Ce n'était pas son fort, mais il le faudrait, elle était quand même partie sans rien lui dire. Il lui reprochait de ne pas parler et de fuir au moindre écueil, mais finalement, elle en avait fait de même et maintenant que sa colère avait fondu comme neige au soleil, elle le regrettait.

S'était-il fait du souci pour elle ?

Elle l'espérait... mais elle avait néanmoins peur de sa réaction, il serait certainement en colère et elle allait certainement devoir déployer des trésors d'ingéniosité pour se faire pardonner. Et se montrer persuasive.

Elle ralentit sa monture lorsqu'elle atteignit l'endroit, là où tout avait commencé. Elle pensait avoir du mal à retrouver le chemin, mais cela n'avait pas été le cas, comme si son corps se souvenait, comme si c'était écrit, quelque part en elle. Elle reprit son souffle, malmené par la chevauchée, et descendit jusqu'au bord du loch qui brillait entre les branches, quelques bancs de brume flottant à la surface. Il était magnifique, presque magique. Mystérieux en tout cas. Elle revit en pensée Craig sortir de ses eaux, son corps auréolé de lumière. Lui aussi magnifique. Elle était folle de son corps, elle pourrait passer sa vie à le caresser, et à l'embrasser… Elle le désirait tellement… à chaque seconde de son existence. Et à chaque seconde de son existence, elle voulait lui appartenir.

Elle resta un long moment ainsi, à contempler la surface de l'eau. Si calme… tellement calme qu'une certaine sérénité l'envahit. Si l'air n'avait pas été si frais, elle se serait baignée, mais ce ne serait pas raisonnable, son corps était transpirant par l'effort qu'elle venait de lui imposer et elle n'avait pas envie d'attraper la mort. Aussi, au bout d'un long moment, elle se détourna et reprit son chemin. Il y avait un autre endroit qu'elle voulait voir avant de retourner à Kinkaid Tower préparer son bagage, puis elle rentrerait auprès de son époux.

Elle passa plusieurs heures à chercher le chemin, mais elle savait la direction, puisqu'à la différence du chemin parcouru entre le loch et la cabane qu'elle avait passé couchée en travers de la selle de Craig – il lui avait raconté comment il s'était occupé d'elle ce jour-là ! –, elle connaissait celui qu'ils avaient ensuite effectué lorsqu'il l'avait ramenée chez son oncle. Malgré cela, ce fut ardu, et elle était prête à renoncer quand elle déboucha dessus. Elle s'assura que c'était bien de celle-ci qu'il s'agissait et non d'une autre masure inhabitée en observant alentour avec attention, mais son cœur, lui, savait.

C'était elle !

Là encore, elle revit Craig endormi à ses côtés, puis lorsqu'elle l'avait surpris à fendre du bois, juste là… à moitié nu…

Elle en eut cette fois le feu aux joues et son bas-ventre frémit, comme si son homme était en train de lui faire l'amour. Elle ne pensait pas, avant de le connaître dans ses bras, que le plaisir serait si grand, ni si… absolu. Peut-être parce qu'elle avait la chance d'avoir épousé un homme qu'elle aimait de tout son cœur et de toute son âme. Peut-être parce que Craig était un amant merveilleux et qu'il savait s'y prendre avec le corps des femmes.

Elle se laissa glisser de sa monture dont elle attacha les rênes à un arbre sur le côté de la cabane, puis entra. Tout était comme dans son souvenir : l'âtre, la table, les chaises, le lit de fortune. C'était poussiéreux, mais sous le soleil maintenant haut dans le ciel – il devait être près du mitant–, qui baignait l'intérieur d'une douce lumière, ce n'était pas si moche. Elle ne cessait de regarder la couche, garnie de paille sur laquelle elle s'était réveillée, enveloppée de l'odeur d'un homme dans le plaid duquel elle était enroulée. Une odeur qui lui avait affreusement donné envie de lui. Pour la première fois de sa vie, elle avait désiré un homme et désiré faire l'amour avec lui. Mais son éducation avait voulu qu'elle résiste à ce désir. Puis elle avait encore résisté à sa trop grande attirance pour lui parce qu'alors elle l'avait reconnu, et qu'elle connaissait sa triste réputation avec les femmes. Elle ne voulait en aucun cas devenir un trophée de plus pour cet homme qui collectionnait les aventures éphémères, mais elle s'avouait maintenant qu'il lui avait fallu une sacrée dose de volonté pour ne pas succomber au désir qu'elle lisait dans ses yeux. Un désir qui l'avait embrasée tout entière. Si elle l'avait fait, où serait-elle aujourd'hui ? Non, c'était inconcevable. Craig lui avait fait de l'effet, mais elle n'était pas prête à ce moment-là à perdre sa dignité et son honneur pour quelques instants de plaisir, même si elle n'avait cessé d'y penser tout le long du chemin ensuite. En vérité, Craig n'avait cessé de l'attirer dès le premier instant, dès qu'elle avait posé les yeux sur lui, nu sortant des eaux.

Que la vie était donc surprenante !

Elle avait rêvé de connaître l'amour dans ses bras, et ses rêves avaient été exaucés. Aujourd'hui, elle appartenait à cet homme. À l'homme de ses rêves et elle s'estimait chanceuse.

Soudain, des bruits de sabots se firent entendre, et son corps s'emballa. Un cheval renâcla. Elle chercha désespérément autour d'elle une arme et, avisant près de l'âtre la hache dont Craig s'était servi, elle se rua dessus et s'en empara. Le cœur battant la chamade, elle se retourna face à la porte, l'arme contre elle, décidée à défendre son honneur au péril de sa vie. Avec un peu de chance, le ou les intrus passeraient leur chemin, croyant la cabane vide de toute présence humaine. Puis elle pensa à sa jument attachée sur le côté de la masure et parfaitement visible. S'il s'agissait de brigands, ils la prendraient peut-être et s'en iraient ?

Elle retint un rire nerveux. S'il s'agissait de brigands, ils la kidnapperaient et demanderaient une rançon à son époux. Elle savait pourtant qu'il ne fallait pas s'aventurer seule dans la forêt !

Elle recula d'un pas, et tout son corps se tendit d'un coup en entendant très distinctement une personne sauter de cheval, tout près. Puis des pas se rapprochèrent. Des pas lourds, certainement ceux d'un homme. Et plus ils se rapprochaient, plus Mary avait la sensation que son cœur allait s'arrêter de battre tant elle était transie de peur. Si elle n'avait affaire qu'à une seule personne et non à toute une troupe de brigands, elle pourrait peut-être en faire façon…

Elle courut rapidement vers la porte le plus discrètement possible et éleva la hache, s'apprêtant à l'abattre sur la première personne qui entrerait. Elle avait appris à se défendre, elle savait comment tuer un homme avec une lame et elle avait toujours la sienne, attachée contre sa cuisse avec un lien de cuir. Il lui suffirait peut-être de blesser l'homme avec la hache, puis de lui sauter dessus pour l'achever en lui plantant son couteau dans la gorge, ou dans le ventre et ensuite remonter en direction du cœur.

La porte s'ouvrit lentement.

Si lentement qu'elle crut défaillir. Puis elle aperçut une silhouette se découpant dans la lumière. Elle s'obligea à ne pas bouger et retint son souffle. Quand la personne fut presque entrée, elle poussa un grand cri et abattit la hache de toutes ses forces sans prendre le temps d'assurer son coup. Mais l'homme, se sentant certainement menacé, fit un pas de côté et arrêta l'arme d'une main.

— Allons, Mary, ce n'est pas ainsi que l'on accueille son mari !

— Craig ?! s'écria-t-elle, en lâchant son arme et en se jetant à son cou, comprenant qu'elle aurait pu lui couper la tête en deux et le tuer.

Pourquoi ne l'avait-il pas appelée pour la prévenir ?

— Pardon… j'ai eu peur, se défendit-elle.

Craig la détacha de lui.

— Ne me refais plus jamais ça ! gronda-t-il.

Elle rencontra son regard furibond.

— Je suis désolée. Je ne recommencerai pas, je te le promets.

— C'est déjà ce que tu m'as dit la dernière fois ! Bon sang, Mary, j'étais mort d'inquiétude !

— Je sais que je t'ai fait la promesse de ne plus jamais m'enfuir sans rien te dire, mais c'est entièrement ta faute. J'étais en colère contre toi !

Elle se recula d'un pas, son cœur tourbillonnant toujours dans une danse infernale, alors que Craig se tenait immobile face à elle. Le regard dévorant. Un regard qu'elle lui rendit, aussi implacable que le sien. Elle remarqua ses traits tirés, la poussière de ses vêtements. Il paraissait épuisé, et cela la bouleversa.

Ils s'observèrent intensément pendant ce qui sembla à Mary une éternité puis soudain, alors qu'elle se sentait perdue, Craig fut contre elle, tout contre ses lèvres qu'il prit d'assaut. Il laissa tomber la hache, et la pressa contre lui en l'embrassant comme si sa vie en dépendait. Mary lui rendit aussitôt son baiser. Avec acharnement. Tandis que son corps s'enflammait déjà. Jamais il ne l'avait embrassée avec autant de passion, et elle ne fut pas en reste. Ce fut même elle qui prit les devants en glissant ses mains sous sa chemise après avoir tiré dessus et l'avoir sortie du kilt.

Elle voulait qu'il la prenne. Tout de suite.

Craig rompit leur baiser et, sans un mot, il fit passer son plaid par-dessus son épaule, retira sa chemise et défit son kilt, qui s'échoua à ses pieds, révélant son sexe dressé. Mary retint son souffle. Mais il s'emballa à nouveau lorsque Craig s'avança vers elle et lui retira sa cape. Il planta ses yeux dans les siens en s'attaquant aux lacets maintenant la robe au niveau de sa gorge, qu'il fit ensuite glisser de ses épaules. Leurs yeux continuèrent de se dévorer tandis qu'il la caressa du bout des doigts. Ils s'enfiévrèrent lorsqu'il les fit glisser le long de son ventre, jusqu'à son entrecuisse, sur lequel il appuya, la faisant gémir.

Il ne disait toujours rien, seuls leurs souffles se répondaient, mais Mary pouvait lire dans son regard tout ce que des mots auraient été impuissants à exprimer. Elle n'avait pas besoin de mots, et n'avait, elle non plus, pas envie de parler. C'était bien autre chose qu'elle voulait. Elle voulait répondre à cette fièvre qu'elle voyait danser dans les yeux de Craig et y succomber.

Il se rapprocha davantage, se colla à elle, et prit sa nuque entre ses doigts. Les sens de Mary prirent feu, tout comme ses chairs qu'elle sentit se gorger d'attentes fébriles. Sa bouche s'ouvrit dans un cri muet lorsque les doigts de Craig entrèrent dans son intimité, la faisant presque jouir. Alors seulement, il reprit ses lèvres voracement, passionnément, tout en faisant aller et venir ses doigts dans son corps, doucement d'abord, puis si vite et si fort qu'il lui fut impossible de retenir ses gémissements.

Mais elle voulait plus.

Bien plus.

Elle le voulait, lui. Lui tout entier.

Elle saisit le membre de Craig à pleines mains, le faisant gronder lui aussi. Il lui avait montré comment le caresser, comment l'embrasser, là, et comment l'amener au plaisir et elle adorait ça. Elle adorait le soumettre à sa volonté – comme lui le faisait avec elle –, elle adorait lui donner du plaisir, elle adorait voir ses yeux flamber, son corps se tendre, puis trembler quand la jouissance le prenait. Elle adorait ses gémissements rauques et diablement mâles, comme en ce moment, tandis qu'elle refermait son poing sur sa hampe et la pressait en un dur va-et-vient.

Ils étaient prêts à jouir sous les doigts de l'autre, leurs bouches proches l'une de l'autre, ouvertes pour exhaler leur plaisir. Un plaisir qu'ils se donnaient, et partageaient, leurs regards soudés. Des regards qui se possédaient et se faisaient l'amour. N'en pouvant visiblement plus, Craig retira ses doigts de ses chairs et la prit sous les fesses pour l'emporter à travers la cabane jusque sur la couche sur laquelle il l'étendit. À peine son dos reposa-t-il sur la paille qu'il entra en elle d'un puissant coup de reins, les faisant crier d'extase l'un et l'autre. Puis il commença à lui faire l'amour, et ce fut... merveilleux. Encore plus fort et encore plus passionné que d'habitude. Encore plus voluptueux. Leurs cris de plaisir se répondirent, leurs souffles s'accélérèrent tandis que montait leur jouissance. C'était si bon et si fort que des larmes lui échappèrent. Elle serra Craig contre elle, rendant coup pour coup et l'emprisonnant avec ses bras et ses jambes qu'elle referma sur lui pour qu'il aille encore plus loin et encore plus fort. Elle se laissa prendre totalement, pleinement, lui donnant tout, jusqu'à son âme, qu'il possédait déjà. Et bientôt, elle ne fut plus en mesure de retenir quoi que ce soit et jouit violemment, sentant ses chairs se contracter autour du membre de Craig fiché en elle. Son plaisir était si grand qu'elle le sentit couler entre eux. Et alors qu'elle pensait que Craig allait se retirer pour jouir de son côté comme il en avait la triste habitude, il intensifia ses coups, la prit encore plus férocement et, plongé au creux de ses chairs, il libéra sa semence en elle pour la toute première fois, en poussant un grand cri de volupté. Ses yeux s'écarquillèrent comme s'il était surpris et il continua d'aller et venir en grondant, la faisant jouir à nouveau, pour finalement rester là, en elle, sans plus bouger.

Il glissa ses mains sur son front pour en repousser les cheveux humides de la fièvre de leurs ébats et déposa un baiser sur les lèvres.

— Si j'avais su que c'était si bon, dit-il après l'avoir contemplée intensément, je me serais libéré en toi dès la première fois.

Mary sourit, et posa sa main sur son visage.

— Qu'est-ce qui t'a fait changer d'avis ?

— Je ne voulais pas te perdre, commença-t-il, la voix éraillée. J'avais peur. J'ai encore peur de te perdre, bien sûr, mais je veux te rendre heureuse. Alors si tu veux un enfant, je te ferai un enfant.

Mary sentit sa gorge se serrer.

— Tout se passera bien, je te le promets. Je ne suis pas comme Maddie, je suis forte, en bonne santé, et je crois même être un peu coriace.

Elle ne voulait pas parler de la mère de Craig, elle aussi morte en couches, car elle ne savait au juste ce qui s'était passé, elle ne la connaissait pas personnellement à la différence de Maddie. De plus, elle pensait le sujet bien trop délicat à aborder en cet instant avec son époux. Il lui en parlerait certainement un jour, comme il lui parlerait de ce qu'il avait ressenti à sa mort, de leurs relations, ainsi que celles entretenues avec son père.

— Oui, tu es coriace, mais c'est comme ça que je t'aime.

— Tu m'aimes, alors ? demanda-t-elle au bord des larmes.

Elle avait tellement douté de son amour dernièrement, en se mettant des idioties en tête. Elle croyait que dès qu'il se serait rassasié de son corps et ne lui trouverait plus l'attrait de la nouveauté, il l'abandonnerait pour reprendre sa vie de débauche.

— Oui, Mary, je t'aime. Je t'aime comme un fou. Je t'ai aimée dès le premier regard.

— Moi aussi, je t'ai aimé dès le premier regard, lui avoua-t-elle.

— Dès que tu m'as vu nu, tu veux dire.

Elle rit, et cela lui fit tellement de bien, qu'elle continua quand Craig l'embrassa dans le cou.

— Dès que tu as vu ma queue, gronda-t-il encore en longeant son ventre.

Mary sentit son souffle s'accélérer. Ils venaient de se donner l'un à l'autre, mais elle avait encore envie de lui, et envie de lui appartenir. Surtout si cela devait être aussi grandiose que la fois précédente.

— Oui, aussi… s'amusa-t-elle, avant de gémir lorsqu'il referma ses lèvres sur son petit bourgeon sensible.

Son souffle se coupa tout à fait lorsqu'il l'embrassa, là, puis davantage quand il fit entrer sa langue dans son intimité.

Agrippée à ses boucles brunes, elle plaqua le visage de Craig contre son entrecuisse pour l'inciter à aller encore plus loin. Et quand il frotta avec son pouce son bourgeon de chair déjà soumis à rude épreuve par les assauts répétés et gorgé comme un fruit mûr, elle explosa de plaisir dans sa bouche. Un plaisir qu'il lapa, pour ensuite venir prendre ses lèvres.

Elle sentit son goût dans sa bouche, et loin de la rebuter, cela la fit frémir, car c'était le goût de leurs plaisirs, mêlés. Un plaisir qu'il lui donnait généreusement comme il aimait à le faire. Oui, Craig était un débauché, le corps des femmes et comment en jouir et les faire jouir n'avaient aucun secret pour lui, et elle était heureuse et fière qu'il mette toute sa grande expérience sensuelle à son seul service, dorénavant. Elle voulait jouir, et jouir indéfiniment.

Il éleva ses mains au-dessus de sa tête, l'emprisonna pour qu'elle ne puisse lui échapper, et entra à nouveau en elle, la soumettant à son membre roide et dur comme de la pierre. Mary se sentit à nouveau remplie, étirée divinement, et à chaque coup de reins enflammé, elle cria de plaisir lorsqu'il vint buter tout au fond d'elle, la faisant reculer sous l'assaut.

C'était encore plus fort, encore plus absolu.

Mais soudain, alors qu'elle allait jouir, Craig sortit de son corps.

— Mets-toi à quatre pattes ! ordonna-t-il, la voix grave.

Elle obéit, et il empoigna aussitôt ses cheveux à pleines mains.

Elle savait qu'il aimait cette position qui lui permettait de plonger encore plus profondément en elle. Il entra à nouveau dans sa féminité, butant divinement au tréfonds de son ventre tout en tirant ses cheveux en arrière, la faisant se cambrer plus encore. Elle se sentait prise d'assaut, soumise au bon plaisir de son maître et possédée pleinement et c'était encore plus fort, encore plus passionnel. Et quand il frappa son postérieur en s'enfonçant en elle plus brutalement, elle s'abandonna et cria de plaisir, se sentant délicieusement débauchée elle-même. Puis elle jouit. Fort. Plus fort que jamais. Craig la rejoignit dans la jouissance en grondant de contentement, le corps tendu comme un arc.

Ils restèrent ainsi de longues secondes : elle, penchée en avant et la tête entre les mains, lui, encore bien profondément ancré en elle, agrippé à ses hanches, ses doigts incrustés dans sa chair. Elle garderait certainement des marques, mais alors elle se souviendrait avec émotion de ce moment comme du plus intense qu'elle n'ait jamais vécu charnellement.

Elle se redressa et sentit les lèvres de Craig se poser sur son épaule.

— Merci, ma douce, c'était divin, murmura-t-il à son oreille avant de s'écarter et de se laisser tomber sur le dos.

Il souleva son bras.

— Viens !

Mary se glissa contre lui et il le referma sur elle.

— Tu n'as pas froid ? s'enquit-il après quelques minutes de silence pendant lesquelles ils laissèrent leur souffle revenir à la normale.

— Non. Je suis bien.

Il déposa un baiser dans ses cheveux et inspira, comme s'il voulait se gorger de son odeur.

— Excuse-moi, murmura-t-il encore. J'ai certainement été un peu brutal, mais... je crois que tu me fais perdre la tête, mon amour. C'est tellement bon de me libérer en toi... Je crois que je ne m'en lasserai jamais.

Elle supposa qu'effectivement, il n'avait jamais joui dans le corps d'une femme, puisqu'il n'était censé le faire qu'avec celle qu'il choisirait comme épouse. Celle qui serait susceptible de porter ses enfants.

Mary souleva la tête en prenant appui sur son torse encore brûlant et souda ses iris aux siens.

— Pour moi aussi, c'était merveilleux. Et ce ne sera jamais trop fort. J'adore t'appartenir et tu peux faire de moi ce que tu veux, surtout si c'est si bon. Et donc... c'est différent quand tu... quand tu te libères en moi ? osa-t-elle demander, se sentant rougir jusqu'à la racine des cheveux.

Il partit d'un grand rire.

— J'aime tellement quand tu rougis de cette façon, alors que tu es capable de me laisser te prendre comme j'ai envie. J'ai parfois du mal à imaginer que tu ne connaissais rien à l'amour avant de devenir ma femme. Et pour répondre à ta question, je n'en savais foutre rien, je le découvre et j'en suis le premier étonné. Mais je ne vais pas m'en plaindre.

Mary fit la moue.

— Au début, j'avais peur que tu me trouves trop mièvre, trop… ingénue…

— Au contraire, s'amusa-t-il en glissant son doigt sous sa lèvre inférieure. J'ai adoré être le premier et t'initier au plaisir.

— J'avoue que tu es un bon professeur et que tes leçons me comblent.

— Toi aussi tu me combles, ma douce.

Elle réprima un bâillement.

Elle était épuisée, mais il y avait encore des choses à éclaircir.

— Comment as-tu su où me trouver ?

Il lui embrassa le front, répondit :

— Je ne savais pas. J'avais envie de revoir le loch avant de me rendre chez tes parents, puis notre cabane, et j'ai reconnu ta jument.

— Excuse-moi encore pour tout à l'heure. Tu aurais dû t'annoncer, j'aurais pu te tuer.

Elle en eut à nouveau des frissons.

— Je voulais te surprendre, s'amusa-t-il.

— C'était réussi ! J'ai cru que mon cœur allait s'arrêter de battre.

— Ma furie, gronda-t-il, en reprenant ses lèvres pour un baiser passionné, les laissant rapidement à bout de souffle.

— Tu veux vraiment un enfant ? se lança-t-elle après avoir rompu leur baiser et pris une grande inspiration. Je ne voudrais pas que tu le fasses pour moi, Craig, mais parce que tu le veux vraiment.

Son cœur battit la chamade car c'était le moment de vérité.

Il saisit sa nuque et fouilla ses iris.

— Oui, ma douce, je le veux. C'est mon plus cher désir aujourd'hui, avoir un enfant avec toi. Pardonne-moi, je me suis comporté comme un imbécile.

— Tu avais peur de me perdre, tu l'as dit.

— Il y a eu ma mère, puis Maddie, et…

Mary posa ses doigts sur ses lèvres pour qu'il n'aille pas plus avant.

Elle ne voulait pas qu'il se torture avec de douloureux souvenirs.

— Je sais…

Elle vit avec stupeur les yeux de Craig s'emplir d'eau, et voir cet homme si fier et si valeureux verser une larme parce qu'il avait peur de la perdre l'émut au-delà des mots.

— Pardonne-moi, implora-t-il encore.

— Oh, mon amour, bien sûr que je te pardonne, répondit-elle en se jetant contre lui, au bord des larmes elle aussi. Tout se passera bien et nous aurons le plus beau et le plus robuste de tous les bébés.

Elle se redressa, caressa sa joue.

— Mais tu resteras toujours le centre de mon monde, car je t'aimerai toujours d'un amour inconditionnel…

Elle posa ses lèvres sur les siennes et ils s'embrassèrent voracement, avant de s'unir à nouveau.

Ce n'est qu'à la tombée du jour qu'ils quittèrent la cabane pour regagner Kinkaid Tower, ivres d'amour et confiants en leur avenir.

27

Mary était tranquillement occupée à sa tapisserie auprès de sa belle-sœur, le petit Malcolm jouant par terre à leurs pieds, lorsqu'une douleur lui vrilla le ventre, lui amenant l'eau à la bouche. Elle se leva vivement, et eut juste le temps de sortir de la demeure lorsqu'une douleur plus forte la plia en deux. Elle s'appuya d'une main contre le mur, et rendit son en-cas de la mi-journée. Les efforts lui amenèrent les larmes aux yeux. Cela faisait des jours qu'elle vomissait et Katel, qu'elle avait consultée le mois précédent, lui avait confirmé ce qu'elle pressentait : elle attendait un enfant.

La guérisseuse l'avait palpée, et lui avait dit que tout semblait se passer au mieux. Comme ses lunes se faisaient attendre depuis une quinzaine de jours, elle lui avait dit qu'elle était grosse d'un mois. Elle en avait déduit que Craig et elle avaient conçu cet enfant dans la cabane… mais comment savoir ? En vérité, ils faisaient l'amour chaque nuit. Mais peu importait où et quand, elle était ravie de la nouvelle, qu'elle avait voulu garder secrète quelques jours avant d'en faire part à son époux. Pour se faire à l'idée, et pour se préparer à le lui révéler, espérant qu'il serait aussi heureux qu'elle.

Pour le reste, elle était confiante, tout se passerait bien !

Ce qu'elle n'avait pas prévu, c'était d'être autant épuisée, et aussi malade. Elle était avide de son époux, mais elle s'endormait dans ses bras sitôt qu'il la faisait jouir et il n'y avait plus jamais de seconde ou troisième fois. Ce qui ne les empêchait pas de remettre ça à l'aube, avant que Craig ne quitte leur couche pour vaquer à la surveillance des terres. Ils étaient toujours insatiables l'un de l'autre et leur lune de miel durait, pour son plus grand bonheur.

Elle regagna la salle commune, s'assit et reprit son ouvrage.

Depuis qu'elle était grosse, et alors qu'habituellement les travaux d'aiguille lui étaient parfois insupportables, elle y trouvait un certain apaisement de sa nature enflammée. Tout en travaillant, elle laissait son esprit divaguer et pensait à son enfant, à comment ils allaient l'appeler, à qui il allait ressembler... Serait-il aussi calme que Malcolm ou au contraire, terrible ? Avec des parents comme Craig et elle, elle gageait qu'il se comporterait plutôt comme une petite tornade.

— Quand allez-vous le dire à Craig ?

Mary releva la tête au son de la voix d'Élisabeth.

— Vous savez ?

— Je viens de le comprendre, mais je vous avoue que l'idée m'avait effleuré l'esprit en constatant combien vous manquez d'allant, vous qui êtes toujours si vive.

Mary se cala contre le haut dossier de bois et posa son ouvrage sur ses genoux.

— Je suis épuisée, et je n'arrête pas de vomir. Un peu moins depuis que Katel m'a donné des herbes, mais toujours trop à mon goût.

— Je vomissais aussi tous les matins dès que je mettais un pied au sol, lui confia sa belle-sœur tout en lui souriant gentiment. Cela devrait cesser quand vous aurez passé trois mois. De combien êtes-vous grosse ?

— D'un peu plus d'un mois...

— Je suis tellement contente pour vous...

Elle se pencha en avant et saisit la main de Mary, qu'elle serra.

— ... et je suis sûre que Craig le sera aussi.

— Je l'espère... mais il n'y a pas de raison. Nous en avons discuté après ma... ma fuite et nous sommes tombés d'accord pour avoir des enfants.

— Il avait peur pour vous, c'est ça ? lui demanda Élisabeth après lui avoir lâché la main et s'être reculée.

— Oui. Je crois que la mort de sa mère et celle de Maddie l'ont marqué à tout jamais.

— Tout comme Alexander. Je pensais qu'il ne se remettrait jamais de la perte de sa première épouse, et je pense que le souvenir le hante encore, mais la vie continue, n'est-ce pas ? Il faut bien faire avec les peines pour profiter des joies et ne pas donner trop de poids au passé.

— Je suis tout à fait d'accord avec vous... Oh... mais...

Elle se redressa en entendant des chevaux entrer dans la cour, se demandant qui cela pouvait-il bien être à cette heure de l'après-midi. Craig rentrait tôt, la nuit tombait rapidement en cette période, mais jamais aussi tôt.

Elle courut à l'extérieur et crut s'évanouir lorsqu'elle remarqua que c'était Craig et sa troupe qui venaient d'entrer dans la cour et que son époux était blessé à la jambe. Elle était pleine de sang et le côté de son kilt également. Elle s'élança vers lui en appelant Katel, qui sortit aussitôt de la cuisine où elle était certainement en train d'aider sa grand-mère, Térésa, à la préparation du souper, tandis que deux hommes du clan aidaient son époux à descendre de cheval. Elle prit la place d'un des gars pour soutenir Craig qui s'appuya sur elle, tentant de sourire alors qu'il était pâle à faire peur.

Depuis combien de temps saignait-il ?

Elle n'eut pas le loisir de se poser des questions que déjà la guérisseuse prenait la direction des opérations, leur ordonnant d'emporter le blessé sur la table de la cuisine.

Craig lui dit d'une voix faible qu'elle devait laisser faire les hommes parce qu'il était trop lourd pour elle et qu'elle pourrait se blesser, mais elle ne l'écouta pas et serra les dents. Effectivement, il pesait son poids, mais quand Katel insista pour la remplacer en lui faisant de gros yeux, elle comprit qu'elle ne devrait pas forcer autant ou elle pourrait perdre son bébé.

Mais pour le moment, c'était pour Craig qu'elle s'inquiétait.

— Laissez-nous faire, ma dame, soyez raisonnable...

Elle capitula, les laissa la précéder et regarda, impuissante, l'amour de sa vie être jeté sur la table de la cuisine, ses hommes autour de lui. Elle se tordit les mains d'angoisse et pria :

Mon Dieu, faites qu'il ne meure pas. Pas maintenant...

Elle ne cessa de prier pour que tout se déroule au mieux, mais quand Katel mit en évidence la blessure à la cuisse, elle crut à nouveau tourner de l'œil et recula contre le meuble où étaient remisés les écuelles, les gobelets et les plats, pour trouver un appui. Le garrot de cuir avait arrêté le saignement, heureusement, mais l'entaille était moche.

— Que s'est-il passé ? demanda Katel tandis que Térésa, très au fait certainement de ce genre d'évènement, lui apportait de l'eau et de la charpie.

Tout en écoutant d'une oreille attentive les explications des gars, qu'elle-même ne comprit pas tant son attention était concentrée sur le visage de Craig qui manifestement souffrait, Katel se lava les mains, et ouvrit sa trousse. Craig gémit en grinçant des dents lorsqu'elle versa un liquide sur la plaie ouverte, que Mary pensa être du whisky.

Ce fut sur ces entrefaites qu'Alexander, qui était à l'extérieur et que l'on était allé quérir, entra dans la cuisine. Il s'approcha de Craig, à qui l'on avait fait boire une bonne rasade de whisky, et lui prit la main pour le soutenir, tandis que Katel fouillait la blessure avec une lame après l'avoir préalablement passée sur une flamme.

Elle ne put en voir davantage et fut obligée de sortir pour vomir de nouveau tripes et boyaux.

— Venez, je vais vous conduire à votre chambre, vous serez plus à votre aise, lui dit Élisabeth en la soutenant, alors qu'elle gémissait après l'effort qui lui avait arraché le ventre, la laissant aussi faible qu'un chaton venant de naître.

— Non, je... je veux rester près de lui... il a besoin de moi...

— Soyez raisonnable, Mary, vous tenez à peine debout et Katel aurait fort à faire avec vous deux si vous vous évanouissez.

Sa belle-sœur avait raison...

Elle acquiesça et ne résista pas lorsqu'elle la conduisit jusqu'à la chambre qu'elle partageait avec Craig puis vers la couche où elle l'aida à s'allonger.

— Je vais demander à ce que l'on vous fasse du feu. Craig ne devrait plus tarder.

— Merci, Élisabeth, lui répondit Mary, alors que la fatigue avait raison d'elle. Vous êtes une vraie sœur pour moi.

Sa belle-sœur lui tapota la main.

— C'est à cela que sert la famille. Reposez-vous, nous nous voyons demain.

— À demain, Élisabeth, et encore merci, réitéra-t-elle.

Ses yeux se fermèrent d'eux-mêmes sitôt sa belle-sœur partie, mais le sommeil se refusa à elle ; elle était trop inquiète pour Craig. Elle se consola en se répétant qu'il était vaillant, fort et en bonne santé. Il se remettrait de cette blessure et guérirait bien vite. Pour tromper son attente, elle se remémora ce que les hommes avaient dit : une troupe de spadassins les avaient pris par surprise et avaient tenté de le tuer. C'était clairement lui qu'ils visaient. Il s'était battu comme un diable, seul contre plusieurs, ses hommes occupés de leur côté à se défendre, et il n'avait dû sa survie qu'à son adresse au combat. Ils avaient réussi à quasiment tous les tuer, mais certains s'étaient enfuis et Craig avait lancé des hommes à leurs trousses. Pour ce qu'elle en avait vu, il s'en était fallu de peu. Un peu plus haut et son assaillant perforait un endroit de la cuisse qui saignait un homme en quelques minutes. Craig en avait réchappé de justesse et son cœur se serra devant la menace.

Qui avait pu commanditer un tel acte ?

Qui en voulait à Craig au point de vouloir le tuer ?

Un seul nom vint à l'esprit de Mary : Somerset ! Il était normalement sur ses terres anglaises, Craig l'avait menacé de le faire pendre pour enlèvement et séquestration s'il remettait un pied en Écosse, mais avec ce genre d'homme, comment être sûr qu'il obtempère ? Et il avait certainement le bras long. Il faudrait mettre Ewen dans la confidence. Il était dans Les Marches, il pourrait se renseigner et peut-être même, le faire surveiller.

Elle dut tout de même s'endormir, car elle sursauta et s'assit d'un bond sur la couche quand elle entendit la porte s'ouvrir. Un feu brûlait dans l'âtre, rendant la froideur de la pièce déjà plus supportable. Elle regarda les gars déposer délicatement Craig, semblant profondément endormi, à ses côtés.

— Comment va-t-il ? demanda-t-elle à Katel, venue les accompagner.

— J'ai recousu la blessure, elle était profonde, mais pas mortelle.

— Un couteau ?

— Oui, certainement. Il faudra le surveiller. S'il a de la fièvre, faites-moi appeler immédiatement. Je lui ai donné des plantes pour l'éviter, mais parfois, cela ne suffit pas. Je l'ai également fait dormir pour qu'il ne souffre pas trop.

— Merci, Katel, que ferions-nous sans vous ?

De temps en temps, Mary se demandait si elle pensait encore à Ewen, son amour de jeunesse.

— Je vous en prie, ma dame, c'est mon devoir et je ferais n'importe quoi pour mon clan. Et vous, comment vous portez-vous ? ajouta-t-elle vivement, ne voulant visiblement pas s'appesantir sur le sujet.

Certes, c'était son devoir et son choix de soigner les MacLeod, mais cela démontrait également une belle âme. De plus, la guérisseuse avait sacrifié son bonheur personnel pour le clan, et Mary se demandait pourquoi, sans jamais avoir le courage de lui

337

poser la question. En vérité, rien n'empêchait Katel d'avoir une vie de femme en plus de son art.

— Je me porte très bien, mis à part ces vomissements, mais je crois quand même qu'ils sont moins fréquents, et moins douloureux, finit-elle par concéder en réponse au regard interrogatif, mais bienveillant, de Katel.

Sauf le dernier, mais sans doute était-ce dû à l'état dans lequel on lui avait ramené son époux.

— Pas de douleur au bas-ventre ?

— Non, tout va bien de ce côté-là.

— Parfait, alors. Je vais vous laisser vous reposer tous les deux, ma dame. Votre époux devrait dormir sereinement, mais il vous faudra veiller. Je vais demander que l'on mette des hommes devant votre porte.

— Merci, Katel, cela me rassurera de ne pas être seule, et je les enverrai vous quérir si la fièvre monte pendant la nuit.

Elle allait toutefois prier pour que cela n'arrive pas.

— Je vous souhaite la bonne nuit, ma dame.

— Bonne nuit à vous aussi, Katel, et merci.

— Je vous en prie...

Katel sortit, et Mary remonta le drap recouvert de lourdes peaux jusque sous le menton de Craig pour ne pas qu'il prenne froid ; il n'était revêtu que de sa chemise et dessous, elle avait pu apercevoir le bandage taché d'un peu de sang. Le feu crépitait dans la cheminée et la chaleur commençait à se faire sentir, mais il fallait plusieurs heures pour qu'il fasse vraiment chaud. En général, ils n'avaient pas besoin de feu, celui de leur passion suffisait et ils se réchauffaient en faisant l'amour. Cette nuit serait différente, mais Craig était vivant, et c'était tout ce qui comptait à ses yeux.

Elle caressa son visage du bout des doigts et se pencha pour embrasser délicatement ses lèvres.

338

— Je t'aime... souffla-t-elle, les larmes aux yeux.

Elle était confiante, mais elle avait quand même peur de perdre l'homme qu'elle aimait. Quand on aimait, on craignait toujours de perdre l'autre, et on n'imaginait pas sa vie sans lui. Elle n'imaginait pas sa vie sans Craig, elle en mourrait intérieurement, mais serait obligée de vivre, car en son sein grandissait son enfant. Un enfant qui avait besoin d'elle et qu'elle ne pourrait abandonner.

Elle secoua la tête et se morigéna d'avoir de telles pensées. Ce n'était pas dans ses habitudes et elle se demanda si cela n'avait pas quelque chose à voir avec son état.

Il ne leur arrivera rien ! Craig s'en sortira, se convainquit-elle.

Elle s'allongea contre lui et passa son bras en travers de son buste, sous le drap. Il était chaud, mais pas trop, ce qui la rassura. Ses paupières se firent lourdes. Elle allait dormir quelques minutes et se promit de se réveiller. De toute façon, si Craig s'agitait, comme elle était serrée contre lui, elle le sentirait.

Ce fut sur cette pensée apaisante qu'elle s'endormit, blottie dans la chaleur de son époux.

***

Quand Craig ouvrit les yeux et émergea des brumes du sommeil, l'aube était là, et il avait mal partout comme s'il avait été roué de coups. Il mit du temps à réaliser où il était, mais quand ses souvenirs revinrent, il se fit la remarque qu'effectivement, c'était le cas, et qu'il était chez lui, dans sa chambre, et dans son lit.

Il tourna la tête pour contempler sa femme, endormie près de lui, son nez contre son bras.

Il se mit lentement sur le côté pour ne pas la réveiller, soulagé de voir également que sa cuisse ne le faisait pas énormément souffrir. En tout cas, la douleur était largement supportable. Il ne savait ce que lui avait donné Katel, mais elle avait encore réalisé des

339

merveilles. Elle avait sondé la plaie pour vérifier qu'il n'y avait pas un bout de métal à l'intérieur, l'avait recousu, avait enduit la blessure d'un baume sentant fortement la menthe, puis avait bandé sa cuisse.

Elle lui avait ensuite fait boire une tisane qui l'avait assommé et il avait dormi comme un bébé. Et visiblement, il avait échappé à la fièvre, ce qui était une bonne chose. Il s'en sortait sans trop de dégâts, hormis des douleurs. Il aurait certainement la jambe raide quelque temps, mais là encore, ce n'était rien comparé à ce qui s'était produit.

Ce porc avait bien failli avoir sa peau !

Alors qu'ils se battaient au corps-à-corps, il avait sorti une autre lame de sa botte et la lui avait plantée dans la cuisse, n'assurant pas son coup. Tous les guerriers dignes de ce nom savaient où frapper pour qu'un homme se vide de son sang en moins de deux, ce qui faisait dire à Craig que celui-ci était passablement inexpérimenté, heureusement pour lui, mais il se demandait qui étaient ces hommes, et qui les avait envoyés pour l'occire.

Il espérait que ses troupes arriveraient à capturer les survivants pour qu'il puisse les interroger. À moins qu'Alexander le fasse sans lui, car il doutait de pouvoir tenir debout longtemps, même avec toute la bonne volonté du monde. Il allait rester couché quelques jours et en profiter pour prendre du repos, il en avait besoin. Et il jouirait ainsi de sa petite femme plutôt que de la laisser seule toute la journée.

Il soupira.

Oui, il s'en était fallu de peu qu'il passe de vie à trépas, mais il était bel et bien vivant et comptait bien profiter du temps qui lui était imparti pour vivre pleinement. Auprès d'elle. La femme de sa vie…

Il s'était battu avec la rage du désespoir, il était inconcevable que sa vie se termine de cette manière, il voulait revoir sa femme et vivre encore longtemps à ses côtés, il ne pensait qu'à elle et une fois de plus, cela lui avait donné courage et témérité.

Il caressa son visage.

Elle était si belle ainsi abandonnée au sommeil. Mary était son soleil, le soleil qui l'avait réchauffé et qui illuminait ses jours et ses nuits.

Il se pencha pour déposer un baiser sur ses lèvres et la sentit frémir. Elle se frotta les yeux, s'étira et ouvrit les paupières. Elle mit un certain temps, comme lui précédemment, à émerger des limbes du sommeil.

— Bonjour, beauté...

— Oh, Craig, tu es réveillé ? Tu vas bien, tu n'as pas trop mal ? Mon Dieu, s'emballa-t-elle, je devais te veiller et j'ai dormi comme une souche. Tu vas bien, tu es sûr, tu n'as pas de fièvre ?

Elle toucha son front, elle-même fébrile.

Il se saisit de son poignet, et le retint, un léger sourire aux lèvres. *Sa furie...*

Mais soudain, elle éclata en sanglots. Il la relâcha et la prit dans ses bras pour la consoler.

— Là, là, calme-toi. Je vais très bien, je n'ai pas trop mal et je suis en vie...

— Je sais, mais..., renifla-t-elle. Je manque à tous mes devoirs, je devais te veiller, et...

Il l'écarta de lui et prit son visage entre ses mains.

— Hé... ce n'est rien, je vais bien. Tu n'avais pas besoin de me veiller et tu devais être épuisée par toutes ces émotions.

— J'ai eu tellement peur...

— Je sais, mon amour, mais ce n'était qu'une petite coupure de rien du tout. Dans deux ou trois jours, il n'y paraîtra plus.

— Une petite coupure de rien du tout ? s'enflamma-t-elle encore. Tu plaisantes ? On voyait l'os. J'espère que tu as prévu de te reposer un peu.

— Un guerrier ne se repose jamais ! s'amusa-t-il.

— Craig !

— Oui, mon amour, je vais me reposer, et tu me tiendras compagnie. Mais je te préviens, quand je ne peux pas me dépenser tout mon soûl, je deviens vite... ingérable. Oh, ma douce, pourquoi tu pleures ?

Il la reprit contre lui et glissa sa main le long de sa nuque.

— Tu as eu si peur que ça ?

Elle secoua la tête, visiblement incapable de prononcer une seule parole. Il sourit. Elle tenait à lui, vraiment, et cela lui réchauffa le cœur. Il ne pensait pas, avant de le connaître, que l'amour d'une femme pouvait à ce point transformer un homme. Il était devenu sentimental et finalement, il le vivait plutôt bien.

— Je suis là, la rassura-t-il en lui caressant les cheveux.

— J'ai eu peur de te perdre, soupira-t-elle, visiblement transie d'angoisse.

Cela ne lui ressemblait pas. Mary était courageuse et rebelle, dotée d'une confiance à toute épreuve, mais... les gens changeaient en fonction des circonstances, il en savait quelque chose.

— Surtout que... continua-t-elle, avant de marquer un temps d'arrêt.

Il la prit aux épaules et la fit reculer.

Il sonda son regard, demanda :

— Surtout que ?

Ses yeux s'emplirent à nouveau de larmes.

— Surtout que j'attends un enfant. Notre enfant...

Il cligna plusieurs fois des paupières, croyant avoir mal compris.

— Tu... tu es sûre ? Je... je veux dire, tu... tu ne peux pas souffrir de quelque chose d'autre, d'une indigestion, ou de... j'en sais rien, moi, mais...

Elle l'empêcha de débiter d'autres inepties en posant le bout de ses doigts sur ses lèvres avec un sourire un peu railleur.

— Oui, Craig MacLeod, je suis sûre !

Il saisit ses doigts et les appuya contre sa bouche pour les embrasser, incapable de comprendre l'étrange sensation qui était en train de l'envahir parce qu'il ne l'avait jamais ressentie : peur... joie... fierté... tout cela à la fois... Mais ce fut l'amour qui l'emporta. Un amour si immense qu'il manqua de faire exploser son cœur.

Il ôta lentement les doigts de sa femme de ses lèvres et les garda dans sa main.

— C'est vrai ? Je vais être père ? demanda-t-il, la voix chargée d'émotion.

— Oui, Craig, nous allons avoir un enfant...

Il ne put s'empêcher de sourire comme un idiot, non parce qu'il rendait sa femme heureuse, mais parce qu'il l'était lui aussi. Vraiment. Et comme il ne sut quoi dire pour faire comprendre à Mary que cette nouvelle l'emplissait de joie et de fierté, il glissa la main le long de sa nuque, l'attira à lui et prit ses lèvres pour un baiser passionné où il tenta de lui transmettre tout l'amour et l'attachement qu'il éprouvait pour elle. Il la fit rouler sur lui et se mit sur le dos, son membre dressé entre eux. Il glissa ses mains sous sa chemise de nuit pour empoigner ses fesses et la presser contre cette partie de lui qui avait atrocement envie d'elle. Une envie violente, intense, comme un pied de nez à la mort.

— Craig, ce n'est pas raisonnable.

Mais la raison et lui ne faisaient pas bon ménage, elle devait le savoir depuis le temps.

— C'est ma jambe qui est blessée, pas ma queue.

— Je vois ça, elle me semble aller parfaitement bien, ironisa-t-elle, en souleva sa chemise, puis la sienne, mettant leurs sexes à nu. Mais si tu as mal, il ne faudra pas venir te plaindre.

— Jamais... Viens !

Il n'en pouvait déjà plus.

Il voulait la sentir autour de lui. Il avait besoin de sa chaleur, de ses baisers, de ses bras et de sa moiteur. Et si les douleurs devenaient insupportables, Katel lui arrangerait ça.

Quand Mary redressa son membre pour ensuite le faire entrer en elle, jusqu'au fond, il ne fut plus capable de penser à autre chose qu'à l'immense bonheur d'être en vie, et de connaître ça. Ça... cet acte d'amour partagé qui le faisait toucher du doigt le paradis.

Épilogue

— Pourquoi c'est si long ? Et pourquoi elle crie autant ? Ça se passe mal, je suis sûr que ça se passe mal, ne cessait de répéter Craig en tournant comme un fauve en cage.

Alexander lui tendit le gobelet qu'il venait de remplir.

Il ne savait plus combien il en avait bu, mais il n'était pas assez ivre pour ne pas entendre et ne pas se rendre compte que sa femme était en train de souffrir le martyre. Il le savait, il n'aurait jamais dû accepter de lui faire un enfant.

— Calme-toi, mon frère. Tout va bien, c'est toujours long pour un premier-né. Et si elle crie autant, c'est qu'elle a encore de la ressource.

— Tu crois ?

— J'en suis sûr. Tiens… ça va te détendre.

Non, ce qui le détendrait, c'est d'être là-haut et de tenir la main de sa femme.

Il ignora le gobelet tendu.

— J'y vais !

Il s'apprêtait à courir à l'étage lorsque son frère le retint par le bras.

— Katel va te faire sortir à coups de pied dans les fesses.

— Qu'elle essaie et elle verra de quel bois je me chauffe !

Alexander se mit à rire, et leva son gobelet dans sa direction.

— C'est aussi ce que j'ai dit à la guérisseuse lorsque Lizzie était en train d'enfanter, mais crois-en mon expérience, attends encore un peu. Voir souffrir la femme que l'on aime n'est pas chose aisée.

— C'est de ma faute si elle en est là… bougonna-t-il, en acceptant finalement le gobelet de whisky que lui tendait son frère.

Discourir avec lui, qui était passé par là, lui apporterait certainement un peu d'apaisement, mais il avait les nerfs si à vif, qu'il en doutait.

Il but une gorgée.

— Ne raconte pas n'importe quoi ! le tança Alexander. Les femmes ont des enfants que leurs hommes leur font, ainsi va la vie. Elle est forte, tu l'entends, non ? Elle se battra pour ton enfant.

— Oui, elle est forte, mais s'il... s'il se passait quelque chose de fâcheux ? Je crois que je serais incapable de le supporter.

— Tu le supporteras, crois-moi... La vie continue...

Alexander plongea dans ses souvenirs, et il s'en voulut de lui faire revivre les heures sombres de son passé.

— ... et au bout du tunnel, il y a toujours de la lumière.

Un cri plus puissant que les précédents le fit grincer des dents.

Cette fois-ci, il tendit son gobelet à son frère et courut à l'étage.

Il ouvrit la porte de sa chambre à la volée. Les regards de sa belle-sœur et de Térésa se tournèrent vers lui, surpris, tandis que Mary, soutenue par les deux femmes qui la maintenaient aux épaules, continuait à pousser, le visage congestionné sous l'effort, les dents serrées, Katel entre ses jambes repliées.

— Poussez, ma dame, ce sera bientôt fini, je vois la tête ! Allez, encore ! Poussez fort !

Craig franchit les derniers mètres qui le séparaient de sa femme et s'écroula à côté du lit.

Il saisit la main de Mary et la serra pour lui donner du courage.

— Allez, ma douce, encore un effort !

— Je voudrais bien t'y voir ! gronda-t-elle entre ses dents, avant de crier de plus belle.

Sa colère dut pourtant l'aider puisqu'à peine quelques secondes plus tard, Katel leur annonça que le bébé arrivait, puis un vagissement se fit entendre.

Il se prit à sourire comme un débile, en serrant les doigts de sa femme entre les siens de toutes ses forces, qu'il embrassa ensuite avec dévotion.

Leurs regards se dévorèrent et ils se sourirent, heureux et soulagés.

— Félicitations ! Vous avez un beau garçon, et il est en parfaite santé, annonça Katel en venant déposer l'enfant entre les bras de Mary, qui reposait maintenant de tout son long et qui l'accueillit avec un air émerveillé.

Il ne put que les contempler, ivre de joie, se demandant ce qu'il avait fait pour mériter si grande félicité. Encore une fois, il eut l'impression que son cœur n'était pas assez vaste pour supporter une telle déferlante de sentiments, et il lui fit mal. Il comprit que ce n'était pas une vilaine douleur, mais au contraire un bienfait. Un sentiment extraordinaire qui faisait de lui un autre homme.

Un père.

Tout s'était très bien passé, et il avait un fils !

Il en aurait hurlé de joie et il se promit d'aller mettre un cierge à la chapelle du village.

Il ne se rendit compte qu'il pleurait que lorsque Mary glissa ses doigts sur sa joue, en larmes elle aussi. Alors seulement, il se souleva pour prendre ses lèvres, mêlant leurs larmes en même temps que leurs souffles. Puis ils finirent par éclater de rire, radieux l'un et l'autre et vaguement contrits.

— Mon guerrier au cœur tendre.

Il laissa fuser un bruit, entre rire et sanglots, qu'il jugea dépourvu de virilité, mais là, dans l'immédiat, c'était le cadet de ses soucis.

Il embrassa la paume de Mary, plongea au fond de ses yeux.

— C'est toi qui m'as rendu ainsi, ma douce. J'ai découvert que j'avais un cœur.

— Tu avais déjà un cœur, mon amour, tu t'étais seulement arrangé pour qu'il ne te fasse pas souffrir. Il est normal de se protéger. Comment veux-tu appeler ton fils ? ajouta-t-elle encore d'une voix douce.

Ils contemplèrent, ensemble, leur petit miracle.

— James, comme ton frère...

C'était sorti tout seul.

L'enfant porterait son patronyme, il était normal qu'il possède un peu de sa maman, et Mary vénérait son frère aîné. Lui-même le respectait, James Kinkaid était un homme bien, et si son petit Jamie avait les qualités de son oncle, il en serait le premier comblé.

— Oh, mon amour, rien ne pourrait me faire plus plaisir. Tu veux le prendre ?

Elle lui tendit le petit paquet de langes, d'où sortait la minuscule tête de son fils.

Il acquiesça en silence, la gorge serrée et prit le petit corps contre lui, surpris de le découvrir si lourd.

Son cœur fondit d'amour lorsque l'enfançon grimaça, pour ensuite émettre des petits bruits avec la bouche, comme s'il tétait.

Il caressa du bout du doigt son front, puis sa joue, qu'il découvrit douce à souhait. Son odeur, également, le bouleversa.

— Mon fils... mon petit Jamie...

L'enfant étira les lèvres et Craig sentit son cœur bondir.

Il comprit, en un instant, que ce petit être serait tout pour lui.

Il tourna la tête vers Mary, qui le regardait, les yeux étincelants, un merveilleux sourire aux lèvres.

— Merci... prononça-t-il du bout des lèvres, la gorge serrée.

Oui, aujourd'hui, il devenait père, après être devenu un mari comblé, alors qu'il pensait ne jamais prendre femme et ne pas vouloir sacrifier sa liberté pour fonder une famille.

Il se laissa envahir par ce nouveau sentiment de plénitude qui le submergeait et, les yeux plongés dans ceux de Mary, il posa ses lèvres sur le front de son fils, en se faisant le serment d'être toujours là pour eux.

D'être un bon mari, et un bon père.

En étant proche de son fils, peut-être qu'il saurait guérir l'enfant en lui qui avait tant souffert du manque d'attention de son père, accaparé par Alexander. Il l'ignorait, mais il savait que Mary veillerait au grain, parce que c'était ce dont elle l'avait assuré lorsqu'il s'en était ouvert à elle et lui avait confié qu'il craignait de ne pas être un bon père.

Ils seraient heureux tous les trois, de cela aussi, il se fit le serment.

Après la délivrance, et alors que le petit Jamie commençait à s'agiter dans ses bras en poussant de faibles vagissements, Katel vint le lui reprendre et il la regarda avec émotion le replacer dans ceux de Mary. Il crut avoir la berlue lorsqu'il vit son fils chercher le téton qu'on lui offrait, refermer ses lèvres dessus et aspirer goulument. Il sut tout de suite que son fils ne serait pas un faible, et il en conçut une incroyable fierté. Car dans cette vie, les faibles ne survivaient pas longtemps.

Il ôta ses bottes et s'allongea auprès de Mary, pour les contempler, tandis que Katel sortait doucement de la chambre, emportant avec elle les draps souillés.

Au bout de quelques secondes, Mary rencontra son regard et lui sourit.

— Tu es heureux ?

— Très ! Tu fais de moi le plus heureux des hommes, ma douce. Et toi ? Es-tu heureuse ?

Elle se pencha et lui donna un baiser.

— Pleinement !

— Tu n'as pas trop souffert ? demanda-t-il après qu'elle se fut redressée.

— Si, mais c'est déjà oublié. Et quand on voit le résultat, comment ne pas succomber ?

Elle regarda leur fils, et lui caressa la tête.

Elle avait raison, c'était le plus charmant tableau qu'il lui ait été donné de contempler.

— Je crois qu'il te ressemble.

— Je le crois aussi…

Il aime tes seins ! pensa-t-il.

Il s'abstint de demander s'il pourrait ensuite téter lui aussi, ce serait sans doute malvenu. Il eut pourtant un petit pincement au cœur à la pensée que son enfant accapare toute l'attention de Mary, mais se reprit. Il ne savait si tous les hommes pensaient de même, mais il ne laisserait pas une telle chose arriver. Mary était peut-être devenue mère, mais elle était avant tout son épouse.

Il lui sourit.

— Je t'aime…

Elle lui sourit en retour et l'embrassa.

Longuement…

— Moi aussi, je t'aime, Craig MacLeod, et je t'aimerai jusqu'à mon dernier souffle.

Il glissa la main le long de sa nuque comme il aimait à le faire, et reprit ses lèvres.

Avec un amour comme le leur, il sut que rien, jamais, ne serait en mesure de les séparer et son bonheur était tellement total et intense qu'il se réjouissait d'avoir d'autres enfants avec la femme qu'il aimait de toute son âme.

Oui, ils ne s'arrêteraient pas là, et Mary avait raison : il fallait avoir confiance en la vie, pour la vivre pleinement. Il fallait profiter de chaque instant sans se poser de questions, et vivre, vivre, vivre...

En cet instant, il n'avait plus peur du tout.

FIN

Vous avez aimé *La Rebelle des Highlands* ?

♥

Laissez 5 étoiles et un joli commentaire pour motiver d'autres lecteurs !

Vous n'avez pas aimé ?

♠

Écrivez-nous pour nous proposer le scénario que vous rêveriez de lire !

https://cherry-publishing.com/contact

Pour recevoir une nouvelle gratuite et toutes nos parutions, inscrivez-vous à notre Newsletter !

https://mailchi.mp/cherry-publishing/newsletter

CPSIA information can be obtained
at www.ICGtesting.com
Printed in the USA
LVHW031309151222
735289LV00009B/1685

9 781801 161893